인생의 새벽을 깨우는 좋은 습관

아침독서
10분

서양고전

인생의 새벽을 깨우는 좋은 습관

아침독서 10분

구인환(서울대 명예교수) 엮음

서양고전

좋은 책 좋은 독자를 만드는 —
㈜신원문화사

　　아침독서운동은 일본에서 1988년에 처음 시작해 현재 일본 전체 학교의 약 63%가 넘는 학교가 참여하고 있으며, 우리나라에서도 2005년에 본격적으로 시작되어 전국의 학교에 책 읽는 문화를 만들고 있는 운동이다.

　　최근 발표된 한 언론 보도에 의하면 교육과학기술부에서 창의력과 폭넓은 사고를 갖춘 학생을 기르기 위해 '독서교육 및 학교도서관 종합 추진 방향'을 마련하고 있다고 한다.

　　내용을 살펴보면 초등학교에서는 아침독서 10분 운동을 통한 독서활동과 도서관 친해지기 프로그램을 적극 권장하고, 자녀와 함께 책 읽는 가족문화 풍토조성을 위하여 다양한 지원을 확대한다고 한다.

　　또한, 중·고등학교의 경우 논리력·표현력을 향상시키기 위해 정규교과시간과 독서활동을 연계하고 학생 독서토론 동아리 활동 등을 지원한다는 계획이다.

　　이런 분위기에 발맞추어 기획된 아침독서 10분 시리즈를 적극적으로 활용한다면 독자들에게는 큰 유익이 될 것이다.

《인생의 새벽을 깨우는 좋은 습관 아침독서 10분》을
활용하는 방법은 크게 3가지다.

1 온 가족이 함께 읽는다

부모는 자녀가 아침독서 시간을 가질 수 있도록 시간적 배려를 해줘야
한다. 이 시간에는 아무리 바쁘더라도 다른 일을 자제하고, 자녀와 함
께 일정한 시간동안 정해진 장소에 모여 책을 읽도록 한다.

2 날마다 꾸준히 읽는다

여러 가지 일과로 분주한 아침이지만 날마다 꾸준히 독서하는 습관을
들이는 것이 중요하다. 책 읽는 습관을 갖게 되면 이 시간을 통하여 자
신의 내면을 바라보게 되고 차분한 상태에서 마음의 여유를 갖게 된다.

3 좋아하는 책을 읽는다

어떤 문학 작품을 막론하고 본인이 좋아하는 책을 읽어야 한다. 흥미
있는 책을 읽다보면 본인도 모르게 책 읽는 습관을 갖게 되고, 오랫동
안 잊고 있었던 책 읽기의 즐거움에 흠뻑 빠지게 된다.

세상은 흐르는 물과 같이 변해 간다. 물은 잠시도 머물러 있지 않고 낮은 데로 흘러가 작은 개울이 큰 강이 되고, 큰 강물은 또 흘러가 오대양의 망망대해를 이루어 출렁거린다.

흐르다가 좁아지면 거기에 따라 흐르고, 막히면 잠시 머물렀다가 그것을 넘어 흐른다. 그 흐르는 물결을 따라 계곡의 절경을 이루기도 하고, 댐에 갇혀 방류될 때를 기다리기도 하며, 흐르고 흘러 수평선을 넘나드는 대해의 장관을 이루기도 한다.

우리는 이 흐르는 물과 같은 세상 속에서 금수강산의 아름다움을 누리며 오늘을 살아간다. 사계가 분명하고 청명한 이 강산에서 내일의 지평을 그리며, 뜻을 굳히고 길을 찾아 앞으로 달려가는 것이다. 그러기 위해서는 평소에 시나 소설, 고전 등을 많이 읽어 정서적 상상력과 사고력을 기르고, 그것을 구술·논술로 표현할 수 있는 능력을 갖추어야 한다.

그런 의미에서 이 책은 다음과 같은 선정 기준을 갖고 기획되었다.

1 대입수능시험 및 논술시험을 앞두고 있는 고등학생이나 일반인의 교양을 위해, 각 분야에서 기념비가 될 만한 주옥같은 작품을 엄선했다.

2 각 작품마다 감상 전에 '작가소개', '줄거리, '작품해설' 등을 미리 읽어볼 수 있도록 배려하여, 독자가 상상력을 기르고 작품을 풍부하고 심도 있게 이해할 수 있도록 하였다.

3 작품의 이해를 돕고 독자의 사고력 신장에 도움이 되도록, 난해한 어휘의 경우 하단에 중요 어구를 풀이해 놓았다.

4 작품과 관련된 생각할 문제들을 제시하고 자세한 모범 답안을 정리해 놓아 독자들이 읽은 작품을 반추하고 정리할 수 있도록 하였다.

이런 기준으로 엮어진 《인생의 새벽을 깨우는 좋은 습관 아침독서 10분》은 수능과 논술 입시를 준비하는 학생들에게 성실한 길잡이가 되고, 일반인의 교양을 위한 등불이 될 것이다. 독자들이 그 속에 얽힌 삶의 의미와 총체상을 이해하고, 창조의 예술미를 음미하면서 삶을 누릴 수 있기를 기대한다.

구 인 환

목차

오디세이아

호메로스
(Homeros, B.C. 800년경)

오디세이아

호메로스(Homeros, B.C. 800년경)

작가와 작품세계

호메로스(B.C. 800년경)

전설에 의하면 호메로스는 장님 노인으로서, 시를 짓고 구걸을 하면서 여러 도시를 여행했다고 한다. 그러나 이는 단지 전설일 뿐, 호메로스라는 인물이 실존하였는지에 대한 확증은 없다. 또한《일리아드》와《오디세이아》가 동일 작가에 의해 쓰인 것인지도 확실하지 않다. 오늘날에는 작가가 각각 다르며《일리아드》가 기원전 8세기 중엽,《오디세이아》가 그보다 반세기쯤 늦게 쓰였다고 하는 견해가 유력하지만 이것도 확실한 것은 아니다.

그리스 영웅 서사시의 원형은 이미 미케네 시대(B.C. 1600~2000년경, 이른바 '영웅시대')부터 존재하였고, 수세기에 걸쳐서 전승되는 동안 작시(作詩) 기법이 차츰 세련되어지고 시의 규모도 커져 갔다. 이러한 시의 전승자들은 음유 시인들로, 그들은 단순한 시의 낭독만이 아닌 연구와 창작을 병행하였다. 이러한 오랜 전통을 기반으로 기원전 8세기에《일리아드》와《오디세이아》를 오늘날 우리가 읽는 형태로 만들어 낸 사람이 호메로스일 것으로 추측된다.

호메로스의 전기(傳記)라고 불리는 것이 고대부터 여러 편 존재하고 있지만, 역사적 인물의 전기와는 모습을 달리하고 있다. 그 중에서 헤로도토스의 작(作)으로 전해지는 것이 가장 장편이지만, 이것도 호메로스를 주인공으로 한 민화풍의 설화라고 할 수 있다.

《일리아드》는 아킬레우스라는 영웅의 분노를 주제로 노래하고 있고, 《오디세이아》는 오디세우스가 고국으로 향하는 동안 겪게 되는 역경과 고국 이타케에서 방약무인(傍若舞人)한 구혼자들로 인해 괴로움을 겪는 그의 아내 페넬로페와 아들 텔레마코스의 고난이 그려져 있다. 결국 오디세우스가 아들 텔레마코스와 힘을 합쳐 악인들을 물리친다는 내용의 《오디세이아》는 '오디세우스의 노래'라는 뜻으로, 오디세우스를 주인공으로 하는 영웅 서사시다. 이 작품은 심오한 이성을 지니고 어떠한 고난과 위기도 헤쳐 나가는 중후한 영웅의 모습을 그리고 있다.

줄거리

트로이 함락 후, 고국으로 돌아온 그리스군의 여러 장군들은 각각 여러 가지 고난을 겪지만 그 중에서도 오디세우스의 운명은 가장 가혹하여 귀국하기까지 10년간 각치를 빙링한다. 지혜가 많은 영웅 오디세우스는 바다의 신 포세이돈의 노여움을 사서 고향 이타케로 돌아갈 수가 없었다.

이야기는 오디세우스가 방랑이 끝날 무렵 여신(女神) 칼립소의 섬에 체류하고 있을 때부터 시작된다. 《일리아드》의 이야기가 직선적으로 진행되는 것과는 달리 《오디세이아》에서는 두 상황이 복선적으로 나란히 진행된다. 즉 오디세우스의 방랑과 함께 한편에서는 고국 이타케에서 포악한 구혼자들에 의하여 괴로움을 겪는 아내 페넬로페와 아들 텔레마코스의 수난사가 서술된다. 그의 아내 페넬로페는 수많은 영주들의 성화같은 청혼을 무릅쓰고 오로지 남편만을 기다리고 있다. 이제 만 20세가 된 오디세우스의 아들 텔레마코스는 아직 나이가 어리기 때문에 어머니 페넬로페의 청혼자들에게 대항하지 못하고 있다. 그러나 아테네의 권고로 은

밀히 아버지 오디세우스의 행방을 찾기 위해 집을 떠나 어렵게 아버지의 소식을 듣는다.

그 후 오디세우스의 귀환과 더불어 두 개의 선은 한 선으로 귀착되고 부자(父子)가 힘을 합하여 악인들을 물리친 뒤, 비로소 20년 동안 헤어졌던 아내와 아들, 그리고 늙으신 아버지 라에르테스와 재회의 기쁨을 누리는 것으로 이야기는 끝을 맺는다.

작품해설

호메로스의 시는 발표된 뒤 곧 국민적인 서사시가 되었고, 그 언어와 기법은 근대 문학, 현대 문학에 이르기까지 서구 문학 전체에 직·간접적으로 커다란 영향을 주었다. 그의 언어는 기교의 극치를 이루고 있음에도 불구하고 자연스러운 순박함과 생동감, 그리고 속도의 명쾌함을 느낄 수가 있다.

호메로스의 신과 영웅상(英雄像)은 훗날 그리스뿐만 아니라 서구의 조형 미술까지도 결정지어 놓았으며, 모든 초자연적인 괴기를 배격하여 밝은 기사도의 세계를 열게 되었다. 호메로스는 전형적인 인물들의 성격과 심리, 정서와 태도의 완성에 이른바 사실적인 수법을 사용하여 완벽을 기했다.

호메로스의 가치는 우선 플롯의 완벽한 통일성, 모든 인간의 기본적인 정서와 모티브의 파악, 보편적 견지에서 본 인물들의 완전한 개성화, 인생의 쾌락과 비극을 그리면서 죽음의 필연성도 함께 묘사하여 종교와 윤리를 그리스적인 성격을 바탕으로 그려 냈다는 데 있다.

부부애, 부모의 사랑, 우정, 희로애락, 고민, 공포 등 인간 체험의 다양한 본질을 가장 심오하게 묘사했으며, 구성의 치밀함과 스케일의 방대함, 내용의 평이성과 심오함 속에는 이야기와 함께 복선을 깔고 사건 전개의 다양성과 변화를 주어 인간 운명의 구심적, 입체적인 단면과 인간 체험의 원심적, 횡단적인 단면을 표출하고 있다.

이 작품은 기원전 8세기 무렵에 완성되었다는 설이 유력하다. 그러나 이전에 이미 영웅 서사시의 원형이 존재하여 수세기에 걸쳐 전승되는 동안 작시 기법이 세련되어져서 시의 규모가 커진 것을 호메로스가 오늘날 우리가 읽는 형태로 마무리한 것으로 보고 있다.

생각 나누기

아래의 장면이 보여 주는 인간의 양면성이 무엇인지를 기술하고, 양면성 중 하나를 택해 자신의 견해를 논하시오.

"그들은 마음껏 먹고 마셨습니다. 그러나 갑자기 스킬라가 배에서 잡아가 먹어 치운 동료들이 떠올라 울음을 터뜨렸습니다. 실컷 울고 나더니, 그들은 달콤한 잠에 빠졌습니다."

모범 답안

인간을 규정하는 이론은 많지만, 그 중에서도 크게 구분되는 주제는 사회적 인간과 본능적 인간의 대비다. 인간은 수많은 사회적 관계를 맺으며 갖게 된 윤리적이고 규범적인 '인간' 상에는 충실한 한편, 인간이 태어나면서부터 갖고 있는 '이성'의 그늘에 가려진 인간의 기본적, 동물적 욕구 등에 대한 파악은 미진하였다. 따라서 우리는 사회의 규범으로부터 일탈된 행위와 범죄들이 상존하는 현대 사회에 대한 재해석이 필요하다.

인간의 사고를 분석하고 형상화하는 데 과학과 문학에서 다양한 시도들이 행하여지고 있지만, 특히 문학에서는 인간의 사고를 세부적으로 묘사하고 형상화하고 있다. 인간을 규정할 때, 세부의 충실함에 주관적인 평가가 배제되어 있지 않도록 주의하여 서술해야 한다. 비록 세부의 충실함 그 자체가 강한 현실 비판 의식에 의해 이루어지고 있고 중요한 의의를 갖는다 하더라도 그것에만 얽매여 '전체'적인 시각, 즉 당대 사회 현실 전체를 조망하는 보다 큰 시야를 갖지 못한다면 지엽성을 벗어나지 못한 채, 삶의 단편만을 드러내는 꼴이 되고 만다.

동료의 죽음으로 인해 배고픔과 수면에 대한 욕구를 잊어버리고 슬퍼하는 것만으로 형상화하거나, 동료에 대한 슬픔을 잊고 배고픔과 수면의 본능에만 빠져 버리는 것으로 서술한다면 삶의 단편적인 진리만을 드러낸 것이 될 것이다. 그러므로 이 양자를 동시에 포착하고 총체적인 진리를 드러내야 한다.

읽기 전에

제시된 본문은 오디세우스가 동료들과 온갖 역경을 딛고 고향 이타케로 향하는 방랑의 마지막 부분이다. 오디세우스는 동료들에게 태양신의 소를 해치지 말 것을 약속받았으나, 동료들은 굶주림을 참지 못하고 소를 해치고 모두 죽게 된다.

세이렌, 스킬라, 카리브디스,
그리고 태양신의 노여움

"우리 일행을 태운 배는 오케아누스 강을 출발하여 망망대해를 건너서 이른 새벽의 신이 머물고 있고, 무도장이 있는 해 뜨는 아이아이아 섬에 이르렀습니다. 우리는 배를 해변의 모래펄에 대고, 그곳에서 잠을 청하고 성스러운 동이 터오기를 기다렸습니다.

얼마 후 장밋빛 손을 뻗쳐 이른 새벽의 신이 나타나자, 우리는 엘페놀의 시체를 운구해 오도록 사람들을 서시의 집으로 보냈습니다. 그리고는 굵은 나무들을 서둘러 베어서 눈에 가장 잘 띄는 해안에다가 그를 묻었습니다. 북받쳐 오르는 슬픔에 동료들은 모두 구슬 같은 눈물을 흘렸습니다. 시체와 갑옷을 화장한 후 우리는 무덤을 쌓고, 그 위에 바위를 끌어다가 놓고 무덤의 맨 꼭대기에 그의 날랜 노를 고정시켜 놓았습니다.

모든 일은 순식간에 끝났습니다. 우리들이 하데스 궁에서 돌아왔음을 서시가 모를 리 없었습니다. 그녀는 서둘러 우릴 만나려고 몸소 날아왔습니다. 그녀의 하인들은 빵이며 고기, 검붉은 포도주를 가져와서 우리들이 앉아 있는 곳에 펼쳐 놓았습니다. 그때 천상의 여신이 말했습니다.

'정신 나간 사람들! 살아서 하데스 궁에 다녀오다니, 남들은 한 번 보는 죽음을 두 번이나 보았군요. 오늘은 여기에서 음식과 술이나 드시면서, 날이 밝으면 떠나세요. 내가 몸소 길을 가르쳐 드리고, 모든 것을 자세히 알려 줄게요. 육지와 바다에서 여러분들이 부족한 항해술 때문에 어떤 피해도 받지 않도록 말입니다.'

그녀의 말을 듣고 우리의 굳은 마음이 움직였습니다. 이리하여 해가 서산에 기울 때까지 우린 앉아서 풍성한 음식과 포도주를 즐기다가, 해가지고 어둠이 깔릴 때에야 비로소 배의 닻줄을 옆에 둔 채로 누워서 잠을 청했습니다. 그러나 여신은 동료들이 있는 곳에서 나를 이끌어 낸 후, 몸소 내 곁에 기댄 채 자초지종을 물었습니다. 나는 모든 것들을 빠짐없이 말해 주었습니다. 그러자 완력이 센 서시가 이렇게 말하더군요.

"이제 만사는 끝난 것이오. 당신이 나의 이야기를 주의 깊게 듣는다면 신께서 이 이야기를 기억하도록 도와주실 것입니다. 먼저 세이렌을 찾으십시오. 이자들은 지나가는 사람들을 유혹해서 갈 길을 홀리지요. 긴장하지 않고 접근해서 그들의 노래를 듣는다면, 그 노래에 취해서 고향으로 돌아갈 수 없게 될 겁니다. 세이렌 족들은 풀밭에 앉아서 매혹적인 노래로 사람을 홀리니까요. 근처에는 썩어빠진 사람의 뼈가 산더미를 이루고 있습니다. 그 뼈들은 그들에게 붙어 있던 살덩이가 말라붙은 것입니다. 이곳을 항해하되, 아무런 소리도 들을 수 없도록 연한 말초로 동료들의 귀를 틀어막으십시오. 만일 그대가 노래를 들어볼 생각이 있다면, 부하들을 시켜서 사지를 배의 돛대에 밧줄로 꽁꽁 동여 묶어 놓으면 세이렌 족의 노래를 들을 수 있을 겁니다. 그러나 당신이 줄을 풀어 달라고 부하들에게 명령하더라도, 그럴수록 당신을 더 꽉 조여 묶도록 일러두십시오.

배가 이들을 통과한 후에는 당신이 어떤 길을 취해야 할지 상세히 말하지 않겠습니다. 당신 마음에 내키는 대로 하십시오. 두 길을 설명해 드리지요. 한 길을 따라가시면 툭 튀어나온 벼랑이 있는데, 그 위에는 검은 눈을 가진 암피트리테의 거센 파도가 함성을 질러 대고 있을 겁니다. 영광된 신들은 그들을 방랑자라고 부르고 있지요. 이 길은 날짐승조차도 지날 수가 없는 곳 ─ 심지어 아버지 제우스 신전에 신들이 먹는 음식을 나르는 점잖은 비둘기들도 지날 수가 없는 곳입니다. 그래서 아버지께서 수를 채우고자 한 마리씩을 더 보내면, 그 매끈한 바위는 그들 중에서 한 마리

씩을 낚아채어 간답니다. 인간이 탄 배가 이쪽으로 오다가는 피할 길이 없습니다. 배와 사람의 몸뚱이는 격랑과 무서운 불길과 같은 폭풍에 말할 수 없이 흔들리죠. 지금까지는 오직 만민이 기억하는 아르고의 배 한 척만이 아이에테스로부터 가는 길에 겨우 한 번 통과했지만, 그 역시 야손을 사랑한 까닭에 헤라의 도움이 아니었다면 무서운 바위에 부딪혀서 파선될 뻔했답니다.

다른 길에는 뾰족한 꼭대기가 하늘로 치솟아 있는 울퉁불퉁한 두 개의 바위가 있는데, 먹구름이 그 주위로 몰려들어서 흩어지는 날이 없고, 여름이나 가을에도 그 꼭대기에는 해 뜨는 날이 없습니다. 사람의 손발이 스무 개라도 거길 오르내릴 수 없답니다. 바위가 매끄럽고 반질반질하기 때문이지요. 그 바위 중간쯤에는 서쪽 에레버스로 맞대어 있는 컴컴한 동굴이 하나 있습니다. 오디세우스여, 그곳이 바로 그대가 둥근 배를 저어 몰고 가야 할 곳입니다. 배에서 아무리 힘센 장정이 화살을 쏘아도 동굴에는 이르지 못한답니다. 여기에 스킬라가 살고 있습니다. 그녀는 이상한 소리를 질러 대고 있을 것입니다. 그녀의 음성은 어린 개가 짖는 소리와 비슷하고 몸통 자체가 괴물입니다. 그녀를 만나 보지 않은 신이라면 그녀를 똑바로 쳐다볼 수도, 그녀와 기쁨을 나눌 수도 없지요. 발이 열두 개인데 모두 기형으로, 여섯 개는 발목이 길고, 무시무시한 머리가 달려 있고, 금방이라도 물어뜯어서 죽일 듯한 두껍고 총총히 박힌 이가 세 줄씩이나 있답니다. 허리 아래 몸뚱이는 굴에다 감추고, 허리 위 몸뚱이는 굴 밖으로 드러내놓고 물고기를 잡아먹는데, 바위를 돌아 돌고래며 물개, 그리고 포세이돈의 아내 암피트리테가 기르고 있는 것과 같은 음성이 다양한 것들을, 그녀가 잡을 수 있는 한 가장 큰 것으로 잡아먹고 있습니다. 사공치고 이곳에서 해를 입지 않고 빠져 나왔노라고 자랑하는 자가 없습니다. 머리들이 거무스레하고 굽은 배에서 사람을 낚아채어 가기 때문입니다.

오디세우스여, 두 번째 바위를 기억해 두시기 바랍니다. 앞의 것과 가까이 붙어서 훨씬 낮게 누워 있답니다. 활을 쏘아 댈 수 있는 거리입니다. 그 위에는 키가 크고 잎이 무성한 무화과나무 한 그루가 서 있는데, 그 밑에서는 카리브디스(바다의 괴물)가 새카만 물을 뿜어내고 있습니다. 하루에 세 번씩 물을 뿜어냈다가 다시 세 번 물을 빨아들입니다. 무서운 광경이지요. 물을 뿜어 낼 때는 절대 그곳에 가서는 안 됩니다. 그 누구도, 지구를 뒤흔드는 신까지도 그때는 재난으로부터 당신을 구해 줄 수가 없기 때문입니다. 그러니 속히 스킬라의 바위를 향해서 방향을 돌리고 배를 전속력으로 통과시키십시오. 모든 동료들을 한꺼번에 잃는 것보다는 여섯 명의 동료만을 배에서 잃는 편이 훨씬 나을 테니까요.'

그녀의 말을 듣고 나는 질문을 하였습니다.

'그러나 여신이시여, 사실대로 말씀해 주십시오. 어떤 방법으로도 무서운 카리브디스를 피할 수가 없나요? 동료들이 잡힐 경우에도 복수를 할 길이 없나요?'

나의 이 질문에 천상의 여신은 머뭇거리지 않고 대답했습니다.

'무모한 분! 아직도 전쟁과 싸움에 기울어 있다니! 당신은 불사의 신들에게도 순종하기를 거역하십니까? 그 여자는 속세의 인간이 아니며 불사의 화근입니다. 무섭고, 뚝뚝하고, 거칠고, 감히 싸워 볼 수도 없습니다. 용기는 무의미한 것이오. 도주만이 최선의 방법입니다. 만일 절벽 옆에서 일전을 펴고 서성거리다가 그게 다시 나타나서 무수한 머리로 그대를 공격하여 많은 사람들을 잡아갈까 두렵습니다. 그러니 전속력으로 통과해 가십시오. 만약 인간에게 미치는 해악을 조금이라도 막고 싶다면, 스킬라를 낳아 준 어머니 포세를 찾으십시오. 그녀가 스킬라의 공격을 잠깐은 막아 줄 것입니다.

다음으로 그대는 트리나키아 섬에 도착하게 될 것입니다. 거기에는 태양신의 가축과 건강한 양떼들이 수천 마리나 사육되고 있답니다. 하나의 무리가 각기 오십 마리로 되어 있는 일곱 무리의 가축과, 보기 좋은 많은 양떼들이 있습니다. 그들은 새끼로 태어나는 법이 없고, 결코 죽지도 않는답니다. 그들의 목자는 여신들이요, 미발의 님프들, 파에투사와 람페티아들인데, 그들은 고귀한 태양신과 신성한 네아에라 사이에서 태어난 신들입니다. 지혜로운 어머니는 이들을 낳고, 물러앉아 그들을 트리나키아 섬으로 보내 아버지의 양떼와 굽은 뿔을 가진 소떼를 돌보면서 머물도록 했습니다. 만일 그대가 이 짐승들에게 해를 입히지 않고 고향에 돌아갈 생각만 한다면, 그대는 이타케로 돌아가게 될 것입니다. 고난은 겪게 될 테지만 말이에요. 그러나 만일 그대가 그들에게 해를 끼친다면, 예언하는데 배와 동료들을 잃게 될 겁니다. 당신은 빠져 나올지라도 모든 동료들을 잃고 곤경을 면치 못 할거란 말입니다.'

그녀의 말이 끝날 무렵 금관을 쓴 아침의 신이 나타났습니다. 그러자 천상의 여신은 섬의 위쪽을 향해 길을 떠났습니다. 나는 배로 향했습니다. 동료들을 배에 오르게 한 후 닻줄을 거두도록 소리쳤습니다. 그들은 재빨리 행동을 취하여 노를 맞추고, 질서 있게 자리에 앉아 노를 저어 하얗게 부서지는 파도를 헤치며 앞으로 나아갔습니다. 배 뒤에서 검은 머리의 전능하시고 아름다운 서시 여신이 때맞춰 훈풍을 보내 주었습니다. 우리가 몇 개의 줄로 할 일을 마치고 자리를 잡고 앉자 바람과 키잡이는 꾸준히 배를 몰았습니다.

이에 나는 쓰라린 심정으로 동료들에게 일렀습니다.

'벗들이여, 천상의 여신 서시께서 말해 준 예언을 한두 명만이 알고 있다는 것은 옳지 않은 일이오. 여신은 모든 것을 알고서도 죽어야 할 것이냐, 아니면 다행히도 죽음을 피할 것이냐를 알려 주었소. 여신은 우리에게 먼저 신기한 세이렌 족을 경계하라고 하면서, 그들의 목소리와 꽃동산을 피하라고 명령하였소. 그리고 나 홀로 그들의 노래를 들으라고 했소. 그러나 나를 꼼짝 못하도록 돛대에 단단한 밧줄로 묶어야 하오. 돛대에 꽁꽁 동여매서 놓고, 내가 그대들에게 풀어 달라고 말하거든, 그때는 더

욱더 꼼짝 못하게 꽉 묶어 주시오.'

이렇게 나는 모든 이야기를 털어놓고 동료들과 말을 나누었습니다. 어느덧 우리의 견고한 배는 세이렌 섬에 접근하고 있었습니다. 미풍이 불어서 배를 계속 달리게 했던 것입니다. 불현듯 바람이 멈추더니 숨 막히는 고요가 밀려왔습니다. 어느 신께서 물결을 달랜 것입니다. 동료들이 일어나서 돛을 거두어 배 갑판 위에 놓고는 앉아서 노를 저어 나아가자, 번득이는 놋날은 물을 갈라서 하얀 줄을 만들었습니다. 그때 나는 나의 예리한 칼로 커다란 밀초를 잘게 썰어 큰 손으로 반죽을 만들었습니다. 곧 그 밀초는 내가 힘껏 비벼대는 힘과 만인의 주 태양신의 햇빛을 받아서 말랑말랑해졌습니다. 그것으로 나는 동료들의 귀를 일일이 틀어막았습니다. 그 후 나는 갑판 위의 돛대에 꽁꽁 동여져 밧줄로 묶이게 되었습니다. 그러고 나서 동료들은 자리에 앉아 노를 저어 파도를 헤치며 나아갔습니다. 우리는 노랫소리가 들릴 만한 거리에 이르렀을 때 배를 전속력으로 저어 나갔으나 가까이에 이르자, 세이렌 족을 피할 길이 없었습니다. 그들은 소리 높여 목청을 올리더군요.

'여기요, 자 이쪽으로 오십시오, 아카이아 인의 위대한 영광, 오디세우스여! 배를 대고 우리의 노래에 귀를 기울이소서. 그 누구도 우리 입에서 흘러나오는 황홀한 노랫소리를 듣지 않고서 검은 배를 타고 이곳을 지나가는 사람이 없었습니다. 노래를 들으면 가시는 길이 기쁨이요, 많은 지식을 얻을 것입니다. 우리는 신들의 고집된 생각으로 트로이아 평원에서 알지브군과 트로이아군이 겪은 고통, 이 모든 것을 알고 있기 때문이지요. 우리는 광활한 지상에서 벌어지고 있는 일들을 알고 있지요.'

그들이 이렇게 입을 열어서 찬란한 노래를 보내자, 내 마음도 한없이 듣고 싶어졌습니다. 더 이상 견딜 수 없어 이마를 찌푸리면서 나는 동료들에게 내 몸을 풀라는 표시를 했습니다. 그러나 그들은 몸을 숙인 채로 계속해서 노만 젓고 있더군요. 그러더니 그때 페리메데스와 유리로처스가 일어나서 더 많은 매듭을 지어 내 몸을 꽁꽁 묶었습니다. 그곳을 통과하여 세이렌의 음성도, 노랫소리도 들리지 않는 곳에 이르자 나의 믿음직한 동료들은 재빨리 귀에 틀어막은 밀초를 빼내고는 나를 풀었습니다.

우리가 그 섬을 벗어난 후 곧 나는 한 줄기의 연기를 보았으며, 높은 파도를 보았으며, 포효하는 소리를 들었습니다. 놀란 동료들의 손에서 노가 빠져 나가 조류에 휩쓸려 물장구를 쳤습니다. 더 이상 뾰족한 노를 저으려고 하지 않았기 때문에 배는 멈추고 말았습니다.

나는 이리저리 다니면서 쾌활한 말로 차례차례 동료들의 곁에 서서 기운을 북돋워 주었습니다.

'동료들이여, 우리에게 역경은 처음이 아니니 이런 것쯤이야 이겨 나가야 하지 않겠소. 사이클로프스가 야만적인 힘을 과시하여 우리를 동굴 속에다 감금했을 때보다도 더 큰 위험은 여기에 없소. 이런 위험은 장차 또 잊혀지지 못할 것이오. 자, 할 일을 말하겠소. 여러분들은 노를 가지고 깊숙이 바다를 헤쳐 가시오. 노를 젓는 자리에 앉아서 말이오. 그리고 제우스신께서 우리를 현재 처한 죽음의 상태에서 벗어나게 하시어 안전한 항해를 하도록 허락하심을 구합시다. 그리고 키잡이여, 이는 그대에게 내리는 나의 명령이니 명심해서 배의 키를 바로잡으시오. 그렇지 않으면 그대가 알아차리기도 전에 배는 방향을 바꾸어서 우리를 위험 속으로 몰아넣게 될 테니까.'

그렇게 말하고 나니 모두들 나의 말에 재빨리 응했습니다. 그러나 나는 스킬라 얘기는 — 그 절망적인 공포는 — 말하지 않았습니다. 왜냐하면 행여 동료들이 겁에 질려서 노를 놓고 배 밑에 숨어 버릴까 두려웠기 때문이었습니다. 또한 나는 절대로 무장을 하지 말라는 서시의 명령을 무시했습니다. 번쩍이는 갑옷을 입고 손에는 두 개의 기다란 창을 들고서 나는 뱃머리로 갔습니다. 거기에서 동료들에게 재난을 가져올 바위의 스킬라를 한눈에 볼 수 있으리라고 여겼기 때문입니다. 아무 곳에서도 그녀는 나타나지 않았습니다. 나의 눈은 거무스레한 바위를 훑어보느라고 지쳐 있었습니다.

그때 우리는 공포에 젖어 똑바로 앞쪽을 향해 항해를 했답니다. 거기에 스킬라가 있었고, 카리브디스가 무섭게 바닷물을 뿜어내고 있었기 때문이지요. 마치 큰 불을 피워 놓고 그 위에다 올려놓은 커다란 가마솥처럼 조수를 내뿜을 때마다 온통 바다를 들끓게 하여 물보라가 하늘 높이 꼭대기에서 떨어지고 있었습니다. 그녀가 짜디짠 바닷물을 꿀꺽 삼켜 버리면 바다 속의 모든 것들이 소용돌이를 통해서 들여다보였는데, 바위는 공포의 함성을 지르고 밑바닥의 모래는 검게 보이더군요. 동료들은 모두 파랗게 질렸습니다. 그녀의 눈에 띄면 모두가 죽을 것이라고 생각하여 떨고 있었던 것입니다.

그러던 중에 바로 스킬라가 우리 동료 중에서 기술과 힘이 뛰어난 여섯 명을 배에서 데려갔습니다. 동료들을 구하려고 배를 향해 눈을 돌렸을 때, 나는 그들의 발과 손이 이미 공중에 매달려서 잡혀가는 것을 보았습니다. 그들은 목이 터져라 비명을 지르면서 심한 고통에 몸부림치고 있었으며 마지막에는 나의 이름을 불러 댔습니다. 마치 어부가 뾰족한 바위 위에서 긴 낚싯대를 가지고 미끼로 황소의 뿔을 던졌다가 잡아 올릴 때, 고기가 몸부림치며 뭍으로 올라오듯이 말입니다. 그녀는 그들을 문간에서 먹어치웠는데, 그들은 터져라 비명을 지르면서 내 쪽을 향해 팔을 벌리고 무서운 최후의 몸부림을 쳐 보였습니다. 지금까지 보던 중에 가장 비참한 장면, 바닷길을 헤매어 오던 길에 볼 수 없었던 가장 섬뜩한 장면이었습니다.

우리는 무서운 카리브디스와 스킬라의 바위를 어렵사리 통과한 뒤에 바로 상쾌한 신의 섬에 다다랐습니다. 여기에는 위대한 태양신의 건강한 양떼와 이마가 널찍한 훌륭한 암소들이 있었습니다. 바다에서 검은 배 위에 있는 동안에도 나는 갇혀 있는 소들의 우는 소리와 양떼들의 울음소리를 들었습니다. 아울러 나는 마음속으로 지상의 낙원인 태양신의 섬을 조심하라고 간곡히 알려 주었던 아이아이아의 서시, 테베의 테이레시아스 장님 예언자의 말을 떠올리고 있었습니다. 그리하여 나는 쓰린 가슴을 안고서 동료들에게 이렇게 말했습니다.

'고통에 찬 내 동지들이여, 귀를 기울이시오. 내가 테이레시아스와 서시의 경고를 전하겠소. 그들은 나에게 지상의 낙원인 태양신의 섬을 피하라고 경고했소. 거기에는 최악의 위험이 도사리고 있다는 것이오. 그러니 자, 어서 배를 달려서 섬을 통과합시다.'

나의 말을 듣자 그들의 심장은 덜컹 주저앉고 말았습니다. 그때 바로 유리로처스가 분명한 말로 대답을 하더군요.

'오디세우스여, 그대의 힘은 인간 이상으로 강하고, 사지는 결코 지칠 줄을 모르시는구려. 그러니 당신은 무쇠로 만들어졌음이 틀림없습니다. 심한 고생과 잠을 못 이루어 지친 부하들을 뭍에 오르지도 못하게 하시다니, 바다로 둘러싸인 섬에 올라가 다시 한 번 차조밥이나 먹었으면 좋으련만. 그런데 그대는 밤을 새워서 계속 배를 저으면서 깊은 안개가 덮인 섬을 배회하라고 말하는구려. 그러나 밤이 되면 배에는 무서운 돌풍이 불어옵니다. 우주의 영도자인 신들은 조심하지 않고 가끔 배를 침몰시키는 남풍이나 거세게 몰아치는 서풍, 아니면 갑작스런 폭풍우를 몰아치게 하십니다. 그러면 누군들 그 결정적인 파멸을 피할 수 있겠습니까? 그러니 자, 검은 밤의 명령에 순종하시죠. 그리고 저녁을 마련해서 배 곁에서 휴식을 취한 뒤에 날이 밝으면 다시 배에 올라 망망대해를 항해합시다.'

이러한 유리로처스의 말에 나머지 동료들도 동의를 했습니다. 그때 나는 어떤 신께서 화를 품었음을 알아차리고, 황급히 입을 열어 말했습니다.

'유리로처스여, 그대는 은근히 강요하는구려. 그렇다면 동지들이여, 나에게 굳은 맹세를 하시오. 우리가 암소나 수많은 양떼들을 보더라도 누구를 막론하고 제멋대로 단 한 마리도 죽이지 않을 것이며, 서시 신께서 주신 음식이나 받아먹으면서 만족해하겠다고 말이오.'

내 말이 떨어지자, 그들은 모두 맹세를 했습니다. 그들은 언약과 맹세를 마치고 깨끗한 수로 가까이에 있는 둥근 포구에 배를 정박하고, 배에서 나와서는 서둘러 저녁을 마련했답니다. 그들은 마음껏 먹고 마셨습니다. 그러다가 갑자기 스킬라가 배에서 잡아가서 먹어 치운 동료들이 떠올라 울음을 터뜨렸습니다. 실컷 울고 나더니, 그들은 달콤한 잠에 빠졌습니다. 밤 열한 시에서 새벽 한 시 사이에 이르러서 별들은 천정(天頂)을 넘어가고, 구름의 지배자 제우스신께서 광풍을 성난 태풍으로 돌려보내서 해륙이 구름으로 뒤덮였습니다. 밤이 하늘에서 깨지고 있었습니다. 장밋빛 손가락을 한 새벽의 신이 나타나자 우리는 배를 해안에 대고, 아름다운 무도장이 있고 님프들이 자주 들르는 동굴 속으로 끌어올렸습니다. 그때 나는 회의를 열어서 동료들에게 말했습니다.

'동지들이여, 배에는 먹고 마실 것이 충분히 있소. 행여나 무슨 참변이 일어날까 두려우니 소들에게는 손을 대지 맙시다. 이 소들과 양떼들은 모든 것을 보고, 모든 것을 들을 수 있는 무서운 태양신께서 기르시고 계시니까요.'

그랬더니 고집스러운 그들도 동의를 했습니다. 그런데 한 달 내내 남풍만 불었으며, 남풍 외에는 바람 한 점 불지 않았습니다. 그들이 빵과 맛있는 술을 가지고 있는 한은 생활이 넉넉했기 때문에 소들에게 손을 대지 않았습니다. 그러나 배에 저장된 것들이 모두 바닥나자 부득이 배회하며 사냥을 했습니다. 낚시를 해서 고기든 새든 손에 잡히는 것이면 무엇이든 잡아들였습니다. 그들은 배고픔과 목마름에 주린 배를 졸라매고 있었기 때문입니다. 그때 나는 홀로 신을 찾아가서 고향으로 갈 수 있는 길을 일러주십사 간청을 하기 위해 그 섬을 멀리하고 떠났습니다. 동료들을 피해서 섬을 한 발자국 걸어왔을 때, 나는 바람을 의지하는 장소에서 손을 씻고는 올림포스의 모든 신들에게 기도를 올렸습니다. 그러나 그들은 나에게 단잠이 쏟아지도록 만들었습니다. 한편 유리로처스는 동료들을 모아서 화근을 부르는 계략을 꾀하고 있었습니다.

'곤궁에 처한 동지들이여, 내 말을 귀담아 들으시오. 어떤 형태든지 죽음이란 불쌍한 인간들에겐 증오스러운 것이오. 굶주려 죽는다는 것, 그런 운명을 맞는다는 것은 무엇보다 가련한 것이오. 자, 태양신의 제일 살찐 암소를 잡아다가 확 트인 하늘의 주인인 불사의 신들에게 제물로 올립시다. 그리고 만일 우리의 고향 이타케로 돌아가거든 즉시 고귀한 태양신에게 풍요한 사원을 지어서 올리고, 값진 제물을 그 속에 넣어서 올리도록 합시다. 만일 그때 높은 뿔을 지닌 소를 해쳤다는 이유로 신께서 노하시어 우리의 배를 파멸하고자 하시고 또 다른 신들께서도 그 의견에 동조하신다면, 내 생각으로는 이 황량한 섬에서 천천히 지쳐서 죽느니보다는 넓은 바다에 몸을 던져 생을 포기해 버리는 편이 더 나을 것이오.'

이와 같은 유리로처스의 선동에 나머지 사람들이 동의를 했습니다. 그래서 그들은 가까운 들로부터 태양신의 가상 살찐 소를 한 마리 몰고 왔습니다. 매끈하고 이마가 넓고 뿔이 굽은 소들이 배로부터 멀지 않은 곳에서 풀을 뜯고 있었던 것입니다. 그들은 죽 둘러서서 커다란 상수리나무의 부드러운 잎을 따면서 신들에게 기도를 올렸습니다. 잘 꾸민 이 배 안에는 하얀 보리가 없었기 때문입니다. 기도를 드린 후에 소의 목을 잘라서 가죽을 벗기고, 허벅다리를 잘라 이중으로 기름기를 둘러 그 위에 날고기를 얹었습니다. 그리고 타오르는 제물 위에 부을 술이 없어서 물을 헌주(獻酒)로 삼아, 모든 내장을 그을렸습니다. 허벅지가 익혀지고, 내장을 맛본 후에 그들은 나머지를 잘게 썰어서 산적으로 구웠습니다.

이즈음 나는 상쾌한 잠에서 깨어나 서둘러 해안의 배로 달렸습니다. 그런데 배 가까이 이르는 도중에 고기를 굽는 고소한 냄새를 맡았습니다. 그 순간 나는 신음을 토하며 불사의 신들을 소리 높여 불렀습니다.

'오, 제우스 아버지, 그리고 영원토록 생존해 계시는 축복받은 제 신들 이시여! 참으로 저의 파멸을 보시고자 무정한 잠을 내리셨습니다. 제 동료들은 뒤에 남아서 무서운 일을 범하고 있습니다.'

당장에 존엄한 태양신에게 우리가 소를 살해한 사실을 알리려고 긴 예복의 람페티아가 왔습니다. 태양신은 분노로 치를 떨며 모든 신들께 호소하였습니다.

'오, 아버지 제우스, 그리고 영생을 누리시는 축복된 제 신들이여, 원컨대 라엘테스의 아들 오디세우스 무리에게 복수를 내리게 하여 주십시오. 제가 별나라 하늘에 갈 때마다 찾는 유일한 낙이었던 제 소를 하늘에서 속세로 내리자 무례하게도 살해하고 말았습니다. 만일 그들이 그 소의 대가를 충분히 갚지 않는다면, 저는 하데스로 내려가서 고인들 틈에서 빛을 발하겠습니다.'

이에 구름을 모으는 제우스신께서 말씀하셨습니다.

'오, 태양신이여, 너는 여전히 불사의 신들과 오곡이 풍성한 인간의 들에 빛을 비출지어다. 내 곧 그자들의 날랜 배에다 하얀 천둥을 내려서 새까만 바다의 한가운데서 산산조각을 낼 터이다.'

이 모든 걸 저는 칼립소로부터 전해 들었고, 칼립소는 전령의 신 헤르메스에게서 들었다고 했습니다. 나는 배로 와서 바다로 나가는 동료들을 만류했습니다. 그러나 이미 아무런 소용이 없었습니다. 소는 벌써 죽었기 때문입니다. 신들은 곧바로 분노의 징조를 보여 주었습니다. 소의 가죽은 기어 다니고 고기는 익어가며 꼬챙이에서 신음하는데, 그 소리는 마치 소가 길게 우는 소리처럼 들려왔던 것입니다.

나의 믿음직스러운 동료들은 엿새 동안을 배부르게 지냈습니다. 태양신이 소유한 소들 중에서도 가장 살찐 놈을 잡아 왔기 때문이죠. 크로노스의 아들 제우스신께서 이레째를 밝히자 폭풍이 멈추어서 우린 서둘러 망망대해로 검은 배를 띄우고 돛대를 세워 흰 돛을 달았습니다.

우리가 그 섬을 떠난 이후로 다른 섬은 하나도 보이지 않고 오직 바다와 하늘만이 전부일 때, 크로노스의 아들은 우묵한 배 위로 먹구름을 모았습니다. 배가 얼마 달리지도 못했을 때 갑자기 서풍이 무시무시한 폭풍으로 밀려왔습니다. 그 광풍이 앞의 돛 줄 두 개를 뜯으니 돛대는 뒤로 쓰러지고 배의 온갖 장비들은 배 위로 흩어졌습니다. 배의 뒤쪽에서 그 돛대가 키잡이의 머리통을 내려치니, 정수리 뼈가 순식간에 부서지면서 잠수부마냥 갑판에서 떨어져 물속으로 곤두박질쳤습니다. 제우스가 천둥을 보내서 배를 번개로 치니 배는 사시나무 떨듯 흔들리고, 유황 냄새가 진동했습니다. 동료들은 배에서 떨어져 마치 갈매기마냥 검은 배 옆에서 파도를 따라 허우적거리고 있었습니다. 신께서 고향으로 돌아가는 것을 막아 버리고 만 것입니다.

나는 배에서 허둥대고 있었는데, 드디어 무서운 파도가 그 배의 늑재(肋材)를 산산조각 내고 장비를 거두어 가고 말았습니다. 배의 돛대가 부러져 나가자 쇠가죽으로 만든 돛 줄에 매달리게 되었습니다. 나는 이것으로 배와 돛대를 붙들어 매고는 이 위에 자리를 잡고 앉아서 모진 바람 앞에 표류를 하고 있었습니다.

그때 서풍이 불어서 그 광풍은 멈추었지만 곧 다시 남풍이 불어왔습니다. 그래서 저는 다시 카리브디스에게 밀려가는 것으로 생각하곤 무서워졌습니다. 밤새 표류하다가 날이 밝아서야 나는 다시 스킬라의 바위, 그리고 무서운 카리브디스에게로 이르렀습니다. 그 순간 그녀가 짠 바닷물을 마셔 버려 저는 몸을 날려서 무화과나무로 올라가서 박쥐처럼 매달렸습니다. 그러나 발을 붙이고 나무를 올라갈 수가 없었습니다. 뿌리는 저아래에 있었고, 가지는 손에 미치지 않았기 때문이었습니다. 그 나무는 너무나 길고 커서 카리브디스를 덮고 있었기 때문입니다. 그러므로 나는 그녀가 나의 돛대와 배를 토해 낼 때까지 꾸준히 매달려 있었지요. 오랜시간이 흐른 뒤 내가 바라던 대로 그것들이 튀어나왔습니다. 우리가 우연히 만날 수 있도록 고국에서 사람들이 언쟁을 종결짓고, 저녁을 먹기 위해서 회의장에서 일어서는 그 순간에, 돛대와 배가 카리브디스의 입에서 튀어나온 것입니다. 나는 팔과 다리를 늘어뜨리고, 돛대와 배 옆으로 뛰어내렸습니다. 돛대와 배에 올라앉아서 손을 노 삼아 저어 나갔습니다. 인간과 신의 아버지께서는 스킬라를 더 이상 보지 않도록 해주셨습니다. 그렇지 않았다면 나는 그 무서운 멸망으로부터 빠져 나올 수가 없었을 것입니다.

그 후 나는 아흐레 동안을 표류했습니다. 열흘째 되던 날 밤, 신들은 나를 인간의 말을 할 줄 아는 여신 칼립소가 살고 있는 오기기아 섬으로 데려갔습니다. 그녀는 나를 친절히 맞아서 돌봐 주었습니다. 그러나 이 점에 관해서는 더 자세한 얘기를 할 필요가 없겠습니다. 이미 어제 말씀을 드렸으니까요. 어느 누구도 같은 얘기를 두 번 듣고 싶지는 않을 테니 말입니다."

오이디푸스 왕

소포클레스
(Sophocles, B.C. 496~406)

오이디푸스 왕

소포클레스(Sophocles, B.C. 496~406)

작가와 작품세계

소포클레스(B.C. 496~406)

그리스의 비극 시인으로, 아이스킬로스, 에우리피데스와 함께 3대 비극 시인으로 꼽힌다. 아테네 교외의 부유한 가정에서 태어난 그는 용모가 수려하고 재능이 뛰어나 디오니소스 제례의 비극 경기에서 선배인 아이스킬로스를 누르고 처음으로 승리하여, 이후 24회의 승리를 거두어 당시 아테네의 우상이 되었다. 또 시인이면서도 재무관, 장군 등의 자리를 역임했고, 시칠리아 원정 이후 평의회의 요직을 거쳤다.

기원전 5세기 고전 시대의 한 상징인 그의 작품은 비극이 123편이라고 하는데, 그 중에서 제목이나 단편적인 내용이 전해지는 것이 90편 정도다. 현존하는 작품으로는 《아이아스》, 《안티고네》, 《엘렉트라》, 《오이디푸스 왕》 등 7편이다.

《오이디푸스 왕》은 주인공 오이디푸스가 자기 인식에 이르는 과정을 그린 작품이다. 작품의 문체는 매우 개성적이며, 이오니아 방언을 많이 도입하고, 또 화자 자신이 깨닫지 못하는 복선적인 요소가 많은 것이 특색이다. 완전무결한 극의 구성으로, 아티카 비극을 기교적으로 완성했다는 평을 듣는다.

신의 의지의 표현인 운명에 의해 조종되고, 갈등과 고민 속에 사는 비극적 인간형을 가리켜 '오이디푸스형'이라고 말하는데, 심리학자 프로이

트는 그리스 신화에서 유래하는 오이디푸스 왕의 비극적 운명에 견주어 '오이디푸스 컴플렉스'라는 용어를 만들어 내기도 했다.

줄거리

돌림병으로 많은 사람들이 죽어 가고 있는 테베 왕국은 문제를 해결하기 위해서 스핑크스가 낸 수수께끼를 풀어야 한다. 나그네 오이디푸스는 그 수수께끼를 풀고 나라를 고난에서 구해낸다. 그 뒤 테베는 오이디푸스의 선정을 바탕으로 착실하게 발전해가던 중 다시 나라에 전염병이 돌며 많은 사람들이 죽어 간다.

오이디푸스는 이전에 '아버지를 죽이고 어머니와 잠자리를 같이하여 자식을 가질 것'이라는 신탁을 피해 고향 코린토스를 도망치듯 떠났었다. 그는 방랑 도중에 포키스의 길가에서 초로의 남자 일행을 죽인 일이 있었다. 그런데 지금 왕비의 동생 크레온이 알려 준 신탁에 의하면 유행병의 원인은 전내의 왕 라이오스를 죽인 죄 때문이며, 그 죄를 벗어나기 위해서는 범죄자를 추방하거나 죽여야 한다는 것이다.

오이디푸스 왕은 직접 범인 색출에 나서는데, 우선 눈먼 예언자 테이레시아스를 부른다. 침묵을 지키던 예언자는 왕의 푸대접에 분노하여 왕 자신이 범인이고 어머니를 아내로 맞아 자식을 낳았으며, 머지않아 장님이 되어 방랑할 운명에 있다는 암시적인 말을 남기고 사라진다. 이를 크레온의 음모로 본 오이디푸스는 크레온을 추방하려 한다. 왕비 이오카스테가 중재를 하면서 왕을 달랠 생각으로 자신들이 받은 신탁의 내용을 그에게 알려 준다. 즉 라이오스 왕은 자기 자식에게 살해될 운명이었지만, 이를 피하기 위해 라이오스 왕과 자신은 어린 자식을 산에 버렸고, 또한 라이오스 왕도 여행 도중에 산적의 습격을 받아 죽었기 때문에 신탁은 실현되지 않았다는 것이다. 그러나 오이디푸스는 육감적으로 느껴지는 바가 있어 불안해지기 시작한다.

때마침 코린토스에서 온 사자의 말에 의해, 오이디푸스 자신이 키타일론 산중에 버려졌던 라이오스 왕의 아들임이 밝혀진다. 진상을 눈치 채고 조사를 중지시킬 것을 호소하는 왕비의 말을 무시한 채 오이디푸스는 유일한 산 증인인 늙은 양치기를 불러 진상을 캐묻는다. 그 결과 오이디푸스는 자신이 방랑 중에 죽인 여행자가 자신의 친아버지이고 지금의 왕비가 자신의 친모임을 알게 된다.

이 과정에서 어머니이자 아내가 되어 버린 이오카스테는 목을 매어 자살하고, 오이디푸스도 금 브로치로 자신의 눈을 찌르고 소경이 되어 딸 안티고네와 더불어 방랑의 길을 떠난다.

작품해설

《오이디푸스 왕》은 운명 앞에서 한 인간이 얼마나 무력할 수밖에 없는가와 거기에서 비롯된 비극적인 아이러니를 보여 준다. 오이디푸스는 살인자에 관한 어떤 실마리를 얻기 위해 테베의 시민들에게 다음과 같은 명령을 내린다.

"살인자를 알고 있는 자는 와서 알려라. 그 살인자가 고발을 두려워한다면 스스로 죄를 알려라. 자수한다면 그는 어떤 참을 수 없는 것을 겪지도 않고 몸성히 이 땅을 떠나게 될 것이다. 비록 너희들이 침묵한다고 해도 그 살인자는 우리의 '더러움'이기 때문에 폴리스의 모든 공동생활에 참여해서는 안 되고 반드시 추방되어야만 한다."

계속해서 오이디푸스는 신과 죽은 그 사람을 위한 동맹자로서 라이오스의 살인자에게 저주를 내린다. 마지막으로 그는 라이오스의 왕위와 아내의 계승자로서 살인자를 찾는 것은 그의 당연한 책무라고 말하고 나서 이 일이 마치 친아버지의 일인 양 살인자 수색에 전력을 기울이겠다고 맹세한다.

오이디푸스는 왕에 어울리는 행동을 하고 있음에도 불구하고 자신도 모르게 역설적인 상황 속으로 빠져 들어간다. 즉 그는 명령과 저주와 당부 속에서 그 살인에 대해 무지한 자로부터 라이오스의 아들과 다름없는 자로 발전하고 있다. 그 결과 아이러니의 정도는 점점 심화된다.

마침내 테이레시아스가 등장한다. 그러나 테이레시아스의 첫마디는 냉담하다. 말하기를 회피하는 테이레시아스 앞에서 오이디푸스는 폴리스의 안녕에 대한 커다란 관심을 보여 준다. 폴리스 구원에 대한 열정으로 가득 찬 그에게 테이레시아스의 침묵은 폴리스를 경시하고 자신의 명예를 무시하는 것처럼 보인다. 결국 오이디푸스에게는 '폴리스를 구하는 일'과 '자신의 개인적인 운명을 아는 일'이 동시에 양립할 수 없는 것이다. 그의 열정과 분노는 올바른 이성의 작용을 가로막고 있다.

테이레시아스의 침묵 때문에 진실로의 접근이 가로막히게 된 오이디푸스는 분노하게 되고, 그러자 곧 억측에 의존하고 만다. 그것은 그의 지적인 능력이 발휘된 결과이지만 그와 동시에 정신적인 눈멂의 시작을 의미한다. 자신의 억측에 의존하는 오이디푸스는 테이레시아스를 라이오스 살인의 공범자로 몰게 된다. 이에 테이레시아스는 더 이상 침묵하지 않고 진실을 말하게 된다. 그러나 오이디푸스는 진실을 깨닫지 못한다.

이 장면에서 오이디푸스와 테이레시아스의 성격 대조와 상호 영향이 두드러진다. 어둠 속에 있지만 진실을 알고 있는 테이레시아스와 빛 속에 있으면서도 무지한 상태에 있는 오이디푸스 사이의 대조가 뚜렷해지는 것이다.

진실은 테베의 목자와의 대면 속에서 밝혀진다. 모든 진실을 알고 있는 테베의 목자는 처음부터 진실을 감추려고 한다. 무서운 진실의 목전에 임해서도 오이디푸스는 탐구를 중지하지 않는다. 그리고 결국 탐색을 완수하고 진실에 도달한다. 그에게 드러난 진실의 내용은 결코 영웅적이지 않다. 그러나 그가 자기 지식을 탐구하는 과정은 영웅적인 성격을 띠고 있다.

생각 나누기

오이디푸스 왕은 왕비와의 대화에서 자신이 알고자 하는 '진실'이 자신을 파멸시킬 수도 있다는 생각을 하게 된다. 테베에서 그의 지위로 볼 때, 그는 진실 탐색을 멈출 수도 있었지만, 결국 진실을 추구하다 파멸의 길로 가게 된다. 당신도 어떤 일의 진상을 밝히는 것이 자신에게 이롭지 않은 경험을 해본 적이 있을 것이다. 만일 여러분이 오이디푸스와 같은 상황에 처한다면 어떻게 할 것인지 생각해 보고 그에 대해 논하시오.

모범 답안

이 작품은 주인공 오이디푸스가 자기 인식에 이르는 과정을 그린 작품으로, 자신을 파멸시킬지도 모를 무서운 진실 앞에 마주서는 과정을 중요하게 부각시키고 있다. 오이디푸스가 이르게 되는 세 가지 단계를 살펴보면, 각 단계의 발견이 모두 등장인물들의 개연성 있는 자발적인 의도에 의해서 도달된다는 것을 알 수 있다. 즉 첫 번째와 두 번째 발견은 이오카스테와 코린토스의 사자의 의도가 완전히 배반되는 극적 아이러니를 통해서 이루어지고, 세 번째 발견은 오이디푸스의 영웅적인 성격에 의해서 완성된다.

비극의 원인이 부모를 부모로 알아보지 못한 '무지'이기에 진실은 비록 주인공을 파멸시키는 그런 종류의 것이라 할지라도 소중한 것이다. 오이디푸스가 아버지를 죽이고 어머니와 결혼해서 자식을 낳은 채로 테베의 왕이 되었다는 끔찍한 사실을 알고 있는 예언자나 양치기 모두 진실을 말하려 하지 않는다. 이런 상황에서 오직 오이디푸스만이 진실을 추구한다. 이런 그의 모습에서 자신의 의지와는 무관하게 전개되어 한 개인을 파멸시키는 운명의 힘 앞에서 개인이 얼마나 무력한가를 깨닫는 것이 이 작품의 감상법이다. 그러나 오이디푸스의 행동은 자신의 파멸이 어렴풋하게나마 보이는 가운데, 그 진실을 향해 고집스럽게 나아가는 영웅적인 인간의 모습 또한 담고 있다. 이런 시각에서 보았을 때 오이디푸스는 단지 운명의 꼭두각시만은 아니다.

탐색을 완수하고 마침내 진실에 도달하는 오이디푸스에게 있어 완전하게 드러난 진실의 내용은 결코 영웅적이지 않다. 그러나 그가 자기 지식을 탐구하는 과정은 영웅적인 성격을 띠고 있다. 여기서 영웅성은 오이디푸스가 강렬한 성격에 의해서 자기 탐구의 화신이 된다는 것을 의미한다. 이 새롭게 탄생된 비극적인 영웅에게 비로소 그러한 탐구가 가능해진다.

또 한 가지 주목해야 할 점은 오이디푸스가 모든 것을 드러내는 자라는 것이다. 자신이 라이오스를 살해하고 이오카스테와 결혼했다는 것을 깨닫고 나서도 계속해서 자신이 운명의 배후에 있는 원인마지도 탐구하기 때문이다. 즉 그는 진실이라는 사태와 자신의 운명의 원인 모두를 드러나게 한다. 요건대 오이디푸스는 새로운 시대의 영웅상의 면모를 가지고 있다.

읽기 전에

제시된 본문은 오이디푸스 왕이 범인 색출에 나서면서 예언자와 크레온과 언쟁을 벌이는 가운데 자신이 선왕과 어떤 관계에 있는 것은 아닌가 하는 의심이 들기 시작하는 부분이다.

오이디푸스 왕

오이디푸스　모든 것에 통달하고 있는 테이레시아스여, 가르쳐도 될 일과 말해서는 안 될 일, 하늘의 일이건 땅의 일이건 온갖 것을 꿰뚫어 볼 수 있는 그대여! 그대는 비록 보지는 못하지만 이 나라의 재앙, 이 나라가 앓고 있는 못된 병을 잘 알고 있을 거요. 오, 당신이야말로 이 나라를 지켜 줄 유일한 방패요, 하나뿐인 구원자요. 사자에게 이야기를 못 들었을지도 모르지만 우리가 아폴론 신에게 사람을 보냈더니 이런 신탁을 받아 왔소. 이 역병에서 벗어나는 길은 오로지 라이오스 왕의 시해자들을 찾아내서 그들을 죽이거나 나라 밖으로 추방시켜야만 된다는 것이오. 그러니 당신의 지식을, 점을 치는 새의 소리나 그 밖의 어떤 예언술이든 아끼지 말고 그 죽은 분으로 인하여 생긴 역병으로부터 당신 자신과 이 나라를 그리고 나를 구해 주시오. 우리의 운명은 당신 손에 달렸소. 게다가 온 힘을 다해서 동포를 돕는 일이야말로 인간의 가장 고귀한 일이 아니겠소.

테이레시아스　지혜란 그것을 가진 자에게 아무런 이득을 가져다주지 못할 때는 참으로 무서운 것이 됩니다. 이런 사실을 잘 알고 있던 내가 어쩌자고 그걸 망각했을까! 차라리 여기 오지 말았어야 했을걸.

오이디푸스　아니 왜 그러시오? 어째서 이처럼 근심스러워하는 거요?

테이레시아스　저를 집으로 돌아가게 해주십시오. 그것이 우리 두 사람이 각자 자기 짐을 짊어지는 데 가장 쉬운 길이 될 겁니다.

오이디푸스　그대의 제의는 법에 어긋나는 것이고 당신을 키워 준 이 나라에 불충하는 것이오. 지금 그대의 태도는 대답을 하지 않으려는 태도요.

테이레시아스　그건 당치 않은 말씀입니다. 그와 같이 판단을 잘못하는 일이 제게는 일어나지 않았으면 좋겠습니다.

오이디푸스　무언가 알고 있으면 제발 거절하지 말고 죄다 말해 주오. 여기 우리 모두가 무릎을 꿇고 그대에게 간청하고 있소.

테이레시아스　당신께선 지금 전혀 아무것도 모르고 계십니다. 저는 절대로 저의 무서운 비밀을, 아니 당신의 비밀을 밝혀 드리지 않겠습니다.

오이디푸스　아니, 무엇인가 알고는 있단 말이지? 그런데 말하지 않겠다고? 그대는 우리를 배신하고 이 나라를 망치게 할 생각이다 이 말이오?

테이레시아스　저는 왕이나 저에게 고통을 가하고 싶지 않습니다. 어째서 저를 자꾸 괴롭히십니까? 그건 아무 소용없습니다. 아무리 그러셔도 제게서는 아무 말도 얻어내지 못하실 겁니다.

오이디푸스　괘씸하다! 생명이 없는 돌도 그 말에는 분개할 것이다. 어떤 일이 있어도 한사코 마음을 돌리지 않을 텐가? 어서 말하라. 그래서 끝을 내자.

테이레시아스　당신께서는 저를 나무라십니다만 당신은 당신과 함께 살고 있는 분도 모르고 있습니다.

오이디푸스　(코러스에게) 테베를 모욕하는 이런 말을 듣고도 화를 내지 않을 사람이 있을까?

테이레시아스　제가 침묵으로써 감추고 있어도 올 것은 옵니다.

오이디푸스　그래, 그 올 것, 그것이 바로 네가 내게 말해야 할 것이란 말이다.

테이레시아스　전 더 이상 말하지 않겠습니다. 이제 마음대로 하십시오.

저에게 화를 내시고자하면 하고 싶은 대로 마음껏 화를 내십시오.

오이디푸스   그래? 좋다. 이제는 나도 화가 나서 내 짐작을 다 털어놓지 않을 수 없다. 똑똑히 들어 둬. 라이오스 왕의 살인 음모를 꾸민 자는 바로 너다. 그래, 실제로 손만 대지 않았을 뿐 네가 했어. 만약 네가 장님이 아니었더라면 너는 너 혼자서 그분을 쓰러뜨렸을 것이다.

테이레시아스   그렇게 말씀하신다면 저는 당신에게 요구하겠습니다. 당신은 당신 입으로 말한 그 포고의 모든 조항을 스스로 이행하십시오. 이제부터 저에게나 이 사람들 누구에게도 감히 말을 걸 생각을 마십시오. 당신이 바로 그 살인자이며 당신이야말로 바로 이 나라의 부끄러움입니다.

오이디푸스   이 철면피 같은 놈! 그 따위 말을 하다니! 그러고도 무사할 줄 아느냐?

테이레시아스   그럼요! 진리와 그 모든 힘이 저의 것이니까요.

오이디푸스   이걸 누가 가르쳐 준 거냐? 네 예언술로 안 것은 아니다.

테이레시아스   바로 당신이오. 나는 이야기하지 않으려 했는데 억지로 말을 하게 한 것은 당신입니다.

오이디푸스   네가 한 말은 무슨 뜻이지? 똑똑히 알고 싶다.

테이레시아스   처음 말했을 때 바로 이해를 못 하셨소? 무슨 꼬투리를 잡으려고 하는 게 아니오?

오이디푸스   아니다. 도대체 석연치가 않다. 다시 한 번 말해 보라.

테이레시아스   당신 자신이 바로 당신이 찾고 있는 살인자란 말이오.

오이디푸스   그 말을 두 번씩이나 하고도 무사할 것으로 생각하나?

테이레시아스   그럼 더 말씀을 드릴까요? 화를 더욱 돋우시게.

오이디푸스   하고 싶은 대로 다 지껄여 봐. 그래 봐야 다 쓸데없는 소릴 테니까.

테이레시아스   당신께서는 세상에서 가장 가깝고 귀한 분과 수치스러운 인연을 맺고 같이 살고 있소. 다만 그 죄를 모르고 있는 거요.

오이디푸스 아니, 이런 식으로 거짓을 말하면서 영원히 벌을 받지 않고 있을 줄 아느냐?

테이레시아스 물론이죠. 진리에 힘이 있다면 말입니다.

오이디푸스 힘이야 있지. 그러나 다만 너를 위한 힘은 아니다. 너에게는 힘도 진리도 없다. 너는 눈먼 장님이야. 그리고 네 귀도 마음도 역시 마찬가지고.

테이레시아스 참으로 불쌍한 사람이로군요. 당신이 내게 던지고 있는 그런 욕설들을 여기 있는 사람들이 장차 당신한테 던질 거요. 그리고 그럴 날이 얼마 남지 않았소.

오이디푸스 (경멸조로) 너는 일생을 끝없는 밤의 어둠 속에 살게 될 자다. 그러니 빛을 볼 수 있는 나나 딴 사람을 너로서는 영원히 해칠 수가 없을 것이다.

테이레시아스 운명은 나로 인하여 당신을 멸망시키도록 되어 있지 않소. 그것은 아폴론 신 혼자만으로도 충분하오. 이번 일은 그가 할 일이오.

오이디푸스 이런 이야기를 꾸며낸 것은 크레온이냐, 너냐?

테이레시아스 당신을 해치는 자는 크레온이 아니라 당신 자신이오.

오이디푸스 부, 절대 권력, 인생의 경쟁에서 남을 이긴 재간, 이런 것들이 얼마나 큰 질투심을 일으키는지 모르겠다. 내가 요구한 것도 아닌데 크레온은 처음부터 나의 친구로서, 충성스런 신하로서 나를 쫓아내고 싶은 흑심을 품고 은밀하게 나에게 접근해 왔던 것이다. 그러다가 사사로운 이익에는 밝고 예언에는 깜깜인 이 거짓말쟁이 사기꾼, 음모에는 능한 이 점쟁이를 부추겼던 것이다. (테이레시아스에게) 말해 보라. 네가 언제 한번이라도 참다운 예언자가 된 적이 있었더냐? 스핑크스가 수수께끼를 노래하고 있었을 때 너는 이 나라 백성을 구해 줄 수 있는 말을 해준 적이 있었더냐? 그 수수께끼는 그 앞을 지나가는 사람이면 누구나 다 풀 수 있는 그런 것이 아니었다. 그것은 예언자적인 통찰력을 필요로 했었다. 그런데 너는 오지 않았어. 새의 점이나 신의 계시로 얻은 해답을 전혀 주지 않았다. 그러자 내가 왔던 거야. 아무것도 모르는 이 오이디푸스가. 그리고 스핑크스를 침묵시켰다. 나는 그 수수께끼를 새로부터는 아무 가르침도 받지 않고 내 자신의 지혜로만 풀었어. 그런데 이제 와서 너는 나를 몰아내고 크레온의 왕좌 옆에 붙어 보려는 생각을 하고 있는 것이다. 너에게 말해 두마. 너와 이 음모를 꾸민 크레온은 죄 없는 사람을 모함한 대가를 눈물로써 갚아야 할 것이다. 만약 네가 늙은이만 아니었다면 벌써 네 음모의 결과가 어떤 것인지 뼈아픈 고통을 통해 깨달았을 것이다.

코러스장 오이디푸스 왕이시여, 저희들의 생각을 말씀드리자면 두 분은 다 격해서 말씀하신 것 같습니다. 그러나 이런 식의 대화는 우리에게 불필요합니다. 우리가 지금 생각해야 될 문제는 신의 신탁으로 확정된 문제를 어떻게 해결하느냐 하는 것입니다.

테이레시아스 당신은 비록 왕이긴 하지만 한 가지 점에서는, 즉 대답할 권리에 있어서는 당신이나 나나 동등하니 그런 대우를 나에게 해주어야만 하오. 더군다나 대답하는 것은 나의 능력이기도 하오. 나는 당신의 종이 아니라 아폴론 신의 종이오. 그리고 나는 크레온에게 종속되어 개인 자격으로는 아무 이야기도 할 수 없는 그런 사람도 아니오. 나는 발언권이 있는 사람이며 따라서 당신에게 이 말을 드려야겠소. 당신은 내가 눈이 먼 것을 조롱하였소. 그러나 당신은 눈이 있는데도 당신이 처하고 있는 악을 보지 못하고 있소. 당신은 지금 어떠한 곳에 살고 있는지, 누구와 같이 살고 있는지도 모르오. 심지어는 당신의 양친이 누구인 줄도 모르고 있지 않소? 그것도 모르는 당신은 친혈육인 지하에 계신 망자와 저 위에 계신 살아 있는 분의 원수가 되었소. 치명적인 발걸음으로 다가오는 당신의 어머니와 아버지의 쌍날의 저주가 언젠가 당신을 이 나라에서 몰아내고 말 것이오. 지금은 옳게 보는 그 눈도 그때 가서는 암흑만을 보게 될 것이오. 그날에 당신은 큰소리로 비명을 지르게 될 것이며 당신의 그 울음소리는 들리지 않는 곳이 없겠고, 키타이론 산골짜기마다 울리지 않는 곳이 없을 거요. 바로 그날에 당신은 당신의 결혼, 당신이 순풍의 항해 끝에 찾아 들어간 그 악의 항구에 대한 진실을 알게 될 거요.

그리고 당신은 꿈에도 상상할 수 없는 다른 수많은 끔찍한 죄악들을 저질렀소. 그것들은 당신이 누구인가를 밝혀 줄 것이고 당신을 당신의 친자식들과 같은 항렬로 올려놓을 것이오. 자! 이제 나와 크레온을 마음대로 실컷 비난하시오. 그러나 살아 있는 사람 가운데 당신의 파멸보다 더욱 비참한 파멸을 당할 사람은 없을 것이오.

오이디푸스 그만 해! 그 따위 이야기는 듣지 않겠다. 이 죽일 놈! 내 저주가 네놈에게 떨어지리라! 속히 없어져. 이 집에서 물러가 네가 온 곳으로 돌아가라.

테이레시아스 당신이 부르지 않았다면 나 역시 오지 않았을 거요.

오이디푸스 네가 그 따위로 멍청한 소리를 할 줄은 몰랐다. 그럴 줄 알았더라면 여간해서는 부르지 않았을 거다.

테이레시아스 나는 나일 뿐인데 당신한테는 바보로 보이는 것 같군요. 그러나 당신을 이 세상에 낳아 준 부모님께선 나를 아주 현명한 사람으로 생각하실 거요. (가려고 돌아선다)

오이디푸스 너 누구를 말한 거냐? 기다려! 나의 아버지가 누구란 말이냐?

테이레시아스 오늘 이 날이 당신을 낳고 또한 당신을 죽일 것이오.

오이디푸스 네가 하는 말은 모두 똑같이 수수께끼 같고 모호하구나.

테이레시아스 당신이야말로 수수께끼를 푸는 데는 살아 있는 자 가운데 제일가는 사람이 아니시오?

오이디푸스 좋을 대로 나를 모욕해라. 그러나 그것은 나를 위대한 사람으로 만들어 줄 것이다.

테이레시아스   그러나 바로 그것이 당신을 파멸시킬 거요.

오이디푸스   그런 게 무슨 상관이냐? 내가 테베를 구해 낸다면.

테이레시아스   그럼 나는 가겠소. 얘야, 나를 인도해라.

오이디푸스   그래, 그자를 데리고 가라. 네가 여기 있는 동안은 방해만 되고 성가시기만 하다. 일단 떠난 뒤에는 더 이상 나를 괴롭히지 못할 것이다.

테이레시아스   가긴 갑니다. 그러나 먼저 내가 여기 와서 하려던 말을 해야겠소이다. 나는 당신을 조금도 두려워하지 않소. 당신은 나를 파멸시킬 수 없으니까. 자, 내 말을 잘 들어 두시오. 당신이 그런 위협적인 포고까지 하면서 찾아내려고 하는 사람, 라이오스 왕의 시해자, 그 사람은 바로 이곳 테베에 있소. 그는 겉으로는 외국 태생의 이민이지만 사실은 테베 본토 출신임이 드러날 것이오. 그는 그 사실이 밝혀지는 것을 반가워하지 않을 거요. 그는 볼 수 있던 눈이 장님이 되고 부자에서 거지로 전락되어 지팡이로 길을 더듬으며 낯선 땅을 방황하게 될 것이오. 그는 지금 그와 함께 살고 있는 자식들의 형제이자 아버지임이 드러날 것이고, 그를 낳아 준 여자의 아들이며 남편임이 밝혀질 것이며, 자기 아버지의 살인자이며 아버지와 잠자리를 공유한 자임이 입증될 것이오. 가서 이 말을 곰곰이 생각해 보시오. 그리고 나서도 내 말이 잘못되었거든 그때 내 예언이 신통치 못하다고 말씀하시오.

테이레시아스, 소년에게 인도되어 옆으로 퇴장한다.
오이디푸스, 궁 안으로 다시 들어간다.

코러스   델포이의 절벽으로부터 나온 예언의 말씀이 지칭한 자는 누구인가?

피묻은 손으로 형용할 수 없는 죄악을 저지른 그자는.

이제 그는 질풍 같은 말보다 더 빨리 달아나야만 하리라.

제우스의 아들 무장한 아폴론은

번갯불 들고 그를 향해 돌진하며

피할 수 없는 무서운 복수의 여신들은

그를 뒤쫓는다.

아폴론의 말씀은 눈 덮인 파르낫소스 산으로부터

모든 사람이 볼 수 있도록 타올랐다.

그 숨은 살인자를 모든 수단을 다해서 찾아내라.

그는 비참한 신세로 인간으로부터 단절된 채

아픈 다리를 끌면서

깊은 숲 속, 동굴과 바위 사이를 들소처럼 헤매고 있다.

그는 세계의 중심에서 전해진 예언을 등졌지만

그 예언들은 살아서 영원히 그의 귓전을 울리고 있노라.

그 현명한 예언자의 말은 나를

공포와 혼란으로 몰아넣는다.

그의 말은 동의할 수도 반대할 수도 없다.

무어라고 말해야 할지?

희망과 공포 사이를 왕래하며

앞을 내다볼 수도 뒤를 돌아다 볼 수도 없다.

오이디푸스와 라이오스 간에 싸워야 할 이유가 있었을까?

예전에 듣지 못했고 지금도 전혀 모르는 일.

라이오스의 알 수 없는 죽음에 복수하기 위해

위대한 명성의 오이디푸스를 공격할 필요가 있을까?

제우스와 아폴론은 과연

인간의 모든 일을 완전히 알고 계신다.

그러나 일개 인간이 진리를 알 수 있을지.

인간의 예언자가 나보다 더 많이 알고 있는지를

누가 공정하게 재판할 수 있을까?

한 사람은 다른 사람보다 더 현명할 수도 있다.

그러나 나는 그러한 죄상들이 증명될 때까지는

오이디푸스를 욕하는 사람들 편에 결코 서지 않겠다.

우리는 이미 스핑크스와 그가 어떻게 맞섰던가를 모두 보았다.

거기에서 그의 지혜는 입증되었다.

위험이 닥쳤던 그때 그는 테베의 기쁨이었다.

그날을 기억하면 내 가슴은 결코

그가 악행을 저지른 죄인이라고 판단하지 못하리라.

크레온   테베의 시민 여러분, 나는 오이디푸스 왕께서 나에게 지독한 비
난을 퍼부으셨다는 말을 듣고 너무나 분해서 왔습니다. 만약 왕께서
이 위급한 상황에 내가 말로든 행동으로든 그분께 해를 끼쳤다고 생
각하신다면 나로 하여금 내 여생을 그런 욕된 이름 속에서 살지 않도
록 해주십시오. 그러한 평판이 내게 끼친 피해는 간단한 것이 아니며,
내가 여러분들과 내 친구들에게 이 나라의 반역자라고 불린다면 그
피해는 치명적이지 않을 수 없습니다.

코러스장   왕께서 당신을 그처럼 공격한 것은 필경 홧김에 그러셨던 것이
지 깊이 생각해 보고 하신 말씀은 아닐 것입니다.

크레온   그럼 나보고 테이레시아스를 선동해서 거짓말을 하게 했다고 한

말씀은 무엇이오?

코러스장 그렇게 말씀은 하셨지만 무슨 생각에서 그러셨는지는 모르겠
습니다.

크레온 그분이 나를 그처럼 매도할 때 그 눈빛과 정신이 맑고 분명한 상
태였소?

코러스장 나는 그건 모릅니다. 테베를 다스리시는 분에 관해서는 저에게
물어 봐야 소용이 없습니다. 아, 마침 저기 나오십니다. 오이디푸스
왕께서 궁에서 나오고 계십니다.

오이디푸스, 궁전에서 나온다.

오이디푸스 (크레온에게) 네 이놈! 넌 여기 와서 무얼 하고 있는 거냐? 무
슨 낯이 있어 내 궁전에 나타났어? 이 뻔뻔스런 자, 내 목숨을 빼앗고
내 왕관을 훔치려는 도둑놈! 어서 말해 봐. 이런 음모를 꾸미다니, 너
는 나를 뭐로 알았느냐? 겁쟁이로? 아니면 바보로? 남몰래 진행되고
있는 네 음모를 내가 눈치채지 못할 줄로 알았더냐? 그것을 알고도
내가 방어할 수 없을 것이라고 생각했더냐? 네놈의 음모야말로 어리
석기 짝이 없구나. 추종자도 없고 배후에 친구도 없이 왕관을 사냥질
하려 하다니. 왕관이란 사람과 돈이 있어야 손에 들어오는 법이다.

크레온 제게도 제의할 것이 있습니다. 그렇게 말씀을 하셨으니 이제는
제 대답을 들으실 차례입니다. 제 말을 들으신 다음에 저를 판단해 주
십시오.

오이디푸스 너는 말 재주가 뛰어난 놈이지. 그렇지만 나를 쉽게 설득시
키지는 못할 것이다. 내가 아는 건 네가 내 적이고 골치 아픈 짐이라
는 사실뿐이다.

크레온 그러나 꼭 한 가지, 제 말을 들어만 주십시오.

오이디푸스　그러나 꼭 한 가지, 네가 반역자가 아니라고는 말하려고 하지
　　　　　　마라.

크레온　만약 이성을 빼앗긴 완고한 고집을 가치 있는 미덕으로 생각하신
　　　　다면 당신께서는 제정신이 아니십니다.

오이디푸스　네가 만약 가까운 친척을 해치고도 그 벌을 받지 않을 것이라
　　　　　　생각한다면 너야말로 미친놈이다.

크레온　네, 그건 옳은 말씀입니다. 하지만 제가 무슨 짓을 했다는 것인지
　　　　최소한 그건 설명해 주셔야 되겠습니다.

오이디푸스　너는 '거룩한' 예언자를 불러와야 된다고 나를 굳이 설득 했
　　　　　　던가 안 했던가?

크레온　네, 했습니다. 지금도 그 생각은 변함이 없습니다.

오이디푸스　그렇다면 기간이 얼마나 됐지, 저 라이오스 왕이…….

크레온　어떻게 됐다는 말입니까? 무슨 말씀인지를 모르겠군요.

오이디푸스　사라졌다가 난폭하게 살해된 것이?

크레온　여러 해 전입니다. 날짜를 세자면 꽤 오래전 일입니다.

오이디푸스　그리고 그 당시에도 이 예언자는 그 일을 하고 있었고?

크레온　물론이죠. 그분은 지금이나 마찬가지로 현명했고 존경받고 있었
　　　　습니다.

오이디푸스　그 당시 그가 내 이름을 말한 적이 있었나?

크레온　없었습니다. 적어도 제 앞에서는.

오이디푸스　너희들은 그 범인을 찾으려 했겠지?

크레온　물론 우리는 최선을 다했었습니다. 그러나 아무런 단서도 얻을
　　　　수 없었습니다.

오이디푸스　그렇다면 왜 이 현명하다는 예언자가 그때는 이 모든 이야기
　　　　　　를 하지 않았을까? 그것은 어떻게 된 일이지?

크레온　그건 모르겠습니다. 잘 알지 못하는 일이라 감히 드릴 말씀도 없

습니다.

오이디푸스   아니 여기에 대해서 너는 무엇인가 알고 있어. 그리고 네가
충성스런 사람이라면 말해 줄 수도 있는 문제였어.

크레온   대체 무얼 말하시는 겁니까? 만약 제가 무엇인가 알고 있다면 순
순히 대답을 하겠습니다.

오이디푸스   바로 이거다. 만약에 네가 테이레시아스와 어떤 음모에 합의
를 하지 않았다면 그는 결코 라이오스의 피살을 내가 한 짓이라고 말
하지 않았을 것이란 말이다.

크레온   만약 그가 그런 말을 했다면 그것을 가장 잘 아실 분은 바로 왕이
십니다. 이제 저도 제 권리를 주장하겠습니다. 제가 질문에 대답했듯
이 왕께서도 제 질문에 답변을 해주십시오.

오이디푸스   좋다, 물어보라. 그러나 내가 살인자라는 것을 입증하지는
못할 것이다.

크레온   왕께서는 제 누님과 결혼하셨죠, 그렇잖습니까?

오이디푸스   그건 그렇다.

크레온   그리고 누님과 공동으로, 그리고 동등한 자격으로서 테베를 다스
리셨죠?

오이디푸스   왕비는 무엇이든 원하는 바를 다 가질 수 있었지.

크레온   그리고 저도 두 분과 동등한 자격을 가지고 있습니다. 제 말이 옳
습니까?

오이디푸스   그래, 그건 맞다. 바로 그렇기 때문에 네놈이 얼마나 불충한
놈인가를 알 수 있는 거다.

신곡

알리기에리 단테
(Alighieri Dante, 1265~1321)

신곡

알리기에리 단테(Alighieri Dante, 1265~1321)

작가와 작품세계

알리기에리 단테(1265~1321)

이탈리아의 시성(詩聖)으로 추앙받는 단테는 1265년 피렌체에서 태어났다. 그의 집안은 귀족의 말석을 차지하고 있었으나 생활은 가난하였다. 1274년 5월, 그의 나이 9세 때 같은 도시에 살던 베아트리체를 알게 되었는데, 그녀는 이후 단테의 영원한 여성이 되었다. 1292년에 처녀작 《신생》을 썼는데, 이는 베아트리체와의 연애를 주제로 한 자서전적인 작품으로 운문과 산문이 혼합되어 있다. 초등 교육을 피렌체에서 마치고 1285년부터 2년 간 볼로냐 대학에서 수사학과 철학, 의학 등을 공부하였다. 1289년 피렌체가 아레초 시를 맹주로 한 기베린 당군과 싸웠을 때 단테는 기병대의 일원으로 참전하였다. 1290년 베아트리체가 요절하자, 그는 깊은 슬픔에 잠겨 보에티우스의 《철학의 위안》 등에 빠져들었다. 1295년에 젬마 도나티와 결혼하고, 정치 활동을 시작하여 1300년 마침내 통령의 한 사람으로 선출되어 6월 15일부터 8월 15일까지 재임하였다.

당시 정계는 기베린당과 겔프당으로 나뉘어져 있었는데, 겔프당은 다시 흑당과 백당으로 갈라져 싸웠다. 단테는 백당에 속해 있었다. 로마 교황을 이용하여 세력을 잡으려고 하는 흑당을 저지하기 위해 단테가 로마 교황과 교섭하는 사이, 1300년 3월 10일 피렌체의 흑당이 쿠데타를 일으켜 단테를 추방하였다. 그는 이후 각지를 떠돌며 《향연》, 《속어론》, 《제정론》, 《신곡》 등을 저술하였다. 1317년 영주의 초청으로 하벤나로 건너가 그곳에서 가족과 함께 조용히 문필 생활을 영위하다가 1321년 9월 31일 생을 마감하였다.

단테의 문학적·종교적 사상을 집대성한 《신곡》은 전체가 〈지옥편〉·〈연옥편〉·〈천국편〉 3편으로 이루어져 있으며, 1만 4233행의 시구로 되어 있다. 이 작품은 단테가 직접 작중 인물로 등장하여 지옥과 연옥, 천국을 일주일 동안 여행하면서 내세 영혼들의 세계를 그린 환상적인 서사시로, 우리에게 최고의 진리와 인간의 참다운 행복이 무엇인지를 극명히 보여주고 있다. 이 작품으로 단테는 르네상스 문학의 선구자가 되었다.

줄거리

단테가 35살이 되던 해인 1300년 4월 7일, 부활절 직전 성(聖)목요일의 일이었다. 단테는 우언히 '암흑의 숲'에 들어가게 되는데, 가까스로 '암흑의 숲'을 벗어나자 이번에는 연옥산을 오르게 된다. 이때 표범과 사자, 이리들이 달려들어 절대 절명의 위기를 맞는데, 천상의 성모 마리아에게서 생명을 받은 베아트리체가 로마의 시인 베르길리우스의 영혼을 불러내어 단테를 구출해 줄 것을 부탁한다. 단테에게 달려온 베르길리우스는 현세로 돌아가기 위해서는 지옥과 연옥, 천당을 순례해야 한다는 것을 설명하고, 두 사람은 피안의 세계를 여행하기 시작한다.

먼저 지옥에 가보니 점점 아래로 내려갈수록 죄가 무거운 사람들이 벌을 받고 있었다. 생전에 낭비벽이 심했던 사람은 무거운 금화가 가득 든 자루에 깔려 있었으며, 이단자들은 돌로 된 관 속에 넣어져 불태워지고 있었다. 또한 부정을 저지른 자는 펄펄 끓는 콜타르 죽으로 변해 있었고, 전쟁을 일으킨 자는 악마의 검에 살이 잘리고 있었다. 지옥의 맨 밑바닥에는 세 개의 얼굴을 가진 대마왕 루치페로가 세 사람의 반역자인 유다와 브루투스, 카시오를 물어뜯고 있었다.

이후 터널을 통하여 두 사람이 나온 곳은 섬의 해변가로 연옥산 기슭의 들판이었다. 이때 천사가 나타나 단테의 이마에 죄를 뜻하는 글자 P를 7개 새겼는데, 그것은 산에 오르자 차례로 지워졌다. 산은 층상(層狀)을 이루어 아래로부터 세어 제1원(圓)부터 9원(圓)까지 나뉘어져 있었고, 맨 꼭대기에는 지상 낙원이 있었다.

산을 오르며 단테는 여러 가지 죄가 정화되고 있는 것을 보았다. 이를테면 제2원에 있는 영혼들은 선망(羨望)의 죄를 범한 자들이었는데 그들은 눈꺼풀이 쇠줄로 봉해져 있었다. 또 제6원에 있는 영혼들은 배고픔의 욕심 때문에 죄를 범한 영혼들이었는데, 이들의 눈앞에는 물과 과일의 환영이 나타나고 그것을 잡으려고 하면 곧 사라지곤 하였다.

지상의 낙원에는 과거를 잊게 하는 레테강과 에우노에 강이 있었는데, 단테는 양쪽의 강에 몸이 적셔진다.

이윽고 시종들과 함께 수레를 탄 베아트리체가 모습을 나타내고 천국여행에 대비하여 자신과 그리펀의 눈에 비친 태양빛을 단테의 눈에 반사시켜 그의 눈을 단련시켜 준다. 그 후 단테는 제1천(월천), 제2천(수성천), 제3천(금성천), 제4천(태양천), 제5천(화성천), 제6천(목성천), 제7천(토성천), 제8천(항성천), 제9천(원동천), 제10천(지고천)을 차례로 순례하게 되고, 목성천에서는 증조부로부터 피렌체의 미래에 대한 예언을 듣는다. 그리고 마침내 지고천에 이르러서는 성스러운 신의 모습을 배알하고 삼위일체의 참뜻을 깨닫게 된다.

작품해설

지옥과 연옥 그리고 천국 등 내세의 여행을 노래한 단테의 《신곡》은 인간이 만든 가장 위대한 시가(詩歌) 중의 하나로 시적 상상력의 위대한 성취로 평가받는다. 시에서 그가 나타내고자 한 의미와 더불어 그로 하여금 시를 쓰도록 몰아붙인 요인들을 이해하기 위해서는, 그의 시 이면에 내포된 사상들을 탐구해 볼 필요가 있다. 단테가 실제로 맞부딪쳤던 문제점들과 그의 시에 넓게 드리워져 있는 문제의식들은 결국 같은 것이었다.

예를 들면 그 문제점에는 성서의 가르침과 인간의 이성 간의 관계가 포함되어 있고, 육욕적 사랑과 정신적 사랑과의 관계, 교회의 권위와 국가의 권위 사이의 갈등, 인간의 행위들과 별들의 움직임에 대한 하느님의 영향들이 포함되어 있다. 외형적으로 볼 때, 단테가 직면했던 이러한 문제점들은 당시의 상황들과 제도의 변화, 그리고 과학의 발달로 인하여 무의미한 듯하다. 그러나 그 문제점들은 우리의 관심을 끄는 영원한 딜레마들이며 중세의 성기(盛期) 중에 유럽의 문명사회가 관심을 가졌던 커다란 이슈들의 한 단면을 보여 준다.

단테의 《신곡》은 유럽의 사상에 있어서 가장 결정적인 단계를 최고의 문학적 표현으로 표출한 것으로 여겨져 왔다. 철학은 그것을 구성하는 사회의 구조를 따르게 마련이다. 13세기 교회와 국가는 둘 다 강력한 전제성을 띠고 있었다. 그래서 정신과 사물의 모든 힘들이 전능하신 하느님에 의해서 지배된다고 본능적으로 생각하는 경향이 강하게 대두되었다. 그러나 사회는 수직적으로 분리되어졌기 때문에 정신과 물질 간의 갈등, 종교적 관념과 이성적 논리 간의 갈등으로 사로잡히게 되었고, 단테는 이러한 이슈를 향하여 간접적으로 접근해 나갔다. 즉 전제 군주국이 아닌 도시 국가의 문제로서, 전문적인 철학자가 아닌 교육을 잘 받은 비전문가의 입장으로서, 그리고 시를 통하여 그 문제들을 제기함으로써 간접적으로 규명해 갔던 것이다. 결국 그는 당시의 수많은 지적(知的)문제점들을 접하였고, 그것들을 철학적 사상가들의 통찰력과는 다른 직관과 상상력에 의해서 표현해 냈다.

그 당시 단테는, 국가와 교회의 권위가 상존하는 중세 시대에 제기된 정신적·물질적 갈등, 종교적 관념과 이성적 논리의 충돌을 해결할 일반적인 해결책을 찾고자 노력했던 계층에 속해 있었다. 많은 작가들이 역시 이러한 시도를 시행했으나 시(詩)를 통해서 문제의 해결책을 구체화시킨 단테의 성공은 가장 탁월한 것이었다.

생각 나누기

제1곡은 《신곡》이 쓰인 당시, 중세 사회의 당면 문제를 암시적으로 보여 주고 있다. 단테는 작품을 통해 이 문제를 어떻게 해결하려고 했는지 여정의 순서(지옥, 연옥, 천국)와 관련지어 기술하시오.

모범 답안

단테가 실제로 맞부딪쳤던 문제점들과 그의 작품에 전반적으로 드리워져 있는 문제의식들은 같은 것이다. 예를 들면 성서의 가르침과 인간의 이성 간의 관계, 육욕(肉慾)적 사랑과 정신적 사랑 간의 관계, 교회의 권위와 국가의 권위 사이의 갈등, 인간의 행위들과 별들의 움직임에 대한 하느님의 영향 등이다.

작품의 제1곡에서 표범, 사자, 늑대가 나타나는데 이들은 단테의 발길을 가로막으며 공포에 질리게 함과 동시에 도망가려는 마음조차도 갖지 못하게 한다. 이때 베르길리우스가 나타난다. 그는 아름다운 문체의 창시자이며 높은 지성을 지니고 있는 시인이어서 단테가 스승, 아버지, 시인 중의 시인이라고 일컫는 사람이다. 그의 영혼이 나타나 더욱 길고 복잡한 다른 길로 단테를 안내, 벌의 세계인 지옥과 회개 및 정리의 세계인 연옥을 거쳐 환희의 산으로 안내하겠다는 약속을 한다. 환희의 산은 지금 길을 막고 있는 늑대를 사냥할 사냥개가 필요 없는 천국의 산으로, 영원한 선의 상징인 베아트리체가 안내하리라고 한다.

단테는 그 과정을 통해 구원의 길로 들어서게 되는데 이것은 자신은 물론 방탕과 파멸로만 이끄는 세상의 욕심을 벗어나 하느님의 섭리로 정화되는 모든 인류의 구원을 의미한다고 할 수 있다. 정치적·윤리적 기본을 어지럽히며 개개인의 가치관을 파멸시키는 호색(好色), 오만(傲慢), 탐욕(貪慾)을 일종의 개혁자인 사냥개가 사냥함으로써 종교적·시민적 질서를 개선하고, 인간 속에 종교적 풍습의 순수성과 정의, 평화를 재건시키려 한다. 결국 단테는 지옥, 연옥, 천국의 여로를 통해 당시 사회가 가지고 있었던 다양한 문제점을 지적하고 천국의 모습을 뛰어난 시적 상상력으로 형상화함으로써 정당한 신의 사회를 만들려고 했던 것이다.

읽기 전에

제시된 본문은 총 100곡으로 된 《신곡》 중 제1곡으로 서곡에 해당하며, 전체의 여정과 주제를 암시한다. 제2곡은 〈지옥편〉의 서문으로, 단테는 베아트리체가 보낸 베르길리우스를 따라 지옥의 여정에 오르는 이야기가 담겨있다.

신곡

제1곡

우리네 인생길 반 고비에, 올바른 길을 잃고서 나는 어두운 숲 속을 헤매고 있었다.

아, 거칠고 사납던 이 숲이 어떠했다고 말하기 너무 힘겨워 생각만 해도 몸서리쳐지는구나!

죽음 못지않게 쓰디써서 나 거기서 깨달은 선(善)을 다루기 위해 거기에서 본 다른 것들에 대해 말하련다.

내가 어찌 거기에 들어섰는지 다시 말할 수는 없지만, 올바른 길을 버릴 바로 그때 무던히도 잠에 취했던[1] 탓이다.

그러나 어느 언덕 기슭에 다다랐을 무렵, 나의 마음을 공포로 쥐어짜던 계곡이 끝나는 바로 그곳에서,

사람들을 온갖 오솔길로 인도하는 유성(遊星)[2]의 빛이 휘감긴 높은 산 기슭들을 나는 눈을 들어 쳐다보았다.

무던히도 고통스럽게 보냈던 밤, 내 마음의 호수에 계속되던 무서움이

---

1 잠에 취했던 : 영혼의 잠, 즉 죄와 선을 구별하지 못하는 상태.
2 태양을 말함. 당시에는 태양도 유성으로 간주되었다.

그제서야 조금 잠잠해졌다.

마치 가쁜 숨을 몰아쉬며 빠져 죽을 듯한 바다에서 해안으로 나온 사람들이 무시무시한 물을 뚫어지게 쳐다보듯,

아직도 도망치듯 머뭇거리던 내 마음도 산 사람을 아직까지 살려 보낸 일이 없는 그 길을 되살피기 위해 몸을 돌렸었다.

그리하여 지친 몸을 잠시 쉬고 쓸쓸한 비탈길로 다시 걷자, 뒷다리는 더욱 힘이 들었다.

자, 오르막길을 막 들어서자 몹시 날렵하고 민첩한 표범 한 마리가 점박이 가죽을 뒤집어쓰고,

나의 면전으로부터 떠나지 않고 오히려 내가 갈 길을 막고 나서니 나는 몇 차례나 되돌아가기 위해 돌아섰었다.

그때는 곧 아침이 시작될 무렵이었다. 태초에 하느님의 사랑이 아름다운 저 별들을 움직이셨을 때,

태양이 별들과 함께 솟아오르니, 점박이 사나운 짐승과 맞서 볼 알맞은 때와 달콤한 계절을 마땅히도 나는 간절히 소망하고 있었다.

그러나 사자 한 마리가 내 앞에 나타나는 것을 보니 나는 무서움을 느끼지 않을 수 없었다.

머리를 쳐들고 미친 듯이 허기진 채로 대기(大氣)도 부들부들 떨도록 이놈이 내게 덮쳐오는 것 같았다.

또 삐죽 말라빠진 몰골에 온통 굶주린 듯이 보이는 암늑대 한 마리, 벌써 많은 사람을 산 채로 잡아먹었으련만…….

이놈을 보니까 무서움이 솟아나서 나는 꼭대기로 향한 희망을 잃어버렸다.

마치 기뻐 날뛰듯 재물을 긁어모으던 자, 그것을 잃어버릴 때가 이르자 온통 그 생각만 하면서 울고 괴로워하듯,

그 맹수도 안절부절 못하며 내게 그렇게 하였다. 그놈은 내게 마주 다

가오며 차츰차츰 태양이 들지 않는 곳으로 날 밀어 넣었다.

　내가 낮은 지역으로 서둘러 들어가는 동안, 오랜 침묵으로 목이 쉰 듯한 사람이 내 눈앞에 나타났다.

　무척이나 황량한 곳에서 난, 그자를 보고 외쳤다. "그대, 그림자인가 사람인가! 누구든 날 살려 주시오!"

　"사람은 아니나 옛날엔 사람이었다. 나의 부모님은 롬바르디아[3] 사람들이었고 그분들은 다 고향이 만토바[4]였다.

　나는 늦게나마 율리오 치하[5]에 태어나서 그릇되고 거짓투성이인 제신(諸神)들의 시대에 착하신 아우구스투스[6] 아래 로마에서 살았다.

　나는 시인이었고 오만스런 일리온이 타버린 뒤 트로이에서 온 안키세스[7]의 저 정의로운 아들에 대해서 노래했었다.

　그런데 너는 어찌하여 커다란 고통 속으로 왔느냐? 온갖 기쁨의 시작이요, 바탕이 될 환희의 산에 왜 오르지 않았느냐?"

　"옳아, 그대는 저 널따란 강물처럼 말을 퍼부으시던 베르길리우스이신가?"[8] 나는 부끄러운 낯으로 대답하였다.

　"오, 다른 시인들의 영광이며 빛이신 그대여, 내 그대의 책[9]을 되 읽도록 한 오랜 연구와 크신 사랑이 내게 값지거늘,

　그댄 나의 스승이요, 나의 시조(始祖)라오. 내게 영예를 안겨 준 아름다운 문체를 나는 오직 그대에게서 끌어냈었다오.

　날 돌이키게 했던 짐승들을 보시오. 오, 이름 높은 성현이여, 내게 도움을 주시오. 저놈이 나의 동맥과 핏줄을 부들부들 떨게 합니다."

---

3 이탈리아의 북부 지방 일대를 가리키는 넓은 지역.
4 북부 지방 롬바르디아 남동부에 있는 옛 도시.
5 율리오 치하 : 카이사르가 통치하던 때.
6 옥타비아누스를 가리킨다. 그 밑에서 베르길리우스가 활약했다.
7 아이네이아스의 아버지. 어머니는 아프로디테. 트로이의 명장임.
8 훌륭한 시를 쓰던 라틴 시인을 의미함.
9 《아이네이스》를 가리킴.

그는 눈물을 흘리는 나를 보고 대답하였다. "네가 이 숲을 벗어나고 싶거든 다른 길을 택하는 것이 마땅할 것이로다.

너를 울부짖게 하는 이놈의 짐승이란 다른 사람을 결코 지나게 하지 않을 뿐 아니라 그를 방해하며 죽이기까지 하느니라.

그 본성이 사악하고 해로운 것이어서 탐욕스런 욕망을 채워 본 일이 없으며 먹이를 먹고 난 후에는 그 전보다 더 고파하니까.

그놈과 비슷한 동물들이 매우 많고 또 사냥개가 와서 이를 사납게 죽일 때까진 그놈들은 더욱 많아질 것이다.

이 사냥개는 흙과 쇠가 아니라 지혜와 사랑과 덕을 먹고 살아갈 것이며 그의 고향은 펠트로와 펠트로 사이[10]에 있을 것이다.

새색시 카밀라와 에우리알로스와 투르누스, 또 니소스가 그 때문에 상처입고 죽어 갔던 저 가련한 이탈리아의 구원이 될 것이다.

이자는 모든 지방에 늑대를 잡으러 다녀 마침내 그걸 잡아 지옥에 넣으리니 그로부터 악마의 첫 질투가 그를 떼어 놓은 것이다.

그래서 나는 너를 위해 생각하며, 나를 따르는 네 안내가 되기로 작정했다. 난 여기에서 영원한 곳으로 너를 이끌 테니,

넌 거기서 비명소리를 들을 것이며, 전부가 두 번째의 죽음[11]을 슬피 울부짖으며 괴로워하는 오래된 망령들을 보고,

또 불 속에서나마 언젠가 복 받은 사람들 곁에 가리라는 희망을 가지고 있기에 흡족해하는 영혼들을 보게 될 것이다.

네가 복 받은 영혼들에게 오르고 싶다면 나보다 가치 있고 훌륭한 영혼이 안내하실 것이니, 널 그분과 함께 있게 하고 난 떠나리라.

---

10 아직까지 규명이 되지 않았다. '펠트로와 펠트로 사이'란 옛날에는 '하늘과 하늘 사이'로 풀이했으나, 오늘에는 상징성을 벗어나 지리학적인 풀이를 시도하고 있다. 베네치아 부근의 펠트레를 의식한 때문.

11 두 번째의 죽음 : 죽고 나서 받는 벌.

거기를 다스리는 황제께서 내가 그의 율법에 거슬렸다 하여 그곳에 두는 것을 원치 않기 때문이로다.

그가 명령을 내리며 지배하는 전 지역은 곧 그의 나라며 그의 높은 옥좌에 속하니 오, 거기에 뽑혀 간 자들은 행복하느니라."

나 그에게 말하길, "시인이여, 당신이 모르셨던 하느님의 이름으로 부탁하나이다. 이 구속과 그에 따른 벌을 면하게 해주시고,

당신이 금방 말씀하신 곳으로 날 인도하셔서 성베드로의 문[12]을 볼 수 있게 해주시고 거기에서 슬프게 운다고 하신 자들을 보게 해주소서."

그러자 그이는 움직이셨고 난 그이를 뒤따랐다.

제2곡

날이 저물고 불그레한 노을이 지상에 있는 생명들을 고달픈 일상에서 떼어 놓았을 때,

오직 나 혼자만 나그네 길과 고통의 전쟁을 고수하려고 마음의 채비를 하고 있었으니, 잘못을 범하지 않을 내 기억은 이를 새겨 두리라.

오, 시신[13]이시여, 오, 지체 높은 지성이시여, 이제 나를 도우소서! 오, 내 거기서 본 바를 적어 둔 기억이여, 그대의 존귀함이 여기 나타나리로다.

내가 말하였다. "날 안내하시는 시인이여, 이 고된 발길을 내게 맡기기 전에 나의 힘이 충분한지 가늠해 보소서.

실비우스의 아버지는 아직도 썩을 수 있는 몸이어도 영원한 세계에 가서 생생한 몸이 되었다고 그대는 말씀하시오.

그러나 죄악의 원수이신 하느님께서 그로부터 나온 높은 덕과 또 그에

---

12 성베드로의 문 : 천국에 이르기 위한 연옥의 문. 이 문은 천사에 의해 지켜진다고 믿음.
13 시신 : 그리스 신화에서 유래한 뮤즈(Muse)를 말함.

게서 무엇이, 누가 유래되어야 했던가를 생각할 때 친절하셨던 것을,

지성 있는 사람에겐 부당히 여겨지지 않으니 그것은 바로 그가 가장 높은 천상에서 고국인 로마와 제국의 선택된 아버지였기 때문입니다.

사실을 말하여, 로마든 제국이든 위대한 베드로의 후계자가 자리 잡은 성스런 곳을 위해서 세워졌습니다.

그는 당신이 찬양하던 곳으로 가는 동안, 그를 승리로 이끌어 교황의 법의(法衣)를 입게 되리라는 것을 알아내었더이다.

그 뒤 그곳에 선택된 그릇이 가니 구원의 길이 시작되는 주(主)의 믿음에 확신을 가져오기 위함이었습니다.

그런데 내 어찌 거길 가며, 누가 그걸 허락했던가요? 나는 아이네이아스도, 바울도 아니외다. 내가 그럴 가치가 있다는 건 나도 다른 사람도 안 믿으리라.

그 때문에 내 감히 간다손 치더라도 주제넘고 죄스런 일이 아닐지 두려워하오니 성현이신 그대여, 무분별한 나를 잘 이해하소서."

원했던 것을 더 이상 원치 않고 새로운 생각이 떠올라 뜻을 바꾸어 처음에서부터 모든 것을 이처럼 뜯어고치는 사람같이,

캄캄한 산기슭에서 나도 그리 하였으니 시작할 때엔 그토록 서둘렀던 그 일을 더 이상 생각하지 않았었다.

"내가 너의 말을 잘 알아들었다면… ….." 마음 대담한 저 그림자가 대답하길 "네 영혼은 겁에 질려 연약하게 되었으니,

그 겁 때문에 인간은 자주 박해당하여 마치 그림자를 잘못 보고 당황하는 짐승처럼 하고자 했던 일을 되돌려 버리는 것 같구나.

이 무서움으로부터 네가 풀려 나오도록, 내 어찌 왔으며, 가련한 너에 대해 처음 듣고 괴로워하던 바를 네게 말하여 주겠노라.

나는 붙잡혀 있던 사람들 틈에 있었는데, 축복받고 아름다운 여인이 나를 부르기에 난 그분의 명을 기다렸었다.

그녀의 눈은 별보다도 더 반짝거렸지. 그녀가 나에게 천사 같은 음성으로 부드럽고도 잔잔하게 말씀하길,

'그대의 명성은 아직도 세상에 존속하고 또한 세상이 지속되는 만큼 존속할, 오 만토바의 다정한 영혼이여,

나의 벗이되 행운이 없어서 황량한 산허리에서 헤매다 길이 막혀 두려운 나머지 바른 길에서 벗어난 자가 있소.

내 그에 대해 천상에서 들으니, 그가 이미 길을 잃고 헤매고 있다는데 그를 구하고자 달려왔으나 늦었을까 두려운 마음이오.

이제 어서 가시어 그대의 귀한 말씀과 그이를 구원할 모든 수단을 쓰시어 나에게 위안을 베풀어 주소서.

그대를 보내 드리는 나는 베아트리체, 그대가 돌아가고자 열망하는 곳에서 왔다오. 사랑이 날 움직이시어, 이 말씀을 드리도록 한다오.

내가 나의 주님 앞에 가게 될 때, 그대에 대하여 자주 칭찬을 올리려오.' 그리고는 그녀가 침묵을 지키자, 나는 입을 열어,

'오, 덕스런 여인이시여, 그대를 통해서만 인류라는 족속은 가장 작은 권내에 속한 모든 것들을 초월할 수 있나이다.

벌써 복종했어도 늦었을 것만 같은 그대의 명령이 무척 내 맘에 드니, 그대의 마음을 내게 열어젖힐 필요가 더 없습니다.

그대 어찌하여 그대가 돌아가고자 소망하는 그 넓은 지역에서 이 무서운 중심부로 내려오셨는지 그 이유를 내게 말하여 주시오.'

여인이 내게 대답하길 '그대, 이처럼 깊이 알고자 하신다면, 내가 어째서 여기 오는 것을 두려워하지 않았는지 간단히 말씀드리리다.

남에게 나쁜 일을 하는 힘을 가진 자들에게만 두려움을 가져야 하지 무서울 것 없다는 다른 것들에겐 두려워할 것이 없나이다.

나는 하느님 그의 자비로 태어난 자, 그대들의 애처로움은 나를 건드리지 못하며 이 타오르는 불길도 나를 휩싸 안지 못한다오.

하늘에 계시는 성스런 여인께서 내 그대를 보내는 곳에 있는 장애물 때문에 눈물 흘리시어 하늘의 준엄한 율법을 꺾으시고 있다오.

여인께서 루치아[14]를 부르시어 말씀하길 너를 믿고 따르는 자가 너를 찾으니 나 이제 너에게 그를 맡기니라.

모든 악과는 원수지간인 루치아께서 일어나시어 옛날의 라헬[15]과 함께 앉아 있던 곳에 오시어 말씀하셨다.

하느님께서 진실로 칭찬하시는 베아트리체여, 그대를 무척 사랑하는 이 자가 그대를 통해 천한 무리들로부터 나올 수 있도록 도와주소서.

이 자의 울음 섞인 고통 소리를 못 들으시나요? 바다가 감당 못할 강물 위에서 저를 후려치는 죽음을 그대 못 보시나요?

세상에서 아무리 이익을 취하는 데와 해를 피하기에 재빠른 사람이라 하여도 나처럼 이런 말이 떨어지자마자,

그대를 영광스럽게 하고, 그 말을 들은 자를 복되게 한 그대의 고귀한 말씀을 굳건히 믿으며, 복된 자리에서 이리로 내려온 자는 없도다.'

이런 이야기를 내게 털어놓은 다음에 그녀는 눈물에 꽃이 반짝이는 눈을 돌려 내가 더욱 빨리 오도록 했었으니,

그녀가 바란 바와 같이 나는 네게 왔노라. 아름다운 산의 지름길을 너로부터 빼앗아 간 저 맹수 앞에서 너를 구했느니라.

그런데 어인 일로, 왜 멈추게 되었느냐? 어째서 마음속에 겁을 지니게 됐느냐? 어찌하여 너는 열정과 담백성을 지니지 못하는 것이냐?

축복받은 저 세 여인들이 하늘의 궁궐에서 그대 편을 들어 마음을 쓰고 있으며, 내 말이 너에게 무한한 행복을 약속했지 않느냐!"

---

14 사라쿠사 출신의 성녀로서 순교했던 사람. 단테는 이 성녀를 지극히 흠모했던 듯하다. 여기서 그녀가 지니는 특별한 의미는 은혜의 상징.

15 야곱의 아내. 〈창세기〉 29장 28절. 중세적인 상징주의에 의하면 그녀의 자매인 레아가 능동적인 인물인 것과는 대조적으로 그녀는 극히 명상적 삶의 표본이다.

마치 밤 추위에 머릴 숙이고 오므라진 꽃들이 아침에 태양이 그들을 비추어 줄 적에 그 줄기에 활짝 피어 곧게 서듯이,

나도 피로에 지친 힘을 돌이키어 보니, 훌륭한 용기가 내 마음에 줄달음질 쳐 오기에 저 해방된 사람같이 말을 시작했었다.

"오, 나를 구원하신 그이 자비롭군요! 그녀가 그대에게 하신 진정한 말씀에 이내 곧 순종하신 그대는 착한 분이군요!

그대는 이토록 내 마음에 가고 싶은 욕망을 그대의 말씀으로 가다듬게 하시어 내가 그 여인의 뜻으로 돌아가게 했나이다.

이제 가소서, 둘의 뜻은 하나가 되었습니다. 그대 안내자여, 주인이시여, 그대 스승이시여." 이렇게 그에게 말하니, 그이는 발길을 움직이셨고,

나는 열정적이고도 험난한 길로 들어섰다.

수상록

미셸 에켐 드 몽테뉴
(Michel Eyquem de Montaigne, 1533~1592)

수상록

미셸 에컴 드 몽테뉴(Michel Eyquem de Montaigne, 1533~1592)

작가와 작품세계

미셸 에컴 드 몽테뉴(1533~1592)

르네상스기 프랑스의 수필가이자 철학자. 1533년 프랑스 남서부의 보르도 근교의 몽테뉴 성관에서 태어났다. 보르도의 부유한 상인이었던 조부는 재산을 모아 몽테뉴 성관과 영지를 사들이고 귀족이 되었다. 부친은 문무를 겸비한 무인이며, 프랑스의 이탈리아 침공에 종군하여 르네상스 문명 개화의 영향을 받고 돌아와 그를 교육시켰다. 그는 라틴어를 가르치는 가정교사와 기거하며 고전어를 모국어처럼 배웠고, 또한 가난한 사람들과도 사귀게 되었다.

몽테뉴는 6세부터 13세까지 보르도의 학교에서 철학을 공부하며 기숙사 생활을 하였다. 그러나 기숙사 생활의 억압은 그에게 증오만 줄 뿐 별 성과를 얻지 못했고, 그 후 툴루즈 대학에서 법률을 공부하였다. 법관이 된 그는 1554년부터 1555년까지는 페리괴에서, 1557년부터 1570년까지는 보르도에서 법관 생활을 하며 보냈다.

1557년에 알게 된 법관이자 작가인 에티엔느 드 라 보에티는 몽테뉴의 스토이시즘에 강력한 영향을 주었다. 1565년 보르도 시의회에 세력을 가졌던 동료의 딸 프랑소와즈 드 라 싸뉴와 결혼한 그는 1568년 부친의 사망으로 몽테뉴의 성관과 영지의 주인이 되었다.

1569년 스페인의 신학자 레몽 스봉의 《자연신학》을 프랑스어로 옮겨 출판하였는데, 스봉의 이 작품은 인간으로서의 자신을 알기 위하여 쓰여진 것으로 후에 몽테뉴《수상록》의 근본 사상이 되었다.

1570년, 37세의 몽테뉴는 공직을 버리고 몽테뉴의 성관 4층 서재로 들어가 '내 자신이 나의 책 재료다.'라는 말로 대표되는《수상록》의 집필을 시작하였다. '나는 무엇을 알고 있는가?'라는 표현에서 나타나는 관용과 회의 속에서 책을 읽고 인간을 관찰하여 터득한 생각이나 느낌을 꾸밈없는 성실한 문체로 형상화하여 1580년에 발표하였다.

1581년 보르도 시장에 당선되어 구교와 신교 간의 종교전쟁을 조정하기 위해 노력하기도 하였다. 이후 그는 명망 있는 사회인사의 한 사람으로서 독서와 집필의 나날을 보내다가 1592년 조용히 생을 마쳤다.

《수상록》은 고전 지식의 집대성이라는 점에서 지식인의 교양서로 받아들여졌으며, 17세기에 와서는 쾌락주의, 자유주의에 의해 자유사상가의 지주가 되었다. 진리 탐구의 방법 및 인간의 인식에 대한 연구는 데카르트, 파스칼에게 영향을 주었고, 인간성 성찰 방법으로 모랄리스트의 선조가 되었다. 또한 교육사상가인 루소에게도 영향을 주어, 수필이란 장르를 확립시켰다. 르네상스 인문주의의 도달점이라고 할 수 있는 이 작품은 사상적인 면이나 표현적인 면 모두에서 현대적인 의의를 지니고 있다.

줄거리

이 작품은 전 3권으로 구성되어 독립된 107장으로 이루어져 있는데, 초기의 짧은 독서록·훈화집과 같은 형식으로부터 주제를 넓게 잡아 자유로운 전개를 즐길 수 있는 독특한 형식으로 옮겨 갔다. 고금의 저작가를 비롯하여 정치적·종교적 동란이나 일상생활에서 제재를 찾아 다룬 내용은 많았으나 체계적으로 기술하지 않았고, 자기 본연의 상태를 중심에 둔 고찰 형식으로 되어 있다. 서문에는 '내가 묘사하는 것은 나 자신이다.'라고 적혀 있다.

작품 중 죽음의 고찰에 있어서는 스토아주의적 논조가 나타나지만 동시에 쾌락주의적 경향도 볼 수 있으며, 그것들은 작품을 일관하는 온당한 회의정신(懷疑精神)에 의해 누그러져 있다. 〈레몽 스봉 변호(II·12)〉에는 고대에 원천(源泉)을 둔 회의주의가 조금 강조되어 기술되었으나, 거기에 나타나는 유명한 '나는 무엇을 알고 있는가?(Que sais-je?)'라는 구절은, 인간의 지적영위(知的營爲)에서 겸허함을 희구했던 것으로 이 책의 정신을 잘 보여준다.

제3권에서는 회의적 경향을 조금 늦추어, '모든 사람은 저마다 인간 성상(性狀)의 완전한 모습을 갖추고 있다(III·2)'고 단언함으로써 인간성을 적극적으로 인정하는 자세를 보였다. 〈공허에 대하여(III·9)〉, 〈경험에 대해서(III·13)〉 등의 장에서는 이러한 확신이 뒷받침되어 다양한 주제를 개성적인 문체로 전개하여 자기와 인간, 인간과 세계의 무리 없는 연접(連接)을 실현하고 있다.

작품해설

《수상록》이라고 옮긴 《Les Essais》라는 표제는 '시도(試圖)' 혹은 '시론(時論)'이란 뜻으로 체계적인 고찰과는 별개의 것이다. 문학의 한 장르로 정착되기 이전에 각자 자신의 판단, 방법, 경험 등을 써나가며 음미해 본다는 겸허한 태도에 의하여 그렇게 붙인 것이다. 각 장의 길이도 일정하지 않고 표제도 그 내용과 거의 일치하지 않는데, 그것은 구속을 싫어한 몽테뉴가 규칙이나 계획 없이 자유로이 써나간 것으로 보인다. 이 작품은 독서, 견문, 체험에서 얻은 감상과 논고를 전개시켜 묶은 독서일기 형식의 글로, 단일한 주제에 대해 쓰인 글이 아니다. 따라서 이 작품에서 일정한 사상을 도출해 내기란 극히 어려운 일이다.

그러나 이 작품에서 몽테뉴는 자기 자신을 잘 알기 위하여 자기 스스로를 주제로 삼고, 그것을 집필 행위에 표출시킨다. 사람은 누구나 다 인간이 될 수 있는 모든 조건을 갖추고 있는데 이를 통해 결국 인간 그 자체를 아는 것이 된다. 이를 위해서는 다음과 같은 세 가지가 필요하다. 첫째는 평화다. 광신은 싸움을 일으키고 이성적 회의주의는 평화를 가져온다. 둘째는 자유와 자부다. 정념으로부터 해방되기 위해서는 극기주의가, 권세에 굴하지 않기 위해서는 개인주의가 필요하다. 셋째는 고통의 회피다. 모든 고통을 피하여 생을 즐긴다는 이 태도는 그리스도교에 반(反)한다. 사실 그는 가톨릭의 전례에 따랐으나 완전히 그리스도교적은 아니었다.

　몽테뉴는 수상록 제2권 12장에서 '레몽 스봉의 변호'라는 방대한 사상을 쓰고 있는데, 이것은 자연신학 저자에 대한 변호를 빙자하여 인간에 대해 비평을 한 것이다. 그는 우선, 서민부터 왕후 및 철학자에 이르기까지 인간이 자기 자신에 대해 갖는 무한의 책임, 자부, 존대함, 자연에 있어서 보다 근원적인 것, 이를테면 동물 등에 비교하여 뛰어나다고 하는 인간의 이성과 그 이성의 절대우위성 따위를 철저히 부정했다. 또한 그 이성을 근거로 하여 그 위에 이룩하려고 하는 인간의 문명이 얼마나 공허하고 믿을 수 없는가를 역설하고 있다. 마지막으로 몽테뉴는 인간이나 사물의 존재에 항구적인 것은 없으며, 인간이나 인간의 판단 그리고 사멸해야 하는 모든 것은 끊임없는 동요와 변화 속에 있으므로 그 상호간에는 무엇 하나 확실한 것은 없다고 얘기하면서 인간의 불가변성과 세계의 상대성이라는 대사상에 도달하고 있다.

　그는 사상의 대립에 의한 전란의 시대에 사상의 헛됨을 주장하며 시대를 초월한 구제책을 고민하였고, 실생활과 자기 스스로를 대상으로 인간성을 찾으려는 시도를 했다.

가난, 질병, 죽음, 슬픔 등 인생의 모든 불행에 대해 어떻게 대처할 것인지 자신의 견해를 써 보시오.

고난과 불행을 어떻게 극복할 것인지에 대한 견해는 사물과 그 관계를 바라보는 자신의 관점 그리고 인생관과 관련이 있다.

인간은 사물 그 자체로서가 아니라 그것에 대하여 품고 있는 생각 때문에 괴로워한다. 만약에 이 말을 진실이라고 증명할 수만 있다면 우리 인간의 비참한 환경을 위로하는 데 훌륭한 거점(據點)이 될 것이다. 불행이 우리 판단에 의하여 비로소 우리 내부로 들어온다고 가정하면 그것을 무시하는 것도, 행복으로 돌리는 것도 모두 우리 생각대로 할 수 있기 때문이다.

그러나 사물이 우리 마음대로 되는 것이라면 왜 우리는 그것을 지배하지 않는 것일까? 어째서 우리에게 덕이 되도록 그것을 가감(加減)하지 않는 것일까? 만일 우리가 불행이니 고통이니 하는 것이 그 자체는 불행도 고통도 아니고 단지 우리의 상상이 그러한 성질을 부여하고 있는 것이라면 우리는 그 성질을 변하게 할 수 있다. 그 선택에 있어서 아무것도 우리를 구속하지 않는다면 애써 자기에게 제일 괴로운 쪽을 고집한다는 것은 사뭇 어리석은 얘기다. 질환이나 빈곤, 모욕같은 쓰고 괴로운 맛을 부여하는 것도 우리 자신이고, 좋은 맛을 주는 것도 자신이라고 한다면 말이다.

인간은 모두 한 씨앗에 속해 있으며, 다소의 차이는 있지만 생각하고 판단하는 데 동일한 도구 기관을 갖고 있다. 그럼에도 우리가 그러한 일에 대해서 품는 생각이 제각각이라는 것은 분명히 그것이 우리의 동의를 얻어야 비로소 우리 속으로 들어온다는 것을 나타내고 있다. 아마도 어떤 사람은 그 참다운 본질을 자기 내부에 깃들이게 할 것이다. 그러나 그 밖의 사람들은 실지와는 다른 뒤집힌 본질을 부여하고 있다.

우리는 죽음과 고통을 인생의 주요한 적이라고 생각한다. 하지만 죽음과 고통의 원인을 면밀히 추적하고 객관적으로 볼 수 있는 시야를 갖게 된다면 이를 극복할 수 있는 방법과 허락할 수 있는 여유도 갖게 될 것이다.

읽기 전에

제시된 본문은 인간에 대한 면밀한 고찰을 개인의 철저한 인정 위에서 시도하는 작가의 자전적 수필의 처음 부분이다. 자연적 이성(理性)에 따르고자 하는 스토아적인 경향이 어떻게 드러나고 있는지 생각해 보자.

수상록

우리가 다른 사람을 모욕해서 그의 앙심을 사고 그의 손에 사로잡힌 경우에 그의 마음을 누그러뜨릴 수 있는 가장 보편적인 방편은, 그저 그 앞에 굴복하여 가련하게 보여 그의 동정심을 유발하는 것이다. 그러나 이와는 정반대로 담력(膽力)과 굳은 지조를 가지고 같은 효과를 얻는 수가 있다.

영국 황태자 에드워드는 꽤 오랫동안 우리 기엔느 지방을 통치하였는데, 매우 훌륭한 성품을 지닌 분이었다. 그러나 리무쥐인으로부터 심한 모욕을 받고서는 그들의 도시를 무력으로 함락시키고, 여자나 어린아이 할 것 없이 시민들을 무자비하게 학살하였다. 살려 달라고 발밑에 엎드려 울부짖어도 그의 분노를 막을 도리가 없었는데, 어느 날 거리를 지나던 그가 세 사람의 프랑스 귀족이 매우 용맹하게 승전군에 대항해서 싸우는 것을 보았다. 그는 그들의 용맹함에 대한 경외심과 존경으로 분노가 사그라져 이 세 사람을 비롯한 이 도시의 모든 주민들에게 자비를 보이기 시작했다.

에피로스 공 스칸데르베그는 자기 부하인 병졸 하나를 죽이려고 쫓아갔다. 그때 이 병졸은 그의 마음을 달래 보려고 갖은 탄원으로 애걸해 보아도 소용이 없자, 마지막 수단으로 칼을 뽑아 들고 대항하기로 작정했다. 그러자 이 굳은 결심을 본 그의 상전은 그만 분한 마음을 누그러뜨리고 그의 장한 태도를 높이 평가하여 오히려 그를 총애하게 되었다. 에피로스 공의 경탄할 만한 힘과 용기에 관한 이야기를 읽어보지 않은 사람들은 이 일을 다르게 해석할지도 모른다.

콘라드 3세 황제가 겔프당인 바바리아 공의 도성(都城)을 공격했을 때, 공이 천하고 비굴한 조건으로 그의 환심을 사려 해도 황제는 들어주질 않았다. 황제가 허용한 것은 단지, 그 도성 안에 공과 함께 포위당한 귀부인들이 어깨에 짊어질 수 있는 만큼 짊어지고 걸어서 떠나라는 것이며, 그녀들의 신변에 대해서는 보장하겠다는 말이었다. 그러자 그 여인들은 자기들의 남편과 자녀, 그리고 공까지도 어깨에 업고 나가기로 결심했다. 황제는 이렇게 장한 용기를 보고 매우 감격한 나머지 눈물을 흘리며, 그렇게 치가 떨리도록 미워하던 공에 대한 미움도 풀고 그때부터 공과 그 신하들을 다정하게 대접했다.

나는 이 두 가지 방법 중 어느 것에라도 쉽게 넘어갈 것이다. 왜냐하면 자비심과 관대한 마음에 아주 약하기 때문이다. 어떻든 내 생각으로는 존경심보다도 동정심으로 인하여 더 쉽게 넘어갈 것 같다. 그러나 스토아학파는 동정심을 야더한 마음으로 생각했다. 그들은 불행한 자들을 구해주려 했지만, 마음을 굽혀 그들을 동정하려고는 하지 않았다.

그런데 내게는 이런 사례들이 너 낭연한 일로 보인다. 더욱이 이런 인물들은 한 방법에는 꿋꿋하게 버티다가도 다른 방법에는 굴하고 마니 말이다. 남의 딱한 사정을 보고 마음이 약해지는 것은 안일을 탐하고 세상을 달게 보며 마음이 무른 탓으로, 그 때문에 더 약한 성질을 가진 여자나 어린애나 속인들이 더 그편으로 끌리게 된다. 그러나 울부짖고 애걸하는 태도를 경멸하고 용감한 덕성 앞에서만 존경심으로 수그러지는 것은 굴하지 않는 성미이며, 완강하고 씩씩한 정기(精氣)를 사랑하는 데서 온다고 말할 수 있다.

그렇지만 그렇게 용맹하거나 관대하지 못한 사람에 대해서도 경탄의 심정이 같은 효과를 일으키는 수가 있다. 이 증거로 테베 시민들이 그들의 장수 펠로피다스를 재판에 회부한 사건을 볼 수 있다. 이미 명령한 기한을 넘어서 계속 직권을 행사했다는 죄목으로 사형에 처하려 할 때, 펠로피다스는 이런 공격의 중압에 눌려 잘 조사해 달라고 탄원하는 일밖에 다른 변명을 늘어놓지 못하고 간신히 형벌을 모면했다. 그러나 에파미논다스는 그와 반대로 용감하게 나서서 자기가 성취한 공적을 이야기하며, 당당하고 거만한 태도로 이 일의 공적을 들어 사람들을 책망하고는 결의 투표의 의사봉을 손에 들지도 않았다. 그러자 사람들은 그의 자신만만한 모습을 극구 칭찬하며 소송을 포기했다.

대 디오니시우스는 오랫동안 매우 힘들게 싸워 마침내 레기움 시를 수중에 넣었을 때, 그렇게도 완강히 버텨 온 위대한 장수 퓌톤을 사로잡아, 본보기로 그에게 비극적인 복수를 가하려고 했었다. 그는 먼저 퓌톤에게 전날 그의 아들과 친척들을 물에 던져 빠져 죽게 한 내력을 이야기하게 하였다. 그러자 퓌톤은 단지, 죽은 자들이 자기보다 겨우 하루 정도 더 행복하였다고만 대답했다. 다음에 디오니시우스는 이 패장(敗將)의 옷을 벗기고 사형수에게 맡겨 지극히 수치스럽고도 잔인하게 매질을 한 뒤, 거리로 끌고 나가서 모욕적이고 더러운 욕설을 받게 하였다. 그러나 그는 끝내 용기를 잃지 않고, 오히려 태연한 얼굴로 자기 죽음의 명예롭고 영광스런 이유를 소리 높이 외쳤다. 그리고 자기 조국을 폭군의 손에 넘기지 않으려고 애쓴 바를 말하고는 오래잖아 이 폭군에게 신들이 벌을 내릴 것이라고 위협했다. 이때 디오니시우스가 자기 군졸들의 눈을 보니, 이 패장의 도발적인 언동에 분노를 느끼는 것이 아니라, 오히려 자기네의 수령과 그의 승리를 경멸하고 있었다. 또한 이 패장의 희귀한 덕성에 경탄하여 헌병들의 손에서 퓌톤을 구출해 낼 생각까지 하는 것을 알고는 악형을 중지시키고 다른 사람들 몰래 그를 바다에 던져 빠져 죽게 하였다. 실로 인간이란 놀랍게도 거짓되고 또 다양하여 쉽게 변하는 것이다. 그러기에 견실하고 공정한 판단을 내리기란 쉬운 일이 아니다. 폼페이우스를 보면,

그는 마메르티움 시 사람들에게 극도로 격분했다가, 제논이라는 시민의 장한 마음씨와 덕성을 보고 시민 전체를 용서했었다. 제논은 공공의 책임을 자기가 지고 혼자 형벌을 받겠다는 것밖에는 다른 용서를 구하지 않던 것이다. 그런데 퓌톤은 페르시아에서 똑같은 덕성을 보였지만 자기를 위해서나 남을 위해서나 아무것도 얻은 바가 없었다.

그리고 먼저 든 사례들과는 전적으로 다른 인간 중에서 가장 용감하고 패배자들에게 관대하던 알렉산드로스는, 매우 힘들게 가자의 도성을 공략한 후 그 도성을 지키던 베티스를 만났다. 그는 성을 함락시키기 위한 전투에서 이 인물의 용맹함을 뼈저리게 느꼈었다. 그때 베티스는 자기 부하들에게 버림받고 무기는 빼앗긴 채 피투성이가 돼서도 사방에서 밀려드는 마케도니아의 군인들 한복판에서 싸우고 있었다. 알렉산드로스는 이 싸움에서 자기 몸에 두 군데나 상처를 입었기 때문에 이렇게도 힘겹게 얻어낸 승리에 매우 화가 나서 그를 보고 말하기를, "너는 네가 원하는 대로 죽지는 못할 것이다. 베티스야, 너는 패배한 자가 받을 수 있는 온갖 고문을 모두 당할 것이니, 각오해라."라고 했다. 그래도 이 지는 눈 하나 깜박하지 않고 건방지고 오만한 태도로 이 협박에 대꾸조차 하지 않았다. 알렉산드로스는 그의 거만하고 고집 센 항거를 보고, "무릎도 안 꿇어? 살려 달라고도 안 해? 좋다, 네놈의 다문 입을 벌려 보겠다. 네가 말을 꺼내지 않으면 적어도 신음하는 소리라도 끌어내겠다."라고 하며, 분하고 악이 받쳐 그의 발꿈치를 꿰어 산 채로 수레바퀴 뒤에 매어 끌고 다니면서 사지를 산산 조각으로 찢어 죽였다.

그에게는 이런 용감함이 대수롭지 않은 일이며, 감탄할 만한 게 되지 못하기 때문에 그를 존경하고 싶은 생각도 나지 않았던 것일까? 또는 용기를 자기의 전유물로 생각하며, 이렇게도 오만한 용기가 자기가 아닌 다른 자에게 있음을 시기하는 분노에서 용서할 수 없었던 것이거나, 아니면 타고난 사나운 위세 때문에 자기에게 대항하는 자를 두고 볼 수 없었던 것일까?

만약 그가 분노를 억제할 수 있었다면 테베 시를 함락시켜 나갈 때, 많은 용감한 사람이 조국을 지킬 힘이 없어 잔혹하게 칼에 찔려 죽어나가지 않았을 것이다. 왜냐하면 여기에서 적어도 6천 명은 죽었으며, 그 중 단 한 명도 도망치거나 용서를 구한 자가 없고, 여기저기에서 잔혹한 적에 대항해 자기들의 영광스런 죽음을 기뻐하며 도전했기 때문이다. 아무리 심한 부상을 입은 자라도 마지막 눈을 감는 순간까지 복수를 하려고 기를 쓰며, 절망이란 무기를 들고 죽음을 보고서 자신의 죽음의 위안을 얻으려고 하였다. 그런데 그들의 용기도 이 재난을 피할 수 없었으며, 알렉산드로스의 복수심을 만족시키는 데는 하루 종일도 모자랐다. 잔혹한 광경은 마지막 사람의 한 방울의 피가 떨어질 때까지 계속되었고, 끝내는 무장하지 않은 사람들인 늙은이, 부녀자, 어린이들 3만 명이 노예로 끌려갔던 것이다.

나는 이 감정에서 가장 잘 벗어난 자들의 축에 든다. 사람들은 이런 감정에 특별한 애정을 가지고 존중하는 면이 있지만, 나는 이것을 좋아하지도 존중하지도 않는다. 사람들은 이것으로 예지(叡智)·도덕·양심에 옷을 입힌다. 어리석고 망측스런 행동이다. 이탈리아 사람들은 언제나 그럴 듯하게 이 낱말에 괴악(怪惡)하다는 뜻을 붙였다. 왜냐하면 이 심성은 언제나 해롭고 철부지 같은 것이라 여기기 때문이다. 그리고 스토아학파는 이것을 겁 많고 비굴한 소질이라고 보며, 그 파의 학도들에게 이 심정을 금했었다.

이런 이야기가 있다. 이집트의 왕 프삼메니투스가 페르시아의 왕 캄비세스에게 패하여 사로잡혔을 때, 사로잡힌 자기 딸이 노예복을 입고 물을 길러 가는 것을 보고는, 그 친구들은 주위에서 모두 울분을 토하는 데도 그는 땅만 내려다보며 묵묵히 있었다. 그리고 조금 있다가 또 자기 아들이 죽음의 길로 끌려가는 모습을 보고도 똑같은 태도였다. 그런데 그의 부하 하나가 끌려가는 포로들 속에 있는 것을 보고는 머리를 땅에 박으며 대성통곡하더라는 것이다.

이와 유사한 예로, 최근 우리나라 태공 한 분이 트리엔트에 있을 때, 맏형이 죽었다는 소식을 듣고 ─그 형은 온 집안의 기둥이며 영광이던 인물이다─ 그리고 얼마 뒤에 두 번째로 희망을 두던 동생의 사망소식을 듣고도 이 어려움을 모범적인 굳은 마음으로 버티며 견디어 냈는데, 며칠 뒤에 하인 중 한 명이 죽자 이 마지막 죽음 소식에는 마음을 억제하지 못하고 슬퍼하며 아까워하는 모습을 보고, 어떤 사람은 그가 이 마지막 충격에만 마음이 동한 것이라고 말했었다. 그러나 사실은, 그는 슬픔이 차서 넘치게 된 형편에 있다가 그 위에 일이 덮쳐 오니, 그의 참을성의 한계가 무너졌던 것이다.

우리 이야기도 다음 말을 더하지 않아도 똑같이 판단된다(고 나는 생각한다). 그것은 캄비세스가 프삼메니투스를 보고 어째서 그가 아들딸의 불행에는 마음이 격하지 않고 있다가 부하의 불행은 참아내지 못했느냐고 묻자, "이 마지막 불행은 눈물로 마음속이 표현되지만, 앞의 두 사건은 마음속을 표현할 모든 한계를 뛰어넘은 것이오."라고 대답했다는 것이다.

아마도 저 고대 화가의 착상도 이런 경우와 부합될 것이다. 그는 이피게니아가 희생되는 장면에 참석한 인물들의 슬퍼하는 표정을, 각자가 이 죄 없는 예쁜 소녀의 죽음에 대해서 갖는 관심의 정도에 따라 그의 예술의 극치를 다하여 그렸다. 그러나 이 소녀의 부친에 이르러서는 마치 어떠한 표정으로도 슬픔의 정도를 표현할 수 없는 것같이 그 얼굴을 가려 놓았다. 바로 이런 까닭으로, 시인들은 저 가련한 어미, 니오베가 아들 일곱을 먼저 잃고 나서 연달아 같은 수의 딸을 잃었을 때 이 가혹한 상황 속에서 그만 바윗돌로 화하고 만 것으로 보여 주고 있다.

그녀는 슬픔에 젖어 화석이 되었다.(오비디우스)

이는 한 참변이, 사람이 참아 낼 수 있는 한도를 넘어설 만큼 충격적일 때, 우리가 겪는 저 말문이 막히고 귀가 먹도록 넋을 잃은 심정을 묘사하는 것이다.

진실로 비참한 일을 참는 것이 극도에 달하면 사람의 정신 전체를 뒤집어엎고 그 행동의 자유를 잃게 할 것이다. 그것은 우리가 대단히 언짢은 소식을 듣고 놀랐을 때, 몸이 얼어붙는 듯하며 모든 동작이 오그라들었다가 눈물과 통곡으로 토해 내면서 설움이 한꺼번에 쏟아져 나와 얽매였던 마음도 풀리고 몸도 편해지는 식이다.

마침내 고통은 간신히 울음에 길을 터준다.(베르길리우스)

페르디난트 왕이 부다 시 주위에서 헝가리 왕 요한네스의 미망인과 싸울 때의 일이다. 독일 장수 라이샤크는 어느 기사의 시체를 가져 오는 것을 보았다. 그는 그 기사가 이 전투에서 매우 용감하게 싸우는 것을 보았기 때문에 그의 죽음을 슬퍼하였다. 그러다가 이 장군은 사람들과 함께 그가 누구인가 알아보고 싶은 마음에서 그의 갑옷과 투구를 벗겨 보았더니 바로 자기 아들이었다. 모두가 이 광경에 울부짖는 데도 혼자만은 소리도 눈물도 없이 서서 눈 하나 까딱하지 않고 아들의 주검을 응시하다가 끝내는 슬픔의 힘이 그의 정신을 굳혀서 그대로 빳빳이 죽어 땅에 쓰러지게 하였다.

얼마나 속이 타는지 말할 수 있는 자는 미지근하게 속 태우는 것이다.
(페트라르카)

이는 견디지 못할 격정을 표현하고자 하는 애인들의 말이다.

가여운 신세로다!
사랑은 내 감각마저 빼앗는 도다. 그대를 한번 보자.
레스비아여, 나는 얼이 빠져
그대에게 할 말도 나오지 않는 도다.
혀는 굳어지고 미묘한 불길이 온몸에 퍼져
귀가 울리고 눈이 멀어지기 때문이다.

(카툴루스)

이와 같이 격렬하게 불타 버리는 듯한 정열의 발작에는 비탄을 늘어놓기가 적합하지 않다. 그런 때에 마음은 심각한 생각으로 무거워지고 몸은 치우쳐 사랑에 녹아 버린다.

어떤 경우에는, 그래서는 안될 때임에도, 우발적인 무기력 상태가 생겨나며 극도의 열기에 사로잡힌 애인들을 달래어 재미를 보는 기회를 희락하게 한다. 실컷 마음 놓고 맛보게 하는 정열은 범상한 정열에 지나지 않는다.

가벼운 걱정은 쓸데없는 말을 만들고,
큰 심려는 망연자실케 한다.

(세네카)

뜻밖의 기쁨이 불시에 닥쳐와도 똑같이 우리들을 놀라게 한다.

내가 가까이 하자, 트로이 병사들이 사방에서
내게 세차게 달려오는 것을 본 그녀는 혼비백산,

황천의 환상에 억눌린 듯,

이 광경에 몸은 얼어붙고 체온은 그녀의 골격을 버리어

그녀는 실신하여 쓰러졌다가 얼마가 지난 뒤에야

겨우 말문을 열었다.

(베르길리우스)

　　우리는 저 로마의 여인이 칸네의 전투에서 살아 돌아온 아들을 맞이하며 기쁜 나머지 놀라 죽은 이야기나, 너무 좋아서 숨진 소포클레스와 폭군 디오니시우스, 그리고 로마 상원이 자기를 영광스럽게 표창했다는 소식을 듣고 코르시카에서 죽은 저 탈바의 예를 알고 있다. 지금 이 시대에도 교황 레오 1세가 그토록 바라던 밀라노 함락의 보도를 듣고는 기뻐 날뛰다 열병으로 죽은 일을 알고 있다. 그리고 변변치 못한 인간의 대표적인 예로, 변증법 학자 디오도르스가 학교에서, 그리고 민중들 앞에서 남이 펼친 논법을 전개시키지 못했기 때문에 극도의 수치감에 사로잡혀 그 자리에서 죽어 버린 일이 있다.

　　나는 이런 맹렬한 격정에 사로잡히는 일이 거의 없다. 천성적으로 감수성이 둔하면, 날마다 사변(思辨)으로 거적을 씌워 감수성을 둔감하게 만들고 있다.

햄릿

윌리엄 셰익스피어
(William Shakespeare, 1564~1616)

햄릿

윌리엄 셰익스피어(William Shakespeare, 1564~1616)

작가와 작품세계

윌리엄 셰익스피어(1564~1616)

시인이자 극작가인 셰익스피어는 1564년 4월 잉글랜드 중부의 스트랫퍼드온에이번에서 태어났다. 아버지는 상인으로 마을의 유력자였으며 한때 읍장까지 지낸 바 있다. 그러나 아버지의 경제적 몰락으로 인해 셰익스피어는 마을의 문법학교에서 공부한 것이 전부였고, 나머지 지식은 많은 독서와 사교를 통해 보충할 수밖에 없었다. 18세 되던 해에 이웃 마을에 사는 8세 연상의 여성과 결혼했으며, 그 사이에 1남 2녀를 두었다. 그 전후에 그가 무엇을 했으며 그리고 언제부터 런던에 나와 극단에서 생활했는지는 전혀 알려져 있지 않다.

1590년대 초반에는 이미 배우 겸 극작가로 어느 성노 확고한 사리를 차지하고 있었으며 이윽고 궁내부장관 극단의 전속 극작가가 되었다. 1599년에는 신축한 글로브 극장의 주주가 되기도 하는데, 이 극장은 몇 년 뒤 화재로 소실된다. 그로부터 8, 9년 동안은 직업적으로 순탄한 길을 걸었으며, 1611년경 고향으로 돌아와 조용히 지내다 1616년 4월에 세상을 떠났다.

작가로서의 셰익스피어는 시와 극작품을 연속적으로 발표하였다. 시로는 1593~1594년에 발표한 〈비너스와 아도니스〉, 〈루클리스〉와 1595년을 전후로 주로 쓴 〈소네트집〉이 있다. 극작품은 비극, 사극, 희극의 각 분야에 걸쳐 1592년부터 1610년까지 매년 약 2편씩의 작품을 썼다.

희극에는 《한여름 밤의 꿈》, 《베니스의 상인》, 《말괄량이 길들이기》, 《뜻대로 하세요》, 《12야》, 《윈저의 유쾌한 아낙네》 등이 있고, 사극에는 《리처드 2세》, 《리처드 3세》, 《헨리 4세》, 《헨리 5세》 등이 있으며, 비극에는 《로미오와 줄리엣》, 《줄리어스 시저》, 《오셀로》, 《리어 왕》, 《맥베스》, 《안토니와 클레오파트라》 등이 있다.

《햄릿》은 1602년에 초연된 것으로 추정되는 셰익스피어의 4대 비극 중하나다. 이 작품은 구성상의 모순과 파탄도 종종 보이고 있지만, 인간의 근원적인 문제를 이처럼 철학적으로 깊이 있게 다룬 문학 작품은 일찍이 없었다는 평가를 받고 있다. 햄릿이라는 인물의 성격만 하더라도 영원히 풀 수 없는 숙제를 남기고 있으며, 이 인물의 특징은 19세기 이래 돈 키호테의 행동형과 함께 문학사에 있어서 빼놓을 수 없는 중요한 위치를 차지하고 있다.

줄거리

햄릿은 얼마 전에 갑자기 죽은 햄릿 왕과 서트루드 왕비의 아들이다. 왕비 거트루드는 남편이 죽은 뒤 왕위를 물려받은 시동생 클로디어스와 서둘러 결혼하는데, 이는 햄릿에게 있어 아버지의 죽음만큼이나 견디기 힘든 충격이었다.

이러한 때에 선왕의 망령이 아들을 찾아와, 클로디어스가 거트루드를 유혹하고 자신을 독살한 것이라며 복수해 줄 것을 부탁한다. 단, 어머니 거트루드에 대한 처벌은 하늘에 맡기라고 명령한다. 감수성이 예민하고 병적으로 깊이 사색을 하는 햄릿은 그 망령이 자신을 혼란스럽게 만들려는 악마일지도 모른다고 생각하여 복수하기를 주저한다.

그는 숙부의 의심스런 눈길을 피하기 위해 거짓으로 미친 척하며, 사랑하는 연인 오필리아에게도 냉랭하게 대한다. 마침 성 안에 유랑극단이 들어오자, 햄릿은 클로디어스를 시험해 보기 위해 국왕을 살해하는 연극 대본을 써서 상연하도록 한다. 그것을 본 클로디어스는 안색이 변하여 자리를 박차고 나가 버린다. 바로 그 직후에 햄릿은 기도를 올리고 있는 무방비 상태의 숙부를 발견하게 되고 그의 죄를 확신하지만 죽일 수 있는 좋은 기회를 놓치고 만다. 그때 자신을 돕기 위해 문 뒤에 숨어서 엿듣고 있던 오필리아의 아버지를 클로디어스로 오인한 햄릿은 그를 죽이게 된다. 한편 오필리아는 햄릿이 자신을 알아보지 못하는 데다 아버지의 죽음에 충격을 받아 마침내는 정신 이상을 일으켜 물에 빠져 죽는다.

이후 햄릿을 경계하기 시작한 클로디어스는 그를 영국으로 보내고, 영국 왕에게 햄릿을 죽여 달라고 부탁하지만 뜻을 이루지 못한다. 오필리아의 오빠 레어티스는 아버지가 죽었다는 소식을 듣고 원수를 갚기 위해 프랑스에서 돌아오고, 이를 안 클로디어스는 그를 꾀어 독을 바른 칼로 햄릿과 검술 시합을 벌이게 한다. 시합에서 햄릿은 독을 바른 칼에 상처를 입지만 그 칼을 빼앗아 레어티스에게 치명상을 입힌다. 그리고 죽어 가는 레어티스의 입을 통해 왕의 음모를 듣게 된다. 그러는 사이에 왕비는 클로디어스가 햄릿에게 마시게 하려고 준비해둔 독주를 마시고 숨이 끊어진다. 햄릿은 독이 묻은 칼로 클로디어스를 찌르고 억지로 그에게 독주를 마시게 한 뒤 숨을 거둔다.

작품해설

《햄릿》은 1602년에 초연한 것으로 추정되는 셰익스피어의 4대 비극 중 하나다. 이 작품은 결단력 없고, 지나치게 많은 생각을 하는 '햄릿형 성격'이라는 인물의 성격을 창출해 냈고, 오필리아나 폴리니어스라는 심리적인 인물을 등장시켜 극을 비극으로 승화시킴으로써 셰익스피어의 천재적인 문학 창작 능력을 보여 준다. 그러나 극중 햄릿의 성격을 나타내는 '햄릿형 성격'은 오늘날에 와서 때때로 부정되고 있다. 즉 재빠르게 판단하여 대담하게 실행하는 일면도 햄릿은 종종 보여 주기 때문이다. 또한 이 작품 속의 모든 일들이 어머니에 대한 무의식적인 성적 사모(性的思慕)에서 비롯되었다고 하는 이른바 오이디푸스 콤플렉스 설이 주장된 일도 있다. 그러나 햄릿은 역사상의 인물이 아니고 극중 인물이므로 심리학 등에서 설명할 것은 못 되고, 어디까지나 하나의 신비스러운 극적 환영(劇的 幻影)으로 다루어야 한다는 견해가 지배적이다.

저작 연대에 대해서는 다양한 이론들이 있으나, 1601년의 작품에 셰익스피어는 새로운 희곡을 쓴다. 즉 햄릿 왕자의 이야기는 1514년에 역사가 삭소가 쓴 《덴마크의 역사》에서 나오고, 이를 바탕으로 1589년 작가 키드가 런던에서 상연을 한다. 우리가 읽는 《햄릿》은 이를 기초로 하여 쓴 셰익스피어의 작품이라 할 수 있다. 즉 전설적인 이야기인 햄릿을 문학적 방법으로 형상화한 것이다.

생각 나누기

햄릿의 결단력 없고 지나친 사색벽은 주위 사람들을 죽음과 파멸로 몰고 있다. 매사에 우유부단한 '햄릿형 인간'에 대한 자신의 견해를 밝히시오.

모범 답안

《햄릿》을 읽은 후 혹은 연극을 관람한 후 우리의 머릿속에 자리 잡고 좀처럼 사라지지 않는 질문은, 주인공 햄릿은 어째서 복수할 수 있는 절호의 기회가 왔는데도 머뭇거리다가 자신의 죽음뿐만 아니라 여러 사람의 목숨을 희생시키는 결과를 초래했느냐는 것이다. 만약 그가 망설임 없이 즉각 행동했더라면 적어도 자신과 폴로니어스, 오필리아, 레어티스, 어머니 거트루드, 두 동창생 로즌크랜츠와 길던스턴은 비명에 죽지 않았을 것이기 때문이다.

고대 그리스 비극에서는 오만함 같은 주인공의 결함이 부분적으로 주인공의 파멸과 비극을 낳는 데 기여하고 있음이 사실이지만, 비극의 주된 원인은 어디까지나 주인공에게 미리 마련되어 있는 신탁적인 운명이다. 즉 주인공의 의지나 잘잘못과는 관계없이 그의 파멸은 예정된 코스를 정확히 달리게 된다. 이와는 대조적으로 셰익스피어의 비극은 주인공의 성격적 결함이 그의 비극을 초래하는 주된 요인이다. 따라서 그의 파멸은 그 자신의 탓이며 자신의 책임으로 돌릴 수 있다. 이런 견지에서 햄릿의 경우에 성격이 운명이라는 진술이 성립된다.

그렇다면 복수의 지연을 초래하는 햄릿 특유의 성격은 무엇인가. 돌이켜 생각해 보면, 햄릿 자신이 제1막 4장에서 친구들과 더불어 혼령의 출현을 기다리는 가운데, 제아무리 고상한 품성을 지닌 사람이라고 해도 선천적이든 후천적이든 단 하나의 결함('stamp of one defect' 혹은 'that particular fault') 때문에 불명예를 면치 못한다고 설파했다. 물론 햄릿은 이를 일반화해서 말한 것이지만 이것은 자신을 포함한 일반화며, 어쩌면 그 자신에 바탕을 둔 일반화일 수도 있다. 자연히 우리의 생각은 햄릿의 '단 하나의 결함'이 무엇인가에 이르게 된다. 20세기 전반에 감독과 주연을 맡아 이 작품을 영화로 제작한 로렌스 올리비에는 문제의 대사 끝에 자신의 말 "이것은 결심을 못 하는 한 남자의 비극이다."를 첨가함으로써 햄릿의 '단 하나의 결함'을 우유부단으로 보았다.

'감상(sentimental)설'의 입장에서 보면, 햄릿은 지나친 도덕적 감수성 때문에 복수를 실행에 옮기지 못한다는 것이다. '명상(reflection, introspection)설'에서는 지나친 심사숙고, 지나치게 개발된 지성에서 기인된 반성적인 사고로 인해서 햄릿의 행동력이 마비된다는 것이다. 브래들리가 내세운 '우울(melancholy)설'의 입장에서는 햄릿이 지나치게 심사숙고하는 버릇이 있지만, 우울증에만 빠지지 않았던들 그런 대로 복수의 과업을 수행했을 것이라고 하였다. 반면에 마다리아가가 브래들리의 설을 반박하기 위해 내세운 '자기중심주의(egotism)설'에서는, 햄릿은 고상한 마음씨의 소유자도 예의바른 신사도 아니고, 철두철미하게 잔인하고 남을 헐뜯는 사람이며 자기중심적이어서 실제로 혹은 상상으로 자신이 공격당할 때에야 비로소 행동하는 이기주의자라고 하였다. 마지막으로 프로이트의 심리학을 응용하여 만들어진 '오이디푸스 콤플렉스(Oedipus Complex)설'에 의하면, 햄릿은 잠재의식 속에서 어머니를 이성으로 사모하고 있으며, 클로디어스가 햄릿의 아버지를 살해하고 어머니와 결혼한 것은 바로 햄릿 자신이 무의식적으로 원하던 것이라는 것이다. 햄릿은 자신의 소원에 대한 죄의식으로 인해서 의지가 마비되었으며, 따라서 부친의 죽음에 대한 복수를 결행할 수 없었다는 것이다.

이상의 여러 설들은, 햄릿이 고상하고 섬세하기만 한 귀공자란 생각으로는 햄릿이 가끔 보이는 거칠고 냉소적이고 잔인한 성격을 설명할 수 없듯이, 복수의 지연에 대한 부분적인 설명을 제공할 수 있을 뿐이어서 정도의 차이는 있지만 모두 불만족스러운 것들이다. 어쩌면 햄릿은 덴마크의 총체적인 도덕적 부패와 타락에 기인된 그의 자살 강박 관념 때문에 복수를 지연했고, 영국에서 귀국한 후에는 모든 것을 그가 자주 입에 올린 하느님 혹은 섭리에 맡긴 결과로 복수를 지연했다고 볼 수도 있을 것이다. 어쨌든 햄릿 자신이 두 명의 죽마고우들에게 제3막 2장 끝에서 경고 했듯이 그의 신비의 마음은 영원히 신비에 싸여 있어 아무도 그것을 캐내지 못할 것이다. 바로 이 점이 햄릿 왕자와 《햄릿》 극의 매력이기도 하다.

　제시된 본문은 햄릿이 우연히 묘지를 지나다가 그것이 연인 오필리아
의 무덤인 것을 알게 되고, 레어티스와 오해로 훗날 결투를 하게 되는 부
분이다. 우유부단하고 지나치게 생각이 많은 햄릿의 성격을 중심으로 작
품을 살펴보자.

햄릿

제5막
(제1장 묘지)

갓 파놓은 무덤 속, 수송이 몇 그루 서 있고, 묘지 입구가 보인다. 두 명의 어릿광대(무덤 쓰는 유대꾼과 그 인부)가 삽, 곡괭이를 들고 등장하여 곤 파기 시작한다.

광대 1   이렇게 기독교식 정식 매상을 해도 될까. 자살로 세상을 떠난 여자를?

광대 2   된다더군. 그러니까 어서 파기나 해. 검시관이 시체를 조사한 결과, 정식으로 매장해도 좋다는 판결이 났으니까.

광대 1   어떻게 그럴 수가 있지? 정당방위로 익사한 것이 아닌데.

광대 2   아무튼 그렇게 판결이 났어.

광대 1   그럼 사건은 분명히 '정당 폭행'이겠구먼. 그게 틀림없지. 요점은 이렇거든. 가령 내가 고의로 익사를 한다 하면 이는 법적으로 행위라는 것이 증명되지. 그런데 행위라는 것은 세 가지 순서가 있는 법인데, 행하고 동작하고 해치우는 것이 바로 그것이지. 그런고로 이 여자는 고의로 익사했단 말이거든.

광대 2   하지만, 여보게.

광대 1   아니, 가만있자, 여보게. 음, 여기 물이 있네, 알았지? 음, 여기 사람이 있네 — 알았지? 그런데 만약 이 사람이 이 물가로 와서 빠져 죽는다면 그건 본인의 의사와 상관없이 스스로 죽은 거야, 알겠나? 하지만 만약 물이 와서 사람을 빠뜨려 죽인다면, 그것은 스스로 물에 빠져 죽는 것이 아닌 고로, 자살 죄를 범하지 않은 자는 제 손으로 목숨을 죽인 것이 되지 않는단 말이지.

광대 2   원, 그것도 법률인가?

광대 1   암, 물론이지, 검시관의 검시법이지.

광대 2   자네에게 한 가지 알려 줄까? 만약 이것이 귀족이 아니었다면 이렇게 기독교식 매장은 못하는 법일세.

광대 1   허, 제법이군, 그걸 다 알고. 제기랄, 귀족들은 물에 빠져 죽거나 목을 매어 죽어도, 평민들보다는 편리하다니까……. 자, 일손을! 근데 말야, 명문 귀족치고 집안 중에 그 조상이 원예사, 도랑치기, 무덤 쓰기 같은 일을 하지 않은 사람이 어디 있나 —그들도 다 아담의 직업을 물려받았는데. (파놓은 무덤구덩이에 들어가 본다.)

광대 2   아담도 귀족이었나?

광대 1   암, 그분이야말로 세상에서 처음으로 연장을 가졌던 귀족이지.

광대 2   천만에, 안 가졌어.

광대 1   이 사람, 자네 그래도 신잔가? 성경을 어떻게 읽고 있는 거야? 성경 말씀이, "아담 땅을 파다." 했잖나. 연장 없이 어떻게 파? 하나 더 물어 볼까, 똑바로 대답 못하면 참회하고…….

광대 2   재수 없는 소리 말어.

광대 1   석수나 목수나 조선공보다 더 튼튼한 걸 만드는 사람이 누군 줄 아나?

광대 2   그야, 교수대 만드는 사람이지. 교수대는 천 명이 빌려 써도 끄떡 하지 않으니까.

광대 1   거 참 말 잘했네. 교수대란 건 근사하거든 — 얼마나 근사한가! 악질들을 근사하게 처리해 주지. 하지만 교수대를 교회당보다 튼튼하다고 말한 건 틀렸어 — 그런고로 교수대는 자네를 잘 처리할 거네, 자, 다시 대답해 봐.

광대 2   "석수나 목수나 조선공보다 더 튼튼한 걸 만드는 사람이 누군 줄 아나"라고 했지?

광대 1   그래, 대답해 봐. 짐을 내려놓으려거든.

광대 2   그러니까, 저.

광대 1   어서 대답해 봐.

광대 2   제기랄, 모르겠는걸.

광대 1   이제 그만해 둬, 너무 머리 쓰지 말라고. 둔마(鈍馬)를 아무리 패 봤자, 속력이 날리 만무하니까. 이번에 다시 한 번 그 질문을 받거든, '무덤 쓰는 유대꾼'이라고 내답하세나. 이 유대꾼의 손으로 된 집은 최후심판 날까지 견디니 말이야. 자, 저기 존네 집에 가서 술이나 한 병 받아 오게. (광대 2 퇴장)

선원복 차림의 햄릿과 호레이쇼 등장

광대 1   (무덤을 파면서 노래한다.)

사랑이니 연애니 젊은 시절엔,
참으로 즐거운 일이었지.
세월은 가고,
아, 세상만사 허사더라.

햄　　릿　이 자는 하고 있는 일에 아무 생각도 없나 보지, 무덤을 파면서 노래하는 걸 보니?

호레이쇼　하도 익숙해서 아무렇지 않은 모양이죠.

햄　　릿　과연 그럴 테지, 쓰지 않는 손일수록 더 예민한 법이니까.

광대 1　(노래한다.)

　　　나이는 슬며시 찾아와서

　　　억세게 날 휘어잡아

　　　땅 속에다 내동댕이쳤으니,

　　　옛날은 꿈만 같구나.

　　　(해골바가지를 한 개 던져 낸다.)

햄　　릿　저 해골바가지 속에도 한때는 혀가 있어 노래를 불렀으련만! 그런데 저 녀석은 지금 그것을 마구 땅에 내동댕이치는구나. 인류 최초로 살인을 범한 카인은 노새 턱뼈로 자기 동생을 죽였다는데, 그 턱뼈나 되는 것처럼! 원래는 권모술수 가의 머리통이었는지도 모르리라. 지금은 저 바보 녀석한테 이렇게 마구 취급당하고 있지마는. 그렇잖은가?

호레이쇼　그럴지도 모르죠.

햄　　릿　혹은 또 어떤 벼슬아치의 그것인지도 모르지. "나리, 밤새 안녕하십니까! 요사이 편안하십니까?" 하고 아첨을 떨었을 것 아니냔 말이야. 또는 어떤 귀족의 말이 탐이 나서 그 말을 칭찬해댄 어느 벼슬아치의 대갈통인지도 모르지. 그렇잖은가?

호레이쇼　그럴지도 모르죠.

햄　　릿　아, 틀림없지. 지금이니까 구더기 마님 신세를 지고, 턱뼈는 사라진 채 유대꾼의 손으로 머리통을 얻어맞고 있지만, 생각해 보면 참 기가 막힐 일이지. 우리가 간파할 만한 눈만 있다면 말야! 자랄 때는 무척 정성을 들였을 텐데, 이제는 애들의 던지기 노리갯감이 되고 말다니! 이걸 생각하면 내 뼛골이 다 지끈지끈 아프구나.

광대 1 (노래한다.)

곡괭이와 삽, 삽 한 자루,
수의도 한 장 있어야 하고,
아, 흙 속에 구멍을 만들자꾸나.
이 손님 모시기엔 안성맞춤.
(또 하나의 해골바가지를 던져 낸다.)

햄 릿 어, 또 하나 나온다. 저건 변호사의 해골바가지일지도 모르겠군. 그렇다면 그 능숙한 궤변과 변설은 지금 어디 있는가. 그 소송은, 소유권은, 모략은 다 어디 있는가. 지금 이 무식한 작자한테 삽으로 머리통을 얻어맞고도 그래 가만있단 말인가? 폭행죄로 소송을 건다고 떠들어 대지도 못한단 말인가? (해골바가지를 가볍게 두드리며) 허! 이자는 생시에 토지를 실컷 매점한 놈일지도 모르지. 담보 증서, 금전 차용서, 소유권 변경 소송, 이중 증인, 토지 양도 소송 등 갖가지 수단을 써가지고. 그런데 말야, 이자의 소유권 명의 변경 소송이니, 토지 양도 소송 등의 재판 판결은 어떤고 하니, 이 근사한 머리통 속에 근사하게 진흙이 가득 차 있을 뿐 아니냔 말야? 이제 와서 이자의 손에 들어온 것이라곤 결국 할부 계약서 한통뿐이라고 밖에 증언하지 못한단 말인가, 저 이중 증인들조차도? 이 따위 용기 속에는 제기랄, 토지 양도 문서조차도 채 다 들어가지 못하겠군. (해골바가지를 가볍게 두드리면서) 더구나 그 토지의 소유자 본인은 이 골통 하나밖에는 무엇 하나 소유하지 못한단 말인가, 응?

호레이쇼　정말, 참 그렇습니다.

햄　릿　토지 매매 문서는 양가죽으로 만들지?

호레이쇼　송아지 가죽으로도 만듭니다.

햄　릿　그 따위 물건들을 다 믿는 놈들은 양이나 송아지만큼 미련한 놈들
　　　　이지. 어디 말 좀 걸어 볼까……. (앞으로 나와서) 여, 누구의 무덤이냐?

광대 1　본인의 것입죠. ― (노래한다.)

　　　　아, 흙 속에 구멍을 만들자꾸나.

　　　　이 손님 모시기에 안성맞춤.

햄　릿　과연 네 것인가 보구나. 네 말은 거짓말이라도 네가 그 안에 있는
　　　　걸 보니.

광대 1　댁은 바깥에 계시니까 댁의 것은 아닙죠. 그런데 저로 말씀드리
　　　　자면 거짓말을 않습니다만, 역시 이건 제 것입죠.

햄　릿　그건 거짓말이다. 그 안에 서서 그걸 네 것이라니, 무덤이란 죽은
　　　　사람이 들어가는 곳이지, 산 사람이 들어가는 곳은 아니거든……. 그
　　　　러니까 네 말은 거짓말이란 말이다.

광대 1　이런 걸 산 거짓말이라고나 할까요? 이제 두고 보십시오. 이번엔
　　　　댁의 대답이 궁해질 차례가 될 테니.

햄　릿　네가 파고 있는 무덤은 대체 어떤 남자의 무덤이지?

광대 1　어떤 남자의 무덤은 아닙니다.

햄　릿　그럼, 남자의 무덤이 아니라면 어떤 여자의 무덤이냐?

광대 1　여자의 무덤도 아닙니다.

햄　릿　누구를 묻을 참이냐?

광대 1　전엔 여자였습니다만, 지금은 죽었답니다.

햄　릿　이것 참 대단히 까다로운 녀석이로군! 조심해서 말해야지, 얼버

무리다가는 경을 칠 판이로구나. 그렇지, 호레이쇼? 요 이삼 년 관찰해 온 바이지만, 어쩌나 깔깔한 세상이 되어 가는지, 도대체 농사꾼의 발가락이 나으리 발뒤꿈치를 따라와서 튼 살을 벗겨 놓는 형편이라니까. 그런데 넌 언제부터 무덤장이 짓을 해먹고 사는 거냐?

광대 1　언제부터 해먹고 살았는지 곰곰이 돌이켜 생각해 보니, 선대의 햄릿 임금님께서 포틴브라스를 정복하시던 날부터입니다.

햄　릿　그게 몇 해 전 일이지?

광대 1　그것도 모르십니까? 바보들도 다 아는데. 그건 햄릿 왕자가 탄생하던 날이지 뭡니까? 글쎄, 저 미쳐서 영국으로 추방당한 햄릿 말입니다.

햄　릿　아 참, 왕자는 왜 영국으로 추방당했지?

광대 1　그야 미쳤으니까요. 거기서라면 옳은 정신으로 회복될 겁니다. 하지만, 뭐 회복되지 않아도 거기서는 상관없을 겁니다.

햄　릿　왜?

광대 1　사람들 눈에 띄지 않을 테니까요. 아, 글쎄 그곳 사람들은 나 왕사처럼 미쳐 있답니다.

햄　릿　왕자는 왜 미치게 됐나?

광대 1　그게 참 괴상하답니다.

햄　릿　어떻게 괴상하냐?

광대 1　정신을 잃었으니 말입죠.

햄　릿　그런데, 그 원인은 어디에 있다던가?

광대 1　어디라뇨, 그야 물론 이 덴마크에서지요. 전 어려서부터 30년간이나 이곳에서 무덤장이를 해먹은 사람이라 잘 알고 있지요.

햄　릿　시체는 무덤 속에서 얼마나 되면 썩지?

광대 1　사실, 생시부터 썩은 놈만 아니라면……. 요새 같아선 매독으로 죽은 놈이 많아서, 이런 건 도저히 매장할 겨를도 없이 썩어 버리니 말입니다만, 보통 한 8, 9년은 갑죠. 가죽을 다루는 피장이는 9년은 갑니다.

햄　릿　피장이는 왜 더 오래가나?

광대 1　거 다 직업 덕분에 피부가 매끄러워져 있어서 꽤 오래 물을 튕겨 내거든요. 거 물이란 것이, 그 경칠 놈의 시체를 썩히는 덴 지독한 힘이 있거든요. 이크, 해골이 또 하나 나오는군. 이 해골은 벌써 2, 3년 간 흙 속에 묻혀 있던 놈입니다.

햄　릿　누구의 해골인데?

광대 1　어떤 빌어먹을 미친 녀석 것입니다. 누군 줄 아슈?

햄　릿　모르겠는데.

광대 1　이 미친 녀석, 염병할 녀석 같으니! 언젠가 이 녀석이 내 대갈통에다 포도주를 병째 붓잖았겠어요. 이게 누군고 하니, 바로 저 임금님의 어릿광대 요리크의 해골입니다.

햄　릿　이것이?

광대 1　그렇다니까요.

햄　릿　어디 좀 보자. (해골을 받아 든다.) 아, 불쌍한 요리크! 호레이쇼, 나는 이 사람을 아네만 ―참 무궁무진한 재담꾼이었네. 기막히게 재미나는 소리를 잘했었지. 줄곧 날 업어 주곤 했었는데. 지금은 이걸 보니 소름이 끼치는구나. 구역질이 날 지경이네……. 원래 여기 입술이 달려 있었겠다, 내가 수없이 키스를 한 입술이. 좌중을 포복절도시키던 그 농담, 그 익살, 그 노래, 그 신나는 재치 등은 다 어디 갔는고? 이렇게 이를 드러내고 있는 네 꼬락서니를 한번 비웃어 보지 그래? 정말 턱은 떨어져 나가 버리고 없구나! 자, 귀부인 네 방으로 가서 설명해 주라고, 분을 한 치쯤 처발라도 결국 이런 낯바닥을 면친 못한다고. 그래서 실컷 웃겨 보라고……. 여보게 호레이쇼, 좀 물어 볼 말이 있네만.

호레이쇼   뭐 말씀입니까?

햄   릿   알렉산더 대왕도 흙 속에서 이런 꼴을 하고 있을까?

호레이쇼   물론입니다.

햄   릿   또 이렇게 냄새도 나고? 튀튀! (해골을 땅에 놓는다.)

호레이쇼   물론입니다.

햄   릿   사람이 죽어 흙이 되면 무슨 천한 일에 쓰일지 알 게 뭐야! 알렉
산더 대왕의 유해가 마지막에는 술통 마개가 될지도 모른다고 상상
해 볼 수 있잖나?

호레이쇼   그렇게까지 상상하는 것은 좀 지나친 것 같습니다.

햄   릿   아냐, 조금도 지나치지 않아. 지극히 온당하게 추측해 봐도, 결국
그렇게 될 것 같구먼. 한번 해볼까……. 알렉산더 대왕은 죽는다, 매
장된다, 그래서 진토로 돌아간다, 진토는 흙이다, 흙으로 진흙을 만든
다, 그래서 결국 알렉산더 대왕이 변화해서 된 진흙으로 맥주통 마개
를 만들 수 있다는 말이 되잖아?

제왕 시저는 죽어서 흙이 되면
구멍 때워 바람막이가 될 수도 있으렷다.
오, 일세를 풍미하던 그 흙덩이,
지금은 벽을 때워 한풍을 막다니!

쉿, 이 자리를 비켜서자. 저기 왕이 오는구나. 왕비도 같이, 궁중 신하
들을 거느리고.

장례식 행렬이 묘지에 등장. 뚜껑 없는 관에 든 오필리아의 유해.
이 뒤를 레어티스, 왕, 왕비, 법의를 입은 사제(司祭), 그 외의 사람들
이 따라오고 있다.

햄 릿 대체 이게 누구의 장례식일까? 더구나 저렇게 의식도 아주 간략하게? 아마도 저 시체의 주인공은 무모하게 제 손으로 자기 목숨을 끊었나 보구나. 그러나 신분은 상당했나 보군. 잠시 숨어서 살펴보자.(두 사람이 수송나무 밑에 쭈그려 앉는다.)

레어티스 의식은 이것뿐이오?

햄 릿 (호레이쇼를 보고) 아, 레어티스구나, 참 훌륭한 청년이지……. 잘 지켜보자.

레어티스 의식은 정말 이것뿐이오?

사 제 교회가 허락하는 정도에서 장의식은 정중히 해드렸습니다. 원래 사인에 대해서 의문스러운 점도 있고 해서 칙명(勅命)이 관례를 굽혔기 망정이지, 그렇지 않았다면 그냥 부정한 땅에 매장되어 최후 심판 날까지 방임될 수밖에 없었을 겁니다. 그리고 고별 기도를 해주기는 커녕 사금파리나 부싯돌이나 조약돌들을 던져 놓을 뻔했습니다. 그런 것이 이번에는 특별히 처녀의 장례답게 화환으로 장식하고, 꽃을 뿌리고, 조종을 치는 장례 절차가 허가된 것입니다.

레어티스 그럼 이 이상은 도저히 안 된단 말이오?

사 제 도저히 안 됩니다! 조용히 세상을 떠난 사람의 경우같이 진혼가를 불러서 안락 기도를 드려 준다면, 도리어 신성한 장례의 격식을 모독하는 것이 됩니다.

레어티스 좋다, 묻어라. 아름답고 순결한 저 몸에서 오랑캐꽃이 피어나리! (관이 무덤 속에 내려 놓여진다.) 이 야박스런 사내놈아, 내 미리 일러두지만 내 누이동생은 천사가 돼 있을 거다. 네놈이 지옥에서 아비규환을 하고 있을 때쯤에.

햄 릿 뭐라고? 그 아름다운 오필리아가!

왕 비 (꽃을 뿌리면서) 고운 처녀에게 고운 꽃을. 잘 가거라! 햄릿의 아내가 되기를 바랐건만, 이 꽃으로 네 신방을 장식해 주려고 생각했건만.

이렇게 네 무덤에 뿌려줄 줄이야.

레어티스 삼중의 재앙이 30곱으로, 그 저주할 놈의 머리에 쏟아져 내려라. 그놈의 흉악한 행위 때문에 너의 맑은 정신은 미쳐 버리지 않았는가! 잠깐, 흙을 끼얹지 말게. 한 번 더 안아 보겠으니. (무덤 속으로 뛰어들어간다.) 자, 이제 흙을 쌓아 올려라. 산 사람이나 죽은 사람 위에 똑같이. 저 옛날에 펠리온 산(山)이나 또는 하늘을 찌르는 저 푸른 올림포스 산보다 더 높이 이 평지를 쌓아 올려라.

햄 릿 (앞으로 나오면서) 대체 누구기에 그렇게도 요란하게, 한탄하는가? 그 비분강개의 소리엔 하늘의 유성들조차 넋을 잃고 운행을 정지하겠구나, 나는 덴마크의 햄릿이다. (무덤 속으로 뛰어 들어간다.)

레어티스 (햄릿을 움켜잡고) 이놈, 지옥에 떨어질 놈.

햄 릿 욕설은 듣고 싶지 않다. 내 목에서 손을 놔라. 나는 성을 잘 내는 난폭한 인간은 아니다만 다급하면 위험을 가리지 않고 폭발하는 성미다. 그러니 조심하는 것이 현명할 것이다. 손을 놓으라니까.

왕   뜯어말려라.

왕 비 햄릿! 햄릿!

일 동 자, 두 분!

호레이쇼 전하, 진정하십시오.

하인들이 둘을 뜯어말린다. 두 사람 무덤 속에서 나온다.

햄 릿 내 이 문제를 가지고 기어이 싸워 볼 테다. 내 눈을 감을 때까지.

왕 비 아, 햄릿, 무슨 문제 말이냐?

햄 릿 나는 오필리아를 사랑했다. 5만 명의 오빠의 애정을 전부 합쳐 봐도, 내 사랑에는 감히 따르지 못한다……. 너 따위가 대체 오필리아에게 뭘 한다는 거냐?

왕　　미친 사람이다, 레어티스.

왕 비　제발 가만히 내버려 두시오.

햄 릿　제기랄 놈, 어디 말해 봐. 뭘 하고 싶나? 울래, 울어 볼래? 굶을
래? 옷을 찢어발길래? 식초를 실컷 마셔 볼래? 악어를 먹어 볼래?
그까짓 것은 나도 다 할 수 있다. 그래서 너 여기 징징 울러 왔나? 무
덤 속에 뛰어 들어가서 내 애정을 무색하게 하러 왔나? 네가 생매장
을 당하겠다면 나도 그리하겠다. 네가 산(山)을 운운했지만 그렇다면
우리들 위에도 얼마든지 흙을 쌓아 올리려무나. 그 꼭대기가 마침내
는 타오르는 태양에까지 솟아올라 열에 타고, 오사의 고봉도 대지의
사마귀로밖엔 안 보일 만큼! 그렇다, 네가 장담을 한다면 질 내가 아
니다.

왕 비　모두 광증 탓이오. 발작이 일어나면 잠시 저 모양이다가도, 마치
암비둘기가 한 쌍의 황금빛 새끼를 깐 때처럼 이내 온순해지고 침묵
에 잠겨 버린다오.

햄 릿　이봐, 뭣 때문에 너는 내게 이러는 거냐? 나는 항상 너를 사랑해
왔다. 하지만 다 쓸데없는 소리다. 헤라클레스 양반은 이 통에 실컷
뻐겨 보라지. 개나 고양이 신세의 이 햄릿도 머지않아 제 시절을 만날
테니까. (퇴장)

왕　　호레이쇼, 저 뒤를 따라가 보거라……. (호레이쇼, 햄릿 뒤를 따라간다.
왕은 레어티스에게 속삭인다.) 꾹 참아라, 간밤의 이야기, 설마 잊지는 않
았겠지. 일을 곧 착수하자……. 이보시오, 왕비. 그 애를 좀 단속해야
겠소. 이 무덤에는 불멸의 기념비를 세워야겠다. 머지않아 평화스런
날이 돌아오겠지. 그때까지 꾹 참고 일을 진행해야지. (일동 퇴장)

돈키호테

미겔 데 세르반테스 사아베드라

(Miguel de Cervantes Saavedra, 1547~1616)

돈 키호테

미겔 데 세르반테스 사아베드라(Miguel de Cervantes Saavedra, 1547~1616)

작가와 작품세계

미겔 데 세르반테스 사아베드라(1547~1616)

스페인의 수도 마드리드 동쪽에 있는, 당시 대학 소재지로서 유명한 알칼라 데 에나레스에서 태어났다. 가난한 외과 의사였던 아버지 밑에서 정규 교육은 거의 받지 못하고 소년 시절을 보냈다.

스페인 해군에 입대하여 군인으로서 출세하려던 그는 터키 함대와 교전하던 레판토 해전에서 영웅적인 활약을 하였다. 그러나 이 싸움에서 왼쪽 팔에 총상을 입고 영영 불구가 되었으며, 전공이 인정되어 귀국하던 길에는 터키 인들의 습격으로 12년간 알제리에서 노예 생활을 하게 되었다. 그 동안 네 번의 탈출을 시도하였으나 모두 실패하였고, 사형당할 직전에 늘 부하를 감싸는 그의 호담한 성격이 적을 감복시켜 겨우 목숨을 부지하게 되었다. 그 후 33세 때 특별 사면이 되어 11년 만에 스페인으로 귀국하였다. 1585년에는 아버지의 죽음으로 일가를 부양할 처지가 되어 '무적 함대'의 식량 구매인과 세금 징수원으로 전락하여 돌아다녀야만 했다. 이 시기는 그의 일생에서 가장 치욕적인 시기였지만 이러한 역경 속에서도《돈 키호테》를 탄생시켰다.

1605년에《돈 키호테》전편이 출판되자, 단번에 세상의 갈채를 받아 중판에 중판을 거듭하는 등 당시로서는 이례적인 대성공을 거두었다. 1616년《돈 키호테》후편을 냈는데, 이것은 전편을 능가하는 훌륭한 작품으로 평가된다.

이 작품은 그 당시에 인기를 끌고 있었던 기사도 소설로서 로망스를 패러디했다. 여기서 초점이 되는 것은 현실이 바뀌었다는 점이다. 돈 키호테는 기사의 신념과 행동 양식에 따라 그대로 행동하지만 현실이 달라졌기 때문에 거기에서 초래되는 결과는 기사도 소설의 그것과는 판이하게 다르다. 돈 키호테의 모험과 좌절을 통해 이상과 현실의 괴리를 체험하는 인문주의적 인간의 자기발견 과정을 보여 주는 이 작품은, 서양 근대 소설의 효시로 일컬어진다.

줄거리

라 만차 지방의 어느 마을에 사는 쉰 살 가까운 키하다라는 성을 가진 시골 귀족은 기사도 이야기를 지나치게 읽고 광기에 사로잡힌다. 그리고 이 세상의 부정을 바로잡고 약한 자들을 보호하는 편력 기사가 되어 국가에 봉사하고 자신의 명예를 드높이고자 결심한다. 그는 황당무계한 기사도 이야기를 역사적 사실로 착각하고 이성주의가 꽃피던 17세기 초기에 중세의 기사도 이념을 소생시키는 것이 가능하다고 믿는다.

그는 스스로 자신의 이름을 돈 키호테 데 라 만차라 개명하고, 선조들에게서 물려받은 낡은 갑옷을 헛간에서 꺼내 수선해 입은 뒤, 늙고 말라빠진 말 로시난테를 타고 집을 나서 벌판으로 향한다. 해질 무렵 한 여관에 도착한 그는, 여관을 성으로 착각하고 주인을 성주라고 부르며, 그곳에 묵고 있던 매춘부를 공주라고 부르는 소동을 일으킨다. 또한, 자신이 아직 기사 서품을 받지 않았다는 것을 알고 그곳에서 서임식도 갖는다. 이러한 소동으로 여관 주인은 숙박비도 필요 없다며 그를 내쫓아 버린다. 이때 여관 주인은 편력 기사가 갖추어야 할 것들을 이야기해 주는데 돈 키호테는 이 말에 크게 감사하며 여관 주인이 가르쳐준 대로 기사가 휴대해야 하는 필수품을 챙기기 위해 마을로 돌아온다. 그때 가족과 친구들은 그의 가출이 책 때문에 일어난 일이라며 그가 보던 책들을 모두 불살라 버린다.

하지만 돈 키호테의 열정은 막을 길이 없어 그는 다시 모험을 떠나려 한다. 그는 기사에게는 시종이 있어야 한다는 생각에, 이웃에 사는 소작 인 산초 판사에게 섬의 영주를 시켜주겠다는 약속으로 꾀어 함께 길을 떠난다.

도중에 풍차 무리를 만나는데 그는 그것들이 거인들이라면서 창을 겨 누고 로시난테와 함께 돌진하여 때마침 돌기 시작한 풍차에 부딪쳐 쓰러 지고 만다. 그리고 산초에게는 태연히 "저것은 요술사가 우리의 승리를 방해하기 위해서 거인을 풍차로 둔갑시킨 것이다."라고 말한다. 그는 또 양떼를 교전 중인 군대로 생각하고 덤비는가 하면, 포도주가 든 가죽 주 머니를 상대로 격투를 벌이기도 한다. 끝내 그의 모험은 좌절로 끝나고, 마을 사람들에 의해 집으로 돌아오게 된다. 그러나 고결한 기사도 정신을 잊을 수 없는 그는 다시 산초와 함께 세 번째 여행을 떠난다. 이번에는 어 느 공작 부처의 초대를 받게 되는데, 공작 부처는 그들을 기사로 예우한 다. 그러나 그것은 장난을 좋아하는 공작 부처의 우롱이었다.

한편 그들을 끝까지 추격해온 은달(銀月)의 기사와 결투를 벌이지만 패 하고 돈 키호테와 산초는, 집으로 돌아가라는 그의 명령에 따라 집으로 다시 돌아오게 된다. 집으로 돌아온 두 사람은 마을 사람들의 숱한 조소 와 우롱에 슬프기만 하다. 기사 돈 키호테는 드디어 병상에 눕게 되고, 겨 우 현실로 돌아와 본래의 이름인 알폰소 키하다라는 이름을 되찾게 된다. 그러고는 자신의 우매한 나날들을 성직자에게 고백하며 참회를 하고, 조 용히 숨을 거둔다.

《돈 키호테》는 1부와 2부로 나뉘는데 2부, 즉 후편이 훨씬 훌륭하다고 평론가들이 인정하고 있다.

돈 키호테의 모험 여정이 작품의 대부분을 차지하고 있으며, 각각의 모험이 독자적인 의미를 띠고 있는 삽화적 구성 방식을 취하고 있다.

돈 키호테와 산초 판사는 환상의 세계와 일상의 세계를 대변하는 인물이라고 볼 수 있다. 돈 키호테는 기사도라는 추상적이고 관념적인 규범을 자기 자신에게 부과하고 있다. 기사가 되려는 돈 키호테의 욕망은 현실과 부딪쳐 좌충우돌하는데, 그는 관념보다 행동이 앞서서 자신의 행동에 세계를 맞추려는 대표적인 인물이다. 반면 산초는 생활에 닳고 닳은 일상인의 관점에서 사물을 지각하고 판단하며 돈 키호테에 비해 훨씬 현실적인 인간으로 그려져 있다. 기사의 고매한 이상과 산초의 실재적이며 비속한 물질주의는 좋은 대조를 이룬다. 두 사람이 나누는 앞뒤가 맞지 않는 익살스러운 대화의 한 토막 한 토막이 두 사람의 성격을 선명하게 그려 내고 있다. 그러나 그 둘이 계속적으로 대립하기만 하는 것은 아니라 때로는 융화하는 모습을 보여 줌으로써 이 소설의 재미를 더 배가시킨다. 이런 점에서 두 사람은 서로가 협력하는 관계를 유지하면서 의지하는 인간의 양면성을 보여 주고 있다.

당시 스페인에는 귀족들이 이미 존재하고 있었지만, 돈과 자본을 가진 새로운 계층 또한 부상하고 있는 중이었다. 따라서 《돈 키호테》에서 귀족들이 희화적으로 등장하는 것도 현실성 있는 설정이라고 할 수 있다.

생각 나누기

1. 인간의 성격적 특성을 말할 때 '햄릿형'과 구별되는 '돈 키호테형'이

있다. 본문을 참조하여 '돈 키호테형' 성격의 특징을 쓰고, 그것이 가지는 장점과 단점을 논하시오.

2. 돈 키호테는 기사가 되기를 열렬히 원하였지만 결국은 실패하였다. 우리 주변에서 돈 키호테가 지녔던 것과 같은 욕망이 존재한다면 어떤 양태로 존재하는지, 그리고 그러한 욕망을 어떻게 평가해야 하는지에 대해 논하시오.

모범 답안

1. '햄릿형'과 '돈 키호테형'은 모두 문학 작품에 등장하는 인물들로부터 추출된 성격 특성이다. 그들은 문학 작품에 등장하는 허구적 인물들이지만 그러한 인물을 창조한 작가들은 인간의 본질에 육박하는 날카로운 통찰로, 인간의 전형적인 면모들을 드러내었다.

햄릿은 심각하고 비관적이다. 또한 행동보다 의식이 훨씬 발달한 인간형에 해당한다. 반면 돈 키호테는 낙천적이다. 자신이 하고자 하는 행동이 어떤 결과를 초래할 것인지를 생각하기보다는, 자신이 원하면 그것이 그대로 이루어질 것이라는 생각에 사로잡혀 있다. 이에 따라 무모함도 역시 그의 성격 특성으로 지적될 수 있다. 낙천성과 무모함은 그 자체로 양면적인 속성을 가지고 있다. 이 점에 유의하면서 돈 키호테와 같은 성격 유형의 장단점을 쓰되, 어느 한 면을 더욱 부각시켜 결론을 쓰는 것이 좋을 것이다.

2. 기사가 되고자 하는 돈 키호테의 모습은 사뭇 진지하고 순수해 보이기까지 한다. 그가 기사가 되고자 했던 이유를 보면 이를 쉽게 알 수 있다. 그는 기사 계급의 허황된 모습만 바란 것이 아니라 사라져 가는 정의를

세우고 기사도 정신을 드높이고 북돋고자 했던 것이다. 하지만 진지함과 순수함을 가지고 있다고 해서 그 욕망이 정당하다거나 필연적으로 실현될 것이라고 말할 수는 없다. 욕망이 얼마나 현실성이 있는 것인가도 역시 고려해야 할 요소인 것이다. 소설의 배경은, 돈 키호테가 바라던 욕망의 실상인 기사라는 신분 계급 자체가 이미 사라져 버리고 소설로만 남아 있는 사회다. 따라서 돈 키호테의 욕망은 시대착오적인 것이며, 실패할 수밖에 없는 소지를 가지고 있다.

만약, 현대 우리 사회에서 옛 왕조를 복원하여 중세의 봉건제를 회복하려는 움직임이 있다고 생각해 보자. 이는 과거의 영화롭던 모습을 재생(再生)하고 왕정이 가졌던 이상을 실현하고자 하는 고매한 뜻으로 해석될 수도 있지만, 이미 사회 전반에 걸쳐 민주주의가 하나의 대세를 이루고 있는 상황에서 그런 욕망에만 집착한다는 것은 그리 바람직한 모습이라고 할 수 없을 것이다. 이처럼 돈 키호테가 가졌던 욕망의 시대착오적인 성격에 주목하여, 욕망의 이러한 양태가 우리 사회에서 어떻게 드러나고 있는지 찾아보도록 한다. 또한 이러한 시대 착오성은 무엇을 통해 극복되어야 하는지도 생각해 보도록 한다. 그 열쇠는 현실에 대한 통찰에 있을 것이다.

읽기 전에

제시된 본문은 돈 키호테가 준비 없이 첫 번째 모험을 떠났다가 집으로 돌아와 다시 모험을 떠날 차비를 하는 부분이다. 돈 키호테의 불 같은 정열과 산초의 유머러스함이 어떻게 어울리고 있는지 관심을 가지면서 작품을 감상해 보자.

돈 키호테

— 신부와 이발사가 우리의 기지 넘치는
귀족 신사의 서재에서 한 우아하고도 엄숙한 조사에 대하여

돈 키호테는 아직 잠자고 있었다. 신부는 돈 키호테의 조카에게 그 모든 사건을 불러일으킨 책들이 놓여 있는 방의 열쇠를 달라고 했다. 그녀는 혼쾌히 그것을 신부에게 주었다. 가정부도 한몫 끼어서 모두 함께 그 방으로 들어갔다.

과연 그 방에는 훌륭하게 장정된 백여 권 이상의 책과 그 밖의 작은 책들이 있었다. 가정부는 그것을 보자 급히 방에서 나가더니 한 그릇의 성수(聖水)와 물뿌리개를 가지고 돌아왔다.

"신부님, 어서 이것을 뿌려 주세요. 이 책들 속에 들어 있는 요술쟁이가 한 놈이라도 나타나서, 여기서 자기들을 내쫓으려 한다고 화가 나서 우리에게 요술을 걸면 큰일이잖아요. 어서 뿌려 주세요."

가정부의 단순함에 신부는 웃음을 터뜨렸다. 그는 무슨 내용의 책인가를 조사해 보기 위해 그 책들을 한 권씩 내려놓도록 이발사에게 일렀다. 혹시 불태우지 않아도 될 책이 몇 권 있을지도 모르기 때문이었다.

"아닙니다." 하고 조카가 말했다.

"단 한 권이라도 빼놓을 필요가 없어요. 모두 해로운 것뿐이에요. 몽땅 창문으로 내던져서 쌓아올린 뒤 불을 질러 버리는 게 좋아요. 아니면

뒤뜰로 가지고 가요. 거기서 태우면 연기 때문에 곤란하지도 않을 테니까요."

가정부도 같은 말을 했다. 이건 저 죄 없는 책의 죽음에 대한 두 여인의 희망이기도 했다. 그러나 신부는 하다못해 제목만이라도 읽어 보지 않고는 그렇게 할 수 없다고 했다. 그리하여 우선 니콜라스 선생이 신부의 손에 건네 준 최초의 책은 4권으로 된 《아마디스 데 가울라》였다. 그것을 보고 신부가 말했다.

"이건 정말 굉장하군. 소문에 듣자니 이 책은 에스파냐에서 인쇄된 기사도 책이라더군. 다른 책들은 그 규범과 기원을 모두 이 책에서 땄다고 하지. 그러니 사악한 종교의 독선적인 개조(開祖)를 대하듯 아무런 주저 없이 이 책은 화형에 처해야 할 거요."

"아닙니다, 신부님." 하고 이발사가 말했다.

"저는 말입니다. 이런 종류의 책으로는 어느 책보다도 이 책이 가장 훌륭한 책이라는 걸 들은 적이 있습니다. 그러니 이 책은 용서해 주어야 할 겁니다."

"그럴 법하군." 하고 신부가 말했다.

"그럼, 우선 이 녀석은 목숨을 건진 셈이군. 그 다음엔 이 녀석 옆에 있던 또 다른 것을 조사해 보도록 하세."

"이것은 《아마디스 데 가울라》의 뒤를 이은 아들 《에스플란디아의 무용담》입니다."

"그렇다면 그야말로." 하고 신부가 말했다.

"아버지의 은혜를 아들에게까지 미쳐서는 안 되지. 자, 아주머니. 그걸 창밖으로 던져 버리시오. 그리고 태울 준비를 하시오."

가정부는 매우 기뻐하며 시키는 대로 했다. 선량한 사나이 《에스플란디아의 무용담》은 뒤뜰로 실려가 이윽고 다가올 업보의 불길한 위협을 꾹 참으며 참을성 있게 기다렸다.

"다음." 하고 신부가 말했다.

"이번 녀석은······." 하고 이발사가 대답했다.

"《그리스의 아마디스》입니다. 제가 보기에 이쪽에 있는 것은 모두 같은 아마디스 혈통이로군요."

"그렇다면 모두 뒤뜰행일세." 하고 신부가 말했다.

"핀티키네스토라 여왕이나 목동 다리넬, 게다가 그 녀석의 목가(牧歌), 그리고 같은 저자인 저 악마에 홀린 전도(轉倒)의 이론을 태우지 않았기 때문에 내 아버지가 방랑 기사 모습으로 근방을 돌아다닌다면, 그런 책들과 함께 나를 낳아 준 아버지마저 태워 버리겠네."

"저도 역시 같은 의견입죠." 하고 이발사가 말했다.

"그리고 저도요." 조카도 덧붙여 말했다.

"그렇다면," 하고 가정부가 말했다.

"자, 그쪽 것과 함께 뒤뜰로."

그들이 가정부에게 건네 준 책이 너무나 많았으므로 그녀는 계단을 내려가는 대신 모두 한꺼번에 창문 아래로 던져 버렸다.

"그 맥주통에는 누가 있습니까?" 하고 신부가 물었다.

"《라우라의 동 올리반테》입니다." 하고 이발사가 대답했다.

"《화원(花園)》과 같은 저자의 것이로군. 그 두 책 가운데 어느 쪽이 보다 더 진실한가, 한 마디로 어느 쪽이 거짓말이 더 적게 들어 있는가 하는 것은 말하기 힘들지만, 이 말만은 할 수 있지. 그 엉터리와 오만함으로 이것 역시 뒤뜰행이라고."

"다음 이 책은 《히르카니아의 플로리스마르테》입니다."

"플로리스마르테님께서 거기 계셨습니까?" 하고 신부가 대답했다.

"그렇다면 맹세코 뒤뜰에서 포로 신세가 되도록 해드려야지. 그 신기한 태생과 몽상의 모험에도 불구하고 말이오. 또한 그 문장의 딱딱함과 무미건조함 역시 다른 대우를 받을 만한 것이 못 되니 아주머니, 저것과 이것을 모두 함께 뒤뜰로."

"저런, 얼마나 반가운 일이에요."

그녀는 매우 기쁜 듯이 명령을 집행하였다.

"이건 《기사 플라틸》입니다." 하고 이발사가 말했다.

"그건 낡은 책이오." 하고 신부가 말했다.

"그렇긴 하지만, 난 이 책 속에서 사면에 해당될 만한 것을 하나도 발견하지 못했네. 두말 할 것도 없이 다른 책과 함께 해야지."

그리하여 그 책은 다른 책과 같은 운명에 처해졌다. 다시 한 권의 책이 놓였다. 거기엔 《십자가의 기사》라고 씌어 있었다.

"이 책이 가진 매우 신성한 이름을 생각해서 이 책의 무지스러움을 용서해 줄 수도 있지만, 그러나 난 늘 이런 말을 했지. '십자가 배후엔 악마가'라고. 화형에 처하세."

다른 책을 들고 이발사가 말했다.

"이건 《기사도의 귀감》입니다."

"나도 익히 그 고매한 이름은 알고 있지." 하고 신부가 말했다.

"이 책 속에는 몬탈반의 레이날드와 그 일당들이 등장하는데 카쿠스보다도 더 흉측한 도둑놈들이지. 또 프랑스의 열두 명의 귀족과 실제로 존재하는 역사가 투르핀도 등장하고. 내가 이것을 사형 이상으로 처형할 거라는 건 사실이네. 왜냐하면 저 유명한 마테오 보야르도에게 그 너절한 얘깃거리를 제공해 주었고, 또 그리스도 교도인 시인 루도비코 아리오스토도 여기서 이야기를 빌려다 썼으니까 말이야. 아리오스토가 자기네 국어 이외의 말로 이야기한다면 난 아무런 존경도 나타내지 않을 걸세. 하지만 만일 제 나라 말로 이야기한다면 난 그를 소중히 받들어 줄 거네."

"그런데 저는 이탈리아 말로 된 그 사람의 책을 가지고 있어요." 하고 이발사가 말했다.

"하긴 내가 읽을 수는 없지만요."

"그걸 당신이 읽을 수 있다고 해도 대단한 건 아니지." 하고 신부가 대답했다.

"아리오스토를 스페인으로 데려와서 스페인어로 번역하지만 않았던들 우린 그 선장을 용서해 주었을 텐데. 그는 아리오스토가 지닌 본래의 값어치를 많이 떨어뜨렸어. 하긴 시를 외국어로 번역할 때 으레 그런 일이 생기지. 아무리 주의를 기울이거나 재능을 발휘해도 번역이 원작만큼 훌륭하게 될 수는 없다니까. 실지로 이 책과 또 이런 내용이 담긴 프랑스의 모든 책은 그것이 좀 더 확실하게 납득될 때까지는 《베르나르도 델 카르피오》와 《론세스발레스》를 제외하고는 모두 마른 우물 속에 보관해 두어야 한다고 생각하네. 지금 말한 그 두 권의 책은 내 손에 들어오는 대로 즉시 아주머니한테 드려서 조금도 사정을 보지 말고 불 속에 넣어 버려야 하겠지만."

이발사는 과연 그렇다고 생각했다. 그리고 신부의 말은 모두 진실이며 또 수긍해야 한다고 생각했다. 이 신부님은 매우 선량한 그리스도 신도이며 또 진리의 참다운 벗이므로 세계의 모든 일에 대하여 진리 이외의 말을 할 리가 없다고 생각했기 때문이었다. 또 한 책을 들고 보니 그건 《팔메린 데 올리바》였다.

그리고 그 옆에는 《영국의 팔메린》이 또 하나 있었다. 그것을 보자 신부가 말했다.

"그 올리바(감람나무)는 즉시 토막토막 꺾어서 재도 안 남게 태워 버려야겠군. 하지만 영국의 팔메린 쪽은 하나밖에 없는 보배처럼 남겨 두어야겠네. 그러기 위해서는 알렉산더 대왕이 다리우스로부터 노획한 전리품 속에서 작은 상자를 발견하고 그 속에 시인 호메로스의 작품을 보관하자고 명령했듯이 그런 상자를 하나 만들어야겠군. 이봐요, 선생의 책에는 두 가지 의미에서 권위가 있다네. 하나는 그 자체가 매우 훌륭하다는 점이고, 또 하나는 이것을 포르투갈의 어느 현명한 임금이 썼다고 알려졌기 때문이라네. 마라과르다 성 그 모험의 전부는 견줄 수 없이 아름다운데다가 필치 또한 대단하지. 그 줄거리며, 궁녀들이며, 이야기의 발전이라든가 독특한 개성이라든가. 아무튼 깊은 지성이 이야기하는 현명함을 엿보게 해주고 있다네. 그러니 당신만 이의가 없다면 이것과 《아마디스 데 가울라》는 화형을 면하게 해주고, 그 밖의 것들은 더 이상 진찰하거나 시식(試食)할 것 없이 그대로 처형해 버리는 게 어떤가, 니콜라스 선생?"

"아닙니다, 신부님." 하고 이발사가 대답했다.

"여기 제가 갖고 있는 것도 유명합니다. 이건 저 《돈 보리아니스》이거든요."

"하지만 그것하고 제2편, 제3편, 제4편은 모두 시무룩한 담즙이 너무 많아서 대황(大黃) 뿌리의 물로 닦아야겠군. 명성의 성(城)에 대한 부분과 그보다도 더 심한 엉터리 부분들은 제거해야 할 필요가 있고. 그러기 위해서는 상당한 유예 기간이 있어야 하는데, 하지만 고쳐서 바로잡는 작업이 바람직하니 그 책에는 자비(慈悲)라든가 정당한 판결이 있어야겠군. 그 동안에는 당신 집에 소장해 두시오. 그러나 절대로 다른 사람이 읽게 해서는 안 되오."

"고마운 일이군요." 하고 이발사가 말했다.

신부는 기사도 책을 조사하는 데 더 이상 피로해지고 싶지 않아 가정부에게 커다란 책은 모두 꺼내다가 뒤뜰에 던져 버리라고 일렀다. 그의 분부는 바보 같은 여자에게 한 것도, 귀머거리 노인에게 한 말도 아니었기에, 세상에서 가장 폭이 넓고 좋은 옷을 준다 해도 책을 태우고 싶은 마음이 훨씬 더 강했던 가정부는 한 번에 거의 여덟 권이나 되는 책을 창문 밖으로 던지는 것이었다.

다시 그만큼을 던지려고 할 때 너무나 많은 책을 한꺼번에 들었던 탓에 그 중의 한 권이 이발사의 발밑으로 떨어졌다. 이발사는 그것이 누구의 책인지 알고 싶은 마음에 책을 들어올렸다. 그것은 유명한 《기사 티란테

엘 블랑코의 이야기》였다.

"아니 이럴 수가!" 하고 커다란 소리로 신부가 말했다.

"여기에 티란테 엘 블랑코가 있다니! 선생, 이쪽으로 줘보시오. 난 그 책에서 오락의 보물과 소일거리의 광맥을 찾아낸 적이 있소. 용감한 기사인 돈 키리엘레이손 데 몬탈반과 그 동생인 토마스 데 몬탈반, 게다가 기사 폰세카에 대한 이야기가 개와 격투를 한 용사 티란테의 이야기와 함께 씌어 있는 게 이 책이지. 또 미망인 레포사다의 사랑과 모략, 게다가 자기의 시종인 이플리토에게 연정을 품는 엠페트리스 여왕에 대한 이야기와 함께 프라셀데미비다 공주의 영리함도 여기에 나와 있지. 이봐요, 선생. 내 진실을 당신한테 말하겠는데, 이 책은 그 문체(文體)에 있어서 세계 최고의 책이오. 이 책에서는 기사들이 먹고 자고 또 죽어 가는데, 그들이 죽기 전에 유언을 하는 등 다른 책에는 일언반구도 없는 일들이 그 밖의 여러 가지 일과 함께 씌어 있단 말이오. 그 점에 있어서는 저자에게 칭찬을 할 만하오. 평생 동안 노예선에 갇혀서 고생할 만한 엉터리 얘기들을 집어넣은 건 사실이지만, 일부러 그런 것은 아니니까 봐줍시다. 집에 가지고 가서 읽어 보시오. 그러면 지금 내가 그 책에 대하여 한 말이 사실이라는 걸 알게 될 거요."

"그렇게 하기로 하죠." 하고 이발사가 대답했다.

"그런데 나머지 이 작은 책들은 어떻게 할까요?"

"그것은" 하고 신부가 말했다.

"기사도의 책이 아니라 시(詩)임에 틀림없을 거요."

그러면서 그 가운데 한 권을 빼보니 그것은 호르제 데 몬테마욜이 쓴 《라 디아나》였다. 그래서 다른 것들도 모두 같은 종류이리라 생각한 신부가 말했다.

"이런 책은 다른 것들처럼 태워 버릴 것까지는 없을 겁니다. 왜냐하면 이런 책은 기사도의 책처럼 해를 끼치지도 않았고, 또 앞으로도 그럴 테니까요. 이런 책들은 그저 홍밋거리로 읽을 책이니까 아무런 해가 없어요."

"어마, 신부님!" 하고 조카가 말했다.

"그것들도 다른 책들처럼 태워 버리라고 하시는 게 좋겠어요. 왜냐하면 저의 삼촌이 기사도 병이 낫는다 하더라도, 이번에는 이런 책을 읽고 양치기가 되어 시를 읊고 풀피리를 불며 숲이나 목장을 걸어 다닐지도 모르잖아요. 더구나 시인이 되면 야단이 아니겠어요. 남들이 그러는데 그거야말로 불치병이라서 걸리면 고치기도 어렵다는데요."

"이 아가씨가 진실을 말하고 있군." 하고 신부가 말했다.

"우리의 벗에게 장래 그런 문제가 생기지 않도록 원인을 제거해 드리는 게 무엇보다 좋겠군요. 그럼 몬테마욜의 《라 디아나》부터 시작하기로 할까요. 그 책은 태워 버릴 것까진 없고, 현녀(賢女) 펠리시아와 마법의 물에 대해 언급하고 있는 곳과 장시(長詩)의 대부분만 이 안에서 제거해 버리면 됩니다. 산문시와 또 이런 종류의 최초의 책이라는 명예만은 적당히 남겨 두기로 하고요."

"다음에 이것은" 하고 이발사가 말했다.

"살만티노 사람이 지은 속편이라 부르는 《라 디아나》입니다. 여기에 같은 제복의 책이 있는데 이쪽 저자는 질풀로입니다."

"자, 살만티노 사람의 그것은" 하고 신부가 대답했다.

"뒤뜰 행이 선고된 책들을 따르게 하시오. 하지만 질풀로의 것은 아폴로 신의 것으로 알고 가지십시오. 자, 그리고 어서 그 다음을 계속하십시오. 어두워져 오는 것 같으니 말이오."

"이 책은 말입니다." 하고 다른 책을 빼며 이발사가 말했다.

"귀머거리 시인 안토니오 데 로프라소가 지은 《사랑의 행운 십서(十書)》입니다."

"내가 받은 성직에 걸고, 아폴로 신이 생긴 이래로 또 뮤즈의 여신이 생기고 시인이 생긴 이래로 그 책만큼 익살맞고 유쾌한 책은 아직까지 씌어진 적이 없소. 그런 의미에서는 이런 종류로 출판된 책 가운데 가장 양질의 책이지요. 그러니 그 책을 읽어 보지 못한 사람은 유쾌한 책이 무엇인지 모르는 셈이 되지. 이봐요, 선생. 그걸 이쪽으로 보내 주시오. 그걸 발견한 것은 플로렌시아의 모직 옷을 입는 것보다 더 고마운 일이오."

대단히 기뻐하며 신부가 그것을 옆으로 제쳐놓자 이발사가 계속해서 책이름을 불러 댔다.

"다음 녀석은 《이베리아의 양치기》, 그리고 《목장의 정령》과 《질투의 내막》."

"그건, 그것들은 아주머니 손에 넘겨 드릴 수밖에 없겠는데. 하지만 그 이유를 묻지는 말아요. 한이 없을 테니."

"다음에 오는 건 《필리다의 목자》입니다."

"그 사람은 목자가 아닙니다." 하고 신부가 말했다.

"매우 현명한 궁정인입니다. 귀중한 보석으로 간직해 둬요."

"다음의 이 커다란 녀석의 표제는 《만시전집(萬詩全集)》이라 되어 있습니다."

"그토록 많은 시가 담겨 있지 않았다면 더 좋았을 텐데." 하고 신부가 말했다.

"그 책의 위대함 속에 섞여 있는 저질의 잡초를 뽑아 버릴 필요가 있지. 어쨌든 간직해 둬요. 그 저자는 내 친구이고, 또 그는 더 웅대하고 뛰어난 작품도 썼으니까."

"이것은 《로베츠 말도나도의 노래집》입니다."

"그 책의 저자도 또한 내 둘도 없는 친구입니다. 그 친구가 직접 시를 읊는 것을 들은 사람은 누구나 그의 시에 경탄하죠. 시를 노래하는 그의 목소리가 너무나 우아해서 매혹되는 것 같아요. 목가(牧歌)로서는 좀 많은 편이지만, 세상에 좋은 것은 지나치게 많은 법이 없지요. 골라 낸 다른 것과 함께 두시오. 한데 그 옆에 있는 건 무슨 책입니까?"

"미겔 데 세르반테스의《라 갈라테아》입니다." 하고 이발사가 말했다.

"세르반테스는 벌써 오래된 내 친구요. 내가 아는 바로는 그 사람은 시보다도 세상의 불행한 사람들에 대해서 더 잘 알고 있던 사람이오. 그 사람 책에는 기발한 생각들이 약간 들어 있긴 하지만, 시작만 해놓고 결론이 없단 말이야. 그가 약속한 제2편이 나올 때까지 기다릴 수밖에 없지. 지금은 비록 세상의 관심을 끌지 못하고 있지만, 앞으로 손질이 끝나면 아마 그렇게 될 겁니다. 그렇게 될 때까지 잠시 동안 당신의 집에 피난시키기로 하지요."

"예, 좋습니다." 하고 이발사가 대답했다.

"자, 이번엔 한꺼번에 세 권입니다. 돈 알폰소 데 에르실라의《라 아라우카나》와 코르도바의 재판관 후안 루포의《라 아우스트리아다》, 그리고 발렌시아의 시인 크리스토발 데 비루에스의《엘 몬세르라토》입니다."

"그 세 권의 책은 모두 스페인어로 쓴 것으로는 최고의 영웅시로 이탈리아에서 가장 유명한 것과 필적할 수가 있지요. 스페인이 보유하고 있는 가장 값진 시가(詩歌)로 간직해 두시오."

신부는 더 이상 책을 보는 데 지쳐 버렸다. 그래서 그는 더 이상 볼 필요도 없이 나머지 책을 모두 불태워 버리려고 생각했는데, 이미 이발사가 또 한 권의 책을 읽고 있었다.《안젤리카의 눈물》이라는 책이었다.

그 책의 이름을 들은 신부가 말했다.

"그 책을 태워 버리자고 했더라면 나 자신도 눈물을 흘렸을 거요. 그 저자는 스페인뿐만 아니라 세계에서 가장 유명한 시인 가운데 한 사람이라오. 그 중에서도 오비디우스의 이야기를 번역한 것이 가장 훌륭하다오."

― 우리의 훌륭한 기사 라 만차의 돈 키호테의 두 번째 원정

바로 이 순간 돈 키호테가 커다란 소리로 외치기 시작했다.

"여기로다, 여기. 용감한 기사들이여, 지금 여기서 그대들의 용맹한 힘을 나타내야 하도다. 궁정인들이 무술 시합에서 우세하니 말이오."

이 커다란 고함 소리에 모두들 위층으로 달려가 버렸으므로 나머지 책에 대한 검열은 자연히 중단되고 말았다. 이리하여 《라 카롤에아》와 《에스파냐의 사자》는 돈 루이스 데 아빌라 편(編)의 《황제의 사적》과 함께 보지도 듣지도 못한 가운데 재가 되고 말았다고 한다. 이런 책들은 나머지 책들 속에 분명히 있었을 것이며, 또 만일 신부가 그런 책들을 보기만 했더라면 아마 그토록 냉혹한 선고를 받지는 않았을 것이다.

그들이 돈 키호테에게로 달려가 보니 그는 침대에서 일어나 언제 잠이 들었냐는 듯 말짱한 정신으로 소리소리 지르며 사방에 칼을 꽂아 대고 있었다. 그들은 돈 키호테를 껴안아 말리고 다시 억지로 침대에 눕혔다.

이윽고 얼마간 안정되자 그는 일어나 앉으며 입을 열었다.

"투르벤 대주교님, 지금까지 사흘 동안이나 우리 용사들이 명예를 쟁취해 왔으면서도 오늘 이 시합에서 승리를 궁정 기사에게 빼앗겼으니……. 이것은 정녕 12인의 '귀족'을 자칭하는 우리들의 일대 불명예올시다."

"친구여, 침착하오." 하고 신부가 말했다.

"운명은 옮겨 가는 것, 오늘은 패배하더라도 내일은 승리하도록 하느님께서 섭리하신다오. 그러니 오늘은 자신의 건강에 좀 더 유의하는 게 좋겠소. 내가 보기에는 설사 당신이 큰 상처를 입지 않았다 하더라도 몹시 피곤하실 것 같으오."

"부상을 입은 게 아니옵니다." 하고 돈 키호테가 말했다.

"하지만 타박상을 입은 건 분명합니다. 저 후레자식 돈 롤단이 참나무

줄기로 제 몸을 두드려 팼거든요. 이 모든 것은 시기에서 비롯된 일입니다. 왜냐하면 그 녀석의 용기에 대항할 자는 오직 이 몸밖에 없다고 보았기 때문이죠. 하지만 이 몸이 병상에서 일어나는 대로, 그 녀석의 마법을 무릅쓰고, 복수를 하지 않는다면 다시는 레이날도스 데 몬탈반이라 자칭하지 않겠습니다. 그건 그렇고 우선 먹을 것 좀 가져다주십시오. 지금 이 몸에게는 그것이 가장 필요한 일이고 복수는 또한 제게 맡겨 주십시오."

그들은 그가 원하는 대로 식사를 갖다 주었다. 먹고 나서 그는 다시 깊은 잠에 빠져들었다. 그들은 그의 광기에 놀라움을 금할 수가 없었다.

그날 밤, 가정부는 뒤뜰에 있던 그리고 집안에 있던 책이란 책은 모두 불태워 재를 만들어 버렸다. 그러니 문서 보존소에 영원히 보관될 만한 책까지도 불타 버렸음에 틀림없었다. 그러나 운명과 검열자의 태만으로 말미암아 애석하게 되었다. '모진 놈 곁에 있다 벼락 맞는다'는 격언이 꼭 맞는 셈이었다.

신부와 이발사가 그들의 친구를 위해 베푼 응급 치료의 한 가지는 책이 있던 방을 벽으로 막아 칠해 버리는 일이었다. 그것은 그가 일어난 뒤에 책이 발견되지 않도록 하기 위함이며 —아마 원인을 제거하면 결과도 없어지리라는 생각에서—, 또 책도 방도 몽땅 마법사가 가져갔다고 말해 주기 위해서이기도 했다. 그 일은 급히 서둘러서 이루어졌다.

돈 키호테가 일어난 것은 그로부터 이틀 뒤였다. 그는 일어나서 우선 자기의 책을 보러 갔다. 그러나 그 자리에 책이 있는 방이 보이지 않았으므로 그는 방을 찾아 집안을 샅샅이 뒤지며 돌아다녔다. 드디어 그는 언제나 방문이 있던 언저리에 와서는 두 손으로 더듬어 보며 둘레를 두리번거렸다. 한참이나 그런 뒤 그는 가정부에게 책장이 어디쯤에 있느냐고 물었다.

그러자 가정부는 미리 짜두었던 대로 그에게 말했다.

"무슨 방이요? 도대체 주인님께서는 어떤 방을 찾고 계시는 거예요?

이 집에는 서재도 책도 없어요. 악마 녀석이 몽땅 가져가 버렸어요."

"그건 악마가 아니었어." 하고 조카가 대답했다.

"삼촌이 여기서 나간 어느 날 밤, 구름을 타고 마법사가 왔어요. 그 마법사는 자기가 타고 온 용에서 내려오더니 그 방으로 들어갔어요. 방안에서 무엇을 했는지는 모르지만, 잠시 뒤에 마법사는 굴뚝으로 해서 뛰어나가 버렸지요. 그때 집안에 연기가 가득했어요. 무엇을 했는지 봐야겠다고 생각했을 때는 책도 서재도 흔적도 없이 사라져 있어요. 저나 아주머니가 분명히 기억하는 것은 그 못된 늙은이가 나가면서 커다란 목소리로 자기는 저 방과 책의 임자에게 숨은 원한이 있어서 집에다 무서운 장난을 쳐놓았으니 나중에 보라고 하던 그 말뿐이에요. 그리고 자기 이름은 현자(賢者) 무냐톤이라고 했어요."

"프레스톤이라고 했을 것이다."

돈 키호테가 말했다.

"프레스톤이었는지 프리통이었는지." 하고 가정부가 대답했다.

"전 잘 모르겠습니다만 그 이름이 톤으로 끝난 것만은 분명해요."

"그렇군." 하고 돈 키호테가 말했다.

"그 녀석은 비상한 마술사인데, 나하고는 철천지 원수지간이야. 그 녀석은 자기가 돕고 있는 기사와 나 사이에 머지않아 한바탕 싸움이 벌어지게 되리라는 걸 알고 또 자기가 아무리 도와도 이 몸이 이기게 되리라는 걸 잘 알고 있기 때문에 나를 괴롭히려고 애쓰는 것이로다. 하지만 하늘이 이미 정한 뜻은 반항할 수도 회피할 수도 없지."

"그걸 누가 의심하겠어요?" 하고 조카가 말했다.

"하지만 삼촌, 도대체 누가 삼촌을 그런 싸움에 말려들게 하는 거예요? 이 집에 평화롭게 계시는 게 좋지 않아요? 혹을 떼러 갔다가 혹을 붙이고 온다는 것은 생각지도 않으시고, 온 세계를 돌아다니시며 밀가루로 만든 빵보다 더 좋은 빵을 구하려고 찾아다니는 일은 안 하시는 게 좋지 않아요?"

"오오, 내 조카야." 하고 돈 키호테가 대답했다.

"넌 무슨 잘못된 생각을 하고 있는 거냐? 어떤 작자가 내게 혹을 붙이려 한단 말이냐? 그 작자들은 내 머리칼 하나도 다치지 못하게 할 것이고, 그런 생각을 하는 작자가 있으면 손을 대기도 전에 먼저 그놈의 수염을 모조리 뽑아 버리겠다."

그녀들은 그가 크게 노하고 있음을 알고 더 이상 대꾸하지 않았다.

그러나 돈 키호테는 당초의 망상을 다시 계속하려는 눈치 따위는 보이지도 않은 채 보름 동안이나 자기 집에서 편안히 쉬고 있었다. 그 보름 동안을 그는 친구인 신부와 이발사를 상대로 지극히 유쾌한 이야기를 하면서 지냈다. 세계가 지금 무엇을 가장 필요로 하고 있느냐 하면 방랑 기사의 활동이며, 방랑 기사는 다시 부활해야 한다는 것이 그의 화제였다. 신부는 어느 때는 그에게 항변하기도 하고 또 어느 때는 동의하기도 했다. 왜냐하면 이런 기교를 부리지 않는다면 도저히 그를 달랠 수가 없었기 때문이었다.

이렇게 집에 조용히 있는 동안 돈 키호테는 자기 이웃인 한 선량한 사나이 —만일 이 칭호가 머리가 빈곤한 사람에게 주어져도 된다면— 를 꾀고 있었다. 그 농부는 머리에 든 것이라곤 전혀 없는 사나이였는데 하도 돈 키호테가 이런 말 저런 말로 설득하고 약속했기 때문에 마침내는 그의 시종이 될 결심을 하였다. 돈 키호테는 여러 가지 말을 했지만 특히 눈 깜짝할 사이에 어떤 섬을 하나 손에 넣을 수 있는 모험을 할 것이고 그렇게 되면 그를 그 섬의 주인으로 삼을 터이니 기꺼이 이 몸을 따라와야 한다고 말했던 것이다. 이런 약속과 그 밖의 또 이와 비슷한 약속 때문에 산초 판사 —이게 바로 그 사나이의 이름이었다— 는 자기 처자를 뒤에 두고 이웃 귀족의 부하가 되었던 것이다.

돈 키호테는 곧 자금 조달에 착수했다. 어떤 것은 팔아 버리고, 어떤 것은 저당 잡히고, 아무튼 시작에서 끝까지 손해만 보는 거래를 한 끝에 그래도 얼마간의 돈을 마련할 수가 있었다. 그는 둥근 방패도 하나 마련했는데 그것은 어떤 친구에게 부탁하여 빌려 온 것이었다.

또, 자기의 망가진 투구를 재주껏 수선하고는 출발 날짜와 시간을 산초에게 알렸다. 그것은 산초에게 가장 필요한 것을 준비시키기 위해서였다. 특히 안장에 달고 다닐 커다란 주머니를 가지고 오라고 산초에게 신신당부했다. 산초는 주머니를 가지고 가는 건 어렵지 않지만 긴 여행을 걸어서 하는 일에는 익숙지 못하니 자기가 가지고 있는 좋은 나귀를 한 마리 데리고 갔으면 한다고 했다.

나귀란 말에 돈 키호테는 약간 주저하고 있었다. 왜냐하면 방랑 기사로서 나귀를 탄 부하를 데리고 다닌 자가 있었는지 어쩐지를 생각해 내야 했기 때문이었다. 그러나 그런 기억은 아무래도 떠오르지 않았다. 그러나 데리고 가도 좋다고 정했다. 기회가 오는 대로 우선 맨 먼저 만나는 괘씸한 기사에게서 말을 빼앗아 산초에게 줄 심산이었기 때문이었다. 마침내 모든 준비를 끝냈다. 그리고 어느 날 밤, 산초 판사는 아내와 아이들에게 작별 인사도 하지 않고, 또 돈 키호테는 조카와 가정부에게 아무 말도 없이 누구의 눈에도 띄지 않게 마을을 떠났다. 그날 밤 길을 재촉한 그들은 이튿날 날이 밝을 무렵에는 누가 그를 찾는다고 하더라도 절대로 찾아낼 수 없을 만큼 안전한 곳에 이르렀다.

산초 판사는 어서 자기 주인이 약속해준 섬의 총독이 되고 싶은 생각이 간절하여 안장주머니를 달아맨 나귀 위에 대주교처럼 거들먹거리며 타고 있었다. 돈 키호테는 우연히도 최초의 여행에서 지나갔던 몬티엘의 들판을 지나고 있었다.

그러나 같은 길을 가고 있긴 하지만 지금의 그는 그때처럼 무거운 걸음이 아니었다. 아침 햇살은 그들의 머리 위에 비스듬히 비치고 기분은 매우 상쾌했다. 산초 판사가 자기 주인에게 말했다.

"주인님, 주인님이 저에게 약속하신 그 섬 잊지 마십시오. 그 섬이 아무리 크더라도 전 충분히 다스릴 수 있습니다."

그 말에 돈 키호테가 대답했다.

"이보게 산초 판사, 그대는 이걸 알아 두어야 하네. 옛날 기사들이 섬이나 왕국을 점령하여 시종들에게 총독을 시킨 것은 흔히 있던 일이라네. 그래서 나도 이 좋은 관례는 계속 존재해야 한다고 생각한다네. 옛 방랑 기사들은 가끔, 아니 자주 자기 시종이 나이 드는 것을 기다렸다가, 즉 밤낮 수고를 다한 뒤에야 기껏 어느 보잘것없는 영지의 백작 칭호라든가 또는 후작의 칭호를 내리곤 했지. 그러나 이 몸은 그대가 목숨을 부지하고 또 이 몸에게 여명이 있다면 엿새를 넘기지 않고 그런 왕국을 내 손에 넣고는 그 왕국을 그대에게 내릴 것이네. 기회는 지금껏 보지도 생각지도 못한 곳에서 갑자기 나타나는 법이네. 그렇게 되면 이 몸이 당초 그대에게 약속했던 것 이상의 것을 쉽사리 줄 수도 있을 거네."

"그렇게 돼서" 하고 산초 판사가 대답했다.

"주인님께서 말씀하시듯이 그런 기적 가운데 어느 한 기적이 일어나셔 제가 왕이 된다면, 아무리 못해도 우리 마누라는 후아나 구티에르레스 여왕님이고 우리 애들은 왕자님이 된다 그 말씀이죠?"

"누가 그것을 의심할 텐가?"

돈 키호테가 말했다.

"의심하는 건 이쪽입죠." 하고 산초 판사가 대답했다.

"하느님이 얼마나 이 땅 위에 왕국을 내려주실지 모르지만요, 단 하나라도 얻어질 리가 없다고 생각되니 말입니다요. 안 그래요? 주인님, 우리 마누라는 여왕이 될 자격이 없는 여자입니다요. 오히려 백작 부인이 어울릴지도 모릅죠. 그것도 하느님의 가호가 있어야겠지만요."

"산초, 그것은 하느님 손에 맡기도록 하게."

돈 키호테가 대답했다.

"그러면 하느님께서는 그대의 마누라에게 어울리는 자리를 내리실 테니. 하지만 미리 약속해 둔 것보다 더 적은 것으로 만족하겠다고 낮게 마음을 먹어서는 안 되네."

"주인님." 하고 산초가 대답했다.

"주인님처럼 위대하신 분을 모시고 있는 몸이니 주인님께서 제게 어울리고 또 제가 해낼 수 있는 걸 어련히 알아서 골라 주시겠어요."

오만과 편견

제인 오스틴
(Jane Austen, 1775~1817)

오만과 편견

제인 오스틴(Jane Austen, 1775~1817)

작가와 작품세계

제인 오스틴(1775~1817)

오스틴은 햄프셔 주의 유복한 목사의 딸로 태어났다. 학교 교육은 거의 받지 않았고, 주로 가정에서 교육을 받았는데 문학적 능력이 뛰어났다. 어려서부터 영국을 비롯하여 프랑스, 이탈리아의 문학을 좋아했는데, 특히 소설을 많이 읽었다. 처음에는 풍자적인 습작을 하다가 본격적으로 소설을 쓰게 되었다. 그리하여 15세 때부터 단편소설을 쓰기 시작하고, 21세 때 장편소설을 썼다.

그녀는 당시 유럽을 흔들던 역사적인 사건의 의미를 해석하거나 서술하기보다는 평범한 일상을 묘사하는 데 뛰어났다. 그리고 과거에의 동경, 꿈과 관념의 감상주의적 경향보다는 이상적인 현실의 세계를 지향하고 있었다. 그래서 제인 오스틴의 일생과 작품 세계는 당시 그녀가 살았던 19세기 영국(넓게 보면 유럽)의 일상적인 생활상, 특히 그녀가 가장 가까이에서 경험하고 느낄 수 있었던 중류 계층의 일상을 묘사하는 데 탁월함을 보이고 있다. 그 중에서도 여성들의 미묘하고 다채로운 심리가 섬세한 필체로 묘사되어 있는 점이 돋보인다.

이렇듯 오스틴 소설의 특징은 시대에 초연하다는 점, 당대를 풍미하던 낭만주의적 경향을 거스르는 고전주의적 정신을 보유하고 있었다는 점, 일상적인 삶을 소설화했다는 데서 찾을 수 있다. 이것은 그녀 소설의 장점이기도 하지만, 한편으로는 비판의 요소로 작용하기도 한다. 특히 소재와 배경이 제한되어 있다는 점은 작가의 큰 한계로 지적되기도 한다.

오스틴의 또 다른 작품으로는 《분별과 다감》, 《맨스필드 공원》이 있고, 《노댕거 수도원》과 《설득》이 그녀의 사후에 발표되었다.

《오만과 편견》은 오스틴의 작품 전반이 그리고 있는 당대 영국 중류 계층의 일상, 여성과 결혼, 가정의 의미 등을 가장 잘 그린 작품이다. 평범한 사건 뒤에 숨어 있는 미묘한 심리들을 섬세히 포착하여 작품의 시·공간이 영국의 일부 지역에 한정되어 있음에도 등장인물들의 심리 묘사가 작품을 더욱 빛낸다. 특히 낭만주의적 경향이 강하던 당시의 문학 풍토에 고전주의적 경향을 보인 오스틴은 영문학사상 독특한 위치를 차지하고 있다.

줄거리

하트포드셔의 작은 마을에 사는 베넷 가에는 다섯 명의 딸이 있는데, 그 중 둘이 결혼 적령기에 있다. 첫째 딸 제인은 순진하고 마음씨가 착하며 내성적인 성격이지만, 둘째 딸 엘리자베스는 관습에 얽매이지 않는, 재기발랄하고 활달한 성격의 소유자다. 어머니 베넷 부인은 삶의 의미를 오직 딸들의 결혼에 두고 있는 여자로 자나깨나 그들의 결혼 문제만을 생각한다.

제인은 근처로 이사 온 청년 빙글리를 사랑하게 되지만, 자신의 마음을 밖으로 나타내지 않고 늘 애정을 숨기고 있다. 빙글리의 친구 다시는 훤칠한 키에 부유한 미남 청년이지만, 필요한 경우 외에는 항상 과묵하고 신중하기 때문에 엘리자베스는 다시에게 오만한 사내라는 첫인상을 받게 된다. 반면 다시는 자유롭고 활달한 엘리자베스를 좋아하게 된다. 그러나 엘리자베스의 천박한 어머니와 누이동생들을 보고 실망을 한 다시는 엘리자베스에 대한 사랑을 지운다.

한편, 엘리자베스는 콜린스와 위컴과의 만남을 통해 인간을 바라보는 눈이 성숙해지고, 다시에 대한 자신의 생각도 편견이었음을 깨닫게 된다. 다시도 엘리자베스의 가문과 가족은 비천하지만 엘리자베스에 대한 사랑으로 이를 극복하기로 마음먹는다.

마침내 제인은 빙글리와 결혼을 하게 되고, 엘리자베스도 다시와 행복하게 결합한다.

작품해설

《오만과 편견》이 쓰여 진 18, 19세기는 여성의 자아 완성의 길로써 유일하게 결혼만이 존재하던 시기였다. 이 작품은 여성이 경험과 사유 끝에 결혼에 이르기까지의 지적·정신적 성장을 다루고 있다.

이 작품의 원제인 《Pride and Prejudice》에서 전자는 오만·자만·긍지라고 할 수 있고, 후자는 편견·비뚤어짐이다. 다시 쪽이 오만을 의미한다면 엘리자베스 쪽은 편견의 의미를 대변한다고 할 수 있다. 그렇다고 해서 두 인물이 어느 한 가지 특성만 지니고 있는 것은 아니다. 정도의 차이가 있을 뿐, 양자를 모두 지니고 있는 것으로 보아야 한다. 이와 같이 제목이 암시하고 있는 것처럼 이 작품에는 복잡하고 미묘하게 얽혀 있는 등장인물들의 심리 상태가 잘 묘사되어 있다.

이 소설이 쓰여 진 시대는 정치적으로나 사회적으로 중요한 사건인 프랑스 혁명과 나폴레옹 전쟁, 산업 혁명이 일어난 때로 사회 전반에 급격한 변화가 진행되고 있었다. 특히 문학사적으로는 이성(理性)과 전통성을 중시하던 고전주의에 비해 감정과 새로움, 시대적 웅혼함을 중시하는 낭만주의가 대세를 이루는 시기였다. 이런 점에서 작가인 오스틴은 영문학 사상 독특한 위치를 차지하는 소설가라고 할 수 있다. 왜냐하면 당시의 대표적인 문학 사조가 낭만주의적 경향이었던 데 비해, 그녀는 이 작품을 통해 18세기의 고전적 정서를 강하게 지닌 독특한 문학적 경향을 보여 주고 있기 때문이다.

생각 나누기

1. 19세기 영국의 중류 계층에게 결혼은, 특히 여성의 결혼은 선택 사항이기보다는 당연히 치러야 하는 삶의 과제였다. 특히 엘리자베스 어머니의 사고방식은 이런 상식에서 한 치도 벗어나지 않고 있다. 현대 사회에서도 여성의 결혼은 필수 사항인지, 그에 대한 동의나 비판의 글을 써보시오.

2. 엘리자베스의 경우를 참조하여, 편견이 생기는 이유에 대하여 논하시오.

모범 답안

1. 소설과 현실을 일대일로 대응시키는 것은 옳지 못하다. 하지만 인생의 교훈을 얻기 위해 소설 속의 세계와 현실의 세계를 유추하거나 대비하는 것은 유의미한 체험이다. 《오만과 편견》의 세계와 현실 세계의 가장 큰 차이점은 시대적인 차이에서 찾을 수 있다.

19세기에 여성은 결혼을 통해서만 자아 성취가 가능했다. 엘리자베스 어머니의 사고는 당시의 이러한 사회·역사적 배경을 밑바탕에 깔고 있는 상식에 해당한다. 반면 오늘날의 여성들은 결혼 이외에 자아를 성취할 수 있는 방법이 다양해졌다.

이처럼 글을 쓸 때는 그 시대적 차이가 의미하는 바가 무엇인지를 중심에 두고 논지를 전개하면 된다. 그러나 그런 시대적 차이를 인정하되, 결혼을 반드시 해야 하는지에 대한 판단은 최종적으로 개개인의 결단에 귀속된다. 그러므로 시대적 차이를 인정하는 가운데 그런 상황 속에서 결혼의 필요성에 대한 자신의 견해를 논리적으로 쓰면 된다.

2. 이 소설을 이끌어 가는 동기는, 다시에 대한 엘리자베스의 편견과 엘리자베스에 대한 다시의 오만이다. 서로의 오해가 풀림으로써 소설의 결말은 행복하게 끝나게 되지만, 그렇게 오해가 풀리기까지는 많은 시간이 소모된다. 그리고 소설 속에서뿐만 아니라 현실에서도 그러한 오해가 가져오는 결과는 생각보다 심각한 경우가 많다.

편견이란 사실적인 근거 없이 이루어진 선입견적인 판단, 혹은 태도를 말하는데, 여기에는 공정하지 못하고 한편으로 치우친 생각이 동반되게 마련이다. 이러한 편견이 생기는 이유는 다양하지만 여기서는 작품의 내용에서 드러난 바를 살펴보자.

엘리자베스가 다시에 대해서 편견을 가지게 된 이유는, 첫째 엘리자베스가 다시의 말이나 언행보다 직관적인 인상에 집착했다는 데 있다. 다시가 부유한 귀족이고 얼굴이 오만해 보인다는 사실을 너무 강하게 의식한 것이다. 이처럼 내면을 들여다보기보다 외양과 표면에 먼저 집착하게 되면 사람에 대해 편견 있는 판단을 내릴 수 있다.

둘째, 엘리자베스는 편견을 가진 다른 사람의 말을 절대시했다. 특히 다시와 적대적인 관계에 있었던 위컴이 외양적으로 견실해 보이고 진실성 있어 보인다는 점 때문에 그의 말을 전적으로 믿었던 것이다.

셋째, 결정적으로 엘리자베스는 지나친 자신감 때문에 자신의 최초의 판단을 수정하려 하지 않았다. 그 때문에 엘리자베스는 다시에 대한 자신의 판단을 수정하고 편견을 벗어나는 데 그렇게 오랜 시간이 걸린 것이다.

이처럼 다시에 대한 엘리자베스의 편견이 생기고 유지된 이유를 참조하면서 편견이 생기는 원인을 짚어 가면 된다. 다만 이런 문제를 살피는 것은 결국 편견에서 벗어나고자 하는 데 그 목적이 있는 것이므로, 결론 부분에서 이 점을 강조해 주는 것이 좋다.

읽기 전에

제시된 본문은 엘리자베스가 위컴의 위선을 깨달은 뒤 사랑의 상처를 달래며, 그녀가 가졌던 본래의 활력을 되찾아 가는 과정을 그린 부분이다.

오만과 편견

제3부

엘리자베스의 생각이 가족 모두에게 외면당했다면, 그녀는 부부의 행복이나 가정의 안락함은 상상할 수 없었을 것이다. 그녀의 아버지는 젊음과 아름다움에 이끌려 어머니와 결혼하였으나, 어머니의 좁은 소견과 이해심 부족으로 애정은 이미 결혼 초기에 다 식어 버린 상태였다. 존경과 신뢰감은 영원히 사라졌고 가정의 행복에 대한 기대도 깨졌다. 그러나 베넷은 자신의 경솔함이 초래한 실망을 불행한 사람의 어리석음이나 잘못을 덮어 주는, 그러한 즐거움 가운데서 위안을 구하지는 않았다. 그는 국가와 책을 사랑했고, 그것이 바로 그의 즐거움이었다.

엘리자베스는 남편으로서의 아버지 행동이 온당치 않음을 모르지 않았다. 엘리자베스는 아버지의 행동을 고통스럽게 보아 왔으나, 아버지의 재능을 존경했고 자신에 대한 깊은 애정에 감동되어, 도저히 지나칠 수 없는 것도 잊어버리려 애썼다. 또한 자기 부인의 비행을 자녀들에까지 폭로하는 따위의 부부간의 의무나 예의를 저버리는 행동마저도 그녀의 상념에서 지워 버리려고 노력했다. 그러나 엘리자베스는 잘못된 결혼에 따르는 불리한 손실을 지금처럼 느낀 적이 없었고, 아버지가 그토록 주책없는 방향에 재능을 쓰기 때문에 일어나는 불행을 지금처럼 통렬히 느낀 적이 없었다. 아버지의 재능은 올바로 쓴다면 부인의 마음은 이해시키지 못하더라도, 딸들에게는 존경을 받을 수 있을 것이다.

엘리자베스가 위컴의 출발을 기뻐한 것은, 군대가 이동했기 때문이었다. 외부의 파티에 초대되는 일은 전보다 뜸했고, 어머니와 동생들의 침울한 불평은 집안을 우울하게 만들었다. 키티는 그녀의 머리를 어지럽히던 장교들이 떠나 버린 이상 본래의 의식을 회복할 것이지만, 리디아는 커다란 죄악도 이해하는 그 성격으로 보아 해수욕장과 막사라는 이중의 위험 때문에 그녀의 모든 어리석음과 염치없음이 한층 더 발전해 있을 것이었다. 이리하여 엘리자베스는 누구든지 때때로 경험하는 일이지만, 그녀가 초조한 마음으로 기다리던 사건이 일어나더라도 기대했던 모든 것을 만족시켜 줄 수는 없다는 것을 알았다. 따라서 행복의 시작을 위해서는 미래의 어느 시일을 정하는 것이 필요하고, 자기의 소원과 희망을 정착시킬 목표를 설정할 필요가 있으며, 기대의 즐거움을 맛보면서 현재를 위로하고, 또 하나의 실망에 대비하는 다른 것이 필요함을 알았다. 그래서 엘리자베스는 호수 지방으로 여행을 가기로 작정하였다. 그것은 어머니와 키티의 불만이 이어질 불안한 시간에 대한 큰 위로가 되었다. 이 여행 계획에 제인을 포함시킬 수 있다면 완전한 것이 될 것이다. 그러나 엘리자베스는 이렇게 생각했다.

'하지만 무언가 부족한 것이 있다는 것이 다행일지도 몰라. 만약 모든 준비가 완전하다면 반드시 실망하는 일이 생길 거야. 언니가 없어서 섭섭한 대신 즐거움도 더 느낄 수 있겠지. 여행 계획에서 기대한 즐거움을 모두 맛볼 수는 없을 거야. 여기서 갖게 될 실망은 무언가 마음을 약간 괴롭히는 일로 예방할 수 있겠지.'

리디아는 떠나면서 어머니와 키티에게 자주, 또 자세히 편지를 쓰겠다고 약속했다. 그러나 편지는 늘 뜸했고 내용도 짧았다. 어머니에게 보낸 편지에는 방금 도서관에서 돌아오는 길에 이러이러한 장교가 그녀를 따라왔었다는 것, 거기서 깜짝 놀랄 만한 아름다운 장식물들을 보았다는 것, 또 가운과 파라솔을 샀다는 것, 여기에 대해서 좀 자세히 쓰려고 했는데, 포스터 부인이 부르기 때문에 그만두지 않을 수 없다는 것, 지금부터 막사에 간다는 것 따위였다. 키티에게 보낸 편지에는 그나마도 들을 만한 사연이 더 적었다. 어머니에게 보낸 편지보다 좀 더 길었지만 하고자 했던 말 밑에 그은 줄이 너무 많았다.

리디아가 떠난 지 2, 3주일이 지나자, 롱본에는 건강함과 즐거운 기분과 명랑함이 다시 깃들기 시작하였다. 모든 것이 좀 더 밝은 모습을 띠었다. 겨울 동안 런던에 가 있던 가족들도 돌아왔고, 여름옷과 파티에 대한 화제가 다시 등장했다. 베넷 부인은 동요되었던 마음을 회복하였고, 키티도 울음을 그치고 6월 중순쯤엔 메리튼에 갈 수 있을 만큼 회복되었다. 이런 일은 엘리자베스로 하여금, 다른 부대가 메리튼에 또 주둔하지 않는 이상, 다가올 크리스마스쯤에는 키티가 하루에 한 번 이상 장교 이야기를 꺼내지 않을 정도로 상당히 회복되리라는 즐거운 기대를 하게 해주었다.

북쪽 호수 지방으로 떠나려고 예정했던 날이 다가오고 있었다. 겨우 2주일이 남았을 때 가디너 부인으로부터 출발 일자를 연기하고 동시에 여행 일수를 줄이라는 편지가 왔다. 가디너 씨는 사업상 7월까지는 출발할 수 없으며, 또 한 달 안으로 런던엘 가야 한다는 것이었다. 결국 기간이 짧아 멀리 가거나, 많은 것을 여유 있고 즐겁게 구경할 수도 없을 테니까, 더비셔 이북으론 더 갈 수 없다는 것이었다. 그래도 3주일간 꼬박 볼 만한 것이 많고 며칠간 머무를 예정인 어떤 시(市)는 아마 매틀로크, 제스위스, 다브데일, 더 피크 따위의 유명한 경치들만큼이나 커다란 호기심이 생길 거라고 했다.

엘리자베스는 몹시 실망하였다. 그녀는 호수 지방만 꿈꾸었던 것이다. 그리고 지금도 3주일 정도면 호수 지방을 구경하기엔 충분한 시일이라고 생각하였다. 그러나 가디너 부인의 의견에 따라야 했다. 낙천적인 엘리자베스의 성격으로 모든 일은 순조롭게 진행되었다.

더비셔라면 연상되는 것이 많았다. 그 말을 들을 때마다 엘리자베스는 펨벌리와 그 소유자인 다시를 생각지 않을 수 없었다.

'그러나 자연스럽게 다녀오자. 다시 씨 몰래 가서 형석(螢石)을 가져와야지.'

엘리자베스는 속으로 이렇게 말하였다. 기다리는 시간은 너무나 지루했다. 가디너 부처가 도착할 때까지는 꼬박 4주일을 집에서 보내야 했다. 그러나 한 달도 금방 지나가고 가디너 부부는 네 명의 아이들을 데리고 롱본에 왔다. 여섯 살과 여덟 살 난 계집애와 두 사내 동생들은 제인이 맡기로 했다. 제인은 누구나 좋아할 수 있는 여자다. 그의 착실한 마음과 상냥한 성품은 아이들을 가르치고, 같이 놀아 주고, 사랑하고 돌보기에 알맞았다.

가디너 부부는 이튿날 아침 엘리자베스와 함께 여행을 떠났다. 그들에게 한 가지 기쁨은 확실하였다. 그것은 엘리자베스가 여행 동반자로서 적당하다는 기쁨이었다. 이 말 속에는 불편을 참는 건강한 심신과 즐거움을 더하는 명랑함과 낯선 곳에서 실의에 빠졌을 때, 기쁨을 줄 사랑과 슬기 등이 포함되었다.

주요한 명승지들을 모두 구경한 후에, 일행은 가디너 부인이 전에 살았던 곳이며 아직도 몇몇 친구들이 살고 있는 램튼이라는 작은 도시로 발길을 돌렸다. 램튼에서 5마일도 채 안 되는 곳에 펨벌리가 있다는 것을 엘리자베스는 가디너 부인에게서 들었다. 그들의 계획에는 펨벌리 방문이 없었다. 그곳은 더구나 램튼에서 수 마일이나 떨어져 있었다. 지난밤에 여정을 상의할 때, 가디너 부인은 또다시 펨벌리를 가보고 싶다고 말했다. 이에 가디너 씨는 기꺼이 찬성하면서 엘리자베스한테도 승낙하라는 것이었다. 가디너 부인이 이렇게 말하였다.

"얘, 넌 그렇게도 귀가 따갑게 듣던 곳을 가보고 싶지 않아? 또 네가 아는 많은 사람들과도 인연이 있는 곳이잖니. 너도 알다시피 위컴이 청년 시절을 보낸 곳이기도 하잖아."

엘리자베스는 괴로웠다. 펨벌리에는 볼일이 없으며 마음이 내키지 않는 척할 수밖에 없었다. 엘리자베스는 호화로운 저택에는 이제 싫증이 났다고 고백해야 했다. 여러 곳을 돌아다녔기 때문에 실상 훌륭한 융단이라든가, 수놓은 커튼이라든가 하는 것엔 관심이 없다고 했다.

가디너 부인은 엘리자베스의 어리석은 생각을 나무랐다.

"만약 펨벌리가 훌륭한 가구만이 즐비한 화려한 집밖에 볼 것이 없다면, 나도 더 이상 말하지 않겠다. 하지만 정원이 매혹적이야. 전국에서도 가장 훌륭한 숲이 있어."

엘리자베스는 더 말하지 않았다. 하지만 마음속으로는 동의할 수 없었다. 펨벌리를 구경하는 동안에 다시를 만나게 될 것이라는 생각이 즉시 떠올랐다. 두려웠다. 엘리자베스는 낯을 붉히며 그런 위험을 무릅쓰느니 차라리 외숙모에게 숨김없이 이야기하는 편이 낫겠다고 생각하였다. 결국 엘리자베스는 펨벌리 가족의 존재 여부를 슬쩍 물어 보아서, 불행하게도 다시가 집에 있다는 대답이면, 그때엔 하는 수 없이 털어놓으리라고 결심했다.

그래서 밤에 잠자리에 들자, 엘리자베스는 하녀에게 펨벌리는 훌륭한 곳인가, 주인의 이름은 무엇인가, 또 가족은 여름 동안 돌아와 있는가 하는 것 등을 시치미를 떼고 물어 보았다. 다행히도 마지막 물음에 대한 대답은 부정적이었다. 그래서 이젠 걱정거리가 없어졌으므로 엘리자베스는 펨벌리에 가보고 싶은 커다란 호기심을 느낄 수 있었다. 다음날 아침 다시 질문을 받았을 때, 엘리자베스는 시치미를 떼고 그 계획이 아주 싫었던 것은 아니라고 선뜻 대답하였다.

엘리자베스는 마차를 타고 가면서 처음 보는 펨벌리 숲에 대해 마음의 동요를 일으켰다. 이윽고 청지기 집을 거쳐 저택으로 향하는 길로 접어들었을 때는 가슴이 몹시 뛰기 시작했다.

정원은 상상을 초월할 정도로 크고 넓었으며, 기복이 심한 지형이었다. 그들은 가장 낮은 곳으로 해서 얼마 동안 넓게 펼쳐진 아름다운 숲을 지나갔다.

엘리자베스는 멋진 경치에 감탄하고 있었다. 반 마일쯤 거슬러 올라가, 꽤 높은 언덕 꼭대기에 이르자 숲은 거기서 끝이 났고, 길이 험한 골짜기 건너편에 장엄하게 솟은 펨벌리 저택이 한눈에 들어왔다. 대단히 크고 아름다운 석조 건물이었다. 뒤쪽으로는 높고 울창한 산마루가 둘러져 있었고, 앞에는 개울이 모여 시내를 이루고 있었다. 모든 것이 꾸밈없는 자연 그대로였다. 양쪽의 제방도 인공으로 쌓은 것이 아니었다. 엘리자베스는 즐거웠다. 사실 그녀는 이토록 아름다운 경관을 본 적이 없었기에, 그곳의 자연미를 서툰 감상으로 표현할 자신이 없었다. 그들은 한결같이 펨벌리의 장관을 찬양하였다. 그 순간 엘리자베스는 자기가 펨벌리의 주부가 된다는 것은 굉장한 일이라고 생각했다.

그들은 언덕을 내려갔다. 그리고는 다리를 건너서 문으로 다가갔다. 좀 더 가까운 곳에서 집을 바라보자, 엘리자베스는 다시를 만나게 되지나 않을까 하는 두려움이 일었다. 집을 보고 싶다고 말하자, 그들은 현관 안으로 안내되었다. 가정부를 기다리는 동안, 엘리자베스는 자기가 어디에 와 있는가를 알고 새삼 놀랐다.

가정부 레이놀즈 부인이 왔다. 엘리자베스가 생각했던 것보다 예의바르고, 그리 가냘프지 않은 중년이 조금 지난 부인이었다. 일행은 부인을 따라 응접실로 들어갔다. 균형이 잘 잡히고 훌륭하게 꾸며진 커다란 방이었다. 방을 잠시 살펴본 후, 엘리자베스는 창가로 가서 밖의 경치를 감상했다. 그들이 방금 지나쳐 온, 숲이 무성한 언덕은 멀리서 보니 더욱 가파르고 아름다웠다. 정원의 배치도 모두 훌륭했다. 엘리자베스는 상쾌한 기분으로 시내와 둑 위에 산재한 나무들과 계곡의 굽이 등, 모든 풍경을 눈이 닿는 데까지 바라보았다. 다른 방으로 안내될 때마다 그 경치가 주는 느낌이 달랐다. 그러나 어떤 방의 창문에서 보든지 한결같이 아름다운 모습이었다. 방들은 고상하고 훌륭하였으며, 가구들은 주인의 재산에 걸맞은 것들이었다. 엘리자베스는 펨벌리의 가구가 로징즈의 가구보다는 못하지만, 볼썽사납게 변색되었거나 쓸데없이 화려하지 않으며, 오히려 더 우아한 것을 보고 다시의 취미에 찬사를 보냈다.

엘리자베스는 생각했다.

'나는 이곳의 안주인이 될 수도 있었어. 그랬으면 지금쯤 이 방들과 낯이 익었을지도 몰라. 손님으로 이 방을 구경하는 게 아니라 이 방들이 내 것인 양, 외숙 내외를 기쁜 마음으로 안내할 수 있었겠지.'

그러나 재빨리 엘리자베스는 마음을 가라앉혔다.

'아냐, 그럴 리 없지, 외숙 내외분과 나의 관계는 끊어졌을 테니까. 두 분을 초대해도 된다는 승낙을 얻지 못했을 거야.'

이런 생각이 어떤 후회를 없애 주었으므로 마음을 진정시키는 데 도움이 되었다.

엘리자베스는 레이놀즈 부인에게 주인이 정말 없느냐고 물어 보고 싶었지만 용기가 나지 않았다. 그런데 가디너가 이 질문을 하였다. 엘리자베스는 놀란 표정을 지으며 그를 향해 돌아섰다. 레이놀즈 부인은 안 계신다고 대답하며 이렇게 덧붙였다.

"그러나 내일 오십니다. 친구 분들과 큰 파티가 있을 예정이죠."

엘리자베스는 자기들의 여행이 하루 더 연기되지 않은 것을 무척이나 기쁘게 여겼다.

가디너 부인이 한 그림을 가리키며 엘리자베스를 불렀다. 가까이 가보니 그것은 다른 몇 개의 작은 초상화와 함께 벽난로 위에 걸려 있는 위컴의 초상화였다. 외숙모는 엘리자베스를 보고 웃으면서 위컴을 좋아하느냐고 물었다. 이때 가정부가 다가와서, 그것은 작고한 주인의 재산 관리인이었던 사람의 아들로서, 주인이 양육시키고 교육시킨 청년이라고 설명했다. 그리고는 이렇게 덧붙였다.

"지금은 군대에 갔어요. 몹시 방탕하다고 소문이 자자해요."

가디너 부인은 엘리자베스를 보고 미소를 띠었지만, 엘리자베스는 그럴 수 없었다.

레이놀즈 부인은 또 하나의 그림을 가리키면서 말을 이었다.

"이분은 제 주인입니다. 많이 닮았죠? 약 8년 전에 저 그림과 함께 그린 것입니다."

"주인 되시는 분의 훌륭한 인품에 대해서 많이 들었습니다. 인물이 출중하시다면서요? 리지야, 너는 저 그림이 닮았는지, 안 닮았는지 알 수 있겠구나."

가디너 부인이 그림을 보면서 이렇게 말하자, 레이놀즈 부인은 엘리자베스가 자기 주인을 알고 있는 것 같아 그녀에게 관심을 보였다.

"아가씨는 다시 도련님을 아시나요?"

엘리자베스는 얼굴을 붉히며 말했다.

"네, 약간."

"멋진 분이라고 생각하지 않으세요?"

"네, 매우 훌륭한 분이에요."

"정말 그렇게 훌륭한 분은 없을 거예요. 이층 화실에 가시면 이것보다 더 큰 그림을 보실 수 있습니다. 이 방은 돌아가신 주인이 아끼시던 방이었고, 그림들은 그때 걸렸던 그대로예요. 무척 좋아하셨습니다."

이것은 엘리자베스에게 위컴이 이집 식구와 같이 살았다는 것을 밝혀 주었다.

레이놀즈 부인은 다시 양의 여덟 살 때의 초상화에 그들의 시선을 유도하였다.

"다시 양도 오라버니처럼 예쁜가요?"

가디너가 물었다.

"그럼요. 제가 아는 사람 중 가장 아름다우시죠. 교양도 갖추신 분이죠. 하루 종일 악기를 치시며 노랠 부르신답니다. 옆방에 가면 도련님이 아가씨에게 선물하시려고 주문한 새로운 악기가 도착해 있답니다. 아가씨도 내일 도련님과 함께 오실 겁니다."

가디너의 태도는 담백하고 쾌활하여, 질문과 논평으로 가정부를 수다스럽게 하였다. 레이놀즈 부인은 자만심에서인지, 혹은 주인에 대한 애착심에서인지, 주인과 그 여동생의 이야기에 열을 올렸다.

"주인께선 1년 중 펨벌리에 계시는 날이 많은가요?"

"제가 바라는 만큼 많은 날은 아니에요. 하지만 일 년의 반 정도는 여기서 지내시죠. 그리고 아가씨는 매년 여름이면 꼭 내려오시죠."

'램즈기트에 갈 때는 아니겠지.' 하고 엘리자베스는 생각하였다.

"주인께서 결혼하시면 자주 뵐 수 있겠군요."

"그렇겠죠. 하지만 그게 언제가 될지 누가 알겠어요? 어떤 여인이 그분께 적당한지 알 수가 있어야죠."

가디너 부부는 미소를 지었다. 그러나 엘리자베스는 이렇게 말하지 않을 수 없었다.

"부인께서 그렇게 생각하시는 것은 아마 그분의 명예를 위해서겠죠."

"저는 사실과, 그분을 알고 있는 모든 사람들이 말하는 이상의 것을 말하지 않습니다."

가정부의 대답에 엘리자베스는 약간 지나친 칭찬이라고 생각하였다. 그리고 더욱 놀라워하면서 가정부가 하는 말을 들었다.

"도련님이 네 살 때부터 계속 모셔 왔지만, 여태껏 한 번도 도련님이 화내시는 모습을 본 적이 없답니다."

이 칭찬은 다른 모든 칭찬 중에서도 엘리자베스의 생각과는 가장 엉뚱하고 정반대되는 것이었다. 다시가 상냥한 사람이 아니라는 것은 엘리자베스의 확고한 생각이었다. 이제 엘리자베스의 가장 예리한 주의력이 눈을 떴다. 그래서 계속 더 듣고 싶었는데, 마침 외숙의 말을 듣고 고맙게 여겼다.

"그만한 분도 드물지요. 훌륭한 주인을 모시고 있어서 좋으시겠습니다."

"그럼요. 저도 그걸 알아요. 그보다 더 좋은 분을 만날 수는 없을 겁니다. 어려서 상냥한 사람은 자라서도 온후하더군요. 도련님은 누구보다도 마음이 상냥하고 이해심 많은 소년이었습니다."

엘리자베스는 눈을 동그랗게 뜨고 가정부를 쳐다보았다. 그리고 '다시에게 그런 점이 있었나.' 하고 생각했다.

가디너 부인이 말하였다.

"부친께서도 훌륭한 어른이셨죠?"

"네, 대단히 훌륭하신 어른이었죠. 도련님도 아버님을 꼭 닮아서 가난한 사람들에게 온후하실 겁니다."

엘리자베스는 갈수록 놀라움과 의아심이 커졌다. 그리하여 더 듣고 싶어 조바심이 날 지경이었다. 레이놀즈 부인은 그 외에 다른 점들에 대해서도 말했지만 엘리자베스의 관심을 끌지는 못했다. 가정부는 초상화들과 방들의 크기와 가구들의 값에 관한 이야기를 했지만 헛일이었다. 가디너 씨는 가정부가 자기 주인을 극구 칭찬하는 것을 다시 가에 대한 편애 탓으로 돌리고, 이를 기쁘게 생각하면서 화제를 돌렸다. 그러나 일행이 커다란 층계를 올라갈 때, 가정부는 힘주어 다시의 장점을 역설하였다.

"도련님은 세상에서 가장 훌륭한 주인이고 지주이십니다. 자기밖에 모르는 요즘의 방종한 젊은 사람과는 다르죠. 소작인이나 하인들이나, 어느 누구도 도련님을 칭찬하지 않는 사람이 없어요. 어떤 사람들은 도련님이 오만하다고 하기도 하죠. 하지만 전 왜 그렇게들 말하는지 모르겠어요.

제 생각으론 아마 도련님이 다른 청년들처럼 수다스럽지 않기 때문일 거예요."

'이런 투로 말하니까, 다시 씨는 꽤 좋은 분으로 들리는군.' 하고 엘리자베스는 생각하였다.

"다시 씨에 대한 이런 고상한 말들은 위컴 씨에 대한 그의 행동과는 아주 모순되는데."

"아마 속고 있는지도 모르죠."

"아냐, 그런 것 같진 않아. 믿을 만한 사람이 얘기하는 거니까 근거 있는 말일 거야."

2층의 넓은 복도에 이르러, 일행은 아래층의 방들보다 더 우아하고 말쑥하게, 최근에 꾸민 듯한 아름다운 거실로 안내되었다. 그리고 그 방은 펨벌리에서도 다시 양이 가장 좋아하는 곳으로, 오로지 다시 양을 즐겁게 하기 위해서 새로 꾸민 것이라는 것을 알았다.

"확실히 좋은 오빠군요."

창문으로 다가가면서 엘리자베스가 말했다.

레이놀즈 부인은 다시 양이 이 방을 들어서면서 기뻐하는 모습을 빨리 보고 싶다고 말하며 다음과 같이 덧붙였다.

"도련님이 하시는 일은 늘 이런 거죠. 아가씨를 기쁘게 할 수 있는 것이면 무엇이든지 단숨에 해치워요. 아가씨를 위해서면 무엇이고 못 할 게 없어요."

이제 남은 것은 화랑 서너 개와 침실뿐이었다. 화랑에는 훌륭한 그림이 많이 있었으나, 엘리자베스는 그림을 잘 알지 못하였으므로 다시 양이 크레용으로 그린 그림 몇 가지만을 흥미 있게 보았다. 다시 양의 그림은 대개 재미있고 이해하기도 쉬웠다.

화랑에는 가족과 조상들의 초상화가 많았지만 그들의 주의를 끌 만한 것은 없었다. 엘리자베스는 그녀가 알고 있는 생김새의 얼굴만을 찾았다.

드디어 한 그림이 엘리자베스의 발을 멈추게 하였다. 다시와 매우 흡사한 초상이 눈에 띄었다. 그것은 그가 자기를 바라볼 때, 엘리자베스가 가끔 본 적이 있던 미소를 얼굴 전면에 띄고 있었다. 진지하게 생각에 잠긴 채, 엘리자베스는 그림 앞에서 몇 분 동안 서 있었다. 그리고 일행과 화랑을 나가기 전에 다시 한 번 돌아다보았다. 레이놀즈 부인은 그것이 부친이 살아 계실 때 그려진 것이라고 알려 주었다.

이 순간 엘리자베스의 마음속에는 그들이 한참 사귈 때 느끼던 것보다 더 부드러운 다시에 대한 감정이 갑자기 솟았다. 레이놀즈 부인이 다시에 대해 퍼붓는 칭찬은 절대로 거짓이 아니었다. 총명한 하인의 칭찬보다 더 가치 있는 것이 어떤 것이 있을 것인가? 오빠로서, 지주로서, 주인으로서, 얼마나 많은 사람의 행복이 그의 보호 아래 있는가를 엘리자베스는 생각해 보았다. 얼마나 많은 즐거움이나 괴로움이 그에 의하여 이루어지고 있는 것일까? 가정부가 진술하는 모든 의견은 그의 인격에 유리한 것뿐이었다. 두 눈을 자기에게 쏟고 있는 그를 그린 캔버스 앞에 서 있을 때, 엘리자베스는 전에 느껴 본 적이 없었던 깊은 감사의 마음으로 그의 호의를 생각하였다. 엘리자베스는 그 호의의 따뜻함을 기억하고, 그의 표현의 부적당함을 부드럽게 이해하였다.

일반에게 열람을 허락하고 있는 이 집안을 다 보고 난 뒤, 그들은 아래층으로 다시 내려왔다. 그곳에서 가정부에게 작별을 고하고 현관문에서 만난 정원사의 안내를 받았다.

그들이 개울 쪽으로 가기 위해 잔디밭을 가로질러 갈 때, 엘리자베스는 다시 한 번 집을 보려고 돌아섰다. 가디너 부부도 걸음을 멈췄다. 엘리자베스가 그 건물이 언제 지은 것인가를 추측하고 있을 때, 바로 그 건물의 주인인 다시가 집 뒤 마구간으로 통하는 길목에서 나타났다.

둘 사이의 거리는 20야드도 안 되었고, 또 다시의 출현이 너무 돌연한 것이어서 그의 시야를 피한다는 것은 불가능했다. 둘의 시선이 마주쳤고 서로의 뺨이 빨갛게 물들었다. 다시는 몹시 놀라고 아연해서 한동안 움직이질 못하더니, 이내 평정을 되찾아 일행에게 다가왔다. 그리고는 완전히 태연하진 못해도 정중한 말로 엘리자베스에게 말을 걸었다.

엘리자베스는 처음엔 본능적으로 돌아섰으나, 다시가 다가오는 바람에 멈칫하고 당황함을 억제하지 못한 채 그의 인사를 받았다. 가디너 부부는 다시가 엘리자베스에게 말하는 동안 약간 떨어진 곳에 서 있었다. 엘리자베스는 놀라고 당황해서 고개를 쳐들지 못하고, 다시가 가족의 안부를 묻는 말에 쩔쩔매었다. 그들이 지난번에 헤어진 이래, 다시의 태도가 돌변한 데 놀란 엘리자베스는 다시가 말을 꺼낼 때마다 더욱 당황하였다. 자기가 이곳에 와 있는 것이 부당하다는 생각이 자꾸 떠올라서, 다시와 같이 서 있는 몇 분 동안이 엘리자베스에게는 일생 중 가장 불안한 순간처럼 느껴졌다. 다시도 불안정했다. 그의 어조는 침착성을 잃고 있었고, 롱본은 언제 출발했는지, 더비셔에는 얼마나 머물 것인지, 하는 따위의 질문을 자꾸 반복하고 서둘렀다. 그도 갈피를 못 잡고 흔들리고 있는 것이었다.

결국엔 아무런 생각도 나지 않는지 말없이 몇 분간 그대로 서 있더니, 갑자기 작별을 고하고 가버렸다.

가디너 부부는 엘리자베스와 함께 걸으면서 다시의 인물을 격찬하였으나, 엘리자베스는 한 마디도 듣지 않고 자기감정에만 도취되어 말없이 걸었다. 그녀는 수치와 괴로움에 쌓였다. 펨벌리에 오다니! 세상에서 가장 재수 없고 주책없는 일이었다. 그이가 얼마나 이상하게 보았을까? 그렇게 자존심 강한 남자에게 이 얼마나 창피한 노릇인가! 일부러 자기 앞에 나타난 것으로 생각하겠지! 내가 왜 왔을까! 그인 무엇 때문에 예정보다 하루를 앞당겨 왔을까? 단 10분만 빨랐어도 다시의 눈에 띄지 않았을 것이다. 그랬으면, 그때서야 다시가 도착했거나 말이나 마차에서 내렸을 테니. 엘리자베스는 몇 번이나 이 돌연한 재회에 얼굴을 붉혔다. 그런데 돌변한 그의 태도는 무엇을 의미하는 것일까? 도대체 그가 말을 건네는 것부터가 기적이었다. 더구나 그토록 정중하게 가족의 안부를 묻다니! 엘리자베스는 다시의 태도에 그렇게 위엄이 결여된 것을 본 적이 없었고, 이 돌연한 만남에서처럼 상냥하게 말을 해본 적이 없었다. 로징즈 정원에서 엘리자베스의 손에 편지를 건네던 때의 말투와 얼마나 대조적인가! 엘리자베스는 어떻게 생각하고 어떻게 설명을 해야 할지 몰랐다.

일행은 개울가의 아름다운 산책길로 들어섰다. 한 걸음 한 걸음 경사진 언덕을 오르면서 넓은 숲으로 다가갔다. 엘리자베스는 한참 동안 자기가 무엇을 하고 있는지도 몰랐다. 그저 가디너 부부가 되풀이하는 물음에 기계적으로 대답하고, 그들이 가리키는 풍경에 눈을 돌리긴 했지만, 그 경치가 눈에 들어오지 않았다. 그녀의 정신은 다시가 있는 펨벌리 저택에 집중되어 있었다. 둘이 만나던 순간 그의 마음속에 스친 생각이 무엇이며, 어떻게 자기를 생각했으며, 또 아무 거리낌 없이 그가 아직도 자기에게 호감을 갖고 있는지 등이 몹시 알고 싶었다. 그의 마음은 냉정했기 때문에 정중할 수 있었으리라. 그래도 그의 목소리는 무엇인가 침착하지 못한 것이 있었다. 자기를 보고 그가 더 고통을 느낀 것인지 짐작할 수는 없었지만, 그가 태연하지 못했던 것만은 확실하였다.

가디너 부부는 엘리자베스가 얼이 빠져 있는 것을 보고 그녀의 주의를 환기시켜 주었다. 엘리자베스는 좀 더 자기답게 보여야겠다는 생각을 하며 마음을 가다듬었다.

일행은 숲으로 들어서서 잠시 동안 개울을 응시하다가 더 높은 지대로 올라갔다. 거기서 그들은 나뭇가지들 사이로 드러난 계곡의 매혹적인 경치들과, 울창한 숲이 길게 뻗친 맞은편 동산들과 시냇물을 보았다. 가디너 씨는 정원을 전부 돌아보고 싶다고 말했으나, 정원사는 득의의 미소를 띠며 둘레가 10마일이나 된다고 말하였다. 그래서 할 수 없이 포기하고, 그들은 가던 길을 되돌아 얼마 동안을 걸어, 개울가와 좁은 지대에 이르는 우거진 숲 가운데 있는 내리막길에 다시 이르렀다. 일행은 경치와 어울리는 적당한 자리로 옮기려고 물을 건넜다. 그곳은 그들이 지금껏 보아온 어느 것보다도 꾸밈이 없었다. 계곡은 다시 협곡으로 접어들어서, 개울과 그 개울을 두른 무성한 덤불 숲 사이로 난 좁은 산책길만 겨우 보였다. 엘리자베스는 그 계곡을 굽이굽이 모두 답사해 보고 싶었다. 그러나 그들이 다리를 건너고 집에서 멀리 왔음을 알았을 때, 가디너 부인이 마침내 더 이상 갈 수 없다고 주저앉으며 빨리 마차로 돌아가자고 말했다.

엘리자베스는 따를 수밖에 없었다. 그들은 개울 건너편 지름길을 이용하여 집을 향해 발길을 돌렸다. 그러나 낚시를 꽤 좋아하는 가디너가, 가끔 물 위로 뛰어오르는 송어에 정신이 팔려서 그 이야기를 정원사와 주고받느라고 일행이 걷는 속도는 자연히 느려졌다. 이렇게 지체하고 있을 때, 그들은 다시가 그다지 멀지 않은 곳에서 다가오고 있는 것을 보고 의아해졌다. 엘리자베스의 놀라움은 방금 전 놀랐을 때만큼 컸다. 그들이 지금 걷는 길은 물 건너편보다 덜 가려져서 서로 만나기 전에 그가 오는 모습을 볼 수 있었다. 엘리자베스는 놀랐지만 아까보다는 마음의 준비가 되어 있었다. 다시가 자기를 만날 작정으로 오는 것이라면 이번에는 침착하게 행동하자고 다짐하였다. 엘리자베스는 잠시 동안, 그가 다른 길로 접어들 것이라고 생각하였다. 그러나 모퉁이를 돌자 그들 앞으로 다가오고 있는 다시의 모습이 보였다. 엘리자베스는 한눈에 그가 좀 전의 정중한 태도를 조금도 잃지 않고 있음을 알았다. 그래서 그의 공손함을 닮으려고 다시에게 펨벌리의 아름다움을 칭찬하였다. 그러나 '아름답습니다.'라든가 '매혹적이에요.'라는 말 이상은 할 수가 없었다. 자신이 펨벌리를 칭찬하는 것이 어쩐지 나쁜 의미로 해석될지도 모른다는 생각에 엘리자베스는 안색이 변하여 입을 다물어 버렸다.

가디너 부인은 조금 뒤에 서 있었다. 그녀가 머뭇거리자, 다시는 엘리자베스에게 자기를 일행에게 소개해줄 수 없느냐고 말했다. 이것은 엘리자베스가 전혀 예기치 못했던 뜻밖의 친절이었다. 엘리자베스는 그가 자기에게 사랑을 구할 때, 그의 오만심이 반감을 일으켰던 바로 그 사람들을 이제 사귀려 하는 것에 웃음을 금할 길이 없었다. 엘리자베스는 생각하였다.

'그들이 누군지 알면 깜짝 놀랄걸. 아마 상류 사회 사람들인 줄 알고 있는 모양이야.'

엘리자베스는 곧 소개를 하였다. 가디너 부부와의 인척 관계를 말할 때 엘리자베스는 슬쩍 다시의 표정을 살폈다. 이런 창피한 상대로부터 급히 도망치지나 않을까 하는 생각도 들었다. 다시는 확실히 놀랐지만 그러나 꿋꿋하게 견뎌냈다. 그리고 도망치기는커녕 가디너 씨와 이야기를 하기 시작하였다. 엘리자베스는 기쁘고 어깨가 으쓱하였다. 자기에게도 얼굴을 붉힐 필요가 없는 떳떳한 친척이 있다는 것을 다시가 알았다는 것은 다행한 일이었다. 엘리자베스는 두 사람이 주고받는 이야기에 귀를 기울였다. 그리고 외숙의 지식과 취미에 호의적인 태도를 나타내는 그의 말씨와 태도에 기뻤다.

화제는 곧 낚시로 바뀌었다. 엘리자베스는 다시가 고기들이 제일 많은 개울을 가리키면서,

"낚시 도구를 드릴 테니, 이 근처에 머무시는 동안 아무 때고 편할 때 오셔서 낚시를 즐기십시오."

하고 정중하게 가디너를 초대하는 것을 들었다. 엘리자베스와 팔짱을 낀 채 걷고 있던 가디너 부인은 엘리자베스에게 놀랍다는 표정을 지어 보였다. 엘리자베스는 아무 말도 하지 않았지만 다시의 그런 친절이 자기 때문인 것 같아서 몹시 기쁘고, 놀라움도 커 이런 생각을 되풀이하였다.

'그이가 이렇게 변한 이유는 뭘까? 무엇 때문에 이러는 것일까? 아냐, 나 때문은 아닐 거야. 저분의 행동이 저렇게 부드러워진 것이 나를 위해서일 까닭이 없어. 헌스퍼드에서 내가 질책을 좀 했다고 이렇게 변할 수

는 없지. 그이가 아직도 나를 사랑할 리 없어.'

두 여자는 앞에 서고, 두 남자는 뒤에서 얼마 동안을 다시 걷다가 어떤 기묘한 수중 식물을 자세히 보기 위해 개울로 내려갔다. 그때 가디너 부인이 엘리자베스의 팔에 매달리는 것보다는, 남편의 팔에 매달리는 것이 더 안전하다고 생각하고 남편의 팔을 잡자, 다시는 엘리자베스와 나란히 걷게 되었다. 잠시 동안의 침묵 끝에 엘리자베스는 다시에게 자기는 그가 부재중인 줄 알고 이곳에 왔다는 것을 알려 주었다. 그래서 그의 도착은 전혀 예기치 못한 것이었다고 말하며 덧붙였다.

"내일 오실 거라고 가정부가 말하더군요. 그래서 저희가 떠나기 전에 뵈리라고는 생각지 못했습니다."

다시는 사실이 그랬다고 모두 인정을 하고, 음식 조달인과 좀 할 일이 있어서 같이 여행하던 사람들보다 몇 시간 먼저 돌아온 것이라고 말하였다.

"그 사람들은 내일 아침 일찍 올 것입니다. 그 중에는 엘리자베스 양도 잘 아시는 빙글리 군과 그 자매들도 있죠."

엘리자베스는 대답 대신 고개를 끄덕이면서 빙글리의 이름이 마지막으로 올랐기 때문에 생각은 과거로 거슬러 올라갔다. 그러나 다시는 그의 안색으로 미루어 보아 그 일을 생각지 않고 있는 것 같았다. 잠시 사이를 두던 다시가 말을 이었다.

"일행 중에는 특히 엘리자베스 양을 더욱 알고 싶어 하는 사람이 한 사람 있습니다. 리지가 램튼에 머무시는 동안 제 동생을 소개해 드려도 괜찮겠습니까? 무리한 요구인가요?"

이 제의에 엘리자베스의 놀라움은 너무 커서 이것을 어떻게 받아들여야 할지 몰랐다. 엘리자베스는 자기와 사귀고 싶어 하는 다시 양의 소원이 무엇이든 오빠인 다시가 꾸민 일임에 틀림없다고 직감적으로 생각했다. 이런 생각에 엘리자베스는 매우 만족하였다. 그리고 전에 자기가 그를 비난했음에도 그가 자기를 정말로 나쁘게 생각하고 있지 않다는 것을 알고 기뻤다.

두 사람은 깊은 생각에 잠긴 채 걸었다. 엘리자베스의 마음은 편치 않았다. 그러나 한편으로는 만족스럽고 기뻤다. 다시가 동생을 소개해 주겠다는 것은 최고 경의의 표시였기 때문이었다.

두 사람은 이내 가디너 부부를 앞질렀다. 그들이 마차에 도달했을 때 가디너 부부는 약 8분의 1마일쯤 뒤떨어져 있었다.

그래서 다시는 엘리자베스에게 집으로 들어가 기다리자고 말하였다. 그러나 엘리자베스가 피곤하지 않다고 거절하여, 두 사람은 잔디 위에 그냥 서 있었다. 이럴 때 침묵이란 어색한 것이었다. 엘리자베스는 무슨 말이든 하고 싶었지만 화제마다 장애가 있는 것 같았다. 그러나 드디어 자기가 여행 중이라는 것을 상기하고 매틀로크며 다브데일에 관한 이야기를 매우 참을성 있게 이야기하였다. 그러나 시간의 흐름과 외숙모의 걸음이 너무 느려서, 두 사람간의 대담이 끝나기 전에 이미 엘리자베스의 끈기와 생각은 바닥이 나고 말았다. 가디너 부부가 도착하자 다시는 집으로 들어가서 함께 다과를 들자고 간청하였지만, 일행은 굳이 사양하고 공손히 인사를 나누고 헤어졌다. 다시는 부인이 마차에 오르는 것을 도와주었다. 마차가 떠날 때 엘리자베스는 다시가 집 쪽으로 천천히 걸어가는 모습을 보았다.

가디너 부부는 그들이 본 바를 이야기하기 시작하였다. 그들은 이구동성으로 다시 씨가 듣던 것보다 훨씬 훌륭하다고 말했다.

"대단히 몸가짐이 훌륭하고, 예의바르고 겸손한 사람이야."

가디너 씨가 이렇게 말했다.

"그 사람은 확실히 어마어마한 데가 있어요. 외모뿐만 아니라 모든 점에서 그래요. 이젠 나도 그의 가정부처럼 '어떤 사람들은 그를 오만하다고들 하죠. 하지만 전 왜 그렇게들 말하는지 모르겠어요.'라고 말할 수 있을 것 같아요."

가디너 부인이 말했다.

"난 우리를 대하는 그 청년의 태도에 놀랐어. 예의 이상으로 아주 친절했지. 그럴 필요가 전혀 없었는데. 엘리자베스와 안다지만 그건 사소한 이유일 뿐이잖아?"

"리지야, 과연 다시는 위컴과 다르구나. 위컴 따위는 인물이 아냐. 용모가 더할 나위 없이 훌륭해. 그런데 넌 왜 그 사람이 비위에 안 맞는다고 우리에게 얘기했지?"

엘리자베스는 열심히 변명하면서, 켄트에서 만났을 때보다 좀 나아졌다는 것과 자기도 그가 오늘처럼 상냥한 것은 처음 보았다고 말하였다. 그러자 가디너가 말하였다.

"그러나 그 청년의 언행에는 어딘가 이해가 안 가는 부분이 있어. 높은 신분의 사람들이란 으레 그렇지. 그래서 낚시질하러 오라는 그의 말을 그대로 믿진 않아. 언제 다시 마음이 변해서 날 몰아낼지도 모르는 일이니까 말야."

엘리자베스는 외숙 내외가 다시를 오해하고 있다고 생각했으나 아무 말도 하지 않았다.

가디너 부인이 말을 받았다.

"우리가 본 대로라면, 다시가 위컴에게 했던 것처럼 아무에게나 잔인하다고 생각할 순 없겠어. 심술이 고약한 사람 같진 않았어. 오히려 말할 때마다 입가에 무언가 매력 있는 점이 있던데. 용모도 그의 마음이 냉담할 거라는 느낌을 주지 않는 품위가 있어. 하지만 우리에게 집안을 안내하던 가정부의 말은 확실히 좀 과장이었어. 어느 땐 웃음을 참느라고 혼났어. 하여튼 너그러운 주인 양반이야. 더구나 하인의 눈엔 모든 미덕을 갖춘 사람이지."

여기서 엘리자베스는 위컴에 대한 다시의 소행을 변호하는 무슨 말을 해야겠다고 생각하고, 될 수 있는 대로 조심하며, 켄트에서 그의 친척에게 들은 바에 의하면 그의 행동에 대해서 색다른 해석을 붙일 여지가 많다는 것과 하트셔에서 생각하고 있는 것처럼 다시의 인격은 그렇게 비난할 만한 것이 아니며, 또 위컴도 원만한 사람은 아니라고 말하였다. 이 말을 입증하기 위하여 엘리자베스는 그 밖에 두 사람이 관계했던 금전상의 사건들을 자기에게 말해 준 신용할 만한 사람의 말을 빌어서 상세하게 이야기하였다.

그 말에 가디너 부인은 놀라고 걱정하는 빛이었으나, 그때 마침 마차가 방금 전에 그들이 가서 즐기던 장소에 가까워졌기 때문에 좀 전의 일을 회상하는 기쁨에 잠겼고, 또 남편에게 주위의 경치들을 가리키는 데 열중하여 더 이상 말이 없었다. 가디너 부인은 오전 내내 걸었기 때문에 피곤한데도 점심을 들고 옛날 친구들을 찾아 나섰고, 저녁은 오랫동안 끊어졌던 우정을 회복한 만족감에 묻혀서 보냈다.

그러나 엘리자베스는 그날의 일들로 머릿속이 꽉 차서, 외숙모의 새로운 친구들에 대해선 별 흥미가 없었다. 오로지 엘리자베스는 다시의 친절과 또 무엇보다도 그가 여동생과 자기를 교제시키려는 의도가 무엇인지 궁금할 따름이었다.

적과 흑

스탕달
(Stendhal, 1783~1842)

적과 흑

스탕달(Stendhal, 1783~1842)

작가와 작품세계

스탕달(1783~1842)

본명은 마리 앙리 베일. 프랑스의 그르노블에서 부유한 부르주아 집안의 둘째아들로 태어났다. 아버지는 고등 법원 변호사였으며, 어머니는 스탕달이 7세 되던 해 병사(病死)하였다. 그는 아버지와 신부인 가정교사, 노처녀인 고모에 둘러싸여 교육을 받아 온 탓에 압제와 위선에 대한 반항심이 일찍부터 싹텄다. 17세가 되던 1800년에 육군성에 들어가 나폴레옹 군대의 소위로 활약했으며, 19세 때는 파리로 나와 제2의 몰리에르가 되고자 연극 관람과 독서에 몰두하였다.

29세 때 다시 육군성에 들어가 나폴레옹의 모스크바 원정에 종군하였으며 31세가 되던 1814년에는 나폴레옹의 실각과 동시에 문필 생활로 생계를 유지하는 휴직 군인으로서 생활비가 싼 밀라노로 이주하였다. 그러나 1821년, 이탈리아 해방 운동을 지지하는 말로 오스트리아 (당시 이탈리아는 오스트리아의 지배를 받고 있었음) 정부로부터 추방 명령을 받고 파리로 돌아온다. 이 시기 즉 1814년부터 이탈리아에서 추방당하기 전 해인 1821년까지가 스탕달의 일생에서는 가장 특이할 만한 시기라고 볼 수 있다. 그 후 파리로 돌아온 스탕달은 《연애론》, 《라신의 셰익스피어》, 《아르망스》, 《적과 흑》 등을 출간했으나 문필가로서 이름을 떨치지 못했다.

생활이 어려워지자 종종 자살을 생각했으며, 여섯 번이나 유서를 쓰기도 하였다.

《적과 흑》을 간행한 이듬해인 1831년, 새로 들어선 정부에 의해 치비타 비키아 영사로 임명되어, 평생 그 지위에 있었다.

그가 쓴 작품은 생전에 거의 인정을 받지 못했으며, 1세기 뒤에야 겨우 빛을 보기 시작하여, 발자크와 함께 19세기 프랑스 소설의 2대 거봉으로 평가받기에 이른다. 발자크가 주로 풍속과 객관적 현실의 정밀한 관찰을 통해 인간의 내면을 투사하는 방법을 썼다면, 스탕달은 인물의 심리적 동향을 통해 객관 현실을 파악하는 방법을 쓰고 있다.

《에고티즘의 회상》,《루시앙 루뱅》,《파름의 수도원》,《라미엘》 등이 있다. 특히《파름의 수도원》은 중세 르네상스의 왕성한 이탈리아적 에너지에 이끌렸던 스탕달이 이루어 낸 이탈리아 예찬의 절정이라고 할 수 있다.

《적과 흑》은 명확한 계급 대립의 의식을 형상화하고 연애 심리에 과학적인 분석을 시도했다는 점에서 프랑스 현대 소설의 시초로 평가받는다. 스탕달은 시대사상의 흐름을 충실하게 반영하는 것이 소설가의 사명이라고 자각하고, 간결하고 정확한 문체를 사용하여 가차 없는 진실을 추구하려고 하였다. 사실적 사회 묘사에 대한 의식이 아직 없었던 1830년에 나타난《적과 흑》은 프랑스 소설사상 획기적인 작품이었다.

줄거리

스위스 국경과 가까운 가공의 마을 뻬리엘에서 제재상의 아들로 태어난 야심가 줄리앙 소렐은, 나폴레옹을 열렬히 숭배하면서도 왕정복고의 세상에서 평민에게 남겨진 유일한 출세의 길인 성직에 몸을 맡기고자 결심한다. 그러다가 시장(市長) 레날 가(家)의 가정교사가 된 그는 레날 부인을 유혹하여 열렬히 사랑하는 사이가 되지만, 온 동네에 소문이 퍼지자 가정교사를 그만두고 브장송의 신학교에 입학한다. 그곳에서 교장 피라르 신부의 신임을 얻어 그의 추천으로 파리의 대귀족이자 정계의 거물인 라 몰 후작의 비서가 된다. 파리로 진출한 줄리앙은 나폴레옹에 대한 숭배나 공화주의에 대한 취향을 교묘히 숨기고, 사교계에서 상류 사회의 인사들과 교제를 하면서 차츰 세련되어 간다. 자존심과 자만심으로 똘똘 뭉친 후작의 딸 마틸드는 비록 신분은 낮지만 매력적이면서도 야심만만한 줄리앙에게 차츰 마음이 끌리게 된다. 결국은 그에게 몸을 맡기고 임신이 되자 아버지 후작에게 줄리앙과의 결혼을 허락해 줄 것을 조른다.

딸을 귀여워하는 후작은 마지못해 줄리앙과의 결혼을 승낙하고 장래의 사위인 줄리앙의 신분을 높여 주기 위해 그를 기병 중위로 임명한다. 바야흐로 줄리앙의 야심이 성취되는 순간이었다. 바로 그 즈음에, 은밀히 줄리앙의 뒷조사를 하던 후작 앞으로 줄리앙의 과거를 소상히 밝힌 레날 부인의 편지가 도착한다. 순식간에 출세의 꿈이 깨진 줄리앙은 단숨에 베리엘로 달려가 교회에서 기도를 하고 있는 레날 부인을 권총으로 쏘고 그자리에서 체포된다.

투옥된 줄리앙은 일체의 세속적인 야심에서 벗어나, 죽은 줄로 알았던 레날 부인이 가벼운 상처를 입은 정도라는 데 안심을 한다. 얼마 후 상처가 아문 레날 부인과 재회하여 깊은 행복을 맛보던 줄리앙은 자신이 진정으로 사랑한 것은 레날 부인뿐이었다는 것을 깨닫게 된다.

마틸드는 재판에서 좋은 결과를 얻기 위해 동분서주하지만, 줄리앙은 그런 노력이 헛된 것이라고 여긴다. 이윽고 법정에 서게 된 그는 "나는 마땅히 사형을 받아야 한다."고 언명하고, 사회적으로 탄압을 받는 가난한 자들의 대변자로서 지배 계급인 배심원들을 고발한다. 이로 인해 배심원들의 분노를 산 그는 사형 선고를 받고 단두대(길로틴) 앞에 선다. 마틸드는 그의 장례식을 성대하게 치러 주고, 레날 부인은 줄리앙이 죽은 뒤 3일 후에 세상을 떠난다.

작품해설

《적과 흑》은 현실적으로 벌어졌던 라파르그 사건과 베르테 사건이라는 두 개의 평범한 치정 사건에서 취재한 내용을 기초로 하고 있다. 그러나 그 사건들을 있는 그대로 나열하기만 한 것이 아니라, 스탕달이 자신의 관점에서 재구성하고 윤색한 창작품이다.

스탕달은 《적과 흑》의 소재를 1827년에 도피네 지방에서 일어난 베르테 청년의 살인 미수 사건에서 얻었으며, 이 소설에 '1830년 연대기'라는 부제가 붙어 있는 것에서도 알 수 있듯이 왕정복고 시대에 대한 스탕달의 정치적 견해가 가미되어 있다. 또한 이 작품에는 행복에의 탐구라는 문제가 다루어지고 있으며 한 개인으로서 특정한 시대 환경을 초월하여 인간의 본질적인 과제인 에고티즘에 관한 멋진 고찰도 볼 수가 있다.

당시 프랑스 현실에서 서민 출신의 젊은이가 입신출세하는 길은 지극히 제한되어 있었다. 줄리앙 소렐은 그런 현실을 직시하고 자신의 야심을 성취할 수 있는 방법으로 성직과 군인의 길을 모색하게 된다. 그러나 그는 야심을 지니고 그것에만 매진하는 단순한 인물이 아니라 그러한 자신을 반성적으로 되돌아볼 줄 아는 능력까지 갖춘 인물이다. 이런 점에서 줄리앙은 파렴치한 출세주의자로만 보기에는 그 면모가 다양하다고 할 수 있다. 소설은 주인공 줄리앙 소렐의 야심과 좌절, 옥중에서 성취한 그의 내적 구제와 더불어, 역사를 꿰뚫는 리얼리즘의 정신을 보여 줌과 동시에 역사를 뛰어넘는 로맨티시즘까지 명확하게 표현하고 있다.

소설의 제목에서 '적'은 나폴레옹 시대의 군인의 영광이나 혹은 공화주의의 열렬한 에너지를 상징하며, '흑'은 왕정복고 시대에 세력을 떨친 사제 계급의 옷을 나타낸다는 것이 일반적인 설이지만, 적과 흑에 의해 운명이 결정되는 룰렛 게임에 인생을 비유한 것이라는 설도 있다.

생각 나누기

1. 마틸드의 구명 노력을 거부하는 줄리앙의 태도는 온당한 것인지에 대해 자신의 견해를 논하시오.

2. 공명정대한 판결이라는 점에 비추어 줄리앙에게 사형을 언도한 배심원들의 태도를 비판하시오.

모범 답안

1. 줄리앙의 사면을 위해 백방으로 뛰어다니는 마틸드의 노력은 줄리앙에 대한 사랑에서 기인한다. 그러나 사랑만이 직접적인 원인이라고는 할 수 없다. 마틸드는 그렇게 노력하는 자신의 모습이 다른 사람들에게 어떻게 보일 것인가를 항상 염두에 두고 있기 때문이다. 그녀는 자신이 세상 사람들이 하지 못하는 어렵고 극적인 사랑을 하고 있다는 데 크나큰 자긍심을 느끼고 있다. 이는 귀족 계급으로서 살아온 마틸드의 오만하고 자존심 강한 면모를 잘 보여 준다.

평민 출신이긴 하지만 줄리앙도 오만하고 자존심이 강한 인물이다. 그러나 그는 자신의 진정한 사랑이 레날 부인임을 깨달았기 때문에 마틸드의 사랑이 그에 비하면 보잘것없다는 생각을 하게 된다. 또한 태어나서 처음으로 가식과 위선에서 벗어나 있는 그대로의 자신의 모습을 바라보게 되었다는 데 기쁨을 느끼고, 죽음도 받아들이려고 노력한다. 마틸드의 내면적 동기와 줄리앙의 심리적 변화를 고려하면서, 줄리앙의 태도를 평가해 보자.

2. 줄리앙은 출세 지향적이었던 이전의 생활에 대해서는 입 밖에 내지 않고, 마음으로 늘 생각하고 있던 것을 법정의 많은 사람들 앞에서 이야기한다. 이는 귀족 사회에서 미천한 계층이라는 이유만으로 숨죽여 살아야 하는 평민으로서의 분노이자, 견고한 귀족 사회의 틀에 대한 저주라고도 할 수 있다. 마틸드가 대부분의 배심원을 돈과 인맥으로 매수한 것도 불공정한 일이지만, 그렇게 매수되었던 배심원들이 줄리앙의 말에 분노를 느껴 판결 내용을 변경한 것도 참으로 불공정한 일이 아닐 수 없다. 이는 엄격한 계급적 차별이 존재하는 사회에서, 더 위에 있는 계급만이 재판과 판결 과정에 참여할 수 있는 권리를 얻기 때문에 초래된 결과라고 할 수 있다. 거기다가 피고와의 개인적 이해관계가 판결에 영향을 주었으리라는 것이 짐작되므로, 줄리앙에 대한 판결은 이중삼중의 부당한 요인들이 작용한 결과라고 할 수 있다.

읽기 전에

제시된 본문은 줄리앙이 교회에서 기도하던 레날 부인에게 총을 쏘고 체포된 후 재판을 받는 장면으로, 소설의 결말 부분에 해당한다. 죽음을 앞두고서야 진실 앞에 솔직해진 줄리앙의 내면을 이해해 보자.

적과 흑

39. 책략

주교관을 나온 마틸드는 주저하지 않고 페르바크 부인에게 심부름꾼을 보냈다. 자기 입장이 곤란해질지도 모른다는 걱정쯤은 전혀 문제가 안 되었다. 마틸드는 자신의 연적인 페르바크 부인에게 프릴레르 사제 앞으로 ×××주교 각하의 친필로 쓰인 편지 한 통을 부쳐 달라고 부탁한 것이다. 또 부인께서 몸소 브장송으로 달려오셨으면 좋겠다는 간청까지도 했다. 질투심에 불타고 자부심이 강한 마틸드로서는 정말 용감한 행위였다.

푸케의 충고대로 마틸드는 자신이 뛰어다니며 애쓰고 있다는 사실이 일체 줄리앙의 귀에 들어가지 않도록 조심하고 있었다. 마틸드가 모습만 보였을 뿐인데도 줄리앙은 벌써 마음이 산란해져 있었다. 죽음이 가까워 옴에 따라 지금까지보다 한층 더 성실한 인간이 된 줄리앙은, 라 몰 후작에 대해서만이 아니라 마틸드에 대해서도 양심의 가책을 느끼고 있었다.

'어찌된 일인가! 날 좋아해주는 여자가 곁에 있는데도 마음이 다른 곳으로 날아가 버릴 때가 있다니. 아니, 따분할 때조차 있다. 마틸드는 나를 위해서 평생을 바치려고 하는데 이것이 나의 보답이란 말인가? 그런 걸

보면 나는 상당히 질이 나쁜 인간일지도 몰라.'

야심에 불타고 있을 때라면 이런 의문은 일어나지도 않았으리라. 그 무렵엔 성공하지 못한다는 것만이 단 하나의 치욕으로 여겨졌다.

마틸드와 함께 있을 때 맛보는 마음의 괴로움은, 현재 자기가 그녀에게 품게 한 미친 듯한 사랑만큼이나 한층 더 격렬해져 있었다. 마틸드는 줄리앙을 구출하기 위해서라면 어떤 희생도 치를 작정이라는 말만 되풀이하고 있었다.

마틸드는 스스로 자랑스럽게 생각하고 있는 감정, 선천적인 자존심조차도 이겨낸 이 감정에 들떠 일순간이라도 무엇인가 유별난 행동을 취하지 않고서는 견딜 수가 없었다. 간수들은 돈을 듬뿍 받았기 때문에 감옥 안에서 마틸드가 멋대로 하도록 내버려 두었다. 마틸드는 자신에 대해 소문이 떠도는 것 정도의 희생으로는 만족하지 않았다. 이런 꼴을 온 세상이 다 안다 해도 그런 것은 문제가 되지 않았던 것이다. 달리는 국왕의 마차 앞에 몸을 내던지고 구명을 한다든가, 몇 번씩 깔려 죽을 것 같은 위험을 무릅쓰고 국왕의 주의를 끈다든가, 하는 생각 따위의 흥분으로 인해 그녀는 대담해져 있었다. 마틸드는 국왕을 가까이에서 모시는 친구의 도움을 빌리면 생 클루 공원의 별궁인 출입 금지 구역까지도 들어갈 수 있으리라고 확신하고 있었다.

줄리앙은 자기가 그렇게까지 마틸드의 헌신적인 힘을 받을 만한 가치가 있는 사나이라고는 생각하지 않았다. 그는 이제 영웅주의에 싫증이 날 대로 나 있었던 것이다. 지금 줄리앙으로서는 단순하고, 소박하고, 오히려 내성적인 애정의 표시가 그리울 뿐이었다. 그러나 자존심 강한 마틸드의 마음은 그와 반대로 항상 세상이라든가 남이라든가 하는 관념이 필요했다.

연인보다 오래 살고 싶지 않다는 생각에 연인의 목숨을 염려하여 괴로워하고 있는 중에도, 마틸드는 은근히 자신의 뜨거운 사랑과 숭고한 행동으로 세상을 한번 놀라게 해주고 싶다는 강한 욕구를 가슴속에 품고 있었다.

줄리앙은 이러한 영웅주의에는 조금도 감동되지 않았다. 그리고 그런 자신에게 화가 치솟았다. 마틸드는 여러 가지로 광적인 것을 생각해 내서 푸케에게 이야기하였다. 그리하여 헌신적이기는 하나, 무엇보다도 분별 있고 시야가 좁은 이 착한 사람을 괴롭히고 있었다. 만약 줄리앙이 그 미친 것 같은 생각의 전모를 들었다면 어떤 마음이 들었을까?

푸케는 마틸드의 헌신적인 태도를 나무랄 수가 없었다. 그 자신도 줄리앙을 구하기 위해서라면 전 재산은 물론 몸까지 던질 각오가 되어 있기 때문이었다. 그러나 마틸드가 뿌리는 돈의 액수에 푸케는 가슴이 철렁했다. 이렇듯 서슴지 않고 돈을 쓰는 것을 보고, 돈이라는 것에 대해 아주 시골뜨기다운 존경심을 품고 있던 푸케는 애당초부터 그녀에게 압도당해 버렸던 것이다.

그러나 어느 순간 푸케는 마틸드의 계획이 자주 변한다는 것을 깨달았다. 그러곤 자기로서는 완전히 지쳐 버릴 이런 성격을 비난하기에 적당한 말을 발견했다. 바로 그녀는 '변덕쟁이'였다. 이 말과 시골에서 가장 큰 비난을 나타내는 '미친놈'이라는 말 사이에는 종이 한 장 차이밖에는 없었다.

어느 날, 마틸드가 감방에서 나간 뒤 줄리앙은 중얼거렸다.

"정말 이상하다. 저처럼 열렬한데도 나는 그녀의 애정에 대해 도무지 감동할 수가 없다니! 두 달 전에는 정신없이 사랑하고 있었는데! 죽음을 눈앞에 두면 모든 일에 흥미를 잃는다고 책에서 읽었지만, 지금의 내 감정은 스스로도 배은망덕한 놈인 줄 알지만 고칠 수가 없구나. 정말 괴로운 일이야. 나는 이기주의자일까?"

이 점에 대해서 그는 매우 엄하고 매섭게 자신을 책망했다.

그의 마음속에서는 이미 야심은 죽고, 새로운 정열이 솟아나고 있었다.

그는 그것을 레날 부인 살해를 꾀한 데 대한 후회라고 불렀다.

사실 줄리앙은 미칠 듯이 레날 부인을 사랑하고 있었던 것이다. 완전히 혼자가 되어 아무도 방해하지 않는 이곳에서 행복했던 지난날의 추억에 마음껏 취할 때면 그는 이상할 정도로 행복감을 맛보았다. 그것은 너무나 빨리 사라져 버린 그 시절의 사소한 일까지 기억하기 힘든 매력과 신선함으로 다가왔다. 파리에서 얻은 성공에 대해서는 한 번도 생각하지 않았다. 그런 일에는 싫증이 나 있었던 것이다.

이런 마음은 점차 고조되어 갔고, 그 사실을 마틸드 또한 어느 정도 눈치 채고 있었다. 줄리앙의 고독을 사랑하는 경향이야말로 자기가 싸울 상대라는 것을 그녀는 아주 명확하게 꿰뚫어보고 있었다. 때때로 조심조심 레날 부인의 이름을 입에 담아 보았다. 그럴 때마다 줄리앙은 몸을 부르르 떨었다. 마틸드의 정열은 이미 한계도 조심성도 없었다.

'저 사람이 죽으면 나도 뒤따라 죽겠어.'

그녀는 진심으로 이렇게 생각하고 있었다.

'나 같은 신분의 여자가 사형이 확정된 연인을 이렇게까지 사랑하고 있다는 것을 안다면, 파리의 살롱 사람들은 뭐라고 말할까? 이런 감정을 발견하기 위해서는 영웅들의 시대까지 거슬러 올라가지 않으면 안 돼. 샤를 9세나 앙리 3세 시대 때 사람들의 마음을 두근거리게 한 것도 바로 이런 사랑이었던 거야.'

마틸드는 격렬한 흥분에 휩싸여 줄리앙의 머리를 가슴에 안고 있을 때도 생각했다.

'아아, 이 사랑스러운 목도 결국에는 떨어져 버릴 운명이란 말인가!'

이럴 때도 그녀는 곧 영웅적인 감정에 불타면서 '좋아! 이 아름다운 머리카락에 대고 있는 내 입술도 24시간이 지나기 전에 싸늘해져 버릴 거야.' 하고 행복해지기도 했다.

영웅적인 감정과 처참할 정도의 쾌감에 찬 이러한 순간의 기억은 마틸드를 사로잡고 놓아 주지 않았다. 자살은 그 자체가 깊게 사람의 마음을 사로잡는 것이지만, 기품이 높은 마틸드와는 지금까지 전혀 인연이 없었던 상념이었다. 그것이 지금 그녀의 마음속 깊이 파고들어 마침내 그녀의 마음속에서 절대적인 지배력을 휘두르게 된 것이다.

'틀림없이 내 조상의 피는 조금도 식지 않고 내게 전해져 있어.'

마틸드는 자랑스러운 마음으로 이렇게 중얼거렸다.

어느 날 줄리앙이 말했다.

"한 가지 부탁이 있소. 태어날 아이는 베리에르에 맡겨서 길러 주오. 레날 부인이 유모를 알선해 줄 거요."

"정말 매정하신 말씀이군요……."

마틸드의 안색이 변했다.

"그렇군. 잘못했소. 몇 번이고 사과하겠소."

끝없는 생각에서 깨어난 줄리앙은 자기도 모르게 이렇게 외치고 마틸드를 끌어안았다.

마틸드의 눈물이 마르기를 기다려서 그는 다시 한 번 좀 전의 생각에 대해 말을 꺼냈다. 이번에는 마틸드의 비위를 거스르지 않도록 슬쩍 돌려서 서글프고 심각한 말투로 자기에게 결국 종말로 고하려는 미래의 일을 얘기했다.

"알겠소? 정열이라는 것은 인생에 있어서는 돌발사고 같은 것이오. 그러나 이러한 사고는 남달리 뛰어난 마음의 소유자에게서 밖에는 우러나지 않소. 내 아이 같은 것은, 정말로 죽어 버리는 편이 당신 가문의 명예를 위해서도 좋은 일일 것이 틀림없소. 하인들은 그 일을 눈치 채고 말 거요. 버림받은 채 보살핌을 받을 수 없는 것이 불행과 치욕 속에서 태어난 이 아이의 운명이겠지. 당신도 언젠가는 나의 이 마지막 권고에 따르리라고 생각하오. 그것이 언제라고 분명히 말하기는 곤란하오만 그런 시기가 오는 것을 미리 점칠 정도의 용기는 내게도 있소. 당신은 크롸즈와 후작과 결혼하시오."

"뭐라구요? 정조를 더럽히란 말인가요!"

"정조를 더럽힌다구? 그런 건 당신의 가문으로서는 문제가 되지 않소. 당신은 미망인이 되겠지. 미친 사나이의 미망인이 말이오. 단지 그것뿐이오. 좀 더 말할까. 나의 범행은 금전이 동기가 아니기 때문에 조금도 불명예가 되지 않소. 모름지기 때가 오면 누군가 철학적인 법률가가 나타나 그 시대 사람들의 편견 따위는 아랑곳없이 사형 폐지를 성공시킬지도 모르오. 그때가 되면 동정적인 사람이 나타나서, 나의 일을 예로 들어 이런 말을 할지도 모르오. '글쎄, 생각해 보시오. 라 몰 씨 따님의 첫 남편은 미친 사람이었소. 그러나 지독한 사나이도 아니었고 악당도 아니었소. 그런 사나이의 목을 자르다니 어리석기 짝이 없는 노릇이었지요…….' 그렇게 되면 나 같은 인간에 관한 추억도 역겨운 것은 되지 않을 거요. 적어도 어느 정도 시간이 흐르면 말이오……. 당신의 사교계에서의 지위, 당신의 재산, 그리고 감히 말하지만 당신의 뛰어난 재능, 그런 것의 도움을 받아 당신의 남편이 된 크롸즈놔 씨도 자기 혼자의 힘으로는 도저히 해낼 수 없는 성공을 거둘 것이오. 그는 좋은 가문과 혈기에 찬 용기 외엔 가진 것이 없소. 1729년이라면 그것만으로도 훌륭한 사나이라고 했겠지만, 지금 그런 것은 이미 시대착오의 하나로서, 기껏해야 자존심을 갖는 것밖에는 되지 못하오. 프랑스 청년의 앞장을 서기 위해서는 좀 더 다른 것이 필요해요. 당신은 그에게 그런 것을 제공할 수 있으며, 당신의 대담하고 적극적인 성격으로 남편이 정당에 공헌하도록 할 것이오. 프롱드의 난(17세기 중엽에 일어난 내란)이 일어났을 무렵의 슈브르즈 공작부인이나 롱그빌 부인의 뒤를 잇는 사람이 될지도 모르오. 그러나 그 무렵에는 지금 그 마음에 불타오르고 있는 귀한 정열도 다소 식어질 것이오."

그리고 나서도 다시 여러 가지로 장황한 말을 늘어놓은 후에 줄리앙은 이렇게 덧붙였다.

"미안하지만 한 마디 더 하게 해주오. 이제 15년쯤 지나면 당신은 전에 나를 사랑했던 일을 미친 짓이었다고 생각하게 될 거요. 스스로 이해할 수는 있으나, 하여간 미친 짓이었다고 말이오……"

갑자기 줄리앙은 말을 끊고 생각에 잠겼다. 마틸드에게 있어선 더없이 불쾌해질 생각에 직면하지 않을 수 없었다.

'15년이 지나도 레날 부인은 내 아이를 진심으로 사랑해 주겠지만 당신은 이미 나를 잊어버렸을 테지……'

40. 평정

이날의 대화는 심문 때문에 끊어졌다. 이어서 담당 변호사와의 협의가 있었다. 아무 생각 없이 달콤한 몽상에 젖어 지낼 수 있는 요즘의 생활 가운데서, 이것만은 아주 불쾌한 일이었다.

"살인입니다. 더구나 계획적인 살인입니다."

줄리앙은 판사에게도 똑같은 말을 되풀이했다. 그리고 미소를 띠면서 이렇게 덧붙였다.

"더 말씀드릴 여지가 없습니다. 이것으로 여러분의 일이 간단해지는 셈이죠?"

겨우 두 사람에게서 해방되자 줄리앙은 마음속으로 중얼거렸다.

'뭐라고 해도 나는 상당히 용기가 있는 사나이야. 이 사람들은 질 것이 뻔한 이 싸움을 불행의 극(極), 공포의 왕이라고 생각하는 모양인데, 내가 그날이 될 때까지 불행 따위를 진지하게 생각이나 할 줄 알아! 왜냐하면 난 보다 큰 불행을 알고 있기 때문이야……'

줄리앙은 혼자서 이유를 늘어놓았다.

'마틸드에게 버림받았다고 생각하고 처음 스트라스부르크로 여행했을 무렵에는 지금보다도 훨씬 더 괴로웠다. 전엔 그처럼 사랑을 갈망했는데……. 요즈음에는 그녀의 사랑을 독점하고 있어도 아무것도 느끼지 못한다. 모를 일이다! 아름다운 그녀가 나의 고독을 위로해 주러 오는 것보다 오히려 혼자 있는 편이 훨씬 즐거울 정도니 말이야…….'

만사에 있어서 법의 규제를 받아야 하는 변호사는 줄리앙이 미쳤다고 생각하고, 보통 사람들과 같이 그가 피스톨을 쥐게 된 것은 질투가 원인이라고 생각하고 있었다. 어느 날 변호사는 줄리앙에게 사건의 진위야 어떻든 간에 정신 착란에서 생긴 결과라고 말한다면 변호할 때 아주 편리하다는 말을 짐짓 비쳐 보았다. 그러자 줄리앙은 이내 발끈하여 덤벼들 듯한 자세로 대꾸했다.

"아시겠습니까? 목숨이 아까우시면 그런 비열한 거짓말은 두 번 다시 입에 담지 않도록 조심하십시오."

겁이 많은 변호사는 그 순간 살해당하지나 않을까 두려움을 느꼈다.

변호사는 변론 준비에 들어갔다. 결정적인 순간은 시시각각 다가오고 있었다. 브장송 거리는 물론 현 어디를 가도 이 유명한 소송 사건 이야기로 온통 들끓었다. 줄리앙은 그런 사정을 전혀 알지 못했다. 그런 이야기는 자기에게 전혀 알리지 말아 달라고 미리 부탁을 해두었던 것이다.

그날도 푸케와 마틸드는 밖에 떠도는 소문 두세 가지를 줄리앙에게 전하려고 했다. 그들의 말에 의하면 크게 희망을 걸기에 충분한 소문이었다. 그러나 줄리앙은 다짜고짜 두 사람을 가로막았다.

"그냥 내버려 둬. 나는 지금 이상적인 생활을 즐기고 있어. 마틸드의 상세한 수고담이나 힘든 요즘 생활 따위는 내게 말하지 말아 줘. 그 어느 것이고 간에 모두 귀찮을 따름이야. 그건 모두 천상의 생활에서 나를 끌어내리게 할 뿐이야. 누구나 자기의 기량에 맞는 죽음을 택하는 법이야. 나는 내 나름대로의 죽음을 택하고 싶어. 남이 뭔가? 나와 남의 관계 따위는 가까운 장래에 끊어져 버릴 운명이 아닌가. 부탁이니까 그러한 무리들의 애기는 하지 말아 줘. 판사와 변호사를 만나는 것만으로도 고통이니까."

줄리앙은 이렇게 말하고 나서 혼자 생각에 빠졌다.

'결국 꿈을 꾸면서 죽는 것이 나의 운명인 모양이다. 나처럼 이름도 없는 인간은 2주일이 지나기 전에 잊혀져 버리고 말 것이 뻔해. 연극을 한다는 것은 어리석은 짓이지……. 그러나 저러나 삶과 작별할 시간이 이렇게 다가오고 나서야 인생을 즐기는 법을 깨닫게 되다니 묘한 일이야.'

그는 이 마지막 나날을 마틸드가 일부러 사람을 보내 네덜란드에서 가지고 오게 한 최고급 담배를 피우면서 망루 위의 좁은 노대를 산보하며 지냈다. 그러나 줄리앙은 자기가 모습을 나타내는 것을 매일처럼 시내의 망원경들이 기다리고 있으리라고는 꿈에도 생각하지 않았다. 줄리앙의 생각은 베르지로 날아갔다. 푸케에게 레날 부인의 얘기를 한 적은 한 번도 없었으나, 친구는 부인이 하루하루 쾌유해 가고 있다는 것을 두세 번 얘기해 주었다. 그 말은 그의 가슴속에 깊이 울려 퍼졌다.

줄리앙의 영혼이 거의 끊임없이 관념의 세계로 침잠하고 있는 동안, 마틸드는 귀족적인 마음의 소유자답게 오로지 현실적인 일에 분주히 쫓기고 있었다. 그녀의 요령 있는 활동으로 인해서 페르바크 부인과 프릴레르 사제 사이의 직접적인 편지 왕래는 아주 친밀해지기에 이르렀고, 어느새 주교직이라는 중대한 말을 운운할 만큼 진전되었다는 것을 알았다.

성직자의 임면권을 한손에 쥐고 있는 대주교는 조카딸의 편지에 다음과 같이 덧붙여 써 보냈다.

'가엾은 소렐은 한낱 경솔한 사나이에 불과합니다. 저희들의 손에 넘겨주시면 좋겠습니다.'

이 몇 줄을 읽었을 때 프릴레르 사제는 뛸 듯이 기뻐하며, 줄리앙을 반드시 구출하리라 다짐했다.

공판에 입회하는 36명의 배심원을 제비로 결정하는 그 전날, 프릴레르 사제는 마틸드에게 말했다.

"이렇게 많은 배심원을 두기로 결정한 것은 자코뱅의 법률입니다만, 그 참다운 목적은 오로지 가문 좋은 사람들의 발언을 뿌리째 뽑아 버리는 데 있는 것입니다. 이런 법률만 없다면 판결에 대한 것은 장담해도 좋을 텐데 말입니다. 나는 저 N 사제조차 보기 좋게 무죄로 만들었으니까요."

그 다음 날, 추첨함에서 나온 이름 중에서 브장송의 수도회 회원 5명, 시내 거주자 이외의 사람으로 발르노, 마로, 숄랭 등 여러 사람의 이름을 발견했을 때, 프릴레르 사제는 크게 기뻐했다. 사제는 마틸드에게 말했다.

"우선 이 8명의 배심원에 대해서는 장담할 수 있습니다. 앞의 5명은 허수아비나 같습니다. 발르노는 내 심복이고, 마로는 오로지 내 덕택에 출세한 사나이이며, 숄랭은 만사에 겁을 먹는 바보니까요."

배심원의 이름이 신문에 실려 온 현 안에 퍼지자 레날 부인은 브장송으로 가겠다고 하였다. 그 때문에 남편은 심한 불안과 공포에 사로잡혀 있었다.

레날 씨가 겨우 아내를 진정시킬 수 있었던 약속은, 증인으로서 소환될지도 모르니 절대로 별장을 떠나지 않는다는 단 한 가지뿐이었다.

"당신은 내 입장을 모르오." 하고 전 베리에르 시장은 말했다.

"놈들의 말로는, 현재 나는 배반한 자유주의자라는 거야. 그 비열한 발르노나 프릴레르 사제가 쉽게 검찰 총장이나 판사들을 농락하여 나에게 불리한 일이라면 무슨 짓이든 할 판국인데……."

레날 부인은 순순히 남편의 명령에 따랐다. '내가 법정으로 나가면 복수를 원하는 것처럼 보일지도 몰라.' 하고 생각한 것이었다.

경솔한 짓은 하지 않겠다고 고해 사제와 남편에게 약속했음에도 불구하고, 레날 부인은 브장송에 닿기가 바쁘게 36명의 배심원 한 사람 한 사람에게 손수 펜을 들어 다음과 같은 편지를 보냈다.

공판 날, 저는 출정(出廷)하지 않을 작정입니다. 제가 출정하면 소렐 씨를 불리하게 만들지도 모르기 때문입니다. 제가 마음속으로 바라고 있는 것은 단 하나, 그것은 그분의 목숨이 구제되었으면 하는 것입니다. 저로 인해서 죄 없는 사람이 죽는다면 저는 일생 동안 두려움 속에 살아야 할 것입니다. 그리고 결국은 목숨까지도 단축되고 말 것입니다. 그럴 것이 틀림없습니다. 제가 이렇게 살아 있는데 여러분께서 어떻게 그 사람을 사형에 처할 수 있겠습니까? 아니, 분명히 사회는 인간의 생명을, 특히 줄리앙 소렐 같은 사람의 생명을 빼앗을 권리가 없습니다. 베리에르에서는 누구나 그 사람 집안이 대대로 정신이 이상해지는 것을 알고 있습니다. 그 불쌍한 청년에게는 무서운 적이 많습니다. 그러나 그 적 중에도—어쩌면 그 수가 그리 많을까요!— 그 사람의 뛰어난 재능, 깊은 학식을 의심하는 사람은 한 분도 없을 것입니다. 당신들이 이제부터 재판하려고 하시는 인물은 보통 사람이 아닙니다. 1년 반 가까이 되는 동안 우리들이 알아 낸 바에 의하면 그분은 신앙심이 깊고 품행이 방정 하고 일에 열성적인 분입니다. 그러나 1년에 두세 번은 우울증 발작이 일어나, 그것이 심해지면 정신이 이상해져 버립니다. 베리에르 시내 사람들은 두말 할 것도 없고, 저희들이 날씨가 좋은 계절이 되면 찾아가는 베르지 근처의 분들, 저희들의 가족과 군수님들까지도 그분의 흠잡을 데 없는 신앙에 대해 인정해 주시리라고 믿습니다. 뭐라고 해도 그분은 성서를 전부 외고 있을 정도이니까요. 신앙인이 아니라면 어찌 몇 년씩이나 걸려서 성서를 전부 암기하는 따위의 짓을 하겠습니까? 이 편지는 제 아들들을 통해서 전하겠습니다. 아직 나이가 차지 않은 애들입니다만 제발 이 아이들에게 물어 보아 주십시오. 그 가련한 청년에 대해서 여러 가지로 자세한 이야기를 들려 줄 것입니다. 그러한 자세한 사실을 아시는 것이야말로, 그 청년을 처형하는 것이 얼마나 잔혹한 일인가를 뒷받침해 줄 것이라고 믿습니다. 처형을 하게 된다면 여러분은 저의 원한을 풀어 주시기는커녕 저에게 사형 선고를 내리시는 것과 같습니다. 그분의 적이라고 할망정 어찌 다음과 같은 사실에 반박할 수가 있겠습니까? 저의 상처는 일시적인 정신의 발작 때문에 입은 것입니다만, 아이들조차 자기들의 선생이 가끔 그런 발작을 일으키는 것을 알고 있습니다. 게다가 그 상처는 조금도 위험한 것이 아니어서, 그로부터 두 달도 채 되기 전에 저는 마차를 타고 베리에르로부터 브장송까지 왔을 정도입니다. 만약 여러분들이 그처럼 죄가 없는 사람을 잔혹한 법의 규제로부터 구하는 데에 조금이라도 주저하신다면, 저는 누워 있는 이 자리를 차고 일어나 여러분들의 발아래 무릎 꿇고 빌겠습니다. 저는 다만 남편의 명령에 따라 이렇게 누워 있는 것이니까요. 제발, 계획적인 범행의 증거는 없다고 주장해 주십시오. 그러하시면 죄 없는 자의 피를 흘리게 했다고 장차 후회하시는 일도 없을 것입니다.

41. 공판

레날 부인과 마틸드가 두려워하던 그날은 드디어 다가왔다.

술렁거리는 거리의 분위기에 두 사람은 더욱더 심한 공포에 사로잡혔다. 의지가 굳은 푸케조차도 마음이 산란했다. 이 지방 전체의 사람들이 이 소설적인 사건의 재판을 보고자 브장송으로 모여들었다.

며칠 전부터 여관이란 여관은 모두 만원이 되었다. 재판장은 방청권 청구에 시달리고 있었다. 시내의 귀부인들은 예외 없이 공판을 보고 싶다고 했고, 거리에서는 줄리앙의 초상화가 날개 돋친 듯 팔려 나갔다.

마틸드는 사건의 결정적인 순간에 대비하여, 전문(全文)이 ××× 주교 각하의 친필로 쓰인 편지를 한 통 얻어 놓았다. 프랑스 교회를 지배하는, 주교의 임면권을 쥔 이 고명한 성직자가 몸소 줄리앙의 석방을 바라고 있었다. 공판 전날 마틸드는 이 편지를 가지고 절대적인 권력을 휘두르는 프릴레르 부주교에게로 갔다.

면회가 끝나고 마틸드가 눈물에 젖어 나가려고 하자 프릴레르 사제는 외교관적인 신중함을 잃고 약간 흥분한 듯한 모습으로 이렇게 말했다.

"배심원들의 답변에 대해서는 장담하겠습니다. 당신이 보호하시는 인물의 죄상이 움직일 수 없는 것인지 아닌지, 또 미리 계획했는지 아닌지를 조사하는 소임을 맡은 사람은 12명이지만, 그 가운데 6명은 나의 영달을 진심으로 바라는 사람들입니다. 내가 주교직에 오르고 못 오르는 것은 그들의 뜻 하나에 달렸다고 암암리에 말해 두었습니다. 발르노 남작은 나의 힘으로 베리에르의 시장에 임명된 사람입니다만, 그는 자기 관리하의 두 사람, 마로 씨와 숄랭 씨를 자기 뜻대로 다룹니다. 솔직히 말해서 추첨한 결과 이번 사건에서 사상이 불온한 배심원이 2명 끼어든 것은 사실입니다. 그러나 급진적인 자유주의자라고 해도 중대한 사태에서는 나의 명령에 충실히 따라 줄 것이라고 믿고 있습니다. 또한 투표할 때는 발르노 씨에게 동조하도록 부탁해 두었습니다. 여섯 번째의 배심원은 돈 많은 실업가로서 말이 많은 자유주의자인데, 소문에 의하면 육군성의 조달 상인이 되고 싶어 하는 모양이니까, 내 기분을 상하게 하는 그런 행동은 하지 않을 것입니다. 그 자에게 나의 결정적인 의도가 무엇인지는 발르노 씨가 전할 것입니다."

"그런데 그 발르노 씨라는 분은 어떤 사람인가요?"

마틸드가 불안스러운 듯이 물었다.

"그 사람의 인품을 알면, 일이 잘되리라는 것에 의심을 품지 않으실 겁니다. 배짱이 두둑하고 뻔뻔스러우며 대담한 변설가로서, 얼간이들을 조종하기에는 안성맞춤인 사나이입니다. 1814년(왕정복고의 해) 이후로 밑바닥에서 올라온 사나이입니다만, 언젠가는 지사로 만들어 주려고 생각하고 있습니다. 다른 배심원들이 자기 말대로 투표하지 않으려고 한다면 상대방을 때리는 일쯤은 문제없이 해낼 인물입니다."

마틸드는 한결 마음이 놓였다.

그날 밤 마틸드는 하나의 언쟁을 치러야 했다. 줄리앙은, 어차피 뻔한 결과이니 불쾌한 광경을 오래 끌고 싶지 않다며 스스로 변론하지 않겠다고 결심하고 있었던 것이다.

"변호사가 대신 말해 줄 테니 그것으로 충분하오."

그는 마틸드에게 말했다.

"어차피 시간을 오래 끌면 적의 눈앞에서 구경거리가 될 것은 뻔한 일이야. 그 시골뜨기들은 내가 당신 덕택에 재빨리 출세를 한 것이 눈에 거슬리는 거요. 단언해도 좋소마는 나의 처형을 바라지 않을 자는 그 가운데 하나도 없소. 하기야 내가 형장으로 끌려 갈 때 바보처럼 눈물을 흘리는 사람도 있겠지만."

"그 사람들은 당신이 수모당하는 것을 보고 싶어 해요. 그건 분명히 그래요. 그렇지만 그 사람들이 그렇게까지 잔혹한 사람들이라고는 여겨지지 않아요. 내가 브장송에 와 있다는 것, 그리고 나의 깊은 슬픔, 그러한 것이 여자들에게 동정을 산 것 같아요. 게다가 당신은 미남 청년이니까요. 판사들 앞에서 무엇인가 한마디 하시면 방청석은 당신 편이 될 게 뻔해요."

마틸드는 여러 가지 예를 들어 줄리앙을 설득했다.

다음날 아침 9시, 줄리앙이 법원의 대법정으로 나가려고 감방에서 내려오니 앞마당은 사람들로 장사진을 이루고 있어서 헌병들이 그 속을 뚫고 나가는 데 무척 애를 먹었다. 줄리앙은 밤새 푹 잠을 자서 아주 편안한 기분이었다. 잔인한 심정에서 그런 것은 아니지만 어쨌든 자신의 사형 선고에 갈채를 보내려 하는 군중들에 대해서까지도 달관한 듯 연민의 정을 느꼈다. 군중들에게 에워싸여 15분 이상이나 움직이지 못하는 동안, 자기의 모습이 사람들에게 부드러운 동정을 불러일으키고 있다는 것을 깨닫고 줄리앙은 크게 놀랐다. 단 한마디도 불쾌한 말은 귀에 들려오지 않았다.

'이 시골뜨기들은 생각했던 것보다 악인들이 아니구나.' 하고 줄리앙은 생각했다.

법정으로 들어서자 줄리앙은 그 우아한 건축 양식에 감동을 받았다. 순수한 고딕 건축으로서, 정성껏 돌을 다듬어서 만든 아름답고 조그만 둥근 기둥이 여러 개 늘어서 있었다. 줄리앙은 영국에라도 와 있는 것 같은 기분이 들었다.

그러나 그의 주의력은 피고석의 맞은편, 판사와 배심원들의 자리 바로 위에 있는 세 개의 발코니를 가득 메우고 있는 열서너 명의 아름다운 여자들에게 완전히 이끌려 버리고 말았다. 게다가 일반 청중 쪽을 돌아다보니 계단석 위에 빙 둘러 만들어진 원형의 방청석은 여자들로 가득했다. 대부분 젊은 여자들로서, 줄리앙에게는 모두가 미인으로 보였다. 그들 모두가 관심에 가득 찬 눈을 빛내고 있었다. 법정 안의 다른 장소들도 대단히 혼잡했다. 문에서는 서로 들어오려고 옥신각신 소동이 벌이지고 있는 형편이었다. 수위가 아무리 애를 써도 조용해지지 않았다.

줄리앙을 찾아 헤매던 모든 눈이, 일순간 약간 높이 만들어진 피고석에 앉으려는 그의 모습을 보았을 때 일제히 놀람과 동정이 깃든 속삭임을 뱉어 냈다.

이날, 줄리앙은 스무 살도 채 안 되어 보이는 앳된 얼굴이었다. 옷은 검소했으나 더할 수 없이 세련되어 보였으며, 머리와 이마는 매력적이었다. 마틸드가 이미 그의 옷차림에 대해서 세심한 배려를 한 것이었다. 줄리앙의 얼굴은 극도로 창백했다. 피고석에 앉기가 바쁘게 이곳저곳에서 수군거리는 소리가 들려왔다.

"어머, 무척 젊군요!"

"마치 소년 같네요."

"초상화보다 훨씬 미남이야."

피고인 오른쪽 옆에 앉아 있던 경비원이 말했다.

"저쪽 발코니에 있는 여섯 명의 부인들이 보이시죠?"

경비원은 배심원이 있는 계단식 좌석 위로 불쑥 나온 조그만 방청석을 가리켰다.

"저분이 지사 부인, 그 옆이 M 후작 부인. 예심 판사에게 말씀하시는 것을 들었는데 말이오, 지사 부인께선 당신이 마음에 드신 모양이오. 그리고 다음이 데르빌 부인……."

"데르빌 부인!"

줄리앙은 자기도 모르게 소리쳤다. 이마가 확 붉어졌다.

'이곳에서 나가면 저 사람은 레날 부인에게 편지를 쓰겠지.' 그는 레날 부인이 브장송에 와 있다는 것을 몰랐던 것이다.

여러 증인의 공술 청취는 잠깐 사이에 끝났다. 차석 검사의 논고가 시작되는가 싶자, 줄리앙의 바로 맞은편 조그만 발코니에 있는 부인 중 두 사람이 이미 울기 시작했다.

'데르빌 부인은 그렇게 간단히 정에 흔들릴 사람이 아니지.'라고 줄리앙은 생각했다. 그런데 데르빌 부인도 몹시 얼굴을 붉히고 있는 게 눈에 띄었다.

차석 검사는 범행의 흉악함에 대해서 저속한 프랑스 어로 열변을 토하고 있었다. 줄리앙은 데르빌 부인 옆에 앉은 부인들이 그것에 대해 심한 불만을 표시하고 있는 것 같은 느낌을 받았다. 서로 아는 사이로 여겨지는 몇 명의 배심원이 그 부인들에게 계속 말을 걸어 안심시키고 있는 것 같았다.

'하여간 좋은 징조임에는 틀림이 없다.'고 줄리앙은 생각했다.

그때까지 줄리앙은 공판정에 와 있는 모든 사람들을 마음속 깊이 경멸하고 있었다. 차석 검사의 저속한 웅변이 점점 더 그 혐오감을 더하게 만들었다. 하지만 분명히 자기에게 보내는 동정의 표시를 보자, 냉정한 줄리앙의 마음도 누그러져 갔다. 변호사의 확고한 표정이 믿음직스럽게 여겨졌다.

"미사여구는 사양해 주십시오."

줄리앙은 변론을 하러 막 일어서려는 변호사에게 나지막이 속삭였다.

"적이 당신을 공격하는 데에 사용한 거창한 문구는 모두 보쉬에(17세기의 설교가)의 표절입니다. 그것으로 인해 당신 입장은 오히려 유리해졌습니다."

변호사가 대답했다. 사실, 변호사가 떠들기 시작한 지 6분도 못 돼서 대부분의 여자들은 손수건을 꺼내 들었다. 변호사는 여기에 힘을 얻어, 배심원 일동을 향해 무척 대담한 말을 했다. 줄리앙은 자기도 모르게 몸을 떨었다. 당장 눈물이 쏟아질 것만 같았던 것이다.

'나의 적들은 뭐라고 지껄일 것인가!'

치밀어 오르는 감동에 압도될 뻔했을 때 다행히도 발르노 남작의 거만한 눈초리를 문득 깨닫게 되었다.

'저놈의 눈이 빛나고 있다. 저 야비한 놈은 득의만면하구나! 이런 지경에 떨어지다니, 나의 범행이 저주스럽구나. 나에 대해서 놈이 레날 부인에게 무슨 말을 전할까!'

이렇게 생각하자 다른 생각은 모조리 사라졌다. 한참 뒤, 청중의 찬성을 표하는 박수 소리로 인해 줄리앙은 문득 제정신을 차렸다. 변호사가 막 변론을 끝낸 참이었다. 줄리앙은 악수를 청하는 것이 예의라고 생각했다. 시간은 순식간에 흘러가 버렸다.

변호사와 피고에게 마실 것이 나왔다. 이때 비로소 줄리앙은 어떤 사실에 감동을 받았다. 여자들은 단 한 사람도 방청석을 떠나 식사를 하러 가지 않았던 것이다.

"이거 정말 배가 고프군요. 당신은 안 그렇소?"

변호사가 물었다.

"나도 그렇습니다."

"자아, 보십시오. 지사 부인께서도 식사를 날라 오게 하고 있습니다."

변호사는 조그만 발코니를 가리키면서 말했다.

"힘을 내시오. 모든 게 잘돼 가고 있습니다."

공판은 다시 시작되었다.

재판장이 배심원들을 향해 사건의 요약을 진술하고 있는 동안에 밤 12시를 알리는 종이 울렸다. 재판장은 할 수 없이 재판을 중단해야만 했다. 일동의 불안에 찬 정적 속에서, 벽시계가 치는 종소리만이 법정 안을 울렸다.

'드디어 내 마지막 날이 시작되는구나.'

줄리앙은 갑자기 의무감이 온몸에 타오르는 것을 느꼈다. 지금까지 그는 감정을 억제하고, 입을 열지 않으리라 굳게 마음먹고 있었던 것이다.

그러나 지금 재판장에게 무엇인가 보충할 말이 없는가, 라는 질문을 받자 줄리앙은 벌떡 일어났다. 정면으로 데르빌 부인이 보였다. 그 눈은 광선을 받아, 유난히도 반짝였다. '어쩌면 울고 있는 것일지도 몰라!' 하고 줄리앙은 생각했다.

"배심원 여러분, 죽음에 임하면 그러한 것은 무시할 수 있으리라고 생각하고 있었습니다만, 역시 경멸을 당하는 것은 견딜 수 없는 일이기에 한 말씀 드릴 마음이 생겼습니다. 여러분, 불행히도 저는 여러분과 같은 계급에 속하는 영광을 입지 못했습니다. 여러분의 입장에서 볼 때 저는 비천한 신분에 반항한 한낱 평민일 뿐입니다."

줄리앙은 목소리를 가다듬고 말을 계속해 나갔다.

"저는 조금도 여러분의 온정을 구할 생각은 없습니다. 저의 갈 길에 희망적인 생각 따위는 전혀 품지 않습니다. 저의 갈 길엔 죽음만이 있을 뿐, 그리고 그것은 당연한 일입니다. 저는 모든 존경, 모든 경의를 받기에 부족함이 없는 어느 부인의 생명을 빼앗으려고 한 인간입니다. 레날 부인은 저에게 있어서 어머니와도 같은 분이었습니다. 저의 범죄는 흉악하고 더구나 계획적인 것이었습니다. 배심원 여러분, 따라서 저는 사형을 받아 마땅한 자입니다. 그러나 설령 저의 죄가 생각보다 더 가벼우며 저의 소년 시절이 동정을 받을 만한 가치가 있다 해도 일체 고려하지 않고, 저에게 죄를 씌우려는 사람들이 있다는 것도 잘 알고 있습니다. 그들은 하층 계급으로 태어나서 빈곤으로 고통을 받으면서도 다행히 훌륭한 교육의 혜택을 입고, 거만한 부자들이 사교계라고 부르고 있는 그 세계로 신분도 깨닫지 못하고 들어가려는 청년들을 저를 통해서 벌하고, 또 앞으로도 그런 의지를 꺾어 버리려 하는 사람들입니다. 여러분, 이것이 저의 죄입니다. 그리고 이러한 죄는 제가 저와 같은 계급의 사람들에 의해서 재판을 받지 못하는 이상, 더 엄중한 벌을 받게 되겠지요. 배심원석을 보아도 유복해진 평민 출신은 한 분도 없고, 모두들 의분을 참을 수 없다는 표정을 지닌, 중류 계급의 분들뿐이 아닙니까……."

20분간에 걸쳐서 줄리앙은 계속 이렇게 떠들어 댔다. 가슴에 꽉 차 있었던 것을 완전히 토해내 버린 것이다. 귀족 계급의 총애를 갈망하고 있던 차석 검사는 펄쩍 뛸 것만 같았다. 그러나 줄리앙의 말이 약간 추상적이었음에도 불구하고 여자들은 모두 울고 있었다. 데르빌 부인조차 손수건을 눈에 댔을 정도였다: 발언을 끝마치기 앞서서 줄리앙은 다시 한 번 범행이 계획적이었다는 것, 자기가 후회하고 있다는 것, 또 전의 행복한 시대에 레날 부인을 존경하고 아들이 어머니를 대하는 것 같은 한없는 경애를 품고 있었다는 것을 진술했다. 데르빌 부인은 비명을 지르면서 정신을 잃었다.

배심원들이 대기실로 물러가려고 할 때 1시가 울렸다. 여자들은 한 사람도 자리를 뜨지 않았다. 남자들 중에도 눈물을 글썽이고 있는 사람이 몇 사람 있었다. 처음에는 활기를 띠던 대화도 배심원들의 결의가 시간을 끌자, 모두들 지쳐서 차차로 좌중은 조용해졌다. 이 순간은 엄숙한 분위기였다. 비춰 주던 광선마저 희미했다. 줄리앙은 몹시 지쳤다. 이렇게 판결이 오래 걸리는 것이 길조인가 흉조인가 하고 수군대는 주위의 소리가 들렸다. 자기를 위해 좋은 판결이 내리기를 바라고 있다는 어떤 목소리가 들리자 줄리앙은 기뻤다. 배심원 일동은 아직 돌아오지 않았지만 법정에서 나가는 사람은 한 사람도 없었다.

2시가 울리고 얼마 지나지 않아 커다란 소요가 일어났다. 배심원 대기실의 조그만 문이 열렸던 것이다. 발르노 남작이 엄숙하고 비장한 걸음으로 나왔고 배심원 일동이 그 뒤를 따랐다. 발르노는 기침을 한 번 하고 나서 입을 열었다. 그러고는 배심원 전원의 만장일치로 줄리앙 소렐은 살인, 그것도 계획적 살인으로 유죄를 선고한다는 것이었다. 유죄는 사형을 의미하는 것이었다. 뒤이어 사형이 선고되었다. 줄리앙은 회중시계를 바라다보고 라발레트 씨(그는 형의 선고를 받았을 때 시계를 바라다보고 있었다고 한다)의 일을 생각해 냈다. 2시 15분이었다.

'오늘은 금요일이구나.' 하고 그는 생각했다.

'그런가, 그러나 나의 유죄를 선고한 발르노가 볼 때에는, 오늘은 좋은 날일 것이다. 감시가 삼엄하니, 마틸드는 라발레트 부인처럼 나를 구출해 낼 도리가 없을 것이다. 이제 사흘 뒤의 지금쯤이면 나도 저 영원한 대의 문(大疑問, 내세를 가리킴)이 무엇인지 알게 되겠지.'

이때 비명소리가 들렸다. 그는 문득 현실 세계로 되돌아왔다. 주위에서 여자들이 훌쩍이고 있었다. 모두의 얼굴이 고딕식 벽 주위에 만들어 놓은 조그만 특별석 쪽으로 향했다. 나중에야 줄리앙은 그곳에 마틸드가 몸을 숨기고 있었다는 것을 알았다. 비명은 두 번 다시 들려오지 않았기 때문에 사람들의 눈은 다시 줄리앙에게로 쏠렸다. 헌병들이 군중들을 헤치며 줄리앙을 끌고 가려하고 있었던 것이다.

'저 악당 발르노의 웃음거리는 되지 않으리라.' 하고 줄리앙은 생각했다.

'사형 판결문을 읽을 때 가슴 아픈 듯 시치미를 떼던 꼬락서니라니! 그에 비해서 저 재판장은 오랫동안 재판을 맡아 왔는데도, 선고를 내리면서 눈물을 흘리고 있었지 않은가. 레날 부인을 사이에 두고 나와 발르노는 전에 연적 관계였는데 이제 그 복수를 한 셈이니 아주 기뻤으리라. 그런데 나는 이제 두 번 다시 그 사람을 만날 수 없는 것일까! 모든 게 끝장이로구나……. 마지막 작별 인사를 할 수도 없는 걸까? 내가 나의 죄를 얼마나 후회하고 있는지, 그녀에게 말할 수 있다면 얼마나 기쁠까! 단 한마디, 이 말만은 들려주고 싶다. 당연한 벌을 받았습니다, 라는.'

보바리 부인

귀스타브 플로베르
(Gustave Flaubert, 1821~1880)

보바리 부인

귀스타브 플로베르(Gustave Flaubert, 1821~1880)

작가와 작품세계

귀스타브 플로베르(1821~1880)

르왕 시립 병원의 외과 부장의 아들로 태어났다. 그는 병원에 딸린 집에서 태어났기 때문에 어렸을 때부터 병든 이와 시체를 보고 자랐으며 이것이 그의 인생관과 소설에 크게 반영되었다. 9세 때부터 글쓰기를 시작하였으나, 세속적인 성공을 바라는 전형적인 부르주아 부모의 뜻을 따라 처음에는 법률을 공부하였다. 그러나 예기치 않던 건강 문제(발작 증세)로 이를 중도에서 포기하고 문학으로 길을 바꾸어 꿈을 실현하게 되었다.

그는 문예사조 상 자연주의와 사실주의 모두에 연관되어 있다. 자연주의와 사실주의는 모두 진리를 획득하기 위한 과학적 합리성을 신용하고 있다. 특히 자연주의는 여기서 더 나아가 과학적 방법을 구체적으로 문학에 적용하려는 의지를 표명한다. 그리고 여기에는 인간 본성과 부르주아 사회에 대한 비판적 태도가 전제되어 있다. 그러나 이렇듯 부르주아 생활을 혐오하는 작가 자신도 정작 부르주아였다는 점을 인식할 필요가 있다.

플로베르의 또 다른 대표작인 《감정 교육》은 1848년(2월 혁명의 해)에 25, 6세를 맞은 젊은이들의 온갖 동향을 그리고 있는 소설이다. 그는 여기서 주인공인 프레드릭 모로가 갖는 시대와 자기 자신에 대한 일종의 거리감과 비관자적 자세를 통해 역설적으로 그 시대를 잘 그려 내고 있다.

《보바리 부인》은 환상에 빠진 한 여인의 인생과 사랑이라는 소재를 통해 당대 부르주아 사회와 그 사회가 양산해 낸 인간 유형을 객관적인 수법으로 형상화함으로써 사실주의 소설의 모범으로 간주되고 있다. 플로베르는 작품을 쓸 때 아주 미세한 부분까지 세심하게 기록하는 버릇이 있어, 인물들의 행위는 물론 자질구레한 배경을 너무 무미건조하게 그린다는 평가를 받기도 하지만, 이와 같이 인간과 세계의 구체성을 추구하는 태도에서부터 근대적인 사실주의는 태동하였다.

줄거리

평범한 의학생 샤를 보바리는 준의사 시험에 합격하자 노르망디 지방 르왕 근교의 소읍에 거처를 정하고 연상의 미망인과 결혼하여 개업을 한다. 어느 날, 유복한 농장주 루오에게 왕진을 갔다가 그 딸 엠마를 보고 연정을 품어 오다가 아내가 죽자 엠마와 결혼을 한다.

수도원에서 지낼 때부터 귀족들의 화려한 생활을 동경하고 매혹적인 결혼 생활을 꿈꾸고 있던 로맨틱한 여성 엠마는, 현실의 결혼 생활과 남편의 무미건조함에 불만을 품는다. 간혹 초대받아 가는 귀족 저택의 파티에서, 항상 꿈꾸어 온 호화로운 생활 모습을 보고 자신의 생활에 대한 권태는 나날이 늘어나 그녀는 우울한 하루하루를 보낸다. 아내의 그런 상태를 보고 샤를은 다른 곳으로 이사를 하는 것이 그녀에게 좋을 거라 생각하고 용빌로 이사를 간다.

용빌에서 엠마는 공증인 사무소 서기 레옹과 서로 희미한 연정을 품는다. 그러나 서로의 연정을 확인하기 전에 레옹은 공부를 하기 위해 파리로 떠나 버리고 다시 고독에 빠진 엠마 앞에 바람둥이 르돌프가 나타나서 교묘한 화술로 그녀를 꾄다. 차츰 열정에 사로잡히기 시작한 엠마는 함께 도망갈 것을 조르지만, 이미 엠마에게 싫증을 느낀 르돌프는 그녀를 버린다.

절망에 빠진 엠마는 병에 걸리고 만다. 그러나 거의 회복할 무렵에 르왕의 극장에서, 돌아온 레옹을 만나고 두 사람 사이에는 다시 사랑의 불길이 타오른다. 항상 충족되지 못하는 감정에 몸을 불사르면서 엠마는 타락한 쾌락에 몸을 맡긴다. 그러다가 그녀 앞에 경제적인 파국이 찾아든다. 정사와 노름에 부어 넣은 빚이 쌓이고 쌓여서 드디어 엠마에게 파산이 선고된 것이다. 그러나 그녀를 도와 줄 사람은 아무도 없었다. 레옹 역시 그녀를 구해 주지 못한다는 것을 알고, 그녀는 절망에 빠져 독약을 마신다. 뒤에 남겨진 샤를도 충격으로 제정신을 잃고 지내다가 죽어 버린다.

작품해설

《보바리 부인》은 평범한 시골 여인의 일생을 냉정하고 객관적인 수법으로 그린 사실주의 소설의 대표작으로 꼽히고 있다. 또한 속물 약제사와 신부, 공증인, 고리대금업자 등의 등장인물은 작가가 혐오하던 당시의 부르주아 사회의 축도를 보여 주고 있다.

소설에서 서술자의 때로는 객관적이고 때로는 전지적인 태도를 취하고 있으며 엠마에 대한 서술에는 비판적인 태도와 동정적인 태도가 동시에 공존하고 있다. 이러한 태도는 소설 곳곳에서 보바리 부인의 관점과 다양하게 교차하고 있다. 그러나 그것은 무질서하게 배열되어 있는 것이 아니라 일정한 효과를 생산하기 위해 의도적으로 배치되어 있다.

이 소설은 당시로서는 놀랄 만큼의 대담한 묘사로 엠마의 행동을 그려 나갔던 까닭에 잡지에 연재되는 동안 내내 커다란 화제를 불러일으켰으며, 마침내 1857년, 플로베르는 풍기 문란 혐의로 기소되기까지 하였다. 그러나 작가가 이 작품을 통해 현실 생활을 연구하려 했다는 의도가 참작되어 무죄 판결을 받았다. 《보바리 부인》은 이 소송으로 인해 세인들에게 또 다른 놀라운 반응을 불러일으켰다.

작가는 이 작품의 여주인공 엠마가 바로 자기 자신이라고 하였다. 이는 현실이 그녀의 삶을 바로 살아가지 못하게 하였음을 전제로 한 말인데, 그것은 결국은 플로베르 자신도 엠마처럼 공상과 낭만에 사로잡혀 있음을 고백하고 있는 것이라 해석할 수 있다.

19세기는 진리를 추구하는 데 있어서 과학적 방법의 우수성이 의심되지 않고, 도리어 그 파급이 급속도로 이루어지던 시기였다. 자본주의가 자리를 잡고 공고해지는 시기였지만, 한편으로는 그에 대한 옹호 못지않게 비판 또한 거세게 이루어지던 시대였다.

생각 나누기

엠마의 성격 특성과 그에 대한 평가를 논하시오.

모범 답안

엠마는 섬세하고 예민한 면을 지니고 있는 매력적인 인물이다. 다소 둔한 샤를이 엠마에게 매력을 느낀 것은 전혀 이상한 일이 아니다.

그러나 그녀가 처해 있는 현실에서는 수용하기 힘든 이상과 정열을 가진 인물이라고 평가할 수 있다. 그녀의 환경도, 결혼도, 연애도 꿈꾸던 귀족적이며 화려한 생활 그 자체를 누릴 수 있는 정도에는 이르지 못했기 때문이다.

이런 과도한 이상주의와 환상에 비추어 자신이 처한 현실을 바라보기 때문에 현실은 항상 따분하고 부정적인 것이 된다. 물론, 현실을 항상 긍정적으로만 보아야 한다면 그것도 문제가 될 것이다. 그러나 부정적인 것들 가운데서도 긍정적인 것을 찾아내는 것이 인간이 할 수 있는 노력이다. 그리고 그것이 이상과 환상에 대한 동경을 넘어서 실현할 수 있는 방법이기도 하다.

엠마의 성격적 특성은 환상적인 것에 사로잡혀 현실을 제대로 인정하지 못하는 약점에 있다고 할 수 있다.

읽기 전에

제시된 본문은 주인공 엠마가 현실의 결혼 생활에 권태감을 느끼면서 귀족적이고 화려한 생활을 동경하는 부분이다. 현실이 자신의 상상과 다르다는 것에 깊이 절망한 엠마의 심리를 이해하면서 작품을 감상해 보자.

보바리 부인

그녀는 이따금, 이것이 자기 일생에서 가장 좋은 때다, 세상에서 흔히 말하는 밀월이라고 생각할 때가 있다. 그러나 밀월의 감미로움을 맛보기 위해서는 결혼 후, 좀 더 달콤한 권태를 느낄 수 있는 나라로 떠나야 했다. 마차를 타고 푸른 비단 커튼에 숨어 앉아, 마부의 콧노래에 귀를 기울이며 험한 언덕길을 천천히 올라간다. 곧 그 노랫소리는 산양의 방울소리와 멀리서 들리는 폭포소리와 섞여 산에 메아리친다. 날이 저물면 굽이치는 냇가에서 레몬 향기를 맡고, 또 밤이 되면 별장 전망대 위에서 손에 손을 잡고 앞으로의 계획을 이야기한다. 별을 바라보며 지상 어디에나 그 지방에서밖에 자라지 않는 식물이 있는 것처럼, 행복을 낳는 그런 곳이 어디엔가 있을 거라고 이야기를 한다. 그런데 왜 자기는 옷자락이 긴 검은 비로드 옷을 입고 우아한 장화를 신고 끝이 뾰족한 모자와 소맷부리에 장식을 단 남편과 같이 스위스 산장 발코니에 걸터앉아, 혹은 스코틀랜드의 산장에서 애수에 젖을 수가 없는 것일까?

이러한 모든 것을 그녀는 누구에겐가 털어놓고 싶었다. 그러나 구름같이 자주 모습을 바꾸고 바람처럼 빙글빙글 회오리치는 종잡을 수 없는 그 기분을 대체 뭐라 표현하면 좋을 것인가! 적당한 말을 찾을 수가 없고 또 그럴 기회도, 그만한 대담성도 그녀에겐 없었다.

그러나 샤를만 이쪽 기분을 살필 여유가 있었다면, 단 한 번만이라도 그녀가 생각하고 있는 것을 이해하려고 했더라면, 과일나무에서 익은 과

일이 떨어지듯 그녀 가슴에 넘치는 상념들이 쏟아져 나왔을 텐데, 하고 그녀는 생각했다. 그러나 부부 생활이 익숙해질수록 마음은 자꾸 멀어지고 그녀를 남편에게서 떼어 놓는 것이었다.

샤를의 말은 평범해서 지극히 상식적인 생각들이 평복을 입은 채 길 위를 줄지어 지나가는 듯 했다. 아무런 감동도 주지 않고, 웃음도 꿈도 불러일으키지 않았다. 그는 루앙에 있었을 때도 파리에서 온 배우들을 보기 위해 극장에 간 일이 한 번도 없었다고 한다. 그는 수영도 못하고 검술도 모르고 권총도 못 쏘았다. 언젠가 그녀에게 어떤 소설에서 나오는 마술에 관한 술어도 설명해 주지 못했다.

남자란 모든 것에 뛰어나며, 격렬한 정열이라든가 세련된 생활이라든가 모든 신비한 세계로 안내해 주는 안내자이어야 하지 않을까? 그런데 이 남자는 무엇 하나 가르쳐 주지 못하고 아는 것도 하나 없고, 바라는 것도 없었다. 그는 아내가 행복하다고 믿었다. 그래서 그녀는 남편의 이 침착성, 조금의 불안도 없는 우둔성, 그리고 그녀가 남편에게 준 행복까지도 원망스럽게 생각하고 있었다.

그녀는 가끔 그림을 그리곤 했다. 그러면 샤를은 옆에 서서 그림을 좀 더 잘 보려고 눈을 껌벅껌벅하기도 하고 엄지손가락으로 빵 조각을 둥글게 말아 주기도 하며 엠마가 스케치북 위에 꾸부리고 있는 모습을 재미있다는 듯 바라보았다. 피아노를 칠 때는 그녀의 손가락이 빨리 뛰면 뛸수록 그의 놀람은 점점 커져 갔다. 엠마는 자신 있게 고음에서 저음까지 모든 건반을 쉬지 않고 내리쳤다. 그러면 선이 비뚤어진 낡은 피아노 소리는 열린 창 너머로 먼 동네 끝까지 퍼지곤 했다. 어떤 때는 모자도 안 쓰고 실내화를 신은 채 큰길을 지나가던 집달관 서기가 발을 멈추고 서류를 손에 든 채 피아노 소리에 귀를 기울이는 때도 있었다.

엠마는 집안일을 잘 처리해 나갔다. 그녀는 환자들에게 계산서라고 생각되지 않도록 완곡한 내용으로 왕진비를 청구하곤 했고, 일요일에는 이

윗집 사람들을 식사에 초대하여 정성들인 맛있는 음식을 내놓기도 했다. 포도나무 잎에 자두를 피라미드 모양으로 모양 좋게 쌓아 올려서 내놓기도 하고, 단지에 든 잼을 접시에 곁들여 내놓기도 했다. 그리고 식사 후에는 손을 씻는 핑거볼을 특별히 준비해 놓았다. 이런 모든 것은 주인 보바리에 대한 존경심을 높이는 데 많은 도움이 되었다.

샤를도 차차 이런 것을 자랑으로 여기게 되었다. 그는 아내가 연필로 그린 작은 스케치를 커다란 액자에 넣어 끈을 매단 다음 파란 벽지로 된 응접실에 걸어 두고 찾아오는 모든 사람에게 자랑을 했다. 그리하여 일요일 미사에서 돌아오는 사람들은 그가 색색으로 짠 아름다운 실내화를 신고 문 앞에 서 있는 모습을 종종 볼 수 있었다.

그는 종종 집에 늦게 돌아왔다. 밤 10시, 어떤 때는 한밤중에 돌아와서는 밤참을 들고 싶어 했다. 그럴 때면 하녀는 일찌감치 자기 때문에 엠마가 그의 시중을 들었다. 그는 편히 식사하기 위해 프록코트를 벗은 뒤 오늘 만났던 사람에 대한 얘기, 다녀온 마을 얘기, 또 그가 써준 처방에 대한 얘기를 차례로 했다. 그리고 아주 만족해하며 남은 스튜를 먹고 치즈의 껍질을 벗기고 사과를 먹고 물그릇을 비우고, 그리고는 침대로 들어가 반듯이 누워 이내 코를 골았다.

그는 오랫동안 챙이 없는 나이트캡을 쓰는 버릇이 있었는데 그것은 머플러로 머리를 감아도 곧 귀에서 벗겨져 버렸다. 그래서 아침이 되면 마구 헝클어진 머리가 얼굴을 덮고, 밤새 끈이 풀어진 베개에서 떨어진 털로 머리가 온통 하얗게 되었다. 그는 언제나 튼튼한 장화를 신고 있었다. 그 장화는 발목 부분에 복사뼈 쪽으로 비스듬하게 굵은 주름이 있었고, 구두 등을 뺀 다른 부분은 마치 의족을 넣은 것처럼 뻣뻣하게 뻗쳐 있었다. 그는 언제나, "시골길을 다니기엔 이런 거면 충분해."라고 말했다.

그의 어머니는 검소함을 대단히 칭찬했다. 어머니는 자기 집에서 조금이라도 시끄러운 일이 생기면 곧 옛날처럼 아들을 만나러 왔다. 그러나

며느리에게는 호감을 갖지 않았다. 며느리가 분에 안 맞는 사치를 한다고 생각했던 것이다. 장작이고 설탕이고 양초고 뭐든지 꼭 '대가집 쓰임새'라는 것이었다. 그래서 늘 '이 집 부엌에서 쓰는 불의 양이라면 스물다섯 명의 음식은 충분히 장만할 수 있을 텐데!'라고 생각했다.

시어머니는 올 때마다 자기가 직접 속옷들을 정리하기도 하고, 고기 장수가 고기를 가져올 때는 잘 지켜봐야 한다는 등 잔소리를 했다. 엠마는 시어머니의 가르침을 얌전히 들었고 시어머니는 몇 번이고 되풀이해 말했다. 집안에는 하루 종일 '며늘아' 또는 '어머니'라는 말이 오고갔다. 그러나 그때마다 두 사람의 입은 바르르 떨렸고, 양쪽 다 분노에 가득 찬 어조였으나 다정한 듯 가장하려고 애썼다.

전처인 뒤뷔크 부인이 있을 때만 해도 어머니는 자기가 아들한테 사랑을 받고 있다는 확신이 있었다. 그러나 이번은 아니었다. 샤를이 엠마를 사랑하는 것은 어머니에 대한 애정을 버린 것이고 엄연히 자기를 침범한 것으로 생각하였다. 그래서 늙은 어머니는 마치 파산자가 옛날 자기가 살고 있던 집 식탁에 둘러앉아 식사하고 있는 사람들을 유리창 너머로 들여다보는 것 같은 기분으로 아들의 행복을 슬픈 침묵에 싸여 우두커니 지켜보았다. 그러다가 가끔 옛날이야기를 꺼내는 척하며 슬쩍 자기의 오랜 고생이며 희생을 아들에게 회상시키려고 했다. 그리곤 그것을 엠마의 주책없는 행동과 비교하여 그런 색시만을 귀여워하는 것은 큰 잘못이라고 결론을 내렸다.

샤를은 언제나 대답이 궁했다. 그는 어머니를 존경하고 있었고 아내도 또한 더없이 사랑하고 있었던 것이다. 그는 어머니의 판단이 옳다고 생각하면서도 아내의 행동에 아무 불만이 없었다. 어머니가 돌아간 뒤 그는 자기가 들은 잔소리 중에 극히 사소한 것만을 골라 한두 마디 아내에게 말해 보았다. 그러나 엠마는 한 마디로 그의 잘못을 증명하고는 그를 곧장 진찰실로 쫓아 버렸다.

그 동안 엠마는 자기가 옳다는 이론에 따라 사랑을 느껴 보려고 애썼다. 정원에 나가 달빛을 받으며 외고 있는 정열적인 시구들을 읊어 보기도 하고, 그에게 우울한 아다지오의 곡조를 한숨을 섞어 가며 노래해 들려주기도 했다. 노래가 끝나면 그녀는 곧 평온한 기분으로 되돌아갔다. 그러나 샤를은 전혀 사랑을 자극받은 것 같지도, 감동한 것 같지도 않았다.

그리하여 가슴에 부싯돌을 그어 보아도 불꽃 하나 피울 수 없고, 자기가 실감할 수 없는 것은 이해하려 들지 않고, 모든 것이 판에 박은 대로 나타나지 않으면 믿으려 하지도 않는, 정열도 색다른 것도 전혀 없는 평범하기 짝이 없는 남편을, 엠마는 아주 깨끗이 체념하고 말았다. 그의 정열을 나타내는 동작은 늘 규칙적이었다. 그는 그녀를 일정한 때만 포옹했다. 이것은 마치 식사 뒤에는 반드시 디저트가 나오는 것과 같은 것이었다.

'선생'에게 폐렴을 치료받은 한 사냥터지기가 부인에게 보낸다고 이탈리아 산(産)의 작은 그레이하운드를 선사했다. 엠마는 그 개를 산책할 때마다 데리고 다녔다. 잠시 동안만이라도 혼자 있고 싶은 생각에서, 혹은 변화 없는 집 정원이나 먼지투성이의 산행길만을 쳐다보고 있는 것에 질리면 그녀는 밖으로 나가곤 했다.

그녀는 종종 반빌의 너도밤나무 숲이나 들판에 인접한 사람이 살지 않는 외딴집까지 개를 데리고 산책을 갔다. 거기엔 잡초가 우거진 도랑이 있고 잡초에 섞여 잎이 날카로운 긴 갈대가 어우러져 있었다.

그녀는 지난번에 왔을 때와 달라진 것이 없나 먼저 주위를 한번 둘러보았다. 디기탈리스며 계란풀이며 커다란 돌을 둘러싸고 있는 쐐기풀 덤불이며 세 개의 창에 긴 이끼며 모두가 예전 그대로였다. 꽉 닫힌 창의 덧문이 녹슨 쇠고리 위에서 썩어 떨어진 듯 걸려 있었다. 엠마의 생각은 한참 동안 그레이하운드가 들판에서 원을 그리며 뛰어다니고, 노란 나비를 보고 짖어 대며 들쥐를 잡으러 쫓아가서는 보리 밭 둔덕 위의 양귀비를 물어뜯는 것을 바라보며 하염없이 방황하고 있었다.

이윽고 생각은 조금씩 정리되기 시작했다. 그녀는 주저앉아 잔디를 양산 끝으로 콕콕 찍으며 혼자 중얼거렸다.

"아! 왜 결혼 같은 걸 했지?"

우연한 인연으로 딴 남자를 만날 수 있지 않았을까 생각했다. 그리고 실제로는 일어나지 않았던 그러한 일들과 지금과 색다른 생활이며 알지 못하는 사람을 남편으로 마음속에 그려 보려 했다. 모두가 지금의 남편보다는 나았을 것이 틀림없었다. 어쩌면 미남에다 재능이 있고 매력적이었을지 모른다. 수도원 시절의 친구들은 모두 그런 사람들과 결혼했을 거야. 그녀들은 지금 어떻게 살고 있을까? 도회지에 살며 거리의 소음이며 극장의 떠들썩한 분위기, 그리고 무도회의 휘황한 불빛 밑에서 마음이 부풀고 관능이 충족되는 생활을 하고 있겠지. 그런데 지금 자기의 생활은 북쪽 창밖에 없는, 창고처럼 쓸쓸하고 권태라고 하는 지긋지긋한 거미가 마음 네 구석에 거미줄을 치고 있다. 그녀는 상품 수여식이 있던 날을 회상했다. 상품으로 작은 관(冠)을 받으러 연단에 올라갔다. 머리를 땋아 늘이고 흰 옷을 입고 검은 가죽 구두를 신은 무척 귀여운 모습이었다. 자리로 돌아오자 남자들은 자기 쪽에 몸을 구부려 축하의 말을 해주었다. 뜰에는 사륜마차가 가득 차 있고 계단 위에 선 사람들은 모두 입을 모아 잘 가라고 인사했다. 음악 선생은 바이올린 케이스를 들고 지나치며 인사했다. 아! 그러나 그것은 이제 얼마나 아득한 옛날 일인가. 아주 먼 옛날 일이다!

엠마는 개를 불러 무릎 사이에 넣고는 그 예쁘고 긴 머리를 손가락으로 쓰다듬었다.

그러고 나서 천천히 하품하는 그 날씬한 개의 우울한 표정을 보고 갑자기 그 개가 가엾은 생각이 들었다. 그리고 자기 자신과 개를 비교하며 마치 괴로워하는 자를 위로하듯 소리를 내어 중얼중얼 말했다.

"자, 내게 키스를 해줘야지, 넌 슬픈 게 아무것도 없지 않니."

때때로 돌풍이 불었다. 바다에서부터 코 지방의 고원 지대를 단번에 휩쓸고 지나가는 돌풍은 멀리 떨어진 들판에까지 소금기를 머금은 찬바람을 실어다 주었다. 등심초는 일제히 땅에 엎드려 휙휙 소리를 내고 너도나무 잎들은 요란한 소리를 내며 흔들렸다. 높은 나뭇가지도 와스스 흔들리며 크게 출렁거렸다. 엠마는 목도리를 꽉 여미고 자리에서 일어났다.

길에는 나뭇잎 색으로 푸르게 물든 햇빛이 이끼를 비추고 그것이 발밑에서 조용히 소리를 냈다. 해는 벌써 저물어 가고 있었다. 나뭇가지 사이로 하늘이 빨갛게 물들고, 한 줄로 늘어선 가로수가 황금색 하늘을 배경으로 우뚝 선 긴 기둥의 행렬처럼 보였다. 무서워진 엠마는 개를 불러 큰길로 빨리 빠져 나왔다. 그리고 토스트에 돌아와 안락의자에 푹 쓰러진 채 그날 밤은 한 마디도 입을 열지 않았다.

그런데 9월도 다 갈 무렵 그녀의 생활에 이상한 일이 일어났다. 보비에사르의 앙데르빌리 후작 집에 초대를 받은 것이다.

왕정복고 시대에 국무장관을 지낸 일이 있는 이 후작은 다시 성세로 돌아가기 위해 예비 준비로 국회의원 선거 운동을 하고 있었다. 겨울에는 사방에 장작을 나누어 주고 도의회에선 언제나 열렬히 그의 군(郡)을 위해 새로운 도로를 만들도록 요구하곤 했다. 한여름에 이 사람의 입에 종기가 난 것을 샤를이 마침 적당한 때 수술해서 기적적으로 고쳐 주었다. 수술비를 지불하러 온 대리인이 의사의 집 안뜰에 훌륭한 벚나무가 있는 것을 보고 그날 밤 주인에게 그것을 이야기했다. 그런데 마침 보비에사르는 벚나무가 잘 자라지 않아 애쓰고 있던 참이었다. 후작은 보바리에게 접붙일 나무를 몇 가지 달라고 부탁하고, 특별히 그 사례를 하러 왔다가 엠마의 아름다운 모습을 보고 시골 여자답지 않은 인사 태도에 마음을 뺏겼다. 이런 연유로 이번 기회에 이 젊은 부부를 초대한 것이었다.

어느 수요일 오후 3시 보바리 부부는 자가용으로 쓰는 소형 마차에 올라 보비에사르를 향해 출발했다. 그 마차 뒤에는 커다란 트렁크가 매달려 있었고 앞에는 모자 상자가 놓여 있었다. 그리고 샤를은 무릎 사이에 또 하나의 커다란 종이 상자를 끼고 있었다.

그들은 해가 뉘엇뉘엇 질 무렵 보비에사르에 도착했다. 마침 정원에는 마차 길을 밝히기 위해 불이 켜지기 시작했다.

안나 카레니나

레브 니콜라예비치 톨스토이
(Lev Nikolaevich Tolstoi, 1828~1910)

안나 카레니나

레브 니콜라예비치 톨스토이(Lev Nikolaevich Tolstoi, 1828~1910)

작가와 작품세계

레브 니콜라예비치 톨스토이(1828~1910)

19세기 러시아 문학을 대표하는 톨스토이는 툴라 지방의 야스나야 폴라냐의 명문 백작가 출신이다. 태어난 지 2년 만에 어머니를 여의었고, 1837년 아버지마저 갑작스럽게 돌아가시자 고아가 되어 1841년 고모의 출가지인 카잔에서 소년 시절을 보냈다. 연이은 육친의 죽음으로 수줍고 내성적인 소년으로 성장한 그는 16세인 1844년, 카잔 대학의 동양어학과에 입학, 법과로 전환하였으나 결국 대학을 중퇴하고 말았다. 코카서스 포병 여단에 근무하던 형의 임지로 옮겨간 그는 그곳에서 저술한 《유년시대》로 신인 작가로서 명성을 얻기 시작하였다.

1862년 34세가 된 톨스토이는 18세의 소피아와 결혼하여 행복 속에서 《전쟁과 평화》, 《안나 카레니나》를 완성하였다. 소박한 민중의 삶에서 종교적 구원을 발견한 그는 《참회》를 발표하면서 자신의 과거 생활을 이기적인 것으로 통렬히 비판하고, 복음서의 가르침에 의한 사랑을 생활신조로 할 것임을 선언한다. 1885년 사회제도에 관심을 가지면서부터 사유재산을 부정, 이 문제로 부인과 자주 충돌하였다. 1899년 발표된 《부활》에서 그리스 정교를 비판했다는 이유로 1901년 종무원(宗務院)으로부터 파문을 당했다.

항상 자기의 생각을 철저히 실천하려고 했던 톨스토이는 마침내 완전한 사유권을 포기, 1910년 야스나야 폴랴나로부터의 가출을 결행한다. 여행 중 급성 폐렴에 걸린 톨스토이는 1910년 랴잔 우랄 헌도의 작은 아스타폴 역의 역장 관사에서 82세로 생을 마감했다.

톨스토이는 《안나 카레니나》에서 페테르부르크, 모스크바, 농촌, 이탈리아 등 다양한 공간적 배경을 통해 당시 러시아 귀족 사회의 부패상과 봉건 사회의 균열상을 사랑의 개념과 가족 제도의 측면에서 포착, 가정적이고 사회적인 소설로 창조해 냈다. 현재 이 작품은 톨스토이의 3대 작품 중에서도 구성과 문체가 가장 잘 짜인 작품이라는 평가를 받고 있다.

줄거리

안나는 고관 카레닌과 결혼하여 평화로운 나날을 보내고 있다. 어느 날, 그녀는 오빠인 오브론스키의 가정에 닥친 위기를 도와주기 위해 페테르부르크에서 모스크바로 가던 기차 안에서 돌리의 여동생인 키티의 약혼자 브론스키를 만나게 된다. 오브론스키의 친구인 레빈도 키티에게 구혼하기 위해 시골에서 상경하지만 키티는 레빈의 청혼을 거절한다. 한편 브론스키는 안나를 처음 본 순간부터 사랑의 포로가 되어 그녀를 쫓아 페테르부르크로 가버려 키티의 마음에 깊은 상처를 준다.

처음 얼마 동안은 브론스키에 대한 자신의 감정을 억제하고 있던 안나도 점차 그에 대한 사랑을 인정하고, 마침내 그의 아기를 잉태하게 된다. 브론스키는 안나에게 남편과 헤어질 것을 요구하지만, 안나는 마음의 결정을 내리지 못한다. 브론스키가 출전하는 경마에 남편 카레닌과 함께 구경을 간 안나는 그가 장애물 경주에서 낙마했을 때 지나치게 그의 안전을 염려함으로써 남편에게 모든 것을 들키고 만다.

한편 키티에게 거절당하고 시골로 돌아간 레빈은 농촌 생활에 몰두하지만 마음의 공백을 메울 길이 없어 괴로워한다. 농업 문제로 유럽을 시찰하고 돌아오는 길에 모스크바에 들른 레빈은 키티와 재회하고, 그녀에 대한 자신의 사랑이 조금도 식지 않았음을 깨닫게 된다. 키티 또한 레빈의 성실한 인품에 존경의 마음을 품게 되어 지난날의 일을 사과한다. 그 후 두 사람은 급속히 가까워지고, 마침내 결혼식을 올린다.

한편 안나가 모든 것을 고백했음에도 불구하고 남편 카레닌은 절대 이혼은 할 수 없다며 버티고, 딸을 낳은 안나는 산욕열로 중태에 빠진다. 그녀는 남편과 브론스키에게 화해를 요청하고, 죽음과 싸우는 그녀에게 카레닌은 모든 것을 용서하겠다고 약속한다. 그러자 절망한 브론스키는 권총 자살을 기도하지만 미수에 그친다. 병상에서 회복한 브론스키는 전임을 명령받고 안나에게 작별 인사를 하기 위해 그녀를 방문한다. 다시 만난 두 사람은 자신들의 열정을 억제하지 못하고 함께 유럽으로 사랑의 도피를 떠난다.

유럽 여행을 마치고 러시아로 돌아온 두 사람은 브론스키의 영지로 가서 시골 생활을 시작한다. 하지만 활동적인 브론스키는 점차 귀족회 등의 일로 집을 비우는 일이 많아진다. 가정과 아이 그리고 세상의 모든 지위를 버리고 오직 브론스키만이 유일한 생의 보람이 된 안나는 육체적인 쾌락으로 그를 붙잡아 두려 하지만, 그 사랑은 점점 이기적인 것으로 변하여 극도의 질투심으로 깊어진다. 브론스키는 이러한 안나가 때로는 짐스럽게 느껴진다. 그러던 어느 날, 브론스키의 어머니가 아들의 혼담을 주선하고 있음을 알게 된 안나는 더 이상 살아갈 희망을 잃고 달리는 기차에 몸을 던져 자살한다.

그녀가 자살한 지 두 달 후에 브론스키는 의용군을 편성하여 세르비아의 독립 전쟁에 출전한다.

작품해설

　이 소설의 주제를 한마디로 표현하면 미모의 유부녀 안나의 부정한 사랑을 둘러싼 1870년대 러시아 귀족 사회가 안고 있는 갖가지 양상이라고 말할 수 있다. 그러나 톨스토이는 이 소설을 안나 한 사람의 비극으로 한정시키지 않고, 안나와 브론스키의 구원받을 수 없는 불행한 사랑에 대하여 레빈과 키티와의 행복한 결혼을 대치하고, 이에 따라 허위로 가득 찬 귀족들의 도시생활과 지주의 밝은 전원생활을 대비하고 있다. 안나와 브론스키의 고뇌에 찬 가슴 아픈 사랑이 진행되어 가는 것과 동시에 레빈과 키티가 결혼에 이르는 축복받은 사랑의 가락이 연주되어 간다. 이러한 이질적인 두 정열은 오브론스키 부부라는 존재에 의해 서로 관련지어 가면서 전체적으로 하나의 통일된 세계를 형성한다.

　독자들은 이 작품을 대할 때 사랑에 대한 이질적이며 상반된 모습과 도시와 농촌의 두 귀족들의 삶의 모습을 바탕으로, 주인공들의 내면에서 우러나오는 고통과 고뇌는 물론 당시 사회의 다양한 모습과 문제들 고민해 보게 된다.

　러시아의 혁명가 레닌이 수없이 많이 읽었다는 《안나 카레니나》는 당시 러시아 귀족 사회의 부패상과 봉건 사회의 균열상을 사랑의 개념과 가족 제도의 측면에서, 그리고 다양한 공간적 배경에서 보여 주고 있다.

생각 나누기

　주인공인 안나의 자살에 대한 자신의 견해를 당시의 가족 문제와 관련지어 논하시오.

《안나 카레니나》는 두 세계의 대응이라는 내적 연관에 기초해 있다.

대응의 커다란 두 축인 안나의 세계와 레빈의 세계는 독자적인 발전의 흐름 속에서 서로 병존과 대립의 형식으로 내적인 연관을 이루고 있다. 즉 두 세계가 외적으로는 구조적 등가(等價)를 이루고 있으면서 동시에 내적으로는 엄격한 의미론적 위계성을 이루고 있는 것이다. 이러한 구조적 통일의 위계성은 두 세계의 내적 연관의 근본적인 성격으로서, 대응 원리에 의해서 형성되는 작품의 내재적이고 상관적인 다양한 의미(주제)들을 규정한다.

《안나 카레니나》에서 두 세계의 다차원적 대응과 그것의 위계적 통일성을 근본적으로 규정하는 시적 이념은 단일한 지배 중심의 '가족 이념'이다. 이 작품에서 톨스토이는 '가족 이념'으로 당대의 사회상을 묘사하면서, 가족 이념의 테두리를 인간 삶의 모든 영역으로 확대하고 있다.

《안나 카레니나》에서 '가족 이념'은 사회의 최소 구성단위로서 가족생활과 관련된 모든 소재들—일, 금전, 사랑, 결혼, 성(性), 간통, 종교, 자녀교육, 여성의 역할과 권리—을 소설 속으로 끌어모으고 조직화하는 중심 사상이다. 톨스토이에게 가족은 정상적이고 도덕적인 삶의 원천이다. 그것은 삶의 지속을 위한 토대로서 자연 법칙에 의해 만들어진 창조와 생산의 최소 단위다. '가족 이념'은 등장인물들과 그들로 구성된 두 세계를 구별 짓는 위계성의 척도이자 하나의 도덕률이다. 자연과 노동에 근거하고 사랑과 우애로 결합된 삶은 가족 관계를 강화시키는 토대다.

이러한 의미에서 '가족 이념'의 틀 안에서 안나의 세계와 레빈의 세계는 양가적으로 결합되는 것이 아니라 위계적으로 통일되고 있는 것이다. 안나의 세계는 '가족 이념'의 파괴의 역사를 보여 주고, 레빈의 세계는 '가족 이념'의 성립(결혼)과 발전의 역사를 보여 준다.

안나의 세계는 '가족 이념'의 동요를 넘어서서 파괴의 역사를 보여 준다. 카레닌은 결혼에 있어서 배우자의 종교적인 의무를 강조하지만 그의 말은 단지 형식에 불과하다. 주지하다시피 브론스키는 가정생활을 모르고 선호하지도 않는다. 안나의 경우, 비록 상류 사회의 많은 불행한 결혼과 가정에 비교하면 그녀의 행동은 이해할 만하고, 더구나 상류 사회의 관습에 공공연히 저항한 그녀의 양심은 정당화될 수 있을지라도 그녀는 소설의 중심 이념인 가족(결혼) 이념을 파괴한다. 그녀는 이기적으로 자신의 사랑만을 소유하기 위하여 가정생활의 기초인 아들 대신 연인을 선택한다. 카레닌이 안나의 진실을 외면하고 관습적인 방식으로 반응하듯이, 브론스키 또한 자신의 모든 것을 바치는 안나의 정열에 비해서 생활의 전부를 안나에게 바치지는 않으며 종종 관습적인 가치와 행동으로 안나를 대한다. 그리고 안나와 브론스키의 관계는 이해와 애정에 근거한 사랑보다는 육체적인 정열에 의해 지배되고 따라서 타락, 정신적 나태, 부끄러움, 두려움의 감정을 동반한다. 그들의 가정은 사회의 최소 구성단위로서 역할을 다하지 못한다. 레빈과 키티는 결혼 초기의 갈등에도 불구하고 이해와 사랑에 기초한 목가적인 가정생활을 보여 준다.

레빈의 공상 속에서 미래의 아내는 아름답고 신성한 여성이며 어머니이기도 하다. 그는 사랑과 결혼에 앞서 가정을 먼저 생각한다. 부유한 농부의 집에서 본 생활의 질서 정연함과 이반 파르메노프와 그의 아내의 젊고 활기차며 신선한 사랑은 레빈에게 강렬한 인상을 준다. 일에 대한 상호적 의무감과 상대방에 대한 헌신에 의해 특징 지워지는 결혼과 가정 속에서 레빈과 키티는 삶의 의미를 찾게 된다. 특히 레빈에게서 가정의 행복 문제는 삶과 죽음의 문제와 긴밀하게 연결되어 있다. 형의 죽음과 키티의 임신은 불가해한 죽음에서 불가해한 삶으로, 어둠에서 밝음으로, 절망에서 희망으로의 전환을 보여 주는데, 키티의 임신은 아이를 정열의 방해물로 여기는 안나의 태도와 극적인 대조를 이룬다.

작가는 안나의 운명을 종교적, 윤리적인 측면과 주로 관련 지웠지만, 그녀의 비극적 죽음에 대한 깊은 사회적 근거 또한 제시하고 있다. 안나의 고통과 파멸이 외적인 원인—상류 사회의 저주와 카레닌의 이혼 불허 혹은 브론스키의 애정—뿐만 아니라 그녀를 움직이는 정열 그 자체 즉 '악의 정신'에서 유래한다는 점을 말해 준다. 안나와 브론스키의 고통은 인간이 아니라 신(神)으로부터 오는 쓰라린 벌인 것이다.

《안나 카레니나》에서 안나와 브론스키를 벌하는 주체인 톨스토이의 신(神)은 바로 삶 자체이고, 모든 인간의 마음속에 자리 잡고 있는 도덕률이다. 바로 이 도덕률의 중심에 위치하고 있는 것이 이른바 '가족 이념'인 것이다.

자신의 정체성에 대한 그녀의 사고, 그리고 그것을 넘어서서 삶의 의미 있는 질서에 대한 무분별한 믿음 등은 불가피하게 변하는 역사적 상황 속에서 특정 계급의 삶의 방식과 세계관에 기초해 있다. 이러한 의미에서 그녀의 '반란'은 부분적으로 정당한 것처럼 보일지라도, 그것은 이러한 불안정하고 상대적인 맥락을 결코 초월하지 못한다. 레빈과 달리 그녀는 자신의 영원성을 배경으로 하여, 혹은 불가해한 절대자의 맥락에서 신중하게 사고하지 못한다. 그녀의 오빠 스키바처럼 안나는 이기적이며, 삶의 거대하고 고통스런 문제에 대해 대체로 무관심하거나 종종 그것을 회피한다. 그들은 행복해지기 위하여 종종 자신의 삶에서 고통스런 문제를 억누른다. 결국 안나는 관습적인 것을 보다 심오하고, 보다 영원한 가치의 이름으로서가 아니라 사악하고 위선적인 페테르부르크의 상류 사회에서 드러나는 '관습적인 것'이라는 이유로 거부한다. 즉 안나는 타자(他者)와 정신과 영원성을 향해서라기보다는 그녀의 사회처럼 자신과 이 세계의 일들과 순간을 위해서 살아간다. 안나의 삶에서 두드러지는 이러한 제한성은 그녀의 아들, 세료자에 대한 깊은 사랑마저도 추월한다. 안나의 제한적이고 이기적인 모습은 세료자에 대한 거부뿐만 아니라 톨스토이가 사회의 최소 구성단위, 즉 가정을 이루는 토대로 생각하고 있는 '출산'을 거부하는 데서 분명하게 드러난다.

임신과 결혼의 거부, 그리고 브론스키와의 단절은 그녀가 과거를 상실했던 것과 마찬가지로 미래로부터 그녀를 단절시킨다. 여기에서 그녀의 성적 열정과 제한된 시야의 함의가 완전하게 인식된다. 그녀는 현재로부터 완전히 고립되고 이 세계의 풍부한 물질적 삶에 포위되며 무의미로 가득 찬 주위 사람들과 사물들에 대한 날카로운 혐오감에 휩싸인다. 여기에서 자살은 이러한 존재적 막다른 길로부터의 명백한 탈출구가 된다.

읽기 전에

제시된 본문은 브론스키에 대한 안나의 집착이 극에 달하여 결국 안나가 자살을 선택하는 작품의 결말 부분이다. 자살을 선택할 수밖에 없었던 안나의 상황과 당시 러시아 귀족 사회의 모습을 중심으로 작품을 감상해 보자.

안나 카레니나

날이 활짝 개었다. 오전 내내 가랑비가 부슬부슬 내리더니 이젠 활짝 갠 것이다. 지붕의 철판도 인도의 포석도 차도의 자갈도 마차의 바퀴도 가죽 제품도 놋쇠도 양철도…… 모든 것이 5월의 태양에 밝게 반짝이며 빛나고 있었다. 오후 세시. 거리가 가장 붐빌 때다.

안나는 잿빛 말의 빠른 걸음에도 불구하고 탄력이 좋은 스프링 덕택에 흔들림이 거의 없는 조용한 마차의 한쪽 구석에 앉아 끊임없이 마차의 바퀴 소리를 들으며, 눈부시게 변해 가는 바깥 풍경을 멍하니 넋을 잃고 바라보았다. 그러다가 새삼스레 지난 며칠 동안에 일어난 일들을 마음속으로 되새겨 보았다. 그러자 자신의 처지가 집에서 생각하고 있던 것과는 전혀 별다른 것이라는 사실을 느꼈다. 이제는 죽음에 대한 생각도 그렇게 무섭게 느껴지지 않았고, 죽음 그 자체도 어느새 피하기 어려운 것으로는 생각되지 않았다. 안나는 스스로를 경멸하며 굴욕을 달게 받으려 하고 있는 자신을 책망하는 기분이 되었다.

'나는 제발 용서해 달라고 그이에게 애원하고 있어. 그 사람 앞에서 굴복하고 만 거야. 내가 잘못했다고 스스로 인정해 버린 꼴이 된 거지. 하지만 왜 그랬을까? 정말로 나는 그이 없이는 삶의 의미를 느낄 수 없는 것일까?'

이렇게 생각하면서도 안나는 그 자신의 물음에는 대답하지 않고 상점의 간판을 읽어 나가기 시작했다.

'사무실과 창고, 치과 병원……. 그렇다, 돌리에게 모든 걸 속 시원히 털어놓자. 그녀는 브론스키를 싫어하니까. 물론 창피하고 속이 쓰라리지만, 모든 걸 그녀에게 털어놓는 거야. 그녀는 나를 좋아하니까. 난 그녀가 시키는 대로 할 거야. 브론스키에게 질 수는 없어. 브론스키에게 훈계를 받다니, 화가 치밀어. 필립포프 상점, 흰 빵……. 이 가게는 페테르부르크에까지 빵집을 내고 있다는 소문이 파다하더군. 모스크바의 물은 정말 좋은가 봐.'

문득 안나는 오랜 옛날, 아직 열일곱 살밖에 안 되었을 때 고모와 함께 성신강림제(聖神降臨祭)에 갔던 일을 상기해 보았다.

'그때도 마차를 타고 갔었지. 정말로 빨간 손을 가진 조그만 계집애가 나였을까? 그 때는 그렇게도 아름답고 가까이 할 수 없을 것 같던 것이 이제는 시시해진 것도 많지만, 그러나 그 무렵에 있었던 것들 중 지금은 영원히 손이 미치지 못하게 된 것도 많이 있지. 내가 이렇게까지 영락(零落)해 버리리라고는 그 시절에는 도저히 상상도 하지 못했어. 내 편지를 보면 그이는 틀림없이 굉장히 우쭐해져서 만족해 하겠지! 하지만 니는 가까운 시일 안에 그이에게 얘기할 거야. 어머나, 저 페인트는 어째서 이렇게 냄새가 고약할까? 왜 세상 사람들은 저렇게 집을 짓고 페인트도 칠하는 걸까?'

'양장점' 하고 안나는 간판을 읽었다. 어떤 남자가 안나에게 인사를 했다. 그는 안누시카의 남편이었다. '우리 집 식객.' 안나는 문득 브론스키가 이렇게 말한 것을 회상했다.

'우리 집의 무엇이라고? 어째서 우리 집의 무엇일까? 과거를 송두리째 파헤치지 못하는 것은 정말 무서운 일이야. 그야 물론 송두리째 파헤치지는 못할망정 그 추억을 숨겨 버릴 수는 있어. 나도 숨겨 버리자.'

그때 안나는 카레닌과의 과거를 회상하고 그것을 자신의 기억 속에서 완전히 지워 버린 것을 깨달았다.

'돌리는 나를 두 번째 남편까지 버리려는 여자로 생각할 거야. 그러니까 물론 나쁘다고 하겠지. 하지만 나는 올바른 사람이 되려고 노력했다고!'

안나는 속으로 중얼거리다가 갑자기 울고 싶은 심정이 되었다. 그러나 금방 생글생글 웃고 있는 두 아가씨를 보고는 왜 저렇게 웃고 있을까 생각했다.

'틀림없이 연애 이야기라도 하고 있겠지. 저 아가씨들은 그런 것은 조금도 즐거운 것이 못 되고 정말로 비천한 짓이라는 걸 모르는 거야. 어머, 가로수 길에 아이들이 나와 있네. 사내아이 셋이 뛰어다니고 있어. 무슨 말놀이라도 하고 있는 거겠지. 세료쟈, 아아, 나는 무엇이나 다 잃어버리고 말겠구나. 그 아이도 데려올 수가 없어. 그래, 만일 그 아이가 돌아오지 않는다면 나는 다 잃어버리고 말 거야. 그이는 어쩌면 기차를 놓친 탓에 지금쯤에야 돌아와 있을지도 몰라. 글쎄, 나는 또다시 굴욕을 바라고 있는 것일까?'

안나는 자기 자신에게 마음속으로 중얼거렸다.

'아냐, 돌리의 집에 가면 대뜸 이렇게 말해 버리자. 나는 불행한 여자예요. 물론 그것이 당연하며 나 자신이 나쁘지만, 어쨌든 불행한 처지니까 나를 도와줘요 하고 말이다. 이 따위 말, 이 따위 마차에 타고 있다니, 내가 생각해도 정나미가 떨어진다. 모두 다 그 사람의 것인데. 하지만 나는 머지않아 이런 것을 보지 않게 될 거야.'

무엇이나 다 속속들이 털어놓을 때의 말을 마음속으로 여러 모로 생각하고 일부러 자신의 가슴을 쥐어뜯으면서 안나는 층계를 올라갔다.

"누가 와 계시나?"

안나는 현관 대기실에서 물었다.

"레빈 씨의 부인께서 오셨어요."

하인이 대답했다.

'어머나, 키티로구나. 브론스키가 사랑했던 키티!'

안나는 생각했다.

'그이가 지금도 애정을 담아 추억하고 있는 키티야. 그이는 키티와 결혼하지 않은 것을 후회하고 있어. 분명 나는 아주 밉살스러운 기분으로 추억하면서, 살림을 차린걸 후회하고 있을 거야.'

안나가 찾아갔을 때 자매는 갓난아기에게 젖먹이는 법에 대해서 이야기를 하고 있던 참이었다. 돌리는 손님을 맞으러 밖으로 나왔다.

"어머나, 아직 떠나지 않았어요? 나는 내가 먼저 부탁하려고 마음먹고 있었는데."

돌리는 말했다.

"오늘 스치바한테서 편지가 왔어요."

"집으로도 전보가 왔어요."

안나는 키티가 어디 있나 보려고 주위를 둘러보며 대답했다.

"스치바는 말이에요, 카레닌 씨가 어떻게 할 속셈인지 그 까닭은 알 수 없지만, 답장을 받기 전에는 돌아오지 않겠다고 씌어 있어요."

"손님이 와 계시지 않나요? 그 편지 좀 읽어 볼 수 없을까요?"

"으응, 키티가 와 있어요."

돌리는 당황하면서 말했다.

"지금 아이들 방에 있어요. 몸이 좀 불편해서요."

"그랬군요. 그 편지 좀 봐도 될까요?"

"지금 곧 가져오지요. 그런데 그 사람은 거절을 하는 것은 아닌 모양이에요. 도리어 스치바는 아직도 희망을 걸고 있는 눈치예요."

돌리는 문에 멈춰 서서 말했다.

"나는 이제 희망을 걸고 있지 않아요. 나 자신에 대해서도 넌더리가 나구요."

안나는 말했다.

'이건 어떻게 된 것일까? 키티는 나를 만나는 걸 굴욕이라고 생각하고

있지 않을까?'

안나는 혼자 앉아 생각했다.

'어쩌면 그게 사실인지도 몰라. 하지만 설령 그것이 사실일지라도 그녀가 나에게 이런 태도를 취해도 좋다는 법은 없어. 하긴 의젓한 부인이라면 어느 누구도 나 같은 여자와 사귀려 들지 않을 거야. 나도 잘 알고는 있지만, 처음부터 다 그 사람을 위해서 희생한 거라고. 그건 나도 알고 있어. 그런데 그 보답이 이런 거라니! 아아, 그이가 미워 못 견디겠어! 나는 어째서 이런 곳엘 왔을까? 오히려 지겨운 기분이 들어 더 괴로워졌어.'

옆방에서 자매들의 이야기 소리가 새어 나왔다.

'이제부터 나는 돌리에게 무슨 얘길 하려고 하는 걸까? 나는 불행한 여자라고 하면서 키티에게 만족을 주고 그녀의 인정에 매달리려는 것일까? 아니야, 돌리도 역시 아무것도 모른다. 그녀에게 얘기할 건 아무것도 없어. 다만 키티를 만나 나는 누구든지 무엇이든지 다 경멸하고 있었는데, 지금에 와서는 무엇이나 다 마찬가지가 되었다는 걸 그녀에게 보여 주는 게 재미있을 듯싶어.'

돌리가 편지를 갖고 들어왔다. 안나는 그것을 읽어 보고는 말없이 편지를 돌려줬다.

"모두 뻔히 알고 있는 내용뿐이에요."

안나는 말했다.

"그러니까 이런 것엔 아무런 흥미도 없어요."

"어머나, 왜 그렇지요? 나는 그 반대로 아직도 희망을 걸고 있는데."

돌리는 호기심에 끌려 안나의 얼굴을 바라보며 말했다. 안나가 이렇게 초조해하는 것을 아직 한 번도 본 일이 없었기 때문이었다.

"그런데 언제 떠나는 거죠?"

안나는 가늘게 눈을 뜨고 자기 앞쪽을 바라보며 대답하지 않았다.

"키티는 어떻게 된 거지요? 나를 피해서 달아나 숨은 건가요?"

안나는 문 쪽을 바라보고 얼굴을 붉히면서 말했다.

"어머, 그게 무슨 말이에요? 그 애는 지금 젖을 먹이고 있어요, 아무래도 잘 못해서 제가 가르쳐 줬죠. 그 애는 굉장히 기뻐하고 있어요. 이제 곧 올 거예요."

돌리는 갑작스런 거짓말이 어색해서 멋쩍은 표정을 지으며 말했다.

"저기 봐요. 왔잖아요."

"뵙게 되어 정말 반갑습니다."

키티는 떨리는 목소리로 말했다.

키티의 마음속에선 이 악녀에 대한 적의와 관대해야 한다는 감정이 서로 다투고 있어 몹시 당황스러웠다. 그러나 사람을 끌어들이는 안나의 아름다운 얼굴을 보자 그런 적의 따위는 사라지고 말았다.

"당신이 나를 만나지 않으려 해도 나는 별로 이상하게 생각지 않아요. 이제 어떤 일에나 익숙해져 버렸으니까요. 몸이 편찮으시다면서요? 당신도 많이 변하셨군요."

안나가 말했다.

키티는 안나가 자기를 적의에 찬 눈으로 바라보는 것을 느꼈다. 이전에는 그것이 자기 앞에서 당당함을 과시하는 거라고 보았지만 지금은 자기 앞에서 열등감을 느끼기 때문이라고 생각했다. 그러자 안나가 불쌍하게 여겨졌다.

그녀들은 끊임없이 병이며 갓난아기며 스치바 등에 대해서 이야기했다. 그러나 그 중의 어떤 것도 안나의 흥미를 끌지는 못했다.

"나는 작별 인사를 하러 왔어요."

안나는 일어나며 말했다.

"그래요, 언제 떠나는데요?"

그러나 안나는 대답하지 않고 다시 키티에게 말했다.

"당신을 만나게 되어 즐거웠어요. 당신의 소식은 여기저기서 듣고 있었어요. 댁의 주인으로부터도. 주인께서 우리 집에 와주셨는데 난 그분이 아주 좋아졌어요."

안나는 어떤 악의가 있는 표정으로 덧붙였다.

"지금은 어디에 계시죠?"

"시골에 가셨어요."

키티는 얼굴을 붉혔다.

"부디 안부 전해 주세요. 꼭이요."

"네, 그럴게요!"

키티는 동정하는 표정으로 안나의 눈을 눈여겨보면서 순진하게 되풀이했다.

"그럼, 잘 있어요. 돌리."

안나는 돌리에게 키스를 하고 키티의 손을 꼭 쥐었다 놓고는 급히 나갔다.

"역시 옛날 그대로에요. 여전히 아름다워요. 정말 아름다워!"

언니와 단둘이 있게 되자 키티가 말했다.

"하지만 어딘지 모르게 가여워요. 아주 가여워 보여요."

"아니야, 오늘은 뭔가 특별한 일이 있었던 것 같아."

돌리가 말했다.

"내가 현관 대기실까지 바래다주었을 때 금방이라도 울음을 터뜨릴 것 같은 표정이었어."

안나는 집을 나섰을 때보다도 훨씬 더 지겨움을 느끼며 마차에 올랐다. 그것은 지금까지의 고통에다 키티와의 해후로 느끼게 된, 창피함과 따돌림을 당한 듯한 기분이 새롭게 더해졌기 때문이었다.

"어디로 모실까요? 댁으로 돌아갈까요?"

표트르가 물었다.

"으응, 집으로 가 줘."

안나는 행선지 따위는 생각지 않고 말했다.

'그녀들은 분명히 뭔가 무시하고 있었어. 마치 진기한 것이라도 구경하듯 나를 빤히 바라보고 있었다구! 그런데 저 사나이는 뭘 저렇게 정색을 하고 같이 가는 남자에게 지껄이고 있는 걸까?'

안나는 길 가는 행인 두 사람을 바라보면서 생각했다.

'자기가 느끼고 있는 것을 남에게 말할 수 있을까? 나도 돌리에게 말하려고 마음먹었지만 얘기하지 않기를 잘했어. 내가 불행하다는 것을 알았다면 그녀는 분명 기뻐했을 거야. 물론 그녀는 그런 기분을 숨겼겠지만, 누리고 있는 즐거움 때문에 내가 벌을 받았다는 것을 기뻐했을 것이 틀림없어. 그녀의 속마음을 손바닥 들여다보듯이 잘 알고 있어. 키티는 내가 자기 남편에게 친절하게 대한걸 알고 있으니까 나에게 질투를 느끼고 경멸하는 거야. 물론 그녀의 눈에는 내가 부도덕한 계집으로 보이겠지. 하지만 내가 정말 부도덕한 계집이라면 그녀의 남편을 유혹할 수도 있었다고. 만일 내가 그럴 마음만 먹었더라면 말이야. 아니야, 난 그런 생각을 했었지. 어머나, 저 사내는 혼자서 좋아하고 있네.'

안나는 맞은편에서 마차를 타고 오는, 뚱뚱하게 살이 찌고 얼굴이 불그레한 신사를 보면서 생각했다. 그 사나이는 안나를 자기가 아는 여자인 줄로 착각하고 번쩍이는 모자를 빛나는 대머리 위로 들어 올렸다. 그러나 곧 자신의 착각임을 알아차린 모양이었다.

'저 사람은 나를 아는 사람인 줄로 착각한 거야. 하지만 저 사람은 나에 대해서 알지 못하지. 이 세상의 어느 누구도 나에 대해서 알지 못하지만. 그와 똑같은 현상이야. 본인인 나도 역시 알지 못하니까. 나는 프랑스 인이 말한 대로 자신의 식욕밖에 모르는 거야. 어머나, 저 아이들은 더러운 아이스크림을 먹고 싶어 하는구나.'

안나는 아이스크림 장수를 불러 세운 두 사내아이를 쳐다보면서 생각했다. 아이스크림 장수는 머리에서 통을 내려놓고 온통 땀으로 범벅이 된 얼굴을 수건 끝으로 닦고 있었다.

'우리들은 누구나 다 달거나 맛있는 것을 먹고 싶어 한다. 만일 과자가 없다면 아이스크림이라도 좋다. 키티도 역시 그렇지 않은가. 브론스키를 차지하지 못하자 레빈을 차지했지. 그녀는 나의 처지를 부러워하면서 나를 증오하고 있는 거야. 우리는 서로 상대방을 증오하고 있는 거야. 나는 키티를, 키티는 나를. 이것이야말로 사실이지. 추치킨 미용실…… 추치킨에 들어가 머리를 손질해야겠다……. 그이가 돌아오면 이런 얘기를 해 줘야지.'

안나는 이렇게 생각하고 생긋 웃었다.

'그렇다. 이제 아무것도 우스꽝스럽거나 즐거운 일은 없다. 모든 게 다 싫증나고 지겨워졌다. 저녁 기도의 종소리가 울리고 있다. 어머나, 저 장사꾼은 어쩜 저렇게 꼼꼼하게 성호를 긋고 있는 것일까? 마치 뭔가를 떨어뜨리지나 않을까 하고 걱정하고 있는 것 같구나. 교회니 종소리니, 이 따위 허위가 도대체 무엇 때문에 필요하단 말인가? 그건 우리들이 모두 서로를 증오하고 있는 것을 숨기기 위해서야. 마치 저 길거리에서 손님을 기다리고 있는 마부가 사납게 욕지거리를 퍼붓고 있듯이. 야시빈도 말했지. 상대방은 자기를 속옷까지 벗겨 발가숭이를 만들려 하고 있고, 자기도 역시 상대방을 그렇게 할 작정이라고. 그게 사실이야!'

이런저런 생각에 마음을 빼앗겨 자신의 처지에 대해서는 생각조차 하지 않고 있을 때, 마차는 집 현관 앞에 멈춰 섰다. 자신을 맞으러 나온 현관 문지기를 보고 나서야 비로소 안나는 자신이 편지를 써서 보냈고 전보를 치게 했다는 게 생각났다.

"답장은 있었나?"

안나가 물었다.

"지금 찾아보겠습니다."

현관 문지기는 이렇게 대답하고는 탁자 속을 뒤져 네모난 얇은 전보용지를 꺼내어 안나에게 넘겨주었다.

안나는 그것을 읽었다.

'열시 전엔 돌아갈 수 없음. 브론스키.'

"그런데 심부름을 간 사람은 아직도 안 돌아왔나?"

"아직 안 왔습니다."

현관 문지기가 말했다.

'그렇다면 나는 어떻게 해야 할지를 알고 있어.'

안나는 가슴속에서 북받쳐 오르는 막연한 분노와 복수심에 사로잡혀 이 층으로 뛰어 올라갔다.

'나 혼자서 그이가 있는 곳으로 가보자. 헤어지기 전에 하고 싶은 말을 모두 해 버리자. 나는 이제까지 단 한 번도 이렇게까지 남을 미워해 본 적은 없어!'

모사길이에 걸려 있는 그의 모자를 본 순간 안나는 혐오감으로 몸서리를 쳤다. 안나는 그의 전보가 자신의 전보에 대한 답장이며, 편지는 아직 받아 보지 못했다는 것을 생각하지 못했다. 안나는 지금쯤 침착한 태도로 어머니나 소로킨 양과 얘기를 나누면서 자신의 고뇌를 기뻐하고 있을 그의 모습을 마음속으로 상상하고 있었다.

'그렇다. 한시라도 빨리 가야 한다.'

안나는 어디로 가야 하는 것인지도 모른 채 마음속으로 중얼거렸다. 다만 이 소름 끼치는 집안으로부터 한시라도 빨리 벗어나고 싶었다. 이 집의 하인이나 벽이나 세간이나……. 무엇이나 다 안나의 마음에 혐오와 증오를 불러일으켰다. 그리하여 그것은 일종의 중압감이 되어 그녀를 덮쳐눌렀다.

'그렇다, 정거장으로 가야 한다. 만일 없으면 거기까지 가서 현장을 붙잡아야 한다.'

안나는 신문에 난 기차 시간표를 보았다. 밤 여덟시 이분 발 기차가 있었다.

'그래, 이걸 타면 되겠다.'

안나는 마차에 다른 말을 바꾸어 매라고 이른 뒤 2, 3일 간의 여행에 필요한 물품을 가방에 챙겨 넣기 시작했다. 안나는 이제 두 번 다시는 이곳에 돌아오지 못할 것을 알고 있었다. 안나는 머릿속에 떠오르는 여러 가지 계획 중에서 막연히 이렇게 결정해 보았다. 어쨌든 정거장이나 백작 부인의 영지에서 어떤 행동을 취한 후, 니제고르드 선으로 다음 역까지 가서 거기에서 발길을 멈추자고.

식탁에는 식사 준비가 되어 있었다. 안나는 식탁 곁으로 가서 빵과 치즈의 냄새를 맡아 보았다. 모든 음식물의 냄새가 역겹게 코를 찔렀다. 그녀는 그대로 마차를 준비하라고 말한 후 밖으로 나갔다. 집들은 벌써 거리 가득히 긴 그림자를 드리우고 있었다. 아직도 따뜻하고 활짝 갠 저녁이었다. 짐을 들고 온 안누시카도 마차 속에 짐을 넣고 있는 표트르도 분명히 기분 나쁜 표정을 짓고 있는 마부도 누구나 다 안나에게는 꺼림칙했으며 그들의 말이나 동작 하나하나가 모두 그녀를 짜증나게 만들었다.

"너는 안 와도 괜찮아, 표트르."

"그럼 기차표는 어떻게 하실 건가요?"

"네 마음대로 하렴. 나는 어떻게 하든 상관없으니까."

안나는 귀찮다는 듯이 말했다.

표트르는 마부석에 올라타더니 두 손을 허리춤에 얹고 정거장으로 마차를 몰았다.

'자아, 또다시 마차를 탔구나! 나는 모든 걸 다 알게 되는거다!'

안나는 마차가 차도의 조그만 자갈 위에서 흔들리며 바퀴 소리를 내고, 또 바깥 풍물이 하나씩 변해갈 때 마음속으로 이렇게 중얼거렸다.

'아아, 그게 뭐였지, 맨 마지막에 뭘 그렇게 골똘히 생각하고 있었지.'

안나는 생각해 내려고 애썼다. 추치킨 미용실이었던가? 아냐, 그게 아니아. 참 그렇다, 야시빈이 한 말이었어. 생존경쟁과 증오, 그래, 그것만이 인간을 결합시키는 유일한 것이라고. 아아니, 당신네들은 어디에 가든 글렀어.'

안나는 교외로 놀러 나가는 듯한, 사두마차를 탄 일행을 보면서 마음속으로 말했다.

'당신네들이 데리고 가는 개도 역시 아무 소용이 없어. 개 또한 자기라는 것으로부터 벗어날 수 없어.'

문득 안나는 표트르가 돌아다본 쪽으로 눈을 돌려 거의 죽은 듯이 잔뜩 취해 자기 몸을 못 가누는 한 직공이 경찰관에게 어디론가 끌려가는 광경을 보았다

'그렇지, 저렇게 하는 것이 훨씬 더 빠른 길이야.'

안나는 생각했다.

'나도 브론스키 백작과 함께 무척 많은 것을 기대했었지만, 그 정도의 만족밖엔 찾을 수가 없었어.'

그때 안나는 비로소 지금까지 생각하기를 피하고 있었던 자기들 두 사람의 관계에서 모든 것을 환하게 비추어 주는 빛을 보는 것 같았다.

'그 사람은 나에게 무엇을 바랐을까? 애정보다는 허영심의 만족이었지.'

안나는 두 사람이 결합했을 때의 그 말이라든지, 온순한 사냥개를 생각나게 하던 그 표정을 상기했다. 돌아보면 무엇이나 다 안나의 추측을 뒷받침해 주었다.

'그래, 그래. 그이의 마음속에는 허영심의 만족밖에 없어. 물론 애정이

있었던 것 또한 사실이지만 허영심의 만족이 더 컸었어. 그이는 나를 차지한 게 자랑스러운 거야. 하지만 지금은 그것도 옛날 일이어서 아무것도 자랑할 게 없는 거지. 자랑하기는커녕 도리어 창피스럽게 된 거야. 그이는 나한테서 필요한 모든 것을 빼앗아가 버려서 이젠 나 따위는 필요 없게 된 거야. 그이는 나를 귀찮게 여기면서도 나에 대해서 파렴치하게 되지 않으려고 결혼하길 원한다고 말했거든. 그이는 나를 사랑하고 있어. 하지만 그것은 어떤 식의 사랑일까? 열정은 사라졌어. 저 사람은 모든 사람이 놀라는 걸 기뻐하고 있는 거야.'

안나는 승마 연습소의 말을 타고 가는 불그레한 얼굴의 점원을 바라보면서 생각했다.

'응 그래, 그이는 이제 나에게 더 이상 흥미를 갖지 않게 된 거야. 만약 내가 그에게 이별을 말한다면 속으로 기뻐할 거야.'

그것은 단순한 가정이 아니었다. 안나는 이제 자신에게로 모습을 드러내는 인생관과 인간관계의 의미를 저 날카로운 빛에 의해서 분명하게 볼 수가 있었던 것이다.

'나의 애정은 점점 더 정열적으로 제멋대로 깊어져 가는데, 그이의 애정은 점점 더 식어 가고 있다. 그렇기 때문에 우리들은 점점 멀어져 가는 거야.'

안나는 계속해서 생각했다.

'그럼에도 불구하고 이제 와서 새삼스럽게 어찌할 도리가 없는 것이다. 나의 처지에서 본다면 그이 한 사람이 전부니까 나는 그이가 그 모든 것을 좀 더 나에게 받쳐주기를 바라고 있는 거야. 그런데도 그이는 나로부터 점점 더 떨어져 나가려고 하고 있는 거고. 우리들은 하나가 될 때까지는 양쪽에서 서로 다가갔지만, 그 후부터는 억제할 수 없는 힘에 의해 각각 다른 방향으로 떨어져 나가고 있어. 그런데 이제는 그것을 변경시킬 수도 없어. 그이는 나에게 질투를 하고 있다고 말하고 있고 나 자신도 그것을 인정했었지만, 그것은 틀린 말이야. 나는 질투를 하고 있는 게 아니라 불만을 느끼고 있는 거야. 그렇지만……'

안나는 그때 느닷없이 어떤 상념이 떠올라서 흥분한 나머지 마차 속에서 자리를 옮겨 앉았다.

'만일 내가 그이의 애무만을 열렬히 바라는 단순한 정부가 되기를 바란다면 좋겠지만, 나는 그런 여자가 될 수 없고 또한 되고 싶지도 않아. 내가 그런 소망을 가지고 있기에 그 사람에게 혐오감을 자아내고 있고, 그 사람은 그 사람대로 나의 증오감을 사고 있는 거야. 하지만 이렇게 될 수밖에는 어쩔 도리가 없었어. 그야 물론 나도 역시 그 사람이 나를 속이거나 하지는 않는다는 것도, 그 소로킨의 딸에게 눈독을 들이거나 하지는 않는다는 것도, 키티를 사랑하지 않는다는 것도, 나를 배반하지 않는다는 것도 잘 알고 있어. 그런 것은 무엇이나 다 알고 있지만, 그렇다고 해서 내 마음이 편해지는 건 아니야. 만일 그이가 진실하게 사랑하고 있지도 않으면서 다만 의리상 나에게 다정하고 친절하게 할 뿐이라면, 또 내가 바라는 것을 가져다주지 않는 것이라면 그것은 증오보다도 천 배나 더 나쁜 짓이야! 그런 건……, 지옥이야! 하지만 지금은 정말로 그렇게 되어 버렸어. 그 사람은 이미 오래 전부터 나를 사랑하고 있지 않아. 더구나 애정이 없어지면 증오로 변하는 거야……. 이런 거리는 전혀 본 적이 없는걸. 어딘지 언덕 같기도 하고 어디나 다 집뿐이야……. 게다가 집안에는 사람이 있네. 아니, 어딜 가거나 사람, 사람의 물결뿐이야……. 그러나 모두들 서로를 증오하고 있어. 그럼 나는 행복해지기 위해서 도대체 무엇을 바라고 있는지 잠깐 생각해 볼까? 내가 이혼 승낙을 받고 카레닌이 세료쟈를 내주고 브론스키와 결혼을 한다고 가정하자.'

카레닌에 대해서 생각하자 안나는 그 살아 있는 듯한 모습을 생생하게 눈앞에서 보는 것 같았다. 흐릿하고 생기가 없는 그 조그만 눈도, 흰

손 위로 불거져 나온 푸른 혈관도, 목소리의 억양도, 손마디를 똑똑 꺾는 소리도. 그리고 또한 둘 사이에 있었던, 역시 애정이라고 불리고 있었던 감정을 상기하자, 안나는 혐오감으로 자신도 모르게 몸서리가 쳐졌다.

'그럼 이혼 승낙을 받아 브론스키의 아내가 된다고 하자. 그렇게 되면 키티는 오늘과 같은 그런 시선으로 나를 바라보지 않게 될까? 그것도 믿을 수 없어. 그럼 세료쟈는 나의 두 남편에 대해서 묻거나 생각하지 않게 될까? 또한 나와 브론스키 사이에는 어떤 새로운 감정이 생겨날까? 이젠 나 자신도 행복해지기를 바라지는 않지만, 하다 못해 괴로워하지 않고 살아갈 수만이라도 없는 것일까? 안 돼, 역시 안 돼!'

안나는 이제 조금도 망설임 없이 자신의 물음에 대답했다.

'아무래도 무리야! 우리 둘은 각각 생활의 힘에 짓눌려 살아가게 될 뿐이야. 그리하여 나는 그 사람을 불행하게 만들고 그 사람은 나를 불행하게 만들 거야. 그러나 그 사람이나 나나 이젠 다른 인간이 될 수도 없는 거야. 이미 온갖 시도를 다하여 나사를 죌 수 있는 한 모조리 죄어 버렸으니까……. 어머, 갓난아기를 안은 여자 거지가 있네. 저 여자는 내가 정녕 자기를 불쌍하게 여기고 있을 것이라고 생각하고 있겠지만, 우리는 누구나 다 서로를 증오하고 고민하기 위해서 이 세상에 내던져진 것이 아닐까? 중학생들이 지나가고 있네……. 웃고 있어. 그럼 세료쟈는?'

안나는 생각했다.

'나 역시 그 아이를 사랑하고 있다고 생각하고 스스로의 애정에 감동했던 거야. 하지만 그것을 다른 애정으로 바꾸어 그 애 없이 지내면서 그 애정에 만족해하고 있는 동안 조금도 불만 없이 지내지 않았던가?'

그리고 안나는 그 애정이라고 부르는 것을 머릿속에 떠올리자 자신도 모르게 혐오의 감정을 느꼈다. 그때서야 안나는 자기 자신의 생활뿐 아니라 모든 사람의 생활을 분명하게 통찰할 수가 있었는데, 그 통찰력은 그녀를 기쁘게 했다.

'나나 피오트르나 마부인 표트르나 저 장사꾼이나, 저 광고로 관광을 가라고 외쳐 대고 있는 볼가 강가에서 살고 있는 사람들이나 모두 다 마찬가지야. 세상 어디를 가든지.'

안나가 이렇게 생각했을 때 마차는 이미 니제고르드 정거장의 나직한 건물 가까이 다가가고 있었으며, 짐을 나르는 인부들이 마차를 향해서 달려 나왔다.

"오비라로프까지 가는 차표를 끊으면 되는 것이지요?"

표트르가 물었다.

안나는 자기가 어디에 무엇 때문에 가는지를 까맣게 잊어버렸기 때문에 그 질문을 이해하는 데 몹시 애를 먹었다.

"으응."

안나는 돈이 들어 있는 지갑을 건네주면서 대답하고 한쪽 손에 붉은 손가방을 들고 마차에서 내렸다.

군중 사이를 헤치고 일등 대합실 쪽으로 가면서 안나는 자신의 처지로 인해 스스로 갈피를 못 잡고 여러 가지 결심을 조금씩 머릿속에 떠올리고 있었다. 그러자 또다시 희망과 절망이 피곤에 지쳐 있는 그녀 마음의 옛 상처를 여기저기 쿡쿡 찌르는 것이었다. 별 모양으로 된 벤치에 앉아 기차를 기다리면서 안나는 들락날락하는 사람들을 혐오의 감정을 갖고 바라보면서 많은 것을 생각했다. 다음 역에 도착하여 그에게 편지를 쓸 일이며, 그의 방으로 빨리 들어가 말할 것 등을 생각해 보았다. 그런가 하면 안나는 자신의 생활이 아직도 행복해질 수 있다는 희망, 자기 자신이 얼마나 괴로운 마음으로 그를 사랑하고 또한 미워하고 있는가 라든지, 심장이 굉장히 뛰고 있다는 것 등을 생각하고 있었다.

벨이 울리자 꼴사납고 뻔뻔스러우나 자기네들의 인상에 신경을 쓰는 듯한 한 떼의 젊은이들이 지나가고, 평소에 늘 입던 옷에 각반이 달린 구두를 신은 표트르가 우둔하고 동물적인 표정을 지으면서 대합실을 가로질러 안나를 열차까지 전송하기 위해서 곁으로 다가왔다. 안나가 플랫폼을 따라서 와글거리는 사람들 곁을 지나치자 그들은 갑자기 조용해졌다. 한 사나이가 같이 온 다른 사나이에게 안나에 대해서 뭐라고 귀엣말을 했다. 물론 좋지 않은 말일 것임에 틀림없었다. 안나는 높직한 발판을 밟고 올라가서 혼자 찻간으로 들어가 전에는 깨끗했을 테지만 지금은 꾀죄죄해진, 스프링이 들어 있는 긴 의자에 자리를 잡고 앉았다. 그녀의 손가방은 스프링 때문에 튀어 올랐다가 이내 멈추었다. 표트르는 바보 같은 미소를 짓고 작별의 인사로 차 밖에서 금몰의 모자를 쳐들어 보였다. 거들먹거리는 승무원이 문을 쾅 닫고는 핸들을 돌렸다. 큼직한 허리받이를 댄, 밉상스러운 귀부인(안나는 머릿속으로 이 부인을 발가벗겨 보고 그 추악한 모습에 오싹해졌다)과 어린 계집애 하나가 부자연스런 웃음을 띤 채 문 쪽으로 달려가고 있었다.

"카테리나 안드레예브나가 모든 걸 갖고 있어요, 아주머니."

계집애가 소리쳤다.

'어머나, 저런 계집애까지 못생긴 주제에 교태를 부리고 있네.'

안나는 생각했다. 아무도 보고 싶지 않았기 때문에 안나는 얼른 자리에서 일어나 텅 빈 찻간의 반대쪽 창가에 가서 앉았다. 차양이 없는 모자 밑으로 더부룩한 머리털이 비어져 나온, 좀 꾀죄죄하고 얄밉게 생긴 농부가 열차의 바퀴 쪽으로 몸을 굽히면서 창가를 지나쳐 갔다.

'저 추악한 농부는 어디서 본 듯한 느낌이 드는데.'

안나는 생각했다. 그리고 갑자기 그 꿈을 기억해 내고 공포감으로 부들부들 떨면서 반대쪽 출입문 쪽으로 몸을 기울였다. 승무원이 출입문을 열고 부부 동반객을 들여보냈다.

"당신은 나가실 겁니까?"

안나는 대답하지 않았다. 승무원이나 들어온 승객이나 베일로 가려진 안나의 얼굴에 나타난 공포의 빛을 알아차리지는 못했다. 안나는 한쪽 구석에 있는 자기 자리로 되돌아가 앉았다. 한 쌍의 부부는 주의 깊게, 그러나 눈치 채지 않도록 남 몰래 안나의 의상을 훔쳐보면서 맞은편에 자리를 잡았다. 그 남편이나 아내나 다 같이 안나에겐 꺼림칙하게 여겨졌다. 그 남편이 안나에게 "담배를 피워도 좋습니까?" 하고 물었는데, 그것은 아무래도 담배를 피우기 위해서가 아니라 안나에게 얘기를 걸고 싶기 때문인 것 같았다. 안나의 승낙을 듣더니 그는 아내를 상대로 하여 프랑스 어로 얘기를 하기 시작했는데, 그것은 담배를 피우는 일보다도 훨씬 더 필요 없는 얘기였다. 두 사람은 안나에게 들리게끔 점잔을 빼면서 조금도 자극을 주지 못하는 말을 지껄이고 있었다. 안나는 그 두 사람이 이미 서로가 역겨워져서 미워하고 있는 것을 알아차렸다. 그로 인하여 그녀는 그와 같은 비참하고 추악한 부부를 더욱더 증오하게 되었다.

두 번째의 벨 소리가 울리자 그 뒤를 이어 수하물을 나르는 사람들의 떠들썩한 소리와 웃음소리가 뒤섞여 들려 왔다. 안나는 어느 누구에게도 즐거운 일이란 있을 리가 없다는 것을 잘 알고 있었으므로 그 웃음소리는 고통스러울 만큼 그녀를 화나게 했다. 그녀는 그것을 듣지 않기 위해서 귀를 막아 버리고 싶을 정도였다. 마침내 세 번째의 벨 소리가 울려 퍼지더니 호각 소리가 나고 또 기적 소리가 난 뒤 열차의 연결부가 팽팽하게 당겨졌다. 그러자 맞은편의 남편은 성호를 그었다.

'도대체 무슨 까닭으로 저런 짓을 하는 건지 본인에게 물어 보고 싶구나.'

안나는 증오심에 가득 차서 맞은편 사나이를 바라보면서 생각했다. 그리고 부인의 옆에 있는 창 너머로 플랫폼에 서서 열차를 전송하고 있는 사람들이 마치 뒤쪽으로 흘러가는 듯한 모습을 물끄러미 내다보았다. 안나가 타고 있는 열차 칸은 레일의 이음자리가 규칙적으로 덜커덕덜커덕 흔들리며 플랫폼을 지나고 돌담을 지나고 신호소를 지난 다음 다른 차량 옆을 지나쳤다. 그러자 열차는 점점 신나고 매끄럽게 경쾌한 소리를 내며 레일 위를 미끄러져 갔다. 창은 밝은 석양빛을 받아 밖이 환하게 내다보이고, 산들바람이 불어와 커튼과 장난을 치기 시작했다.

안나는 차 안에 있는 손님들의 존재를 까맣게 잊어버리고 열차의 경쾌한 동요에 몸을 내맡긴 채 신선한 공기를 들이마시면서 다시금 깊은 생각에 잠기기 시작했다.

'그런데 내가 어디까지 생각했더라! 그래 그래, 인생에서 고통이 아닌 상태는 생각할 수 없고, 우리들은 모두 고통을 겪기 위해서 태어났으며, 사람들은 누구나 다 그것을 알고 있으면서도 어떻게 해서든지 자기 자신을 기만하는 방법을 고안하고 있다는 데까지였어. 하지만 이미 진실을 간파해 버렸으니 어떻게 하면 좋단 말인가?'

"인간에게 이성이 주어져 있는 것은 자신들을 불안하게 만드는 것으로부터 벗어나게 하기 위해서지요."

앞에 앉아 있는 부인이 프랑스 어로 말했다.

그녀는 자신의 그 말이 참으로 만족스러운 듯 일부러 뽐내어 발음을 하고 있었다.

그 말은 마치 안나의 생각에 대해서 대답이라도 하는 것 같았다.

'불안하게 만드는 것으로부터 벗어난다고?'

안나는 마음속으로 되풀이했다. 뺨이 불그레한 남편과 깡마른 부인을 힐끗 바라 본 안나는 병이 든 것 같은 그 부인은 자신을 모르며, 또한 남편은 아내를 속여서 일부러 아내의 자만심을 지지해 주고 있는 것 같다고 느꼈다. 안나는 햇빛을 그 두 사람에게 비추어서 마치 두 사람의 생애와 그 정신의 구석구석까지를 충분히 확인한 듯한 느낌이 들었다. 그러나 그 사람들에게서 아무런 재미도 느끼지 못했기에 안나는 자신에 대해서 계속 생각하기 시작했다.

'그래 그래, 나는 몹시 불안에 사로잡혀 있는데, 이성은 그와 같은 불안으로부터 벗어 나기 위해서 주어져 있는 것이니만큼 어떻게 해서든지 벗어나지 않으면 안 된다. 이젠 아무것도 보이지 않고, 어떤 것을 보아도 소름이 끼친다면 촛불을 꺼버려도 되지 않을까? 그런데 어떻게 꺼야 좋을까? 어머나, 어째서 저 승무원은 통나무 위를 타고 달려가고 있을까? 어째서 저쪽 찻간에 있는 젊은 사람들은 저렇게 큰소리로 아우성들을 치고 있는 것일까? 무엇 때문에 저렇게 지껄이고 웃고 하는 것일까? 모두 다 틀렸어, 모두 다 거짓이야, 모두 다 나쁜 짓이야……!'

열차가 역에 가까이 다가가 멈췄을 때 안나는 다른 승객들 속에 섞여 밖으로 나갔다. 그리하여 마치 나병 환자를 피하기라도 하듯이 사람들을 피해 플랫폼에 멈춰 서서 '나는 무엇 때문에 여기에 온 것일까? 무엇을 할 작정이었을까?' 하는 것을 생각해 내려고 애썼다. 이전에는 가능하게 여겨졌던 모든 것들이 지금은 불가능하게 느껴졌으며, 특히 자신에게 잠시 동안의 평안도 가져다주지 못하는 이와 같은 떠들썩하고 추악한 사람들 속에서는 어느 것 하나도 생각할 수가 없었다. 짐을 나르는 인부가 달려와서 짐을 운반하게 해달라고 청하는가 하면, 젊은이들이 플랫폼의 마루청을 구두 뒤꿈치로 쿵쿵 구르거나 큰소리로 왁자지껄하게 얘기를 하며 돌아서서 말똥말똥 안나를 쳐다보기도 하고, 그런가 하면 맞은편에서 걸어오던 사람이 길을 피하기도 했다. 안나는 브론스키에게서 회답이 없으면 좀 더 멀리 열차를 타고 갈 작정이었음을 상기하고, 짐꾼을 한 사람 불러 세워 이 근방에 브론스키 백작이 보내는 편지를 가진 마부가 없더냐고 물어 보았다.

"브론스키 백작님 말이십니까? 방금 그 저택에서 온 심부름꾼이 보였는데요. 소로킨 공작 부인과 따님의 마중을 위해 보내신 겁니다. 그 마부는 어떤 옷차림을 했습니까?"

안나가 짐을 나르는 인부와 얘기하고 있을 때 불그레한 얼굴을 한, 쾌활해 보이는 마부 미하일이 푸른빛의 소매 없는 멋진 외투를 입고 시계줄을 번쩍이면서 으스대는 모습으로 안나 옆으로 와서 편지를 내밀었다. 안나는 봉함을 뜯었으나 읽기도 전에 벌써부터 심장이 찢어질 것 같은 심정이 되었다.

'당신의 편지가 늦게 도착한 것을 몹시 유감스럽게 생각하오. 나는 열시에 돌아가겠소.'

브론스키는 아무렇게나 끼적거려 써 보냈다.

'역시 그렇구나! 내가 예상했던 그대로야.'

안나는 경멸하는 듯한 미소를 띠우면서 속으로 중얼거렸다.

"이젠 됐어. 너는 집으로 돌아가."

안나는 미하일에게 조용히 말했다. 안나가 조용히 말한 것은 심장의 고동이 너무나도 빨라 숨이 막혔기 때문이었다.

'아니, 나는 너 같은 놈에게 고통을 당하지는 않을 테야.'

안나는 상대방을 위협하는 듯한 기분으로 생각했으나, 그것은 브론스키에 대해서, 자기 자신에 대해서 한 말이 아니라, 자기를 괴롭히는 그 무엇인가에 대해서 한 말이었다. 안나는 역 건물을 따라 플랫폼을 걸어갔다.

플랫폼을 걸어가고 있던, 하녀처럼 보이는 두 여자가 뒤로 돌아서서 안나를 바라보면서 그 옷에 대해 뭐라고 큰소리로 비판을 하며 지나갔다.

"저건 분명 진짜야."

그들은 안나가 몸에 걸치고 있는 레이스를 보고 말했다. 젊은 남자들은 안나를 가만히 내버려 두지 않았다. 그들은 안나의 얼굴을 뚫어져라 쳐다본 뒤 어쩐지 부자연스런 웃음소리를 내고 고함을 지르면서 옆으로 지나쳐 갔다. 지나가던 역장은 "기차를 타실 겁니까?" 하고 물었다. 크바스를 파는 소년은 안나의 모습에서 눈을 떼지 않았다.

'아아, 나는 어디로 가야 할까?'

안나는 플랫폼을 따라 앞으로 나가면서 생각했다. 플랫폼 끝까지 오자 안나는 멈췄다. 안경을 쓴 신사를 마중 나와서 큰소리로 웃고 떠들고 하던 몇 명의 귀부인과 아이들이 안나가 곁으로 지나가자 갑자기 입을 다물고 그녀를 빤히 쳐다보았다. 안나는 발걸음을 재촉하여 그 곁을 떠나 플랫폼의 끝으로 나아갔다. 그때 화물 열차가 들어왔다. 그러자 플랫폼이 진동을 하기 시작해서 안나는 또다시 열차에 올라타고 있는 듯한 기분이 들었다.

그때 갑작스럽게 안나는 맨 처음으로 브론스키를 만났던 날 열차에 치여 죽은 사람을 생각하고는 지금 자기가 무엇을 할 것인지를 깨달았다. 안나는 경쾌한 걸음으로 재빨리 급수탑에서 선로 쪽으로 나 있는 층계를 내려가더니 지나가는 열차와 아주 가까운 데까지 가서 멈춰 섰다. 안나는 열차의 아래쪽을 응시하고 그 볼트며 연결부며 천천히 나아가고 있는 첫 번째 차량의 높직한 쇠바퀴를 응시하고는 눈어림으로 그 앞바퀴와 뒷바퀴와의 중간에 해당하는 부분과 그 부분이 마침 자기 앞으로 굴러오는 순간을 확인하려고 애를 썼다.

'바로 저기다!'

안나는 열차의 그림자와 침목 위에 덮여 있는, 석탄이 섞인 모래를 바라보면서 생각했다.

'저기다, 바로 저 한가운데가 되는 곳으로 뛰어드는 거야. 그렇게 하면 그이를 처벌하게 되고 모든 사람으로부터, 아니 나 자신으로부터도 벗어나게 되는 거야.'

안나는 눈앞에 들이닥친 첫째 차량의 중앙부 밑으로 몸을 던지려고 하였다. 그러나 손에 쥐고 있던 빨간 손가방 때문에 그만 기회를 놓치고 말았다. 이미 첫째 차량의 중앙부는 지나가고 말았다. 다음 차량을 기다리지 않으면 안 되었다. 안나는 갑자기 물속으로 뛰어들 때 느끼는 것과 같은 기분에 사로잡혀 성호를 그었다. 그러자 그 성호를 긋는 익숙한 몸동작은 안나의 마음에 처녀 시절과 어린 시절의 갖가지 추억을 불러일으키게 했다. 그래서 갑자기 안나의 주위를 뒤덮고 있던 어둠이 사라지고 여태까지의 생애가 밝은 과거의 기쁨에 감싸여 안나의 눈앞에 떠올랐다. 그러나 안나는 다가오는 둘째 차량의 바퀴에서 눈을 떼지 않았다. 그리하여 바퀴와 바퀴의 중간 부분이 마침 눈앞에 다가왔을 때 안나는 빨간 손가방을 내던지고 두 어깨에다 머리를 틀어박고 두 손을 짚고 열차 밑으로 가 쓰러졌다. 그리고 마치 곧 일어날 준비를 하는 것처럼 가벼운 동작으로 무릎을 끓었다. 그러자 그 순간 안나는 자기가 한 짓에 몸이 오싹해졌다.

'나는 어디에 있는 것일까? 무슨 짓을 하고 있는 것일까? 무엇 때문에?'

안나는 몸을 일으켜 뒤쪽으로 물러서려고 했다. 그러나 무엇인지 알 수 없는 거대한 것이 인정사정도 없이 안나의 머리를 꽝하고 치고 등을 할퀴며 질질 끌고 갔다.

'하느님, 저의 모든 것을 용서해 주옵소서!'

안나는 저항이 헛된 일임을 깨닫고 재빨리 중얼거렸다. 몸집이 작은 한 농부가 부대 위로 몸을 구부리고 뭐라고 중얼거리면서 일을 하고 있었다. 다음 순간, 안나에게 불안과 기만과 비애와 사악으로 가득 찬 책을 읽게 해주던 한 자루의 촛불이 어느 때보다도 더욱더 밝게 타올라 지금까지 어둠 속에 싸여 있던 모든 것을 비추어 주는가 싶더니, 어느 틈에 파지직 파지직 소리를 내면서 어두워지다가 이윽고 영원히 꺼져 버리고 말았다.

테스

토머스 하디
(Thomas Hardy, 1840~1928)

테스

토머스 하디(Thomas Hardy, 1840~1928)

작가와 작품세계

토머스 하디(1840~1928)

영국의 작가이자 시인. 웨식스의 중심지인 도어체스터 부근에서 석공의 아들로 태어났으며 책을 즐겨 읽었던 어머니의 영향으로 어려서부터 책을 좋아하였다. 목사가 되려고 한 적도 있었으나 포기하고 15세 때 건축가의 도제(徒弟)로 들어갔다. 그때에도 라틴어, 그리스어 등의 공부와 시에 대한 열정은 사라지지 않아 이른 아침이면 공부와 시작(詩作)을 거르지 않았다고 한다. 그의 초기 문학 활동은 시와 수필이 주류를 이루었는데, 잡지사에 보낸 시가 반송되어 오자 시작에 대한 미련을 버리고 산문에 손을 댔다.

1871년부터 소설을 출판하였고, 1874년 〈멀리 광란의 무리를 떠나서〉를 잡지에 게재하면서 소설가로 이름을 날리게 되었다. 그 후 고향으로 돌아가 이른바 '웨식스 소설'을 쓰기 시작하였다. 이는 그가 도어체스터의 옛 이름 웨식스(Wessex)를 되살려 거기에서 취재하여 소설을 썼기 때문에 붙여진 이름이다. 한 지방의 자연과 풍토는 그 지방에 사는 사람들에게 큰 영향을 줄 수밖에 없다. 그러므로 하디의 소설에 나오는 웨식스는 단지 자연 경관으로서의 부수적인 역할을 하는 것이 아니라, 그 속에 살고 있는 인간들의 운명을 좌우하는 위력을 지니고 등장한다. 더 나아가 인간은 자신의 의지와 상관없이, 우주를 지배하는 맹목적인 '내재의지(內

在意志)'에 의해 조정된다는 비관적인 사상을 드러내는 매개 역할까지 수행한다. 하디의 대표적인 작품들로는 《테스》와 더불어 《쥬드》, 《귀향》, 《캐스터브리지의 시장》 등이 있다.

하디는 20세기 영국의 소설사를 대표하는 작가로서 웨식스 지방을 무대로 많은 작품을 저술하였는데, 《테스》는 그 중에서 가장 비극적인 여주인공을 형상화하고 있는 작품이다. 여주인공 테스의 비극적 운명은 자신이 명문 더빌 가의 후손이라는 아버지의 착각에서 비롯된다. 이처럼 우연에 의해 인간의 운명이 결정된다는 인생관은 동시대의 자연주의 소설에 나타나는 '인간은 환경의 억압에 의해 실패한다.'는 인생관과 일맥상통하는 바가 있다.

줄거리

테스는 영국 남부 지방인 '웨식스'의 작은 마을에 사는 순진하고 어여쁜 시골 처녀다. 가난하고 우둔하기까지 한 그녀의 아버지는 자신의 집안이 가문 있는 기사의 혈통을 이은 더빌 가(家)의 직계 후손이라는 말을 듣고 우쭐해져 더욱 게으르고 나태한 생활을 보낸다. 그리하여 자식이 많은 집안은 더욱 곤경에 빠지게 된다.

테스는 가까운 이웃에 사는 가짜 친척의 집에 하녀로 가게 된다. 그리고 그 집 아들 알렉의 꼬임에 빠져 임신을 하고 집으로 돌아오는데, 태어난 아기는 곧 죽는다. 테스는 새로운 삶을 바라며 다시 낙농장에서 젖 짜는 인부로 일을 하게 된다. 그리고 그곳에서 목사의 아들 엔젤 클레어를 만나 서로 사랑하게 된다. 그러나 결혼식 날 밤 과거의 불행했던 일을 고백하자 클레어는 실의에 빠져 그녀를 버리고 브라질로 떠난다.

테스는 모진 고난을 무릅쓰고 한결같이 남편이 돌아오기를 기다리면서 열심히 살려고 애를 쓴다. 그러나 불운은 겹치고 겹쳐 아버지를 여읜

자기의 가족을 살리기 위해, 재회한 알렉의 보호를 받지 않을 수 없게 된다. 한편, 스스로 비정(非情)을 뉘우치고 돌아온 남편 클레어를 본 순간 테스는 발작적으로 알렉을 죽이고, 클레어와 도망쳐 비로소 사랑을 되찾아 짧은 행복의 순간을 보내게 된다. 그러나 그녀는 곧 체포되어 형장의 이슬로 사라진다.

작품해설

《테스》는 하디의 작품 중에서 가장 단순한 구조를 지닌 이야기로, 감상적인 소설에 자주 등장하는 순진한 시골 처녀의 비극적 사랑과 운명이라는 소재를 다루고 있다. 그러나 하디는 평범한 소재를 가볍게 다루지 않고 사회 환경과의 관련 속에서 사건의 의미를 통찰함으로써, 감명 깊고 사회적 가치가 있는 작품을 써내었다.

《테스》를 이끌어 가는 주된 요인은 순결의 문제다. 하디는 순결은 일반적으로 생각하는 육체적 순결뿐만이 아니라 정신적 순결도 있다고 본다. 그리고 이 중에서 육체의 순결성보다는 정신의 순결성을 높이 평가하고 있다. 테스가 알렉에게 빼앗긴 육체적 정조는 한낱 외형상의 순결성 상실을 뜻할 따름이며, 테스에게 있던 본연의 순결성은 여전히 테스의 것이다.

테스가 자기 남편을 죽인 것도, 포악한 살의(殺意)에 의한 것이라기보다는 자기가 처해 있는 딱한 사정을 타개하고자 하는 강한 의도의 결과라고 할 수 있다. 즉 테스가 알렉을 살해한 책임은 테스가 처한 환경의 탓으로 돌릴 수 있는 것이다. 이때 테스가 처한 환경이란 야수적인 알렉과 이기적이고 지나치리만큼 결백한 엔젤 클레어 사이에 놓여 있는 것을 말한다. 《테스》를 비롯한 하디의 많은 소설에는 어두운 분위기가 존재하고 있었기 때문에 당대에는 그리 평판이 좋지 않았다. 《테스》의 경우는 그 비극적인 결말에 대해 독자들의 많은 항의가 있었지만, 하디는 자신의 생각을 밀고 나가 테스와 엔젤의 사랑이 성취되지 못하고 테스가 죽는 결말로 처리했다.

생각 나누기

1. 클레어는 테스에게 애정을 고백하고, 테스의 모든 것을 사랑할 각오를 펴보인다. 그러나 결혼 첫날밤, 클레어는 테스의 고백을 듣고 테스의 곁을 떠나 버린다. 진정한 사랑의 본질이라는 측면에서 클레어가 취한 태도를 비판적으로 논하시오.

2. 테스가 보여 주는 삶의 태도를 비판적으로 논하시오.

모범 답안

1. 클레어는 테스를 진심으로 사랑하고 있었던 것으로 여겨진다. 테스를 대하는 클레어의 태도에서 위선이나 과장의 흔적을 찾을 수 없기 때문이다. 하지만 그는 있는 그대로의 테스를 사랑한 것이 아니라, 자신의 생각에 따라 구성해 낸 테스의 이미지를 사랑했다고 보는 것이 더 합당하다. 왜냐하면 그렇게 사랑하던 테스가 자신의 과거를 숨김없이 고백하자, 테스를 불결한 여자로 느끼고 있기 때문이다. 테스가 클레어에게 자신의 과거를 고백한 것은, 허물과 과오를 벗어 버리고 클레어의 사랑을 받아들이려는 순수한 마음의 발로였다. 그리고 클레어 역시 자신과 비슷한 과오를 고백했다는 데 안심했기 때문이다.

그러나 클레어는 결국 테스를 받아들이지 못했다. 진정한 사랑이라면 상대에 대한 용서와 관용의 태도를 보여야 할 것이다. 그리고 주관적으로 만든 이미지 속에 갇혀 있지 말고 상대방을 있는 그대로 인정하고 받아들이는 태도가 필요하다.

2. 테스는 순박하고도 매력적인 여인임에 틀림이 없다. 인생을 건전하고 밝게 살아갈 수 있는 능력을 가진 여인이기도 하다. 그러나 자신의 인생과 사랑에 대한 테스의 전반적인 태도가 옳은 것인가에는 의문의 여지가 있다. 클레어에 대한 사랑이 테스 자신의 감정에서 출발한 것인지부터 의심할 여지가 있다. 왜냐하면 클레어의 감정이 테스의 사랑에 불을 지른 것임에 틀림이 없기 때문이다. 또 클레어와 자신이 서로 사랑하고 있음을 깨달았음에도 불구하고, 그 사랑을 성취하기 위한 태도에 있어서 지나치게 소극적이었다. 상대가 자신을 이해해 주기를 바랄 뿐, 상대방의 이해를 구하는 적극적인 행동은 취하지 않았기 때문이다.

그리고 이러한 소극성이 그녀의 비극적인 운명을 자초한 감이 없지 않다. 즉 그녀의 소극성 때문에 진심으로 사랑하던 클레어와 헤어지게 되었고, 클레어가 브라질에서 돌아오기까지 그토록 많은 시간이 걸렸으며 그 때문에 알렉과의 악연을 다시 만들게 되는 사태가 초래된 것이다. 그럼에도 불구하고 순수함에서 나온 그 소극성이 그녀 매력의 일부이기도 하다는 점은 부인할 수 없을 것이다.

읽기 전에

제시된 본문은 테스에게 매력을 느낀 클레어가 그녀에게 사랑을 고백하고 청혼하는 부분이다. 클레어에 대한 사랑과 자신의 과거에 대한 부끄러움 사이에서 갈등하는 테스의 심리적 고뇌를 중심으로 작품을 감상해 보자.

테스

저녁노을이 붉게 물들 무렵, 그들은 아늑한 초원을 가로지르는 평탄한 길로 마차를 몰았다. 초원이 끝나는 저편에는 에그던 히드의 험한 산봉우리들이 컴컴한 빛을 띠고 우뚝 서 있었고, 산꼭대기에 쭉쭉 뻗은 톱날 같은 전나무 가지들은 도깨비 성 위에 세워진 흉벽 감시탑 같았다.

그들은 설레는 맘으로 서로의 몸을 맞대고 앉아 한참 동안을 아무 말 없이 앉아 있었다. 단지 그들의 등 뒤에 있는 큰 통 속의 우유만이 출렁거리며 정적을 깨뜨리고 있었다. 그들이 달리는 오솔길 가에는 아무도 건드리지 않은 개암나무 열매가 매달려 있었고, 나무딸기는 탐스런 송이를 늘어뜨리고 있었다. 클레어는 채찍으로 딸기 송이를 낚아채서 테스에게 주었다.

이윽고 짙은 잿빛 하늘은 빗방울을 흩뿌리며 비가 쏟아질 낌새를 드러내고, 대낮의 텁텁한 공기는 변덕스러운 바람으로 변해 그들의 얼굴을 스쳐갔다. 강줄기와 늪에 일렁이던 일광이 그 힘을 죽이자, 번쩍이는 빛을 발하던 거울이 광채를 잃고 투박한 납덩이로 변하는 것처럼 주위는 어둑해지기 시작했다. 이러한 주위의 경치 속에서 테스는 고심하고 있었다. 원래 연분홍빛을 띤 테스의 얼굴은 햇볕에 그을려 연한 갈색이 되었고, 빗방울에 젖을수록 그 빛은 더욱 짙어 보였다. 단정하게 묶었던 머리칼은 젖을 짜는 동안 옥양목 모자 밖으로 흘러 내려 비에 젖은 채 해초처럼 늘어뜨려졌다.

그녀는 하늘을 올려다보며 중얼거렸다.

"오지 말 걸 그랬어요."

"비가 와서 안됐는걸. 그렇지만 당신이 곁에 있으니 난 행복할 뿐이오!"

아득히 희미하게 보이던 에그던 봉우리는 빗속으로 점점 자취를 감추었다. 밤은 짙어 가고, 길에는 밖으로 통하는 문이 군데군데 가로막혀 있어 말은 걷는 것보다 더 느렸다. 게다가 공기는 싸늘했다.

"아무것도 걸친 게 없으니, 당신이 감기라도 걸릴까 봐 걱정이오. 내게 바싹 다가앉아요. 그러면 가랑비쯤은 견딜 수 있을 테니까. 이 비가 나를 도와주리라는 생각마저 없다면 나는 더욱 괴로울 거요."

그녀는 살며시 클레어에게로 다가가 앉았다. 그는 우유통에 햇빛이 들지 않게 덮은 커다란 포장으로 두 사람의 몸을 감쌌다. 클레어는 두 손으로 고삐를 잡고 있었으므로, 테스는 포장이 미끄러져 떨어지지 않도록 움켜쥐고 있어야만 했다.

"자, 이젠 됐어. 아냐 그렇지도 않은걸! 내 목덜미로 빗방울이 떨어지는데 당신은 더하겠군. 됐어, 테스. 당신 팔은 마치 비에 젖은 대리석 같아. 그 포장으로 닦아요, 테스. 자, 이대로 움직이지 않으면 비가 새어 들지 않을 거야. 그런데 테스, 우리 문제에 관해서 말이오. 오래 끌어 오던 그 문제 말이오……."

잠시 동안 침묵이 흘렀고, 대답대신 들을 수 있는 건 축축한 땅을 밟는 말굽 소리와 등 뒤의 우유통 속에서 출렁이는 소리뿐이었다.

"당신, 전에 한 말 기억하겠소?"

"알고 있어요."

그녀가 말했다.

"그럼 집에 돌아가기 전에…… 알았소?"

"알았어요."

클레어는 더 이상 아무 말도 하지 않았다. 마차는 달리고 있었다. 옛 캐

롤라인 왕조 시대의 우뚝 솟은 장원의 일부가 모습을 드러냈다가 사라지
곤 하였다.

그녀를 즐겁게 해주려는 듯 클레어가 가볍게 말을 건넸다.

"저것은 흥미 있는 고적이야. 옛날 세도가였던 노르만계의 더버빌이라
는 가문이 소유하던 저택 중의 하나인데, 저 저택 앞을 지날 때마다 난 언
제나 그들 생각을 하지. 그들이 비록 난폭하게 권력을 휘둘렀고 봉건적인
명성을 떨쳤다 해도, 명문의 자손이 몰락했다는 건 비참한 일이야."

"정말 그래요."

테스가 말했다.

그들은 온천지를 뒤덮은 어둠의 장막 속에서 희미한 불빛이 깜박이고
있는 그 지점을 향하여 나아갔다. 그곳은 짙은 녹색의 대지 위에 이따금
한 줄기 흰 연기가 피어오름으로써 이 외딴 세계와 현대 생활을 연결시켜
유일한 과학 문명의 이기가 나타나곤 하는 장소였다. 하루에 몇 차례 증
기의 촉각이 뻗치는 그곳은 이 고장의 생활과 부딪치다가, 촉각에 닿는
것이 불쾌한 듯 총총히 그 촉각을 거두어 사라져 갔다.

그들은 조그만 역에 도착했다. 그을음 때문에 등잔불이 희미하게 비치
고 있었다. 그것은 참으로 하찮은 땅 위의 별이었고, 하늘의 별에 비교한
다면 지극히 부끄러운 존재였지만, 톨버데이스의 낙농장과 그곳 사람들
에게는 하늘의 별보다도 소중한 것이었다. 비를 맞으며 실어 온 우유통을
마차에서 내리는 동안, 테스는 곁에 있는 사철나무 아래서 비를 피하고
있었다.

이윽고 비에 젖은 철로 위로 기차가 증기를 내뿜으며 소리 없이 들어와
멈추자, 우유통은 하나씩 재빠르게 화차에 실려졌다. 기관차의 불빛이 커
다란 사철나무 아래 꼼짝하지 않고 서 있는 테스 더비필드의 모습을 한순
간 비췄다. 통통한 두 팔을 드러낸 채 비에 흠뻑 젖은 얼굴과 머리, 온순한
표범이 쉬고 있는 것처럼 꼼짝 않고 있는 모습, 오래 전에 만든 구식 사라

사 옷과 눈썹까지 늘어진 옥양목 모자를 눌러쓴 테스의 순박한 모습을, 기관차의 반짝이는 크랭크나 바퀴가 본다면 그처럼 낯선 존재는 없었을 것이다.

정열적인 성격을 가진 사람들에게서 이따금 볼 수 있는 표정으로 테스는 클레어가 시키는 대로 그의 옆자리에 올라앉았다. 그들은 함께 포장을 깊숙이 뒤집어쓰고 짙어진 어둠 속으로 마차를 몰았다. 감수성이 몹시 예민한 테스는 조금 전에 보았던 기차의 움직임이 눈에 선했다.

"런던 사람들은 내일 아침 식사 때 저 우유를 마시겠지요? 우리가 만나 보지도 못한 낯선 사람들이 말예요."

"그럴 거야. 우리가 보낸 그대로 마시지는 않고, 연하게 물을 타서 마시겠지."

"젖소는 구경도 못한 귀족, 외교관, 장군, 귀부인, 상점 여주인, 그리고 어린아이들이 마시겠지요."

"글쎄, 그럴 거야. 특히 장군들이 말이오."

"그들은 우리가 어떤 사람들인지도 모를 것이고, 우유가 어디에서 오는지, 그리고 기차 시간에 맞추려고 비를 무릅쓰고 먼 길을 달려왔다는 생각조차도 못할 거예요."

"우리가 런던 사람들만을 위해서 마차를 몰아온 것은 아니지. 우리 자신들의 이야기를 끝내고자 왔다고도 볼 수 있으니까. 당신이 승낙해 주리라 믿어. 내가 이렇게 말하는 것을 용서해 줘요. 당신은 이미 내 사람이고 당신의 마음은 내 것이란 뜻이오. 그렇지 않소?"

"잘 알고 계시잖아요. 예, 그래요. 그렇고 말고요!"

"그렇다면 당신은 왜 내게 몸을 맡겨 주지 않지?"

"그 이유는 오직 당신을 위해서지요. 사정이 있어서 그래요. 당신께 말씀드릴 일이 있어요."

"그 얘기라는 것은 물론 나를 행복하게 해주기 위해서겠고, 내 삶에 도움이 되는 것이겠지?"

"네, 맞아요. 당신의 행복을 위해서고, 당신의 생활에 도움이 될 수 있는…… 그래서 이곳에 오기 전, 제가 지내 온 과거를…… 말씀드리고 싶어요."

"좋아요. 그것은 나의 행복을 위함이고 나의 생활에 도움이 될 거야. 내가 만약 영국이나 식민지 땅에 큰 농장을 갖게 되면, 당신은 내게 소중한 아내가 될 거요. 당신은 훌륭한 집안에서 자란 여자보다도 더욱 가치 있는 아내가 될 거요. 그러니까 제발 테스, 당신이 내게 방해물이 된다는 생각은 버려 줘요."

"하지만 저의 과거를 먼저 말해야겠어요. 제 얘기를 들어 주셨으면 해요. 제 얘기를 듣고 나면 당신의 마음도 변할 거예요!"

"그렇게 말하고 싶다면 해봐요. 어느 곳에서 어느 때 몇 년에 태어났다는 그런 얘기를."

"저는 말롯 마을에서 태어났어요."

클레어의 농담 섞인 말을 흉내 내며 테스는 얘기를 시작했다.

"그곳에서 초등학교 육학년 때 학교를 그만두었는데, 그때 사람들은 제게 재능이 있다며 선생님이 되면 좋을 거라고 말했어요. 그래서 저도 선생님이 되기로 생각했지만, 그때 집안에 사고가 생겼어요. 아버지는 일을 하기 싫어하는 게으른 분이었는데, 술까지 많이 잡수셨지요."

"그랬소? 불쌍하게도! 그러나 그런 일은 자주 있는 일이니까 너무 상심하지 말아요."

클레어는 그녀를 꼭 끌어안았다.

"그런데 우연히 생각지도 않던 일이 일어났어요. 저와 관계되는 일인데 저는…… 저……."

테스의 숨결이 가빠졌다.

"그래서? 아무 걱정 말고 얘기해요."

"전, 사실 더비필드가 아니고 더버빌이에요. 우리가 지나쳤던 그 저택을 소유했던 가문의 후손이에요. 그런데 지금은 다 몰락해서 남은 것이라곤 먼지 하나 없답니다."

"더버빌 집안이라고? 아, 그래? 그것이 걱정거리였단 말이오?"

"네, 그래요."

테스는 힘없이 말했다.

"그런데…… 내가 그 사실을 알았다고 해서 당신을 사랑하지 않을 이유가 있겠소?"

"전 당신이 오래된 가문을 좋아하지 않는다는 말을 주인에게서 들은 적이 있어요."

클레어는 큰소리로 웃었다.

"물론 어떤 의미에서는 사실이오. 난 혈통을 소중하게 생각하는 귀족들의 세습주의를 미워하오. 그리고 정작 우리가 존경해야 할 가문이 있다면, 그건 육체적인 혈통과는 전혀 상관이 없는, 지혜와 덕망을 갖춘 현명한 정신적인 가문일 것이오. 어쨌든 그 얘기는 몹시 흥미가 있군. 내가 얼마나 관심을 가지는지 당신은 상상도 못할 거요! 당신은 자신이 그 유명한 집안의 후손이라는 점에 아무런 흥미를 느끼지 않소?"

"아녜요. 전 오히려 슬픈 일이라고 생각해요. 이곳에 와서 눈에 보이는 넓은 산과 들이 한때는 제 조상들의 소유였다는 걸 알고 난 후에는 더욱 그래요. 하지만 저 언덕과 밭들 중에서 라티네 조상 것도, 마리안네 조상 것도 있을지 모르니까 가문이라는 걸 그렇게 소중하게 생각하지는 않아요."

"옳은 말이오. 지금 남의 땅을 부쳐 먹고 사는 사람들의 대부분이, 한때는 자신들의 땅을 소유했다는 사실을 알고 보면 참으로 놀라운 일이오. 일단 정치가들이 왜 이런 사정을 이용하지 않는지 알 수 없는 일이야. 아마 그들은 이런 사실을 모르는 모양이오. 그리고 나 역시 당신의 이름이 더버빌과 닮은 것을 모르고 있었다니. 당신이 말할 때 아예 짐작조차 하지 못했구려. 당신이 괴로워하던 비밀이 바로 이것이었군 그래!"

테스는 끝내 자신의 과거를 끝까지 밝히지 못하고 말았다. 마지막 순간에 이르러 그녀는 용기를 잃고 말았다. 그에게 힐난 받을 게 겁이 났고, 털어놓고 고백하겠다는 용기가 자신을 보호해야겠다는 본능보다 약했다.

이러한 사정을 모르는 클레어는 계속 말을 했다.

"물론 테스가, 남들을 희생시켜 세도를 부렸던 명문가 후손이 아니고 순수한 영국인으로서 오랫동안 수난을 견뎌 온 평민의 피를 이어받았더라면 더 반가웠을 거야. 그러나 지금의 나는 당신의 포로가 되어 버렸으니, 그런 건 아무 소용도 없게 되었소. 그 가문의 후손이라니, 난 오히려 기쁘오. 세상 사람들은 어이없게도 점잔만 빼고 있으니, 나한테 교육을 좀 받게 되면 당신이 나의 아내가 되는 데 그 혈통은 오히려 도움을 줄 것이오. 나의 어머니도 당신의 혈통 때문에 당신을 한결 좋게 볼 거요. 테스, 당신은 이제부터 이름을 정확하게 쓰도록 해요. 더버빌이라고 말이오. 오늘부터라도."

"전 지금 이대로가 더 좋아요."

"아니오. 꼭 그 이름을 쓰도록 하시오. 그런 이름이 탐나서 덤벼드는 벼락부자들이 얼마나 많은데 그러오. 아, 그렇지. 그와 같은 이름을 가진 작자가 있었는데, 어디서 들었을까? 체이스 숲 부근이었던 것 같아. 아, 언젠가 말한 적이 있는, 우리 아버지하고 다투었다는 그 녀석 말이오. 참 기막힌 우연의 일치로군!"

"엔젤, 전 아무래도 그 성을 쓰지 않는 게 좋을 것 같군요. 아무래도 불길한 성 같아요."

테스는 마음이 초조해졌다.

"자, 그렇다면 테스 더버빌이라고 내가 이름을 지어 주지. 내가 지어 주는 성을 쓰면, 당신 이름은 쓰지 않아도 되는 셈이니까. 이젠 비밀도 다 밝혀졌는데 왜 나를 거절하는 거요?"

"저를 아내로 맞아 당신이 정말로 행복해질 수 있다면, 또한 당신이 진정으로 나와 결혼하실 의향이시라면……"

"물론 그렇고말고!"

"제 말은, 말하자면 당신이 진실로 저를 갖기 위해서, 설령 제게 어떠한 과거가 있다 해도 저 없이는 살아가실 수 없을 정도여야만 제가 승낙할 수 있다는 뜻이에요."

"그야 물론이지. 자, 이러면 됐소? 승낙하는 거지? 당신은 영원히 내 것이 되어 주겠다는 거지?"

그는 그녀의 손을 꼭 잡으며 입을 맞추었다.

"네, 하겠어요."

그녀는 대답을 마치자 어깨를 들썩이며 흐느껴 울기 시작했다. 그리고 가슴이 찢어지는 아픔을 토해내려는 듯 몸부림쳤다. 그녀의 신경질적이고 예민한 모습을 처음 본 클레어는 몹시 놀랐다.

"왜 우는 거예요, 테스?"

"저도 잘 모르겠어요. 당신과 결혼해서 당신을 행복하게 해드린다고 생각하니 너무 감격스러워서 그런가 봐요."

"하지만 당신은 그다지 기쁜 것 같지가 않구려."

"제 결심이 꺾였다고 생각하니 눈물이 나는 거예요. 저는 무슨 일이 있어도 결코 결혼하지 않으리라 다짐했었거든요."

"그렇지만 당신도 나를 사랑한다면 우리가 결혼하게 되는 것은 당연히 기쁜 일이 아니겠소?"

"네, 그래요. 하지만 저는 가끔 세상에 태어난 걸 후회하곤 하지요."

"테스, 당신은 지금 몹시 흥분된 상태고 또 세상을 잘 모른다는 걸 내가 이해하긴 하지만, 지금 당신이 하는 말은 그다지 듣기 좋은 소리가 아니오. 당신이 정말 나를 사랑한다면 어떻게 그런 말을 할 수 있소? 나를 사랑하고 있다면 증거를 보여 주시오."

"네? 전 이미 다 보여 드린걸요. 이 이상 어떻게 더 증거를 보이나요?"

뜨거운 사랑을 느끼면서 그녀는 부드럽게 말했다.

"이렇게 하면 확실한 증거가 되겠어요?"

테스는 클레어의 목을 껴안았다. 그리고 클레어는, 열정적인 여자가 마음과 영혼을 바쳐 사랑하는 남자에게 하는 입맞춤이 어떤 것인지를 비로소 알게 되었다.

"이젠 저를 믿어 주시겠어요?"

그녀는 얼굴을 붉힌 채 눈물을 닦으며 말했다.

"믿겠소. 진심으로 당신을 믿지 않은 적은 없었소. 맹세코 단 한 번도."

그들은 포장 속에서 하나가 되어 어둠 속을 달리고 있었다. 말은 제멋대로 아무렇게나 달렸고, 비는 그들 위로 쏟아지고 있었다. 차라리 처음부터 승낙하는 것이 나았을까? 거센 물결이 의지할 곳 없는 잡초를 휘몰아가듯이, '기쁨을 갈구하는 욕망'과 목적을 향해 나아가는 무서운 힘은 사회 질서에 대한 막연한 관념만으로는 다스릴 재주가 없었다.

"어머니에게 알려 드려도 괜찮겠지요?"

"괜찮고말고. 나의 귀여운 아내. 당신은 내게 비한다면 어린아이야. 이런 경우 어머니께 소식을 전하는 게 얼마나 당연한 일인데. 내가 그걸 반대한다면 그건 너무나 속 보이는 엉큼한 수작이 된다는 걸 당신은 알지 못하니 말이야. 어머니는 어디에 계시지?"

"같은 곳이에요. 말롯 마을인데, 블랙모어 분지 저편 끝이에요."

"아, 그렇다면 지난 여름에 당신을 만난 일이 있겠는걸."

"네, 맞아요. 그 초원에서 춤출 때였어요. 하지만 그때 당신은 저하고 춤추려 하지 않았어요. 그 일이 우리들 사이에 나쁜 징조가 되지 않았으면 좋겠어요!"

바로 그 다음 날, 테스는 정성껏 쓴 편지를 어머니에게 급히 띄웠다. 그리고 이내 서투른 옛날 필적으로 쓴 더비필드 부인의 답장이 도착했다.

사랑하는 테스, 보아라.

하느님의 은총으로 우리 가족 모두는 평안하단다. 너 역시 무고하기를 바라며 몇 자 적는다. 테스야, 네가 곧 결혼한다는 소식을 듣고 온 집안 식구들이 기뻐하고 있단다. 그런데 네가 물어 온 것에 대하여는 너와 나만 알고 있으니, 혹시라도 그 사람에게 너의 불행했던 과거를 입 밖에 내어서는 안 된다. 너의 아버지는 가문을 가지고 굉장히 우쭐대고 있기에 너의 얘기는 하지 않았다. 많은 여자들이, 그 중에는 이 고장에서 높은 신분을 가진 인물들도 젊은 시절에 한때 잘못을 저지른 사람들이 많단다. 남들은 그런 잘못을 저지르고도 가만히 있는데 너만 밝힐 필요는 없단다. 이미 오래 전에 지나간 일이고, 더구나 네 잘못은 하나도 없는데 그런 어리석은 짓은 하지 말아라. 네가 쉰 번을 묻더라도 나는 역시 똑같은 대답을 할 것이다. 넌 품고 있는 생각을 솔직히 털어 버리는 단순한 성격이 있다는 걸 잠시도 잊지 말아라. 그러니 너의 행복을 위해서 말투나 행동으로라도 그런 기색을 보여서는 안 된다. 이 집을 떠날 때 굳게 맹세했었지? 절대 그런 내색하지 않겠다고 말이다. 너의 결혼 이야기는 아직 아버지께 말하지 않았다. 눈치 없는 네 아버지가 동네방네 떠들고 다닐까 봐.

사랑하는 테스야, 용기를 내어라. 네 결혼 선물로 능금술을 한 통 보내겠다. 그 고장엔 능금술이 흔하지 않고, 맛도 시다는 얘기를 들었다. 그럼 이만 쓰기로 하고, 네 약혼자에게도 안부 전해다오.

네 사랑하는 어머니
존 더비필드로부터

"아아, 어머니……어머니."

테스는 감격에 겨워 중얼거렸다.

그녀에겐 가장 고통스러운 일도 융통성 있는 어머니에겐 사소한 일로 여겨지고 있다는 걸 깨달았다.

그녀의 어머니는 딸처럼 인생을 복잡하게 바라보지 않았다. 테스를 끝내 떠나지 않고 괴롭히는 지난날의 사건도, 어머니에겐 한낱 지나간 과거사에 불과했다. 그러나 어찌 되었든 간에 그녀가 이제부터 해야 할 해결책으로는 어머니의 생각이 옳은 것 같았다. 그녀가 존경하는 남자의 행복을 위해선, 침묵하는 것만이 최선의 해결책이었다.

이렇게 해서, 이 세상에서 테스의 행동을 간섭할 권리를 가진 단 한 사람의 부탁에 따라, 그녀의 마음은 평정을 찾게 되었다. 그녀는 마음의 부담을 떨치고 몇 주일 동안 홀가분한 기분이 되었다. 그녀가 청혼을 받아들인 뒤 시월부터 늦가을 내내 그녀는 일생에 있어서 가장 행복하고 황홀한 기분으로 지냈다.

클레어에 대한 테스의 사랑은, 속세에 물들지 않은 숭고한 것이었다. 테스는 클레어를 지도자나 철학자나 친구로서, 또 모든 것을 다 갖춘 인격자로서 신같이 믿게 되었다. 그의 육체는 남성미의 극치였고, 영혼은 성자의 영혼이요, 그의 지성은 예언자의 지혜라고 생각했다. 클레어에 대한 애정에서 비롯한 그녀의 슬기로움은, 그녀를 더욱 아름답게 만들어 왕관을 쓰고 있는 듯한 위엄마저 느끼게 하였다. 클레어의 자상한 사랑을 느낄 때면, 그녀는 순정으로 그를 사랑했다.

테스는 과거를 잊어버렸다. 마치 채 꺼지지 않고 연기를 피워 올리는 석탄불을 밟아 끄듯이 과거를 짓밟아 버렸다.

남자가 여자를 사랑할 때, 이만큼의 관대함과 의협심을 발휘하여 여자를 보호하여 주리라고는 미처 알지 못했었다. 이런 점에서, 클레어는 그녀가 생각했던 사람과는 완전히 달랐다. 정말로 그녀가 상상했던 것과는 너무나 다른 남자였다. 그는 본능적이라기보다는 정신적이었고, 자신을 잘 억제할 줄 알았으며, 저속한 면이라곤 털끝만큼도 없었다. 그의 성격은 다정다감하였고, 열정적이기보다는 명랑한 편으로, 바이런보다는 셸리에 가까운 성격이었다. 마음만 먹으면 목숨을 걸고라도 사랑할 줄 아는 사람이었으나, 약간은 환상적이고 가공적인 사랑을 하는 편이어서, 그의 깔끔한 성격은 사랑하는 여인에 대한 육체적인 욕망을 지켜 줄 수 있었다. 여태껏 미숙한 경험으로 불행만을 맛보았던 테스에게는, 이러한 클레어의 깨끗한 성격이 놀랍기도 하고 터질 듯한 기쁨이기도 했다. 그것은 남자들을 무조건 싫어했던 것만큼이나 반대로 클레어를 존경하게 했다.

그들은 진실로 늘 함께 있고자 했고, 그녀는 그를 완전히 믿는 이유로 그의 곁에 있고 싶은 욕망을 감추려 들지 않았다. 이러한 테스의 감정을 정리해 본다면, 대체로 남자의 마음을 사로잡은 매력 있는 여자가 사랑을 확인한 후에도 거부하는 태도를 취한다면, 그것은 일부러 꾸며진 것이라는 의심을 받거나 불쾌감을 줄지도 모른다.

남녀가 약혼 기간 동안 집 밖에서 터놓고 교제하는 것은 시골 풍습이었기 때문에, 전혀 이상하게 보이는 일이 아니었다. 그러나 테스가 그것을 다른 아가씨들처럼 당연한 일이라 생각하게 되기까지는 꽤 오랜 시간 걸렸다. 오히려 그녀는 어색하고 당황한 모습을 보이기도 했다. 그리하여 날씨가 화창한 시월 한 달 동안, 그들은 저녁때가 되면 목장을 벗어나 여러 곳을 함께 다녔다. 시냇물이 좔좔 흐르는 냇가를 따라 길을 찾기도 하고, 어떤 때는 조그만 나무다리를 건너갔다 되돌아오기도 했다. 시냇가에서 소용돌이치며 흐르는 물소리는 두 사람의 속삭임에 잘 어울렸고, 목장의 초원 위에 수평선을 그리며 비치는 햇살은 오색의 꽃가루를 뿌려 놓은 것 같았다. 나무의 생 울타리 밑 그늘에는 푸르스름한 안개가 끼어 있었고, 태양은 땅 가까이 내려앉았다. 초원은 끝없이 넓어 두 사람의 그림자가 사분의 일 마일 정도나 앞으로 뻗어 있었는데, 마치 부채꼴 모양의 초원이 비탈과 맞닿은 산기슭을 가리키는 두 개의 손가락 같았다.

이제 목장을 가꾸는 계절이 왔다. 일꾼들은 관개를 위하여 도랑을 파헤치거나, 젖소들에게 밟혀 무너진 둑을 쌓아올리는 일에 열중했다. 목장 바닥에서 파내는 까만 기름진 진흙은, 분지에 강물이 넘쳐흐를 때 이곳으로 휩쓸려 온 것으로 흙 가운데 제일 좋은 질의 흙이었다. 그것은 오랜 세월 동안 물에 씻기어 고운 가루가 되어 옥토를 이루었다. 이 옥토는 풀을 무성하게 자라게 했으며, 그 풀을 뜯어 먹는 젖소들 역시 건강하게 잘 자랐다.

클레어는 여자와 사귀는 데 능숙한 사람처럼 사람들 앞에서도 태연하게 테스의 허리에 팔을 두른 채 거닐었다. 그러나 그 또한 자세히 보면, 입술을 약간 벌리고 일꾼들에게 곁눈질하는 소심한 테스와 같이 계속 쑥스러워하고 있었다.

"당신은 남들 앞에서도 저와 함께 있는 것이 전혀 부끄럽지 않으신 모양이에요!"

테스는 내심 기뻐서 말했다.

"부끄러울 건 전혀 없어!"

"하지만 당신이 젖이나 짜는 미천한 저와 만난다는 걸 에민스터에 계시는 가족들이 눈치 채면……."

"이 세상에서 가장 아름다운 젖 짜는 아가씨라고 하실걸?"

"그분들은 체면이 깎이는 일이라고 생각하실지도 모르잖아요."

"귀여운 아가씨, 어찌 감히 더버빌의 후손이 클레어 가문의 명예에 먹칠을 할 수 있겠어? 당신이 그런 훌륭한 가문 출신이라는 것은 큰 힘이 되어 줄 거야. 우리가 결혼한 뒤에 트링검 목사가 증거 한 당신의 혈통을 사람들에게 알려 그들을 깜짝 놀라게 해주고 싶어. 그렇지만 그런 것들은 내 장래와 가족들과는 아무 상관도 없어. 다른 사람들의 생활에 전혀 영향을 끼치지 않을 테니까. 우리는 이 고장을 떠나게 될 텐데, 남들이 무어라 하든 무슨 상관이 있겠어. 나하고 함께 떠나 줄 거지?"

테스는 클레어의 가장 다정한 벗이 되어 이 세상을 살아가리라 생각하니 가슴이 벅차 겨우 그렇게 하겠다는 대답만을 하였다. 그녀의 벅찬 감정은 출렁이는 파도 소리같이 귓가에 맴돌고 물밀듯이 눈으로 밀려 나왔다. 테스는 클레어의 손에 자신의 손을 내맡긴 채, 햇빛이 물 위에서 아롱대는 강가에 다다랐다. 햇살은 다리의 그늘에 가려져 다리 아래로 비치진 않았지만, 다리 밑 수면에서는 끓는 무쇠같이 광채를 내뿜어 눈부시게 반짝였다. 둘은 조용히 걸음을 멈추었다. 작은 물새의 머리가 매끈한 수면 위로 불쑥 솟아나왔다가, 인간들이 서 있는 것을 보고는 다시 물속으로 사라졌다. 그들은 물가를 한없이 거닐었다. 이윽고 계절적으로나 시간적으로도 때 이른 안개가 자욱이 끼어 그들을 감싸자, 그녀의 속눈썹에는 수정 같은 이슬이 맺히고 머리 위로도 작은 물방울이 구슬같이 내려앉았다.

일요일이 되면, 그들은 주위에 어둠이 깔린 뒤에야 산책을 나섰다. 약혼을 한 뒤 처음 맞는 일요일 저녁, 바깥에 나와 있던 낙농장 일꾼들 중에는, 행복에 겨워 띄엄띄엄 끊어지듯 말하는 격정어린 테스의 목소리를 들은 사람도 있었다. 멀리 떨어져 있어 무슨 이야기인지는 제대로 알아들을 수 없었지만, 클레어의 팔에 기대어 거닐다가 숨이 가쁘면 더듬거리는 목소리와 숨소리, 그리고 도취된 상태에서 우러나오는 영혼을 간지럽게 하는 웃음소리와 여러 여자 중에서 홀로 남자의 사랑을 차지한 여자만이 낼 수 있는 특유의 웃음소리를 엿들을 수 있었다. 그리고 새가 땅 위로 내려왔다가 다시 재빠르게 날아가는 날개 소리와 같은, 테스의 날 듯한 발걸음 소리도 들렸다.

클레어에 대한 테스의 사랑은, 이제 그녀가 살아가는 생명이요, 호흡이 되어 버렸다. 그것은 하나의 빛이 되어 그녀를 둘러싸고 그녀를 끝없이 괴롭히던 의혹, 공포, 두려움의 유령들을 물리치고 지나간 슬픈 일을 잊게 했다. 그러나 이 유령들이 그녀에게서 물러나 빛의 둘레에서 늑대처럼 자신을 노리고 있다는 걸 그녀는 알고 있었다. 그리고 그것들을 굶겨서 영원히 사라져 버리게 할 끈질긴 힘 역시 그녀는 가지고 있지 않음을 알고 있었다.

정신의 망각 뒤에는 어두운 기억이 떠올라 왔다. 그녀는 빛 가운데를 걷고 있었으나, 그 뒤쪽에는 어둠의 그림자가 드리워져 있음을 느낄 수 있었다. 이 어둠의 그림자는 매일 조금씩 멀어져 가는 것도 같고, 또한 점점 가까이 다가오는 것 같기도 했다.

위대한 유산

찰스 디킨스
(Charles Dickens, 1812~1870)

위대한 유산

찰스 디킨스(Charles Dickens, 1812~1870)

작가와 작품세계

찰스 디킨스(1812~1870)

영국의 소설가. 영국 포트 시의 교외에서 해군 경리부 서기의 아들로 태어났다. 어머니는 높은 지위에 있었던 사람의 딸로 착했으나 허영심이 많은 여성이었다. 생후에 곧 일가는 런던으로, 이어 차담으로 옮겼다가 다시 런던으로 이주했다. 부친이 빚 때문에 투옥되어 그는 구두약 공장의 직공으로 일했으며, 이 경험이 소설가로서의 그를 형성시킨 계기가되었다.

이듬해에 부친이 출옥하자 그도 학교로 돌아갔으나 초등학교를 마치자마자 곧 변호사의 서기가 되었고, 속기술을 배워 잡지의 의회 통신원이되었다. 이 무렵부터 여러 정기 간행물에 기고를 시작했고, 그것을 모은《보즈 소묘집》을 출판했다. 이어 화가 시모어의 만화를 곁들여 이야깃거리로서 쓰기 시작한《픽위크 페이퍼즈》를 분책으로 출판하여 일약 문명을 떨쳤고,《올리버 트위스트》로 폭발적인 인기를 얻어 작가로서의 위치를 확고히 했다.

《니콜라스 니클비》,《크리스마스 캐럴》등에서는 그가 몸소 체험하며겪은 생활상을 생생하게 묘사하면서 세상의 모순과 부정을 유머를 섞어비판하고 있다.

그는 1836년에 결혼하여 미국, 프랑스, 이탈리아, 스위스 등지로 여행했다. 또한 잡지사 경영, 자기 작품의 공개 낭독 등 바쁘게 활동을 계속하였다. 자전적 요소가 강한《데이비드 코퍼필드》, 환멸적인 이야기《위대한 유산》등이 이 시기에 나온 걸작이다. 그는 특히 빈민에 대한 동정에 입각한 정의관을 가지고, 다소 왜곡되어 있긴 하나 강렬한 영상으로 인간 사회를 여실히 묘사하였다. 1870년 6월 9일 추리소설 풍의 수수께끼로 가득한《에드윈 드루드의 수수께끼》를 미완성으로 남긴 채 세상을 떠났다.

디킨스 소설의 등장인물들은 인간미와 유머가 풍부하여 독자들에게 영원히 잊지 않는 생명력을 지니고 있다. 따라서 그가 죽은 뒤, 그의 작품들은 1세기에 걸쳐 각 나라말로 옮겨져 디킨스는 셰익스피어와 함께 영국 문학을 대표하는 작가로 인정받고 있다.《위대한 유산》은 한 순수한 소년이 유산을 받게 되는 것을 계기로 기존 사회 속으로 편입해 들어가 타락의 과정을 거치다가 다시 그릇된 가치를 극복하고 인간적 성숙에 이른다는 성장교육소설이다.

줄거리

주인공 핍은 부모가 없는 고아로 누나의 손에서 길러진다. 핍은 대장장이인 매부 조 아래서 견습공 노릇을 하며 지낸다. 다른 세계와의 접촉이 거의 없던 핍은 어느 날 늪지대의 교회 무덤에서 탈옥수와 만나게 되고, 그의 협박에 의해 누나의 집에서 음식을 훔친다. 숨어 지내는 미스 해비샴은 결혼식 날 남편으로부터 버림받고 은둔생활을 하고 있다. 그녀는 양녀인 에스텔러와 놀아 줄 소년으로 핍을 택한다. 핍의 기대와 달리 아름다운 에스텔러는 핍을 멸시하고, 그녀를 사랑하게 된 핍은 자신의 비참한 환경과 신분에 대해 비판하기 시작한다.

그러던 어느 날 핍은 해비샴의 변호사 제이거슨에 의해 급격히 변하게 된다. 제이거슨은 핍이 거대한 유산을 받게 될 것이며 런던에서 신사로 교육받고 생활하게 될 것을 예고한다. 런던에 온 핍은 갑자기 돈이 생기자 허영으로 가득 차고, 속물적인 인간이 되어 버린다. 그를 진정으로 사랑하는 매부가 찾아와도 반가워하지 않고 자신의 옛 모습은 까맣게 잊고 있다.

그런데 런던의 사교계에 이미 우아한 숙녀로 성장한 에스텔러가 눈부신 모습으로 등장한다. 에스텔러는 특권 계급이 아닌 핍에게 핀잔을 주었던 적이 있으나 사실 그녀 역시 비천하고 형편없는 집안 출신이다. 그녀의 아버지는 핍이 늪지대에서 만났던 죄수이며, 그녀의 어머니 역시 제이거스 집안의 가정부였다가 살인죄를 저지른 사람이다. 핍은 그런 에스텔러를 위해 '신사'가 되고자 하나 에스텔러는 다른 사람과 결혼한다.

한편 핍에게 위대한 유산을 물려준 사람은 바로 핍이 늪지대에서 도와주었던 죄수 매그위치였음이 밝혀진다. 그는 자신이 핍을 신사로 만들었음을 자랑하지만 핍은 그에 대해 혐오감을 품게 된다. 매그위치는 탈옥에 실패하고 사형 집행 직전에 숨을 거둔다. 또한 그의 중죄로 인해 핍에게 물려주기로 했던 전 재산이 국가에 몰수당하고 핍은 오히려 빚더미 위에 올라앉는다.

반면에 핍의 친구인 허버트는 천성적인 귀족임에도 불구하고 돈 한 푼 없는 클라라와 약혼함으로써 자기 자신이 속해 있는 위선적인 계급에 도전한다.

이 책에서 진정한 신사로 밝혀지는 사람은 핍의 매부인 조이다. 그는 핍을 위한 대가를 제이거슨이 지불하려 했을 때 당당히 거절하였으며, 핍이 런던에서 죄수와 에스텔러로 인해 고생할 때 핍을 보살핀다. 핍은 매부에게 위대하고 진실한 참인간을 보게 되며, 자신이 위대한 유산을 물려받았음을 깨닫는다.

　이 작품은 돈과 지위가 한 개인에게 미치는 비인간적인 악영향과 그것으로 빚어지는 갈등을 중심으로 전개되는데, 그 고민과 삶의 모습은 당대 빅토리아 시대의 위선적인 사회상을 상징하는 것이기도 하다.

　핍, 매그위치 그리고 미스 해비샴은 모두 성숙의 과정을 겪으면서 과거에 비해 더 긍정적이고 인간적인 모습을 회복한다는 공통점을 가지고 있다. 유산으로 인한 돈과 지위는 보잘것없는 대장장이 소년을 일약 런던 신사로 만들어 주지만, 그 물질적 힘은 인간의 순수성을 파괴해 버리고 나아가 사랑마저 돈과 지위로 실현할 수 있으리라는 환상을 심어 준다.

　물질과 상류층에 대한 허황된 꿈은 한 죄수의 진실한 애정에 의하여 깨진다. 그러나 주인공 핍은 유산의 악영향을 그의 내면에서만 깨달았을 뿐 사회적 차원으로 공감대를 확대해 가는 노력을 보여 주지 않는다. 그리고 핍이 결국 돈, 지위, 사랑을 모두 얻게 되는 결말은 난질되었던 기존 사회로 다시 복귀하고 마는 불완전성을 드러내는 것이다.

　매그위치는 원래 악한 성품 때문이 아니라 먹고 살기 위해서 도둑질을 시작해야만 했던 죄수로서, 범죄자를 생산해 내는 당대 빅토리아 사회의 구조적 모순을 구체화한 인물이다. 그는 돈만 있으면 신사가 될 수 있다고 확신하는데, 이것은 사회의 희생자인 그 자신이 당대 물질 만능주의 사고방식을 오히려 답습하는 한계를 보인다.

　미스 해비샴은 작품 속에서 대표적인 상류층으로 등장하고 있는 인물이다. 그녀의 왜곡된 삶은 당시 귀족들의 실상을 반영한다. 그녀 역시 자신의 재산에만 눈이 어두웠던 사기꾼 애인에게 배반당했던, 물질 만능주의 사회의 또 다른 희생자다.

　디킨스는 이 작품에서 안일한 소시민적 한계를 완벽하게 극복하지는 못했지만, 빅토리아 시대 영국의 구조적 질곡을 통찰력 있게 파헤치고 비판한 작가였다. 더욱 중요한 것은 그가 무엇보다도 사회에 대해서는 절망하면서도 인간의 덕성에 대해서는 끝까지 신뢰감을 잃지 않았다는 사실이다. 《위대한 유산》에서 핍이 물질의 힘을 극복하는 과정, 무시무시한 프롤레타리아 매그위치에게서 고귀한 덕성을 찾아내는 시각, 그리고 부패한 상류층인 미스 해비샴의 인간적인 참회 모습 등에서 디킨스의 이러한 신념을 찾아낼 수 있다.

생각 나누기

다음 제시된 지문에서 핍은 자신의 후원자가 탈옥수 매그위치임을 알고 경악한다. 매그위치는 늪지대에서 자신에게 음식을 가져다 준 핍을 '신사'로 만들기 위해 자신을 드러내지 않고 핍을 도왔던 것이다. 핍의 생각을 비판하고 매그위치가 생각하는 '신사'가 어떤 것인지에 대해 자신의 견해를 밝히시오.

내 처지에 대한 사실이 급히 머릿속에 떠올랐다. 나는 실망감과 창피스러움 등 여러 가지 결과가 너무도 한꺼번에 밀어닥쳤으므로 그것들에 눌려 기가 꺾여 헐떡거리고 말았다.

"이름이 '제이'자로 시작하는 제이거슨인가 하는 변호사를 고용한 사람이 바다를 건너 포츠머스로 와서 저기 상륙했소. 그리고 당신한테 오고 싶어 했지요. 당신은 내가 당신을 찾아냈다고 말했지요. 글쎄! 어떻게 내가 당신을 찾았냐고요? 그것은 내가 포츠머스에서 런던에 있는 사람에게 당신의 주소를 자세히 알리라고 편지를 썼기 때문이지요. 그 사람의 이름은 웨믹이지요."

내가 나의 생명을 구하기 위해서였다 해도 나는 한마디도 할 수가 없었다. 한 손을 의자 등에 얹고 다른 한 손은 숨이 막힐 것 같은 가슴에 얹어 놓은 채 나는 서서 그를 뚫어지게 바라보았다. 그러자 방에서 파도가 이는 것 같고 방이 빙빙 도는 것 같은 현기증이 났다. 나는 의자를 꽉 잡았다. 그는 나를 소파로 데려가서 앉히더니 쿠션을 받쳐 주고 내 앞에 한쪽 무릎을 꿇고 몸을 굽혔다. 그리고는 내가 항상 분명히 기억했고 무서워했던 그 얼굴을 내 얼굴 앞에 바싹 갖다 대었다.

"그래, 사랑스런 아이야, 내가 너를 신사로 만들었단다. 그때 나는 한 푼을 벌면 그 돈을 너에게 주리라고 맹세했었지. 그 뒤에도 만약 내가 투기로 부자가 된다면 너도 부자가 되어야 한다고 맹세했단다. 네가 평탄한 길을 걷게 하기 위해 나는 험한 길을 걸었단다. 네가 일을 하지 않아도 되도록 나는 열심히 일했단다. 그게 무슨 상관이지? 네가 부담을 느끼라고 내가 이런 말을 하겠니? 천만에. 너는 추격을 당해 위험에 처한 사람을 구해 줬었지. 네가 구해 준 그 사람이 벼락부자가 되어 너를 신사로 만들었단다, 핍."

나는 어떤 무서운 짐승에게보다도 더 심한 증오감과 공포심 그리고 혐오감으로 몸을 떨었다.

"핍, 여길 보렴. 나는 너의 두 번째 아버지란다. 넌 내 아들이다 ─어떤 아들보다 나에게는 네가 소중하단다. 난 네가 돈을 쓸 수 있게 하려고 돈을 저축해 놓았단다. 외로운 오두막집에서 목동 노릇을 할 때도 난 너의 얼굴만은 볼 수 있었단다. 그때는 사람의 얼굴은 못 보고 양떼들의 얼굴만 보아서 남자와 여자의 얼굴이 어떻게 생겼는지를 거의 잊어버렸단다. 그 오두막집에서 내가 점심이나 저녁을 먹을 때 나는 내 칼을 여러 번 떨어뜨렸다. 그리고 이렇게 말했지. '내가 먹고 마시고 있을 때 나를 보는 소년이 바로 여기 또 보이는구나!'라고. 나는 마치 너를 안개 낀 늪지에서 보았을 때처럼 똑똑히 여러 번 보았단다. '신이여 나를 때려죽이소서!'라고 나는 그때마다 말했지……. 그리고 탁 트인 하늘 아래에서 이 말을 하려고 밖으로 나가곤 했단다─ '내가 자유와 돈을 얻으면 그 소년을 신사로 만들겠습니다.'라고. 그리고 나는 그렇게 했단다. 자, 사랑하는 핍, 너를 좀 봐라. 네가 살고 있는 이 집을 좀 봐라. 귀족에게 알맞은 집이지! 귀족? 아아! 네가 노름꾼에게 돈을 보여도 너는 그들을 이길 것이다!"

모범 답안

매그위치의 귀환은 핍의 모든 꿈과 지금까지의 생활을 완전히 뒤집어 놓는 충격적인 사건이다. 자신의 후원자가 미스 해비샴이라고 막연히 믿었던 때와는 전혀 다른 상황에 직면하게 되는 것이다. 핍은 일단 에스텔라와 맺어진다는 것은 환상에 불과했고 자신이 미스 해비샴의 실험 대상이었을 뿐이라는 사실에 고통을 느끼며, 이 비천한 죄수 때문에 매부를 저버렸다는 죄책감에 괴로워한다. 그러나 핍이 매그위치를 혐오하는 진짜 이유는, 그가 사회에서 경멸당하는 비천한 죄수의 신분이며 자신이 그런 사람의 더러운 돈을 받아 왔다는 믿고 싶지 않은 사실 때문이다.

"그가 앉는 버릇, 서는 버릇 그리고 먹고 마시는 버릇에서…… 이 모든 태도와 또 하루에도 시시각각으로 일어나는 이름 붙일 수 없는 사소한 천 가지 일들에서 나는 그가 죄수이며, 중죄인이며, 농노인 것을 명백히 알 수 있다."

미스 해비샴의 돈은 깨끗하고 고귀한 것이어서 자신을 신사로 만들어 줄 만한 것이지만 매그위치의 돈은 그렇지 않은 것이다. 핍의 이런 태도는 그가 자신을 체통 있게 지키고자 하는 속물근성과 배타적인 계급적 편견에 물들어 있음을 잘 보여 준다.

한편, 자신이 만든 신사를 만나기 위해 온 매그위치에게 핍의 모습은 지극히 만족스럽다. 핍의 내면적 성장은 그의 관심사가 아니었던 것이다. 그가 핍에게서 기대하는 신사의 모습은 외형적인 차원을 넘지 않는다. 그는 핍의 호주머니에서 시계를 꺼내 보고 손가락에 끼여 있는 반지를 가리키며, 또 시트와 옷, 몇 백 권의 책이 선반에 쌓여 있는 것을 보며 '신사의 것'이라고 기뻐한다. 마음에서 신사가 아닌 사람은 태도에서 신사일 수 없다는 격언과는 달리 외적인 신사만을 꿈꾸었던 것이다. 그의 이러한 신사관은 물질만능주의와 연결되어 있다.

"그녀는 네 것이 될 수 있다. 만일 돈으로 그녀를 살 수 있다면, 돈이 너를 도와줄 것이다."

교육이나 덕성과는 상관없이 돈만 있으면 신사가 될 수 있다는 생각은 당시 사회의 물질 중심적 가치관을 그대로 드러내고 있는 것이다.

읽기 전에

제시된 본문은 핍이 늪지대의 교회 무덤에서 탈옥수를 만나 협박에 못 이겨 음식을 가져다 줄 것을 약속하고 불안에 떠는 작품의 도입부다. 탈옥수와의 만남이 앞으로 핍의 인생에서 얼마나 중요한 사건으로 전개되는지 상상하며 감상해 보자.

위대한 유산

아버지의 성은 피립이고, 내 세례명은 필립인데, 아직 나의 어린 혀는 핍 이상 더 길고 분명하게 발음할 수 없었다. 그래서 나는 내 자신을 핍이라 불렀고 다른 사람들도 나를 핍이라고 불렀다.

아버지의 성이 피립이라는 사실은 아버지의 비문과 누나의 말에 근거를 둔 것이다 ──누나는 조 가저리와 결혼하였다. 아버지와 어머니를 본적도 없고, 그들과 비슷한 사람조차도 본 적이 없었던 탓에(사진 기술이 발달하기 전이었으므로), 나는 엉뚱하게도 부모님의 비문을 읽고 그들의 모습을 마음대로 상상하곤 하였다. 아버지 비문의 글자체를 보고 나는 아버지가 네모난 얼굴에 체구는 건장하며, 살결은 검은 편이고, 머리카락은 검고 곱슬곱슬했으리라고 상상했다. '조지아나 부인 역시 여기 누워 잠들다.'라는 비문의 글자 모양과 구절을 보고 나는 어머니의 얼굴에 주근깨가 있었으며 몸이 허약하였으리라고 어린아이 같은 생각을 하였다. 부모님의 무덤 옆에는, 다섯 개의 조그마한 마름모꼴 비석이 나란히 한 줄로 서 있었다. 이것은 내 다섯 동생들의 죽음을 추모하기 위한 것이었다. 동생들은 생존 경쟁에서 너무도 일찍 자신의 삶을 포기하였던 것이다. 나는 이 조그만 비석들을 보면서 동생들이 연년생으로 태어났으며 또한 그런 신세에서 결코 벗어난 적이 없었으리라는 확신을 굳힐 수 있었다.

우리 고장은 바다에서 20마일이나 떨어진 강을 낀 습지대에 있었다. 내가 사물의 정체를 처음으로 폭넓고 생생하게 기억하게 된 것은, 아마도 잊지 못할 어느 습기 차고 추웠던 초저녁이었던 것 같다. 나는 그때 쐐기풀로 뒤덮인 장소가 틀림없이 교회 마당이라는 것을 알 수 있었다. 이 교구의 신도였던 아버지 필립 피립과 어머니 조지아나가 죽어서 묻혀 있다는 사실, 그리고 알렉산더, 바돌로매, 에이브러햄, 토비아스, 로저 이렇게 어린 내 다섯 형제 역시 세상을 떠나 거기 묻혀 있음을 알 수 있었다. 제방과 무덤과 대문이 교차된 교회 마당 건너에 있는 어둡고 평평한 뜰에 소들이 흩어져 풀을 뜯고 있는 곳이 늪지대라는 것과 그 늪지대 건너 낮게 펼쳐진 지평선 너머에 강이 있다는 것, 그리고 더 멀리 있는 야생 동물의 소굴로부터 바람이 불어오고, 그 너머에 바다가 있다는 사실을 알고 있었다. 게다가 이 모든 음산한 환경이 점점 무서워져서 온몸을 웅크리고 훌쩍이고 있는 것이 바로 나 자신 핍이라는 것도 알고 있었다.

"소리 내지 말아라!"

교회 현관 쪽 무덤 사이에서 한 사람이 느닷없이 나타나서 무서운 목소리로 외쳤다.

"꼼짝 마라, 요 조그만 악마야, 꼼짝하면 모가지를 잘라 버릴 테다!"

부시무시한 인상의 남자는 지저분한 잿빛 옷을 입고, 발목에는 쇠고랑을 차고 있었다. 모자를 쓰지 않은 머리에는 헌 헝겊 조각을 매고 있었고, 낡아빠진 구두를 신고 있었다. 그는 물에 빠져 몸이 완전히 젖었으며 진흙으로 범벅이 되어 형편없는 몰골이었다. 쐐기풀에 찔리고 가시덤불에도 긁혀 다리는 절름거리고, 몸을 벌벌 떨면서 눈을 부라리며 성난 목소리로 떠들었다. 그는 내 턱을 잡고 나를 노려보았는데, 심한 추위 때문에 이가 서로 딱딱 부딪치는 소리가 들렸다.

"제발 목숨만 살려 주세요."

나는 공포에 떨며 빌었다.

"제발 살려만 주세요."

"네 이름을 말해 봐!"

그 남자가 말했다.

"어서!"

"핍이에요."

"다시 말해 봐!"

나를 노려보며 그가 말했다.

"크게 말해!"

"핍, 핍이라고 해요."

"어디 사는지 말해 봐. 네가 사는 곳을 대!"

남자가 말했다.

나는 교회에서 1마일 이상 떨어진 오리나무와 가지를 바싹 자른 나무숲 사이의 뜰에 자리 잡은 우리 마을 쪽을 손가락으로 가리켰다.

사나운 사내는 나를 잠시 노려보더니 갑자기 나를 거꾸로 세우고 내 호주머니를 뒤졌다. 호주머니 속에는 한 조각의 빵 부스러기 외에는 다른 아무것도 없었다. 교회가 다시 본래의 모습으로 보였을 때 ─그는 너무나 갑자기 사납게 나를 거꾸로 세웠다. 그래서 나는 머리 위에 있다가 갑자기 발꿈치로 내려간 교회의 뾰족탑을 발밑으로 보았다─ 나는 높다란 비석 위에 떨면서 앉아 있었다. 그 남자는 게걸스럽게 빵 조각을 먹어대고 있었다.

"이 녀석아, 네 볼은 포동포동하구나."

그는 자기 입술을 핥으며 지껄였다.

그 당시 나는 내 나이에 비해 몸집이 작고 약한 편이었으나 볼은 오동 통하게 살이 쪘던 것 같다.

"이 볼따구니를 못 먹으면 틀림없이 후회하게 될 거야."

그는 머리를 흔들거리며 나를 위협했다.

나는 그가 올려놓은 비석에서 떨어지지 않기 위해 찰싹 달라붙었다. 그리고 그가 나를 잡아먹지 말기를 바란다고 간절하게 말했다.

"자 그럼, 이봐 네 엄마는 어디 있지?"

남자가 음흉스럽게 물었다.

"저기 있어요, 아저씨!"

내가 말했다.

그는 놀라서 뛰어 도망가다가 다시 멈추고 나를 자기 어깨 너머로 쳐다보았다.

"저기요!"

나는 겁먹은 목소리로 겨우 설명했다.

"'조지아나 역시 여기 누워 있다.' 저게 우리 엄마예요."

"응, 그래!"

그는 돌아보며 말했다.

"네 엄마 옆에 있는 게 네 아빠냐?"

"예, 아저씨. 아빠도 옛날에 이곳에서 살았대요."

"히! 그럼 누구하고 같이 살지? 혹시 내가 널 살려 준다면 말이야. 아직 내 맘은 정해지지 않았지만."

"누나하고요, 아저씨. 대장장이 조 가저리 부인 말이에요."

"대장장이라고?"

그는 자기 다리를 내려다보며 말했다.

그는 자신의 다리와 나를 번갈아 여러 번 우울하게 내려다보더니, 내게 다가와 두 팔로 나를 꽉 잡았다. 그리고는 온 힘을 다해 나를 뒤로 넘어뜨렸다. 그의 눈은 아주 무섭게 내 눈을 쏘아보고, 나는 풀 죽은 눈으로 그를 올려다보았다.

"자, 잘 들어. 이 문제는 네가 사느냐 죽느냐가 달린 거다. 너 줄칼이 뭔지 알지?"

"예 알아요, 아저씨."

"그럼 음식물이 어떤 건지 알지?"

"예 알아요, 아저씨."

그는 한 가지씩 물을 때마다 나를 조금씩 뒤로 넘어뜨려 가며 위협했다.

"내게 줄칼을 가져와."

그는 나를 또 한 번 뒤로 젖혔다.

"그리고 음식물도 가져 와. 만약 안 가져 오면 네 심장과 간을 빼버릴 테다."

그는 다시 나를 뒤로 넘어뜨렸다.

나는 굉장히 두렵고 어지러워 두 손으로 그에게 꼭 달라붙으며 말했다.

"제발 저를 바로 앉게 해주세요. 그러면 아프지 않고서도 아저씨 이야기를 더 잘 들을 수 있을 거예요."

그가 나를 난폭하게 내동댕이쳤기 때문에 교회당 뾰족탑이 그 꼭대기의 풍향계 너머로 거꾸로 한 바퀴 빙글 도는 것을 볼 수 있었다. 그러고 나서 그는 내 팔을 붙들어 비석 위에 올려 앉히고 다시 소름끼치는 말을 계속했다.

"내일 아침 일찍 줄칼과 음식을 가져 와. 네가 그걸 가져 오고 아무에게도 이 사실을 말하지 않는다면 너를 살려 주겠다. 만약 그렇지 않을 경우에는 네 심장과 간을 꺼내 구워 먹을 테다. 지금 나 이외에도 숨어 있는 젊은 사람이 있는데, 그에 비하면 나는 천사다. 그는 지금 내가 하는 말을 모두 듣고 있지. 그 사람은 애를 잡아 심장과 간을 빼먹는 데 무서운 재주를 가지고 있어. 그로부터는 아무리 애들이 숨으려 해도 소용없다. 너 같은 어린애는 문을 걸어 잠그고 침대 속에 누워 이불을 머리끝까지 쓰면 편안하고 안전하다고 생각하겠지. 하지만 그 사람은 조용히 어린애에게 기어 들어 가서 심장과 간을 찢어 버린단 말이야. 지금도 그가 너를 해칠까 봐 내가 망을 봐주고 있는 거란 말이야. 그를 네 가까이 못 가도록 하는 일은 굉장히 어렵단다. 자, 너 어떻게 할래?"

나는 엉겁결에 내일 아침 일찍 줄칼과 먹을 것을 구해서 포병대 주둔지였던 곳으로 가겠다고 약속했다.

"네가 약속을 지키지 않는다면 하느님이 너를 때려죽일 것이라고 말해!"

그가 시키는 대로 내가 말하자, 그는 나를 비석 위에서 내려놓았다.

"자, 이제 네가 할 일을 기억하고, 그 무시무시한 사람을 잊지 말고 집으로 가버려!"

"아, 아, 안녕히 주무세요, 아저씨."

나는 말을 더듬거렸다.

"암, 나도 그러길 바란다!"

그는 춥고 습기 찬 뜰 너머를 둘러보며 자기 주위를 살폈다.

"제길, 차라리 개구리나 뱀장어 팔자라면 좋을걸!"

그는 떨리는 몸뚱이에 양팔을 꽉 끼고 ―자신을 한데 뭉치려는 듯 꽉 붙드는 것이었다― 교회당 담 쪽으로 절름거리며 걸어갔다. 쐐기풀과 가시덤불로 온통 뒤덮인 묘지 사이를 걸어가는 그는, 마치 무덤으로부터 슬그머니 손을 뻗어 그의 발목을 잡고 놓치지 않으려는 죽은 이들의 손을 뿌리치며 걸어가고 있는 것처럼 보였다.

그는 교회의 낮은 담까지 가서 무감각하고 뻣뻣한 다리를 겨우 들어 담을 넘었다. 그런 뒤 그는 뒤돌아보며 나를 찾는 눈치였다. 그가 돌아서자마자 나는 집을 향해 도망쳤다. 그러나 잠시 후에 내가 어깨너머로 되돌아보았더니 아직도 그는 두 팔로 몸을 감싼 채 강 쪽으로 걸어가고 있었다. 늪지대 여기저기에 장마 때나 밀물이 들었을 때 징검다리로 쓰도록 놓아 둔 커다란 돌 위를, 아픈 발을 절뚝거리며 그가 걸어가고 있는 것이 보였다.

그가 아직 거기 있는지 알아보려고 걸음을 멈추었을 때, 늪지대는 그저 길고 어두운 지평선일 뿐이었다. 강은 늪처럼 그렇게 넓거나 검지는 않았지만 그것도 한 가닥 지평선에 지나지 않았다. 하늘도 또한 길고 화난 듯한 선과 촘촘한 검은 선이 한 군데 섞여 있는 줄일 뿐이었다. 나는 강가에 우뚝 서 있는 듯한 두 개의 검은 물체만을 모든 전광 가운데서 희미하게 알아볼 수 있었다. 하나는 뱃사공의 방향을 도와주는 등대였다. 등대는 마치 기둥 위에 술통을 엎어놓은 것 같았는데, 가까이 다가가서 보면 꽤 흉측하게 보였다. 또 하나는 쇠줄이 달린 교수대였다. 옛날에 이 교수대에서 해적 한 명이 처형되었었다. 나를 위협하던 그 사람은 교수대를 향해 절뚝거리며 걸어가고 있었다. 그는 다시 살아난 옛날의 해적처럼 교수대에서 내려왔다가 다시 스스로 올가미에 매이려고 돌아가는 것처럼 보였다. 이런 생각이 들자 나는 너무 무서워서 얼른 얼굴을 돌렸다. 그리고 그가 지나간 자리에서 풀을 뜯고 있는 소들을 보며 소들도 그런 생각을 할까 하고 생각해 보았다. 그에게 들었던 무서운 젊은 사람이 주위에 있는지 살펴보았으나 보이지 않았다. 그러나 나는 또다시 무서운 생각이 들어 집으로 곧장 달렸다.

누나인 조 가저리 부인은 나보다 스무 살이나 위였다. 누나는 나를 손수 길렀으므로 주위 사람들의 평판이 매우 좋았다. 그 당시 나는 '손수 길렀다'는 뜻을 알았으며, 누나 손이 거칠고 험하다는 것도 알았다. 또 누나가 종종 매부나 내 무릎 위에 손을 얹는 버릇이 있음을 알았을 때, 나는 매부 조 가저리와 내가 누나 손에 의해 길러졌다는 사실을 짐작할 수 있었다.

누나는 결코 미인은 아니었다. 매부 조 가저리로 하여금 자신을 선택하도록 누나가 유도했으리라는 것은 쉽게 짐작이 가는 일이었다. 매부 조는 잘생긴 편이고, 양쪽 구레나룻에 금발의 고수머리가 늘어져 있었다. 매부의 눈빛은 푸른빛인데 흐리멍덩하여 눈의 흰자위가 섞인 것 같은 느낌을 주었다. 그는 온순하고 착했고, 부드러운 성격으로 매사에 낙천적이었으나 어리석은 면도 있었다. 그는 강점과 약점에서 볼 때 헤라클레스에 비교될 만한 사람이었다.

검은 머리에 검은 눈동자를 가진 우리 누나는 살결이 분홍빛이었다. 그래서 나는 누나가 비누 대신 육두구나무 향료 강판을 써서 세수를 하지 않았나 의심을 품고는 했다. 누나는 키가 크고 살도 통통하게 쪘다. 늘 거친 감으로 만든 앞치마를 2개의 끈으로 등 뒤에 매어 두르고 있었다. 앞치마의 윗부분은 사각형으로 되었는데 핀이며 바늘이 수두룩하게 꽂혀 있었다. 누나는 앞치마를 두른 것을 큰 자랑거리로 알았지만, 앞치마를 많이 둘러야 하는 것은 남편 때문이라며 매부에게 불평하고는 했다. 내가 보기에는 도대체 누나가 앞치마를 두를 이유가 하나도 없었다. 게다가 일이 끝나도 왜 그걸 벗지 않는지 그 이유를 알 수 없었다.

매부의 대장간은 우리 집 옆에 있었다. 우리 집은 그 고장의 많은 다른 집들처럼 목조건물이었다. 당시에는 대개 목조건물이었던 것이다. 교회당 마당으로부터 집으로 뛰어 들어왔을 때 대장간 문은 닫혀 있었고, 매부는 부엌에 혼자 우두커니 앉아 있었다. 매부와 나는 같은 고행자이며, 또한 고행자의 비밀을 지니고 있었다. 내가 부엌문의 고리를 올리고, 문 반대쪽 부엌 구석에 앉아 있는 매부를 빠끔히 보자마자 그는 나에게 조용히 속삭였다.

"누나는 너를 찾으려고 열두 번이나 나갔었단다, 핍. 그리고 방금 열세 번째로 나갔단다."

"누나가요?"

"그래, 핍. 이번엔 회초리까지 들고 나갔단다."

조가 대꾸했다.

이 우울한 이야기를 듣고 나는 조끼에 달린 하나뿐인 단추를 손으로 비틀면서 걱정스럽게 불을 쳐다보고 있었다. 회초리는 티클러라고 불렸는데, 한쪽 끝에 왁스가 칠해져 있었다. 내 몸을 너무 많이 때려서 반질반질하게 길이 들어 닳은 것이었다.

"누나는 안절부절 못하다가 회초리를 집어 들고 밖으로 뛰쳐나갔단다."

매부 조는 낮은 쪽 불을 천천히 부지깽이로 쑤시면서 불을 쳐다보고 있었다. 그는 계속 말했다.

　"누나는 몹시 화가 나서 뛰쳐나갔단다, 핍."

　"누나가 나간 지 오래됐나요, 매부?"

　나는 언제나 매부를 덩치 큰 어린애로 취급하고, 나와 동등하게 여겼다.

　"글쎄."

　매부는 독일제 시계를 쳐다보며 말했다.

　"누나가 성이 난 시간은 한 오 분 되는 것 같다, 핍. 누나가 지금 오는군! 얼른 문 뒤로 숨어. 그리고 수건으로 몸을 가려!"

　나는 매부가 시키는 대로 움직였다. 누나는 문을 열다가 문 뒤에 무언가 걸리는 것을 발견하고 자세히 알아보기 위해 회초리를 사용했다. 누나는 마침내 나를 조에게로 던졌다 ―나는 가끔 누나와 매부 사이를 오가는 미사일 노릇을 했었다. 매부는 어떻든지 나를 잡은 것이 안심이 되어 나를 벽난로 쪽으로 옮겨 놓았고, 자신의 큰 다리로 버티고 서서 누나로부터 나를 막아 주었다.

　"이 원숭이 같은 녀석아, 도대체 어디 가 있었니?"

　누나는 발을 구르며 소리 질렀다.

　"뭘 하느라고 내 마음을 이렇게 조이게 하고 걱정을 시켰는지 어서 말해! 그렇지 않으면 너 같은 놈 오십 명이든, 네 매부 같은 사람 오백 명이든 그 구석에서 *끄*집어내고 말 테니!"

　"난 그저 교회당 마당에 갔을 뿐이에요."

　나는 눈물을 손등으로 닦으며 말했다.

　"교회당 마당에!"

　누나가 다시 물었다.

　"내가 없었다면 너는 벌써 오래 전에 교회당 무덤에 누워 있었을 테지. 널 도대체 누가 키웠니?"

"누나가 키웠지요."

내가 대답했다.

"그렇다면 내가 왜 널 키웠지? 그 이유를 말해 보렴."

누나가 큰소리로 말했다.

"나도 몰라요."

나는 훌쩍거리며 말했다.

"나도 모르겠어! 다시는 나도 되풀이하지 않을 테야! 솔직히 말해서 네가 태어난 후 한 번도 이 앞치마를 벗어 보지 못했다고 해도 틀린 말이 아니지. 대장장이 마누라 노릇하기도 지겨운데 네 엄마 노릇까지 하려니 힘들어 죽을 지경이다."

나는 걱정에 차서 벽난로의 불을 바라보며 딴 생각을 하고 있었다. 늪지대에서 만났던 발에 쇠고랑을 찬 사람과 그가 말한 무서운 젊은 사람과 훔쳐 가져가기로 약속한 줄칼과 음식물, 그리고 이 평화로운 장소에서 도둑질을 하기로 한 두려운 맹세가 복수하듯이 타오르는 석탄불 속에서 내 눈앞에 떠올랐던 것이다.

"흥, 교회 마당이라고! 당신도 교회 마당이라고 말하겠지요. 당신과 핍둘이 언젠가는 나를 교회당 무덤으로 쫓아내고 말 거야. 내가 없으면 둘이 아주 친구가 되겠군요!"

누나는 회초리를 제자리에 갖다 놓으며 말했다.

누나가 차를 준비하는 동안 매부는 나를 내려다보았다. 매부는 앞으로 벌어질지 모르는 서글픈 상황에서 자신과 내가 어떤 지경이 될 것인지, 또 우리 둘이 실제로 어떤 짝을 이룰 것인지를 마음속으로 어림하고 있는 듯이 보였다. 매부는 자기 오른쪽 구레나룻의 금빛 수염과 턱수염을 만지작거리고, 그 멍한 푸른 눈으로 누나의 눈치를 살폈다. 이것은 분위기가 험악할 때면 항상 취하는 매부의 태도였다.

누나는 빵을 썰 때 매우 정확한 방법으로 똑같이 썰었다. 먼저 왼손으로 빵 덩어리를 꽉 잡고는 앞치마 가슴팍에 단단하게 고정시켰다. 어떤 때는 빵 조각에 핀이 꽂히기도 하고, 바늘이 우리 입에 들어오는 일도 있었다. 그런 다음 마치 약사가 석회를 깨듯 칼에 버터를 약간 묻혀서 빵에 발랐다. 칼 양쪽을 이용해서 솜씨 있게 살짝 치듯이 바른 다음, 빵 가장자리에 묻은 버터를 깨끗하게 긁어냈다. 그 다음에는 마지막으로 칼을 깨끗이 닦아 내고 두툼하게 빵을 한 조각 썰었다. 빵 조각을 잘라내기 직전에 둘로 잘라 한쪽은 매부가, 한쪽은 내가 먹었다.

나는 배가 고팠지만 내 몫의 빵 조각을 먹을 수는 없었다. 나는 무서운 탈옥수와 그의 무서운 친구를 위해 먹을 것을 남겨 두어야만 했다. 누나는 살림을 알뜰하게 하기 때문에 내가 아무리 찬장을 뒤지더라도 먹을 것이 없을 게 뻔한 일이었다. 그러므로 나는 내 몫의 버터 바른 빵 조각을 바짓가랑이 속에 넣어 두려고 마음먹었다.

이 목적을 이루는 데는 대단한 노력과 결심이 필요했다. 그것은 참으로 어려운 일이었다. 마치 높은 집의 지붕 꼭대기에서 뛰어내리느냐, 아니면 깊은 바닷속으로 뛰어 들어가느냐는 두 가지 중 한쪽을 선택하는 것처럼 힘든 일이었다. 아무것도 모르는 매부 때문에 내 입장은 더 곤란했다. 이미 아는 바와 같이 매부와 나는 함께 고생을 하는 처지로서 은밀한 우정과 매부의 착한 성격 덕분으로 잘 지내고 있었는데, 우리는 저녁마다 자기 몫의 빵 한 조각을 비교해 가며 조용히 음미하는 버릇이 있었다. 조금씩 작아지는 빵을 자랑삼아 서로에게 보이며 먹는 것이었다. 이런 행동이 매부와 나에게 새로운 힘을 북돋아 주었다. 오늘 저녁에도 매부는 급속도로 작아지는 빵을 들어 보이며 나도 빵을 들어 보이기를 원했다. 그러나 그는 빵을 들어 보일 때마다 내 한쪽 무릎 위에 놓인 노란 컵의 차가 아직 그대로 있고, 또 다른 쪽 무릎 위에 놓인 버터 바른 빵 조각이 손도 대지 않은 채 놓여 있는 것을 눈치 챘다. 마침내 나는 생각했던 것을 행동에 옮길 때가 왔다고 느꼈다. 가장 좋은 방법은 그때의 상황에 맞추어 아주 적절한 태도를 취하는 것이라고 생각했다. 나는 매부가 나를 쳐다보는 순간을 틈타 빵을 내 다리 밑으로 떨어뜨렸다.

매부는 내가 식욕이 없는 줄 알고 불안해하는 것 같았다. 그리고 빵을 내키지 않게 한 입 물어뜯었다. 보통 때보다 입에 넣은 빵을 오래 씹으며 생각에 잠겼다가 마치 약을 삼키듯이 억지로 넘겼다. 또 한 입 먹으려고 그가 빵을 입에 갖다 대려다가 나를 보더니 내 빵이 없어진 것을 알아차렸다.

매부가 빵을 입에 대려다가 멈추고, 의아해하면서 나를 뚫어지게 노려보는 모습을 누나가 보고 말았다.

"또 무슨 일이에요?"

누나는 재빨리 찻잔을 놓으며 말했다.

"아니, 그래!"

매부는 나를 보고 머리를 좌우로 흔들면서 중얼거렸다. 심각하게 충고를 하는 말투였다.

"핍, 너한테 해로워. 어딘가에 끈끈하게 붙잖아, 씹어서 삼키지는 않았을 텐데."

"또 무슨 일인지 말해 봐요."

약간 더 날카로워진 목소리로 누나가 다그쳤다.

"핍, 기침을 해서라도 토해 낼 수 있거든 제발 그렇게 하렴. 식탁 예절도 예절이지만, 네 건강이 더 중요하니까!"

이제는 누나도 안절부절 못해, 매부의 양쪽 구레나룻 수염을 붙잡고 머리를 벽에 박아 대면서 추궁했다. 나는 구석에 앉아 죄지은 표정으로 눈치만 보고 있었다.

"자, 무슨 일인지 당신이 말해 봐요."

숨을 거칠게 내쉬며 누나가 말했다.

"이 거만하고 덩치 큰 돼지 같은 사람!"

매부는 풀이 죽어서 누나를 쳐다보았다. 그리고 힘없이 빵을 한 입 물고 다시 나를 쳐다보았다.

"핍, 그렇지!"

매부는 마치 우리가 단둘이 있는 것처럼 조용한 목소리로 말했다.

"너와 나는 영원한 친구란 말이야. 그러니까 내가 너를 일러바칠 사람은 결코 아니다. 하지만 그럼……."

매부는 의자를 옮기고 우리 둘 사이의 마룻바닥을 보았다. 그리고 다시 나를 바라보고 말했다.

"음식을 씹지 않고 삼키지는 마라!"

"음식을 씹지 않고 삼켰다고? 핍이?"

누나는 소리를 질렀다.

"핍, 너도 알지."

매부는 누나를 보지 않고 나를 보면서 말했다. 그의 볼은 아직도 빵을 물고 있어 터질 것만 같았다.

"나도 너처럼 어렸을 때는 자주 그런 짓을 했지. 하지만 네가 그럴 줄은 몰랐다. 핍, 네가 빗장에 죄어 죽지 않은 것이 다행이야."

누나는 내게 달려들어 내 머리카락을 끌고 단호하게 말했다.

"너 이리 와서 약 먹어."

어떤 의사란 사람이 그 당시에 타르워터를 재생시켜 특효약으로 쓰게 했다. 그래서 누나는 항상 찬장 속에 이 약을 보관하면서 그 고약한 맛에 비례하는 약효가 있다고 믿고 있었다. 누나는 이 만능약을 강장제로 여기고 나에게 자주 먹게 했으므로 마치 내 자신에게서 새로 만든 울타리 담 같은 냄새가 풍기는 것을 느낄 수 있을 정도였다. 오늘 저녁은 특히 응급 치료를 필요로 하는 경우라서 이 혼합액을 1파인트(액체의 분량 단위로 1파인트는 1/8갤런, 기호 pt.)나 마셔야 했다. 고맙게도 누나는 내 머리를 누나 겨드랑이 밑에 꼭 붙들고 내 목구멍으로 약을 들이붓는 것이었다. 매부가 반

파인트를 들고 일어서자,

"당신도 놀랐으니 약을 마셔야 해요."

하고 누나는 매부한테도 약을 마시라고 명령했다.

매부는 모닥불 앞에 앉아서 근심스러운 표정으로 천천히 입을 놀리면서 생각에 잠겨 있었다. 내가 판단하건대, 매부가 놀란 것은 조금 전이 아니라 바로 지금일 거라고 생각되었다.

양심이란 어른이나 아이를 책망할 때는 두려운 존재다. 그러나 어린 소년의 경우에 있어서, 그 부담스러운 비밀이 소년의 바짓가랑이 속에 들어 있는 또 하나의 짐스러운 비밀과 합쳐져 커다란 벌을 당하는 듯 마음은 더욱 무거웠다. 누나 것을 훔치려 했던 죄의식 —집안 재산이 매부의 것이라고는 여기지 않았으므로 그의 것을 훔친다는 생각은 들지 않았다 —과 내가 앉을 때마다 한 손을 바지 속의 빵조각에다 놓아야 한다는 사실이 나를 미치게 하는 것 같았다. 아무리 사소한 심부름이라도 부엌에서 해야 할 때는 한 손을 주머니에서 꺼낼 수가 없었다. 게다가 늪에서 불어오는 바람이 모닥불을 활활 타오르게 하면, 나는 밖에서 들었던 그 사람의 목소리를 연상하게 되는 것이었다. 발에 쇠고랑을 찬 사람이 나에게 비밀로 약속한 사실, 즉 내일까지는 굶을 수도 없고 굶지도 않을 것이며, 지금 당장 먹어야 되겠다던 말을 기억하였다. 혹은 다른 때는 이런 생각도 하였다. 나를 잡아먹을 것을 참고 있는 젊은 사람이, 체질적으로 참을성이 모자라거나 시간을 잘못 알고, 내일이 아니라 오늘 밤에 내 심장과 간을 먹겠다고 결심하면 어떻게 하지! 공포 때문에 인간의 머리카락이 거꾸로 일어서는 일이 있다면, 그때 내 머리카락은 틀림없이 거꾸로 일어섰을 것이다. 그러나 아무도 그런 일은 겪지 못했으리라.

그날은 크리스마스 바로 전날 밤이었다. 나는 다음날 쓸 크리스마스 푸딩을 구리막대기로 7시에서 8시까지 저어야만 했다. 나는 바짓가랑이 속에 빵을 넣은 채로 저어 보았다. 그러자 빵이 움직여 발목에 쇠고랑을 찬 남자를 다시 떠오르게 했다. 그리고 내 발목 쪽으로 버터를 바른 빵을 꺼내다는 것이 거의 불가능하다는 사실을 알게 되었다. 나는 그 생각을 잠시 잊기로 마음먹고 그와 관련된 양심을 지붕 밑 다락방인 내 침실에 맡겨 두기로 마음먹었다.

"들어 보세요."

나는 푸딩을 젓는 일을 끝마치고, 벽 난롯가에서 침실로 가기 전에 마지막으로 몸을 녹이고 있다가 말했다.

"저 소리가 대포 소린가요, 매부?"

"아! 또 죄수가 도망쳤나 보군."

조가 대꾸했다.

"그게 무슨 뜻이죠, 매부?"

내가 물었다.

누나는 재빨리 말을 받아 설명을 덧붙였다.

"도망쳤군. 탈옥했단 말이야."

누나는 타르워터처럼 명확한 정의를 내렸다.

젊은 예술가의 초상

제임스 조이스

(James Joyce, 1882~1941)

젊은 예술가의 초상

제임스 조이스(James Joyce, 1882~1941)

작가와 작품세계

제임스 조이스(1882~1941)

아일랜드 소설가로 더블린에서 출생했다. 37년간 망명하여 국외를 방랑하며 생활한 그는 20세기 문학에 커다란 변혁을 초래한 작가로 평가받는다. 빈곤과 고독 속에서 눈병에 시달리면서 문학작품을 계속 집필하였는데 작품의 대부분이 아일랜드와 그의 고향 더블린을 대상으로 한 것이었다. 자서전적 요소가 많은 《젊은 예술가의 초상》은 '의식의 흐름'을 따른 산뜻한 심리묘사로 크게 주목받았다. 인간의 현실적 삶과 사회의 반영을 중시하는 근대 사실주의 소설과 달리 현대소설은 인간의 심리 세계로 그 시선을 전환시켰다. 제임스 조이스의 《젊은 예술가의 초상》은 일관된 사건이나 성격, 구성을 쉽게 파악하기 어렵다는 점에서 이러한 현대소설의 변모를 잘 드러내 주고 있다. 이 작품은 한 인간의 의식의 흐름과 변화를 통해 한 개인이 어떻게 자아를 형성시켜 나아가는가 하는 점을 잘 보여 주었다는 점에서 현대소설의 기념비적인 작품이라고 말할 수 있다.

줄거리

이 소설의 첫머리는 스티븐의 유년 시절이 잠시 환상처럼 처리된 후 학교생활로 펼쳐진다. 그는 왜소한데다 집안이 대단한 것도 아니어서 친구들에게 놀림을 받는 등 학교생활에 제대로 적응하지 못한다. 그의 우울한 학교생활은 특히 당시 조국인 아일랜드의 문제와 애국자 파넬의 죽음에 얽힌 가족 간의 이견 대립과 더불어 그의 의식에 중대한 영향을 미친다.

이러한 환경 속에서 스티븐은 예술을 지향하는 젊은이로 성장해 간다. 어떤 날은 급우들과 '테니슨이냐 바이런이냐'라는 문제로 논쟁을 벌이기도 한다. 그는 한 예술가의 위대성은 개인적인 도덕과는 관계가 없다고 생각한다. 그로 인해 친구들에게 곤욕을 당하기도 하지만 그의 예술적인 감수성은 날로 성장해 간다.

스티븐의 집은 차차 궁핍해져 간다. 어느 날 장학금을 받아 생활비에 보태고 남은 돈으로 매춘가를 찾게 된 스티븐은 동정의 상실에서 오는 죄의식에 시달린다. 그 일로 그는 어느 성당에서 고해성사를 하고, 죄의 용서를 받은 후 수도 생활을 하게 된다. 그는 아리스토텔레스와 성 토마스 아퀴나스를 섭렵하면서 엄격한 수도사 생활에 빠져든다.

엄격한 수도 생활과 신학에서 미의 본질을 찾다가 지친 그는 엘리자베스 시대의 사랑 노래로 기쁨을 찾아 돌아간다. 그는 엄숙한 수도 생활과 미에 대한 열렬한 추구를 동시에 병행하면서 자기의 미래를 탐색한다. 그 후 스티븐은 성직에 대한 심각한 회의에 빠지게 된다. 아일랜드의 교회 및 성직자의 생활과 자기의 예술관과의 괴리 속에서 괴로워하다가 드디어 아름다움만을 추구할 수 있는 예술, 자유로운 예술을 위하여 파리로 떠날 결심을 한다. 자기와 이름이 같은 조상이자 정신적인 아버지 다이덜러스가 제시하는 길을 따라 아일랜드가 던진 그물을 벗어나 미지의 세계로 날아가 아직 태어나지 않은 '삶의 모습'을 재창조하려는 것이다. '나는 백만 번이고 나아가 경험의 진실과 마주칠 것이며 영혼의 대장간에서 내 민족의 아직 태어나지 못한 양심을 만들어 낼 것이다.'라는 고백으로 작품의 끝을 맺고 있다.

《젊은 예술가의 초상》은 제임스 조이스의 첫 장편소설로서, 조이스의 성장 과정을 다룬 일종의 자서전적인 정신사가 중심이 되고 있다. 어린 시절의 불분명한 의식을 동화체와 동요로 시작하여 차츰 의식이 성장해 가는 과정을 문체의 변화로 표현하였는데, 이것은 내면화된 문체, 즉 '의식의 흐름'이라는 새로운 기법을 창시한 것으로서 소설 기법의 새로운 장을 열었다는 평가를 받고 있다.

'의식의 흐름'이란 작품 속의 모든 내용이 작중 인물들 중 한 사람의 의식을 통하여 논리적 인과 관계가 없는 서술 방식으로 제시되는 것을 말한다. 이것은 이전의 소설들의 주된 흐름인 사실주의의 현실적 묘사에서 벗어나 인간의 내면세계를 드러내고 있다는 점에서 특징적이다. 즉, 등장인물의 성격 창조보다는 인물의 의식의 내면세계를 밀도 있게 추적하면서 현대사회의 변모를 보여 주었다는 점에서 현대소설의 새로운 지평을 연 것이다.

이 소설은 한 소년이 내면의 갈등과 충동을 경험하면서 예술가의 길로 성장하는 과정을 담았다는 점에서 '성장소설', '교양소설', '예술가 소설'이라고 할 수 있다. 성장소설이란 유년기에서 소년기를 거쳐 성인의 세계로 입문하는 한 인물이 겪는 내면적 갈등과 정신적 성장, 자신을 둘러싸고 있는 세계에 대한 각성을 통해 그 사회가 자신에게 요구하는 역할과 그 세계 속에서 자신의 고유한 가치를 깨닫는 과정을 담고 있는 소설을 말한다. 예술가 소설은 성장소설에 속하는 중요한 유형으로서, 어떤 예술가가 현실과 자신의 예술적 이상 사이에서 갈등하다가 예술가로서의 자기 인식에 도달하는 성장 과정을 그린 작품을 말한다. 조이스의 《젊은 예술가의 초상》은 바로 이러한 예술가 소설의 전형적인 면모를 보여 주고 있다. 즉, 주인공 스티븐의 유년 시절로부터, 신부들에게 교육받는 엄격한 학교생활, 대학에서의 예술에 대한 심취와 자기 각성, 인격 형성, 그리고 유학길에 오르는 시간적 흐름이 주인공의 의식 변화에 초점을 맞춰 기록되고 있는 것이다. 그의 성장 과정은 언어 발달, 외계에 대한 인식, 사물에 대한 사고, 문학적 수양, 학문적 축적 등 의식의 세계가 확대해 나가는 것으로 표현된다. 그것은 마치 연못에 던져진 돌이 그리는 동그라미처럼 점점 확대해 가는 모습을 보인다. 따라서 이 작품은 바로 이러한 주인공의 의식 변화와 자아 형성에 소설 형식의 기법이 중점적으로 참여하고 있는 것이다.

이 작품의 중심적 주제는 비상이다. 주인공의 이름인 스티븐 디덜리스는 옛 그리스의 전설적인 명인 다이달로스의 이름에서 따온 것으로, 다이달로스는 미노스 왕의 노여움을 사 크레타 섬에서 아들 이카루스와 함께 갇혔다가 인공의 날개를 달고 비상을 시도했던 인물이다. 이 소설의 주인공 스티븐 역시 자기를 속박하는 '가정, 종교, 사회, 국가의 그물'을 뚫고 비상하여 탈출을 시도하고 있는 것이다. 스티븐은 가족, 가톨릭, 학교, 사랑, 죄의식, 감각, 언어, 미, 문학에 이르기까지 나름대로의 자기 인식을 통해 자아 형성을 도모하게 된다.

생각 나누기

다음 제시된 지문은 주인공 스티븐이 성직자 생활을 청산하고 예술을 찾아 떠나기로 결심하는 장면이다. 여기서 스티븐은 종교적 구속에서 자유로운 자신을 표현할 수 있는 예술을 발견하기로 결심한다. 이를 바탕으로, 종교적 엄숙성이나 이성적 질서 등과 예술적 자율성은 서로 양립할 수 없는 것인지에 대해 논하시오.

그렇다면 떠나자. 갈 시간이다. 한 목소리가 스티븐의 외로운 마음에 속삭이며 가라고 이르면서 그의 우정이 끝났음을 고하였다. 그렇다. 나는 가리라. 남과 다툴 수는 없다. 내겐 내 역할이 있다.

"아마 난 떠나게 될 거야."

하고 그는 말했다.

"어디로?"

크랜리가 물었다.

"갈 수 있는 곳으로."

스티븐이 말했다.

"그래."

크랜리는 말했다.

"네가 지금 여기서 산다는 건 어려울지도 몰라. 하지만 그것 때문에 떠난다는 거야?"

"떠나야 해."

스티븐이 대답했다.

"너는……."

하고 크랜리가 말을 계속했다.

"가고 싶지 않으면 자기가 쫓겨났다든가 혹은 이단자나 탈락자라는 식으로 생각할 필요가 없어. 너처럼 생각하는 독실한 신자들은 얼마든지 있으니까. 그게 놀라운가? 교회는 돌로 된 건물도 아니거니와 성직자나 교리도 아니야. 그 속에 태어난 사람 전체인 거야. 난 네가 평생 무얼 하고 싶어 하는지 몰라. 언젠가 밤에 하이코트로 정거장 밖에 서서 내게 말하던 그런 일이 하고 싶어?"

"그래."

스티븐은 장소와 결부해서 무엇을 기억해 내는 크랜리의 버릇 때문에 저도 모르게 웃음이 났다.

"샐리개프에서 라라스로 가는 가장 빠른 길 때문에 네가 도우어티하고 반

시간이나 옥신각신하던 그날 밤 말이다."

"깡통 대가리!"

크랜리는 나직이 경멸을 머금으며 말했다.

"지가 샐리캐프에서 라라스로 가는 길을 뭘 안다고. 그런 일에 지가 아는
게 뭐가 있다고 말이야. 떠벌리거나 하는 커다란 빨래통 같은 대가릴 하고."

그는 크고 긴 웃음을 터뜨렸다.

"그래서."

하고 스티븐은 말했다.

"그 나머지도 기억하고 있어?"

"네가 한 말 말이야?"

크랜리가 물었다.

"그래. 기억하지. 네 정신이 구속 없는 자유 속에서 자신을 표현할 수 있
는 생활양식이나 예술양식을 발견하겠다는 거지."

스티븐은 인정한다는 뜻으로 모자를 들어 올렸다.

"자유라!"

크랜리가 되풀이했다.

"하지만 넌 아직 모독의 행위를 저지를 만큼도 자유롭지 못해. 어때 도둑
질은 할 것 같아?"

"우선 구걸부터 할 거야."

스티븐은 말했다.

"그래도 아무것도 못 얻는다면 도둑질을 하겠어?"

"넌 내가 이렇게 말하길 바라는 거지."

하고 스티븐이 응수했다.

"소유권은 일시적인 거고 특정한 상황에선 도둑질도 불법은 아니라고 말
이야. 그렇게 믿는다면 누구나 도둑질을 하겠지. 그러니까 그런 대답은 하
지 않겠어. 예수회 신학자 후안 마리아나 데 타라베라에게 물어 봐. 그러면

어떤 상황 하에서 국왕을 합법적으로 죽일 수 있고, 또 독약을 술잔에 담아 주는 게 좋으냐 아니면 옷이나 말안장 앞에 칠해 놓는 게 좋으냐를 설명해 줄 테니. 그보다는 차라리 내게 물어 보려거든 남에게 도둑질을 당해도 가만히 있을 건가 아니면 도둑질을 당했을 때 소위 세속적인 징벌권을 발동할 건가나 물어 봐."

"그래, 그렇게 할 거야?"

"아마."

하고 스티븐은 말했다.

"그런 짓을 하기란 도둑질을 당하는 것만큼이나 가슴이 아플 거야."

"알았어."

크랜리가 말했다. 그는 성냥을 꺼내 두 이빨 사이를 소제하기 시작했다. 그러다가 그는 스스럼없이 물었다.

"어때, 가령 처녀는 더럽히겠어?"

"실례지만,"

하고 스티븐은 정중히 대답했다.

"그건 젊은 신사라면 다 갖는 야심이 아니겠어?"

"그럼 네 생각은 뭐란 말이야?"

크랜리가 물었다.

이 마지막 말은 숯 연기처럼 고약한 냄새를 풍기며 기분 나쁘게 스티븐의 두뇌를 자극하여 머릿속에 연기가 괴어 있는 것같이 느껴졌다.

"이거 봐, 크랜리."

하고 그는 말했다.

"넌 내가 무엇을 하겠으며 무엇을 하지 않겠는가를 물었어. 내가 무엇을 하겠으며 무엇을 하지 않겠는가를 말해 주지. 나는 내가 이미 믿지 않는 것은 그 이름이 가정이건, 조국이건 혹은 교회이건 간에 섬기지 않겠어. 그리고 되도록 자유롭게 또 되도록 완전하게 생활양식이나 예술양식으로 나 자신을 표현해 보겠어. 나를 지키기 위해서는 스스로 허용한 유일한 무기만을 사용할 거야 — 침묵과 추방과, 교지(狡智)만을."

모범 답안

스티븐의 예술관은 개인의 자유로운 상상력과 개성 및 독창성을 중시하고, 현실적인 세계보다는 이상화된 세계를 동경하며, 고전적인 형식의 균형과 조화보다는 내면의 갈등과 부조화에 대한 자각으로부터 출발하는 낭만주의적 예술관의 연장선에 있다고 할 수 있다. 물론 이 작품을 쓴 제임스 조이스의 예술관은 엄격히 말해 낭만주의적 예술관과는 거리가 있는 모더니즘적 예술관에 기반하고 있는 것이 사실이다. 그러나 예술을 바라보는 관점을 크게 보아 이성을 중시하고 조화와 균형을 강조하는 고전주의적 전통과 개인의 자유와 무한한 개성을 중시하는 낭만주의적 전통으로 크게 구분해 보는 것도 큰 무리는 없을 것이다.

이러한 스티븐의 예술관에 대해서도 다양한 비판적인 시각이 존재할 수 있을 것이다. 앞서 말한 바대로 고전주의적 시각에서 그의 예술관을 비판할 수도 있을 것이고, 또한 인간을 억압해 온 미신의 터부와 합리적인 세계의 모색을 중시하는 계몽주의적 시각에서 그의 예술관을 비판할 수도 있을 것이다. 또한, 현실 세계의 반영과 새로운 세계에 대한 전망을 중시하는 사실주의적 예술관도 있다.

먼저, 스티븐이 겪고 있는 내면적 갈등의 본질이 무엇인가를 이해하는 것이 필요하다. 그를 짓누르고 있었던 것은 가정이나 교회로 대변되는 엄숙주의, 그리고 당시 아일랜드를 지배하고 있었던 애국주의적 열정이었고, 그의 예술은 그러한 기존 제도와 관습의 구속으로부터 자유로움을 추구하는 열정의 표현인 것이다. 그리고 각자의 예술에 대한 생각을 바탕으로 스티븐의 예술관에 대해 동조하거나 비판하는 논지를 전개해 보자.

제시된 본문은 5장으로 구성된 전체 작품 중 제4장에 해당하는 부분으로서, 성직자와 예술가의 길 사이에서 갈등하는 스티븐의 내면세계가 묘사된 장면이다. 내면의 갈등이 작중 인물의 의식의 흐름에 따라 어떻게 드러나는지 살펴보자.

젊은 예술가의 초상

그는 클롱고우즈 학교에서 운동 경기를 구경하면서 크리켓 모자에서 얄팍한 과자를 꺼내 먹으며 운동장 주위를 거닐고 있는 자신의 모습을 떠올렸다. 예수회 사제들 몇 명이 자전거 경주장 주위를 젊은 여자들과 산보하고 있었다. 클롱고우즈 학교에서 사용했던 표현들의 반향이 그의 마음속 깊은 동굴에서 울려나왔다.

거실의 정적 속에서 이런 반향이 그의 귓가를 울릴 때, 또 다른 사제의 목소리가 들려왔다.

"스티븐, 오늘 매우 중요한 일로 말을 나누고 싶어 자네를 불렀네."

"예, 선생님."

"자넨 소명감을 느껴본 적이 한 번이라도 있었나?"

스티븐은 입술을 열어 예라고 대답하려다가 갑자기 그 말을 거두었다. 사제는 대답을 기다리다 덧붙였다.

"내 말은, 자네 마음속에서, 자네 영혼 속에서, 교단에 귀의하고 싶은 소명을 느껴본 적이 있는가 하는 것이네."

"전 여러 번 생각해 보았습니다."

스티븐이 말했다.

사제는 한쪽으로 떨어지는 블라인드 끈을 내버려둔 채, 혼잣말을 하며 두 손을 잡고 그 위에 턱 끝을 기댔다.

"우리 같은 학교에선,"

그는 마침내 말했다.

"하느님께서 한두 명 아니면 세 명 정도를 신앙의 삶으로 부르신다네. 그런 학생은 신앙적으로 타인에게 훌륭한 모범을 보임으로써 각광을 나타내지. 또한 교우들에게 존경받고, 대체로 신심회 동료로부터 회장으로 뽑히지. 스티븐, 자네는 성모 마리아의 신심회 회장이었고, 그러한 학생이었네. 아마 이 학교에서 자네가 하느님께서 예비하신 학생일 거야."

사제의 엄숙하고 자부심이 가득한 어조가 스티븐의 가슴을 조마조마하게 했다.

"스티븐, 그러한 소명을 따르는 것은,"

사제가 말했다.

"전능하신 하느님께서 인간에게 부여하신 가장 커다란 은총일세. 지구상의 어떤 왕도, 황제도 하느님의 사제와 같은 권능을 갖지는 못하지. 천국의 어떤 천사도, 대천사도, 어떤 성인도, 심지어는 성모 마리아께서도 하느님의 사제와 같은 권능이 없다네. 그것은 천국 열쇠의 권능, 죄를 묶고 죄를 풀어주는 권능, 마귀를 쫓는 권능, 하느님의 창조물을 지배하는 사악한 정령들을 쫓아내는 권능이며, 천국의 위대한 하느님이 제단 위에 내려오셔서 빵과 포도주로 모습을 바꾸시도록 하는 권능이며 권위이지. 이 얼마나 축복된 권능인가, 스티븐!"

이러한 사제의 자부심에 찬 말에서 자신의 오만한 명상의 메아리를 듣고 있을 때, 스티븐은 그의 뺨에 뜨거운 기운이 다시 타오르기 시작했다. 그는 얼마나 천사와 성인들이 존경하는 그 놀라운 사제의 권능을 차분히 그리고 겸손히 행하고 있는 자신의 모습을 상상해 보았던가! 그의 영혼은 그런 욕망을 은밀히 꿈꾸어 보곤 하였다. 그는 젊고 조용한 사제로서 고해실을 신속히 들어가고, 제단의 층계를 밟고 올라가며, 향을 피우고, 무릎을 꿇고, 사제의 직책을 수행하는 자신의 모습을 꿈꾸어 왔었는데, 이런 일들은 현실과 가까우면서도 동시에 현실과 동떨어져 있다는 이유

때문에 더욱 매혹적이었다. 그는 그 어렴풋한 삶 속에서 여러 사제들에게서 눈여겨보았던 목소리와 몸짓들을 생각해 보았다. 그는 이분처럼 두 무릎을 옆으로 굽혀 보기도 하고, 신도들을 축복한 후 다시 제단으로 몸을 돌릴 때, 저분처럼 의식용 예복을 펄럭이며 휙 휘둘러보기도 하였다. 그리고 무엇보다 그가 상상한 그 어렴풋한 장면에서 보좌역을 차지한다는 것이 그를 기분 좋게 하였다. 모든 화려한 의식을 자기가 끝맺어야 하거나 그 의식이 자신에게 너무나 막중한 임무를 부여한다고 생각하면 그는 그다지 유쾌하지 못해서 위엄 있는 사제직이 부담스럽기도 했다. 그는 대미사에서 보좌신부의 제의(祭衣)를 걸치고, 사람들이 알아차리지 못할 정도로 제단에서 떨어져 어깨에는 얇은 베일을 걸치고, 그 베일 아래 파테나(성체용 빵 접시)를 들고, 아니면 부사제로서 성찬식이 다 이루어졌을 때, 황금빛 달마티카(긴 흰옷에 입는 부사제의 옷)를 입고 사제 아래 층계에 서 있으면서 두 손을 맞잡고 얼굴은 신도들을 향한 채, "가십시오, 미사는 끝났습니다."라고 영창 하는, 그런 작지만 신성한 성무를 꿈꾸었다. 만약 자신이 사제라고 상상해 볼 때면, 그의 어린 시절 미사책에 나오는 장면과 같이 성찬식의 천사 외에는 신도들이 아무도 없는 성당에서 아무 장식도 없는 제단에 또래의 어린 종자의 시중을 받고 있는 모습을 생각했다. 그의 의지는 모호한 성찬식이나 성례식에서 홀로 현실과 직면하려는 것으로 보였다. 그를 항상 억제하고, 침묵으로 분노나 자부심을 잠재우고, 또는 포옹을 오직 받기만 하도록 하는 그의 소극성은 바로 이러한 지정된 의식이 없었기 때문이었다.

그는 이제 사제의 요구를 존경 어린 침묵으로 듣고 있었으며, 그의 말을 통해 그에게 명령하고, 그에게 은밀한 지식과 권능을 제시하는 뚜렷한 목소리를 들었다. 그러면 그는 사이먼 마거스의 죄가 무엇이며, 성령을 거스른 죄가 얼마나 용서받지 못할 죄인지를 알게 되리라. 그는 다른 사람들, 즉 분노의 자식들로부터 태어난 사람들한테는 숨겨진 것들을 밝혀 알게 되리라. 다른 사람들의 죄를, 헛된 갈망을, 욕된 사고를, 죄스런 행동을 어둠에 덮인 성당의 고해실에서 부인과 소녀들이 그의 귀에 소곤거리는 걸 들을 때 그는 알게 되리라. 그러나 그의 서품식에서 안수례에 의해 깨끗하게 죄 사함 되었기에 그의 영혼은 죄에 물들지 않고 다시 제단의 평화로 다가가리라. 어떠한 죄도 빵을 만지고 자르는 두 손을 머뭇거리며 만지지 못하리라. 어떠한 죄도 그가 주님의 몸체와 분간하지 못하면서 저 주를 먹고 마시게 하도록 기도하는 그의 입술을 방해하지 못하리라. 그는 죄 없이 순수한 사람이기에 은밀한 지식과 권능을 소유하리라. 그리고 멜기세덱의 서열에 따라 영원히 사제로 있으리라.

"난 내일 아침 전능하신 하느님께서 당신의 성스런 의지를 자네에게 계시해 주도록 기도를 드리겠네."

교장 선생님이 말했다.

"그리고 스티븐, 자네도 자네의 성스러운 수호성인이며 매우 전능하신 최초의 순교자님께 하느님이 자네 마음을 밝혀 주도록 9일 기도를 드리도록 하게. 그러나 자네가 소명을 받지 않은 것을 나중에 알게 된다면 그건 죄스러운 일이니, 스티븐, 자네는 소명을 받았다는 확신을 가져야만 하네. 명심하게. 한번 사제가 되면 영원한 사제이네. 교리문답에 의하면, 신품성사(新品聖事)는 영혼에 결코 지워질 수 없는 영적 흔적을 남겨 놓기 때문에 오직 한 번만 받을 수 있는 것이지. 그것은 자네가 신중하게 생각해야지 그냥 지나치고 나면 안 되네. 스티븐, 이것은 자네 영혼의 영원한 구원이 달려 있는 엄숙한 문제라네. 그러니 우리 함께 하느님께 기도를 드리세."

그는 묵중한 현관문을 붙잡아 열고, 마치 영적 생활의 동료를 대하듯 그의 손을 내밀었다. 스티븐은 계단 위의 널찍한 평지로 빠져 나와 온화한 저녁 공기가 부드럽게 스치는 것을 느꼈다. 핀드래터의 교회 쪽으로 네 명의 젊은이가 서로 팔짱을 끼고, 머리를 까딱거리며 악장(樂長)의 경쾌한 손풍금 곡조에 발맞추어 성큼성큼 걸어가고 있었다. 감격적인 선율이 항상 그렇듯이 그 선율은 그의 마음을 황홀하게 하였고, 마치 어떤 커다란 파도가 어린이들이 만든 모래성을 무너뜨리듯이 소리 없이 흩어져 버리면서 금방 사라졌다. 이 평범한 곡조에 흐뭇한 마음이 든 그는 눈을 들어 올려 사제의 얼굴을 보았다. 그리고 그 얼굴에서 사라지는 웃음기 없는 표정을 보며, 그 공감 속에 묵인했던 그의 손을 천천히 뗐다.

그가 층계를 내려갈 때, 학교 문지방에서 지는 해를 정면으로 받고 있어 가면을 쓴 듯한 음울한 얼굴의 인상이 그의 내적 묵상을 흩트려 버렸다. 그때 학교생활의 그림자가 엄숙하게 그의 의식을 스쳤다. 그를 기다리고 있는 것은 물질적 여유는 있지만 엄숙하고 질서에 얽매여 있는 일상적인 생활이었다. 어떻게 초심자로서 첫날밤을 지낼 것인지, 그리고 기숙사에서 얼마나 우울하게 첫날 아침에 깨어날 것인지를 그는 생각하였다. 클롱고우즈 학교의 긴 복도에서 나던 쾨쾨한 냄새가 다시 떠오르면서 그는 조심스럽게 타오르는 가스난로의 나지막한 소음을 들었다. 즉시 그의 모든 존재가 불안에 떨기 시작했다. 그의 맥박은 열에 들떠 가빠지기 시작했고, 소음 같은 의미 없는 말들이 그의 이성적 사고를 혼동시키기 시작했다. 마치 그가 후끈하고 축축한 해로운 공기를 들이마신 듯이 그의 폐는 부풀다가 오므라들었고, 클롱고우즈 학교의 목욕실에서 천천히 흐르는 물 위에 석탄 빛이 떠도는 뜨끈하고 축축한 공기를 냄새 맡은 것 같았다.

이런 기억이 사라지자 교육이나 신앙심보다 더욱 강렬한 어떤 본능이 그가 신앙생활에 가까이 갈 때마다 내부에서 용솟음쳤으며, 그 미묘하고 적의를 품은 본능이 용납하지 못하도록 그를 붙들었다. 그러한 생활의 냉기와 질서는 그를 역겹게 했다. 아침의 찬 기운 속에서 일어나 다른 사람들과 함께 아침 미사에 줄지어 가서, 정신이 아찔해질 정도로 메스꺼운 위장을 기도로 억누르려고 헛되이 애쓰는 자신의 모습을 그는 보았다. 저녁에 학교 동료들과 앉아 있는 자신의 모습도 그려 보았다. 그러면 수줍음 때문에 낯선 지붕 밑에서 먹거나 마시기를 싫어하는 그의 습성은 어떻게 될 것인가? 자신을 모든 질서에서 자유로운 존재로 항상 인식하게 만들었던 자부심 강한 그의 정신은 어떻게 되는 것일까?

예수회 사제 스티븐 디덜러스.

그 새로운 생활에서 이러한 이름은 그의 눈앞에 글자가 되어 떠올랐고, 이어서 어떤 명확하지 않은 얼굴 형태나 얼굴색에 대한 마음의 감정이 나타났다. 그 색깔은 이내 사라졌지만 붉은 벽돌이 반짝이는 것처럼 다시 진해졌다. 그것은 그가 겨울 아침에 사제들의 면도한 턱밑에서 자주 보아 왔던 거친 홍조인가? 얼굴은 즐거움이 없고 경건해 보였으며, 분노를 억누르려고 창백해진 핑크빛의 엷은 색조에 물들어 있었다. 그것은 예수회 사제들에 대해 흔히 연상되는 환영이 아닌가? 이것을 어떤 아이들은 랜턴 저즈로 다른 아이들은 폭시 캠블이라고 불렀다.

그는 그 순간 가디너 거리의 예수교 숙소 앞을 지나고 있었는데, 만약 그가 교단에 가입한다면 그의 방이 어딜까 하고 멍하니 생각해 보았다. 그때 막연히 경이롭게만 생각됐던 자신의 생각을 곰곰이 되짚어 보며, 상상해 왔던 영혼의 성역과 그의 영혼과의 거리감을 의심쩍게 생각했다. 또한 결정적이고 돌이킬 수 없는 그의 행위가 현세와 영원에서 일단 그의 자유를 종결시키겠다고 위협할 때, 질서와 복종의 세월들이 그에게 큰 영향력을 미치지 못하고 있다는 것을 그는 깨달았다. 교회의 자랑스런 권리와 그리고 사제직의 신비와 권능을 그에게 역설했던 교장 선생님의 목소리가 그의 기억 속에 헛되이 울려 퍼졌다. 그의 영혼은 그것을 듣고 받아들이려 하지 않았으며, 그가 경청했던 권고의 말은 이미 의미 없는 형식상의 이야기로 전락했다는 걸 그는 깨달았다. 결코 사제로서 감실 앞에서 향로를 흔들지 않겠어. 사회적 또는 종교적 질서에서 벗어나는 일이 그의 운명이었다. 사제의 호소가 지닌 지혜는 그의 골수에까지 영향을 주지는 못했다. 그는 다른 사람들과 떨어져 홀로 자신만의 지혜를 배우도록 태어났으며, 또한 그 스스로 세상의 함정 사이를 방랑하면서 다른 사람의 지혜를 배우는 운명을 지녔던 것이다.

이 세상의 함정은 곧 죄의 길이었다. 자신은 추락하리라. 아직 추락하지 않았지만 일순간에 조용히 추락하리라. 추락하지 않는다는 건 너무나도 어려운 일이지. 그리고 그것이 어느 한 순간에 다가오듯이, 그는 그의 영혼이 추락하며, 그러나 아직 추락되지 않은, 여전히 추락되진 않았지만 이제 막 추락하려는 조용한 전락을 느꼈다.

그는 다리를 건너 톨카 강가로 내려갔다. 그리고는 햄 모양으로 자리 잡은 초라한 작은 집들 가운데 기둥 위에 새처럼 서 있는 성모 마리아의 푸른 성골함 쪽을 잠시 동안 냉정히 쳐다보았다. 그런 다음 왼쪽으로 구부러진 좁은 길을 따라 집으로 내려갔다. 강 위로 높이 솟은 땅에 일군 부엌 텃밭에서 썩은 배추의 시큼한 냄새가 그에게 희미하게 몰려왔다. 이것이 아버지가 사는 집의 무질서이며, 혼돈이며 혼란이고, 극도로 가난한 채식 생활로서, 이것이 그의 영혼에서 승리하고 있었다. 그들이 모자를 쓴 남자라고 별명을 지었던 집 뒤 부엌 텃밭의 고독한 농부를 생각하자, 이내 웃음이 그의 입술에서 짧게 터져 나왔다. 잠시 후 모자를 쓴 남자가 일을 하는 방식, 하늘을 네 방향으로 번갈아 살핀 후 삽을 땅에 찔러 넣는 모습을 생각하자 또다시 웃음이 저절로 터져 나왔다.

그는 자물쇠도 잠기지 않은 현관문을 열어젖히고 장식이 없는 복도를 거쳐 부엌으로 걸어갔다. 형제자매들이 식탁 주위에 둘러앉아 있었다. 차는 거의 바닥이 나 있고, 단지 두 번 우려낸 차 찌꺼기가 찻잔 대용으로 쓰는 조그만 유리병과 잼 그릇 밑바닥에 남아 있었다. 빵 부스러기와 설탕을 바른 빵 조각이 엎질러진 찻물에 변색된 채 식탁 위에 흩어져 있었다. 찻물이 식탁 여기저기에 고여 있었고, 파이 과자 중앙에 깨진 상아 손잡이가 달린 칼이 꽂혀 있었다.

하루가 저무는 슬프고도 조용한 회색 광채가 창문과 열린 문틈으로 비추더니, 그 광채는 스티븐의 마음속에 일던 갑작스런 후회의 감정을 조용히 누그러뜨렸다. 장남인 그에게는 동생에게 없는 모든 것이 자유롭게 주어졌었다. 그러나 저녁의 조용한 광채 때문에 그들의 얼굴에서 어떠한 원망의 표시도 볼 수 없었다.

그는 그들 곁의 식탁에 앉아 아버지와 어머니가 어디 계신지를 물었다. 한 애가 대답했다.

"다른 집을 보러 나가셨어요."

이사를 또 간다고! 벨비디어 학교에서 팔런이란 이름을 가진 애가 자주 그에게 어리석은 웃음을 지으며 왜 너희는 그처럼 자주 이사를 다니느냐고 물었었다. 이런 어리석은 질문을 다시 들을 때 경멸감으로 그의 찡그린 얼굴은 어두워졌다.

그는 물었다.

"왜 우리는 다시 이사를 가야 하지?"

"집주인이 우리를 쫓아낸다고 해."

난로 저편에서 막내 동생이 '자주 고요한 밤에'를 부르기 시작했다. 다른 애들도 하나씩 가락을 따라 부르다 마침내 모두들 합창으로 불렀다. 그들이 그처럼 몇 시간이고 노래에 노래를 이어, 합창에 합창을 이어가며 부르다 보니, 창백한 햇살이 지평선 아래로 지고 어두운 밤 구름이 나타나며 밤이 깊어갔다.

그는 귀를 기울이며 얼마 동안 기다렸다가 그도 역시 그들의 가락을 따라 불렀다. 그의 영혼은 그들의 신선하고 천진한 가냘픈 목소리 뒤에 감추어진 지친 삶의 소리를 고통스럽게 듣고 있었다. 심지어 그들은 인생의 여행을 떠나기도 전에 벌써 지친 듯이 보였다.

어머니

막심 고리키
(Maxim Gor'kii, 1868~1936)

어머니

막심 고리키(Maxim Gor'kii, 1868~1936)

작가와 작품세계

막심 고리키(1868~1936)

러시아 작가로 니지니노 브고로드(현재의 고리키 시)에서 태어난 그의 본명은 알렉세이 막시모프스치 페스치코프다. 일찍이 양친을 여의고 9세 때부터 자립 생활을 시작하여 여러 직업을 전전하다가 1892년부터 문학 활동을 시작하여 주로 하층민의 생활상을 묘사하였다. 가난하게 살면서 각지를 방랑하였고, 독학으로 문학을 공부했으나 때로는 절망하여 자살을 기도하기도 했다. 사회주의 10월 혁명 때까지 적극적으로 저술 활동과 정치 활동을 하였으며, 혁명 이후에는 레닌의 위탁으로 문화 정치 부분의 일을 하면서 사회주의적 문화 혁명의 고양에 직접적인 영향을 끼쳤다. 소비에트 연방으로 돌아온 이후 폭넓은 문화·정치 활동을 하였으며, 언론 활동과 저술 활동도 계속하였다.

문학 작품으로는 《어머니》, 《아르타 모노프일가의 사업》 등이 있고, 인물 평전으로 《레닌》, 《레프 톨스토이》가 있으며, 자서전 《나의 어린 시절》 등이 있다.

줄거리

블라소프의 어머니 닐로브나는 중년 여성으로 사회의 찌꺼기에 지나지 않는 야수와 같은 남편에 대한 공포와 궁핍한 삶에 찌든 여인이다. 남편이 죽은 후 갑자기 달라진 아들의 모습에 불안함을 느끼지만 그녀는 아들을 통해서 젊은 노동자들과 그 부류의 동료들에게 둘러싸여 있는 자신의 새로운 모습을 발견하기에 이른다.

그녀는 점차로 아들 블라소프의 혁명 운동에 동조하게 되고, 마침내 노동절 시위에서 깃발을 들기에 이른다. 그리고 아들이 감옥에 갇힌 이후에는 더욱 열렬히 운동을 하며, 지난 세월의 공포, 순종, 희생의 굴레를 스스로 벗어던지게 된다.

어머니 닐로브나의 의식 성장 과정은 혁명에 가담한 지극히 평범한 노동자가 밟는 도정을 대표한다. 어머니 닐로브나는 아들에 대한 사랑에서 출발하여 아들과 자신의 미래에 대한 두려움과 공포를 느끼지만, 결국 그것이 하느님의 사랑을 알고 주저하는 가운데서도 진보한다. 이러한 어머니 혁명가 닐로브나의 형상은 소설 속에서 살아 있는 의미를 획득한다. 즉 파벨과 그의 동료들은 어머니를 통해서 인류애를 절실히 느끼게 된다.

작품해설

《어머니》는 비판적 리얼리즘의 전통과 낭만주의를 통일한, 이른바 사회주의 리얼리즘의 길을 연 작품이다. 또한 정의롭지 못한 사회의 희생물로만 묘사되었던 노동 계급을 스스로 역사를 만들어 나가고 불의에 맞서 싸우는 적극적인 유형의 인간으로 묘사한 최초의 작품이다. 특히 파벨은 20세기 초 러시아 선진 노동자의 전형으로 묘사되어 세계 문학사에 최초로 나타난 프롤레타리아 영웅의 형상이다.

이 작품은 고리키가 제1차 러시아 혁명의 진상과 의의를 설명하기 위해 미국에 파견되어 머물던 중 발표했던 소설이다.

《어머니》는 러시아의 더 나은 미래를 위한 투쟁의 지도자로서 노동 계급을 각성시켜 주었으며, 노동 계급으로 하여금 자신들의 가치뿐만 아니라 정치적 이데올로기적 성숙을 직접 눈으로 확인케 해주었다. 그리하여 이 작품은, 문학이 인간의 의식을 변화시킴으로써 사회 혁명에 기여할 수 있다는 사회주의 리얼리즘의 낙관적 신념을 보여 주는 대표적인 예로 거론되기도 한다.

"책이란 꼭 필요한 것이다. 과거에 많은 노동자들이 무의식적으로, 자연 발생적으로 혁명 운동에 관여해 왔다면, 지금의 노동자들은 자신을 위해 《어머니》를 매우 유용하게 읽고 있다."

이는 《어머니》라는 하나의 소설이 단순한 글의 의미를 넘어, 노동자들의 의식 성장에 미치는 영향이 지대함을 지적하는 레닌의 유명한 말이다.

소설은 주로 연못 복개 공사비 사건, 5·1 노동절 시위 사건과 법정 연설이라는 세 가지 사건을 통하여 한 평범한 노동자가 강인한 전사로 성장해 가는 과정을 그려 내고 있다. 작가는 파벨을 통해 20세기 초 러시아의 혁명적 노동자의 몇 가지 본질적인 특징, 즉 강인한 의지, 명확한 투쟁 목표, 낙관적인 정신을 보여 주고 있다. 법정에서 파벨이 당당하게 연설하는 장면은 이 소설의 클라이맥스다. 이는 파벨이 높은 정치의식을 지니고 이론적으로 닦여진 성숙한 프롤레타리아 혁명가가 되었음을 보여 준다.

소설은 혁명의 실패와 혁명적 기운의 좌절로 끝을 내지만 오히려 독자들은 혁명의 궁극적인 승리를 확신할 수 있을 것이다.

이 작품이 창작될 당시 러시아의 산업 발달은 유럽 국가 중 후진국에 속했으나, 차르 체제의 엄혹성과 잇단 농민 반란, 지적 노동에 봉사하는 사회계층의 증대로 사회의 불안이 심화되어 혁명의 가능성이 고조되었고 민중의 혁명 의식도 고양되어 있었다.

이 작품은 차르 체제하의 러시아에서는 곧 판매 금지되었고, 심한 삭제가 가해진 후에야 출판이 허용되었다.

생각 나누기

1. 어머니와 동료들은 파벨이 탈옥하여 자신들의 곁으로 돌아오기를 원하지만, 파벨은 그러한 제안을 거부하고 있다. 동료의 입장이 되어 파벨의 탈옥을 권유하는 편지를 써보도록 하자. (단, 검열은 없다고 간주한다.)

2. 어머니가 아들의 동료들에게서 느끼는 거리감을 참조하여, 인간관계에서 계급이나 계층적 차이는 극복할 수 없는 것인지 논하시오.

모범 답안

1. 어머니와 동료들은 파벨이 탈옥하기를 원하지민 피벨은 암시적으로 탈옥을 거부하는 자신의 신념을 내보인다. 파벨이 탈옥을 거부했던 이유는 본문에 뚜렷하게 드러나지는 않지만 뒤에 이어지는 재판에서 파벨이 하는 발언을 통해 알 수 있다. 그는 탈옥이 자신에 대한 존경심을 잃는 행위라고 보았던 것이다. 어머니와 동료들은 파벨의 그런 마음을 충분히 이해하면서도, 아들이자 연인이자 동료인 파벨이 옥에 갇혀 있다는 사실이 안타까울 따름이다.

그렇다면 파벨이 탈옥을 해야 한다는 주장의 근거에 대해서 생각해 보도록 하자. 우선 파벨이 감옥에 갇혀 있는 일은 감옥 밖에 남아있는 사람들에게 큰 부채나 다름없다. 그가 감옥에서 나오는 것이 동료들을 기쁘게 해주는 것이며, 그가 나선 혁명의 길에 더욱 다가가는 방법일 수 있는 것이다.

여기에 덧붙여 감정적인 호소를 한다면, 그의 건강을 끊임없이 염려하는 어머니를 내세워 그의 감정을 움직이게 할 수도 있겠다.

　2. 한 사람이 속한 계급·계층과 그에 따른 생활환경은 그의 일생과 세계관을 형성하는 데 중요한 역할을 한다. 그러므로 계급·계층이 다른 사람 사이에서 거리감을 느끼는 것은 당연하다. 어머니는 파벨의 동료 대부분이 지식인이며 자신과 다른 생활환경에서 자라 왔다는 데 거리감을 느낀다. 그들이 자신을 대하는 태도가 부자연스럽게 생각될 때마다 어머니가 느끼게 되는 거리감은 더욱 강해진다. 이러한 거리감은 어느 일방의 주관적인 느낌이거나 어느 일방이 책임을 져야 하는 문제가 아니다. 왜냐하면 거리감은 쌍방적인 관계에서 생기는 감정이기 때문이다.

　만약 이러한 거리감이 결코 해소될 수 없는 것이라면 인간 사이의 진정한 이해와 사랑이란 불가능할 것이다. 아니면 이해한다거나 사랑한다는 말의 의미가 매우 퇴색해 버릴 것이 분명하다. 그렇다면 계급·계층을 뛰어넘는 이해와 사랑은 어떻게 가능할지 생각해 보자.

　자기가 속하지 않은 다른 계층에 대한 관심과 이해가 그것을 가능하게 하는 한 방법이다. 그리고 계층이 다르다는 점을 지나치게 의식하지 말고 그 사람을 소중한 개별적인 존재로 인정해 준다. 작품을 예로 들면, 어머니와 파벨의 동료들 사이에도 처음에는 서먹함과 거리감이 없지 않았다. 그러나 그들은 공동의 일을 하고 서로를 이해하는 노력을 통해서 그러한 차이를 훌륭하게 극복해 내었다. 이러한 예를 참조하여 계급·계층적 차이에 의한 거리감을 없앨 수 있는 방안을 모색해 보자. 그리고 이런 문제의 해결은 심리적·개인적 차원에서 뿐만 아니라 집단적·제도적 차원에서의 노력도 필요함을 상기하자.

제시된 본문은 아들 블라소프가 체포되어 감옥에 갇힌 후, 어머니가 아들의 뜻을 이어받아 아들의 동지들과 함께 혁명 운동을 계속하는 부분이다. 수많은 사람들의 희생을 요구하는 혁명 운동의 정당성에 대해 생각하면서 작품을 감상해 보자.

어머니

　정오쯤 감옥 면회실에서 파벨과 마주앉은 어머니는 눈물 어린 눈으로 그의 수염 난 얼굴을 바라보며 손가락 사이에 꽉 쥐고 있는 쪽지를 전해 줄 기회만을 엿보고 있었다.

　"전 잘 지내요. 모두들 별일 없겠죠. 어머니는 어떠세요?"

　그가 나지막이 말했다.

　"잘 지내고 있단다. 이고르 이바노비치가 죽었어."

　그녀가 무심코 말했다.

　"예?"

　파벨이 깜짝 놀라 되묻다가 조용히 고개를 떨어트렸다.

　"장례식 날에 경찰이 마구 폭력을 휘두르다가 급기야는 사람 하나를 잡아갔단다."

　그녀가 담담한 어조로 말을 이었다. 감옥 부간수가 못마땅한 듯 얇은 입술을 삐죽이다가 자리에서 벌떡 일어나 중얼거리기 시작했다.

　"그런 말은 금지되어 있습니다. 다 알만한 양반들이! 정치적인 문제는 거론해선 안 됩니다."

　어머니 역시 의자에서 벌떡 일어나 이해할 수 없다는 듯한 표정을 지으며 말했다.

　"정치 얘기를 하자는 게 아니고 난 그저 싸움 이야기를 한 거에요. 사실 싸움이 있었어요. 정말입니다. 심지어 한 친구는 머리를 다치기까지

했어요."

"마찬가집니다. 조용히 하세요. 사적인 얘기, 한마디로 가족이나 집 얘기 말고는 하지 마시오."

부간수는 난처해졌는지 자기 책상 앞에 앉아 서류를 뒤적이면서 볼멘 어조로 귀찮은 듯 덧붙였다.

"모두 내가 책임져야 합니다. 내 책임이라고요."

어머니는 주위를 둘러보고 재빨리 파벨의 손에 쪽지를 찔러 넣어 주었다. 그리고 홀가분한 마음으로 숨을 내쉬었다.

"무슨 말을 해야 할지……."

파벨이 미소를 지었다.

"저도 역시 말문이 막히네요."

간수가 신경질적으로 소리쳤다.

"그럼 면회는 뭣 하러 왔소? 할 얘기도 없으면서 괜히 면회는 와서 내 신경만 건드리고……."

"재판이 곧 열릴까?"

잠시 입을 다물고 있던 어머니가 물었다.

"며칠 전에 검사가 왔었는데 곧 열리게 될 거라고 했습니다만……."

그들은 별로 중요하지도 않은 말들을 나누었다. 어머니는 파벨이 사랑을 듬뿍 담은 부드러운 눈으로 자신을 바라보고 있음을 알 수 있었다. 예전과 다름없이 침착하고 태연한 게 전혀 변한 데가 없었다. 다만 수염이 길게 자랐고, 팔목이 야위어 나이가 한결 들어 보였다. 어머니는 그를 즐겁게 해주고 싶었고 또 베소프쉬코프에 대해서도 이야기해 주고 싶었다. 그래서 그녀는 목소리를 전혀 바꾸지 않고 똑같은 어조로 쓸데없고 아무 재미도 없는 이야기를 하듯이 말을 이어 나갔다.

"일전에 네 제자를 만났단다."

파벨이 이해가 가지 않는다는 눈길로 어머니를 쳐다보았다. 그녀는 베소프쉬코프의 곰보 자국 난 얼굴을 상기시켜 주느라고 손가락으로 자기 볼을 콕콕 찍었다.

"별일 없이 잘 지낸다. 몸도 건강하고. 그리고 곧 일자리도 구하게 될 거야."

아들이 알아듣고 고개를 끄덕인 다음, 눈에 웃음을 머금고 대답했다.

"그것 참 잘됐네요."

"그래, 그래!"

그녀는 아들을 기쁘게 해주었다는 생각에 덩달아 기분이 좋아졌다.

작별 인사를 나누면서 그는 어머니의 손을 힘있게 잡았다.

"고맙습니다, 어머니."

아들에 대한 애정 어린 친근감이 취기가 돌 듯 가슴에 밀려왔다. 어머니는 아무런 말도 못하고 무언의 악수로 대신했다.

집에서 그녀는 사샤를 만났다. 그 처녀는 어머니가 파벨을 면회하고 오는 날이면 어김없이 집에 모습을 나타냈다. 그녀는 결코 파벨에 대해서는 한마디도 묻지 않고, 만약에라도 어머니가 아들에 대해서 이야기를 할라 치면 그냥 어머니의 얼굴만을 뚫어지게 바라볼 뿐이었다. 그런데 오늘은 웬일인지 어머니를 보자마자 질문을 던지며 유난을 떨었다.

"그는 잘 있어요?"

"그래, 아주 건강하더구나."

"쪽지는 전하셨겠죠?"

"물론이지! 아주 감쪽같이 찔러 넣었지……."

"그가 읽어 보던가요?"

"거기서? 그럴 수야 없었지."

"그렇죠, 제가 잠시 깜빡했어요."

사샤가 천천히 말을 이었다.

"한 주일 더 기다려야겠군요, 한 주일 더! 그가 동의할 것 같던가요?"

그녀는 미간을 찌푸리고 어머니의 얼굴을 뚫어져라 쳐다보았다.

"잘은 모르겠다만……."

어머니가 잠시 생각에 잠겼다.

"별 위험만 없다면야 왜 도망치기를 거부하겠냐?"

사샤는 고개를 젓고는 무뚝뚝하게 물었다.

"환자에게 뭘 먹여야 할지 아세요? 배가 고프다는군요."

"아무거나 괜찮아, 뭐든! 내가 곧……."

그녀는 부엌으로 갔다. 사샤도 천천히 그 뒤를 따랐다.

"도와드릴까요?"

"고맙군!"

어머니가 페치카 위로 허리를 굽혀 냄비를 집었다. 처녀가 조용히 말했다.

"잠깐만요……."

그녀의 얼굴이 창백해지고 두 눈은 슬픔에 잠겨 휘둥그래졌다. 그리고 파르르 떨리는 입술로 간신히 입을 열었다. 격렬한 어조였다.

"어머니께 부탁이 있어요. 전 그가 동의하지 않을 거라는 걸 알아요. 그를 설득시켜 주세요. 그는 정말 없어선 안 될 사람이에요. 그러니 그에게 말씀해 주세요. 그가 절대적으로 우리 일에 필요하고, 또 혹 병이나 나지 않을까 제가 걱정하고 있노라고 말예요. 아시잖아요. 재판이 여태껏 열리지 못하고……."

너무나도 힘들게 이야기를 하고 있음이 분명했다. 그녀는 똑바로 서서 한쪽 옆을 바라보고 있었다. 목소리는 불규칙하게 울렸다. 피로한 듯 눈썹을 내리깐 그녀는 입술을 깨물었고, 꽉 움켜쥔 주먹에서는 심지어 뼈마디 소리가 들리기까지 했다.

어머니는 처음엔 그녀의 갑작스런 감정 폭발에 당혹감을 감추지 못했지만 이내 그 감정을 이해하게 되었다. 슬픈 감정에 사로잡힌 어머니는 격정적으로 사샤를 껴안고 나지막한 목소리로 대답했다.

"오, 사랑스러운 것! 파벨은 자신 외에는 어느 누구의 이야기도 듣지 않을 거야. 어느 누구의 이야기도."

둘은 서로 꼭 껴안고 말이 없었다. 잠시 후 사샤는 조심스럽게 자기의 어깨에서 어머니의 손을 내리고 떨리는 목소리로 말했다.

"네, 어머니 말씀이 옳아요. 모두 부질없는 짓이에요. 신경만 날카로워지고……"

그러더니 침착한 어조로 말했다.

"참, 환자에게 먹을 걸 갖다 주어야지요."

이반의 침대 옆에 앉아서 그녀는 걱정스러운 듯이 나지막히 물었다.

"머리가 많이 아파요?"

"많이 아프지는 않아요. 단지 모든 게 빙글빙글 도는 기분이에요. 그리고 기운이 없어요."

급히 담요를 턱까지 끌어다 덮으면서 이반이 대답했다. 그리고 밝은 빛에 눈이 부시기라도 한 것처럼 눈을 게슴츠레 떴다. 자기 앞이라 그가 먹을 생각도 못하고 있다는 것을 눈치챈 사샤는 일어나 밖으로 나왔다.

이반은 침대에서 일어나 그녀의 뒷모습을 바라보고 눈을 깜빡이며 말했다.

"굉장한 미인이군요!"

그의 눈은 맑고 명랑했으며, 작은 이는 고르고, 목소리는 아직도 천진스러웠다.

"몇 살이지?"

어머니가 생각에 잠겨 물었다.

"열일곱인데요……"

"부모님은 어디 계시고?"

"시골에요. 전 열 살 때 학교를 마치자마자 이리로 왔어요. 성함이 어떻게 되시죠, 동지?"

어머니는 이 동지란 말을 들을 때면 항상 허둥대고 기분이 이상했다. 그녀는 웃으며 되물었다.

"이름은 알아서 뭐 해?"

젊은이가 잠시 당혹감에 말을 잊고 있다가 이내 설명을 했다.

"저번에 말씀드렸었지요, 우리 모임에 나오던 대학생. 우리와 같이 책을 읽었던 사람인데, 그가 항상 우리에게 노동자인 파벨 블라소프의 어머니에 대해서 이야기해 주곤 했어요. 알고 계시죠, 메이데이 시위행진에 대해서?"

그녀는 고개를 끄덕였다. 귀가 번쩍 뜨였다.

"그분은 우리 당의 깃발을 처음으로 공개적인 장소에서 들어 올린 분이에요."

젊은이는 아주 자랑스럽게 말했다. 그의 자랑스러워하는 태도가 어머니의 가슴에 반향을 불러일으키며 와 닿았다.

"저는 그때 거기 없었어요. 우린 거기서 독자적인 시위행진을 벌이려고 했는데 그만 실패하고 말았어요. 우린 수가 너무 적었거든요. 하지만 올해는 꼭 해내고야 말 거예요. 두고 보세요."

그는 장래 닥쳐올 사건을 생각하며 어찌나 흥분을 했는지 숨이 막힐 지경이었다. 그는 숟가락을 공중에서 내저으며 말을 이었다.

"그 블라소바란 분, 제가 말씀드린 그 어머니 말예요. 그분도 그 일이 있고 난 후에 우리 편이 되었어요. 사람들이 그러는데, 정말 기적 같은 일이라는군요."

어머니의 얼굴에 가득 웃음이 번졌다. 젊은이의 열정적인 찬사를 듣고 있자니 절로 기분이 좋아졌던 것이다. 즐거우면서도 한편 멋쩍었다. 그녀는 심지어 자기가 바로 그 블라소바라는 걸 말하고 싶었지만 억지로 참고

서, 애수에 잠겨 자신을 애써 책망하며 속으로 중얼거렸다.

'아이구, 이 바보 같은 할망구 좀 보라지!'

"더 먹어라! 좋은 일을 하려면 어서 몸이 나아야지."

그녀는 그에게 허리를 굽히면서 벅차오르는 감정을 못 이겨 말했다.

문이 열리고 눅눅한 가을 찬바람과 함께 소피야가 들어왔다. 얼굴이 벌건 게 기분이 좋아 보였다.

"첩자놈들이 나를 무슨 부잣집 새색시나 되는 줄 아는지, 계속 감시하지 않겠어요. 정말 그런 것 같더라고요. 난 이제 여기를 떠나야겠어요. 좀 어때, 바냐(이반의 애칭)? 파벨은 어때요? 닐로브나, 사샤가 왔군요?"

담배를 피워 물고 그녀는 잿빛 눈길로 어머니와 젊은이를 더듬으며 대답도 기다리지 않고 질문을 퍼부었다. 어머니는 그녀를 쳐다보고 속으로 웃으면서 생각했다.

'난 좋은 사람들 틈바구니를 비집고 들어왔어.'

소피야는 다시 이반에게 허리를 굽히더니 말했다.

"빨리 나아야지, 도련님!"

다시 식당으로 들어가서는 거기서 사샤에게 말했다.

"벌써 그녀는 3백 부나 준비해 놨더군! 그러다간 과로 때문에 몸을 해치고 말 거야. 그게 바로 영웅주의지. 사샤도 알겠지만, 그런 사람들 사이에서 살고 있고, 그들의 동지가 되고, 그들과 더불어 일하고 있다는 것이 얼마나 큰 행복이야?"

"맞아요."

사샤가 나직한 목소리로 대꾸했다.

저녁때 차를 마시며 소피야가 어머니에게 말했다.

"닐로브나, 한 번 더 시골에 다녀오셔야겠어요."

"갔다 오지 뭐! 언제?"

"3일쯤 후에요. 다녀오실 수 있죠?"

"그럼……."

"마차를 타고 가세요."

니콜라이가 나직한 목소리로 충고해 주었다.

"우편 마차를 세내세요. 그리고 되도록이면 지난번과는 다른 길로 가세요. 니콜스크 지방을 거쳐 가시는 게 좋을 거예요……."

그는 입을 다물고 미간을 찌푸렸다. 그런 얼굴 표정은 그에겐 전혀 어울리지 않았다. 그는 항상 침착한 표정을 지었던 것이다.

"니콜스크를 지나가려면 길이 너무 먼데……. 또 마차를 세내자면 비용이 너무 많이 들고……."

"다들 아는지 모르겠지만……."

니콜라이가 계속했다.

"난 이번 여행에는 전적으로 반댑니다. 거긴 지금 심난해요. 벌써 체포가 시작되었고 이떤 선생 하나가 잡혀 들어갔다는 말도 있어요. 좀 더 신중할 필요가 있어요. 시간을 두고 생각해 보는 것이……."

소피야가 손가락으로 탁자를 두드리며 말했다.

"책자 배포를 거르지 않고 계속해 나가는 것도 우리에겐 중요한 일이야. 여행이 두렵지 않으시죠, 닐로브나?"

그녀가 불쑥 물었다.

어머니는 기분이 좀 언짢았다.

"내가 언제 두려워한 적이 있었나? 처음에도 이 일을 전혀 두려움 없이 해치웠는데…… 이제 와서 난데없는……."

어머니는 말을 다 끝맺지 못하고 고개를 떨어트렸다. 매번 두렵진 않느냐, 불편한 점은 없느냐, 이 일 아니면 저 일을 할 수 있느냐, 이런 질문을 받을 때마다 그녀는 그런 말 속에 숨겨져 있는 강한 요구를 들어야 했고, 또 그럴 때마다 사람들이 아무래도 자기를 경계하고 있고, 서로를 대하는 것과는 다른 방식으로 자기를 대하고 있다는 생각을 떨쳐 버릴 수가 없었다.

"나한테 무섭지 않느냐는 질문을 하는 것은 부질없는 짓이오. 당신들 서로는 두려움에 대해서 묻지 않잖소."

그녀가 한숨 섞인 목소리로 말했다.

니콜라이가 급히 안경을 벗었다가 다시 쓰고는 누이의 얼굴을 뚫어지게 쳐다보았다. 당혹감으로 빚어진 침묵에 어머니는 놀라지 않을 수 없었다. 그녀는 미안한 마음에 의자에서 벌떡 일어나 그들에게 뭔가 한마디 말을 해주고 싶었다. 그런데 소피야가 그녀의 손을 어루만지면서 조용히 말했다.

"절 용서하세요. 다신 그런 소리 하지 않을게요."

어머니는 웃지 않을 수 없었다. 잠시 후 셋 모두는 시골 여행에 대해 진지하면서도 다정스럽게 이야기를 나누기 시작했다.

인생의 새벽을 깨우는 좋은 습관

아침독서 10분 **서양고전**

초판 1쇄 인쇄 2010년 3월 20일
초판 1쇄 발행 2010년 3월 25일

엮 은 이 구인환
펴 낸 이 신원영
펴 낸 곳 (주)신원문화사

편   집 장경근 김순선 김진희 최미임
디 자 인 송효영
영   업 이정민
총   무 양은선 김희자 정하영 정설화 강수연
관   리 조경화 도재혁
경영지원 윤석원

주   소 서울시 영등포구 당산동 121 – 245 신원빌딩 3층
전   화 3664 – 2131~4
팩   스 3664 – 2130
출판등록 1976년 9월 16일 제5 – 68호

* 파본은 본사나 서점에서 교환해 드립니다.

ISBN 978-89-359-1519-4 (43800)
ISBN 978-89-359-1516-3 (세트)